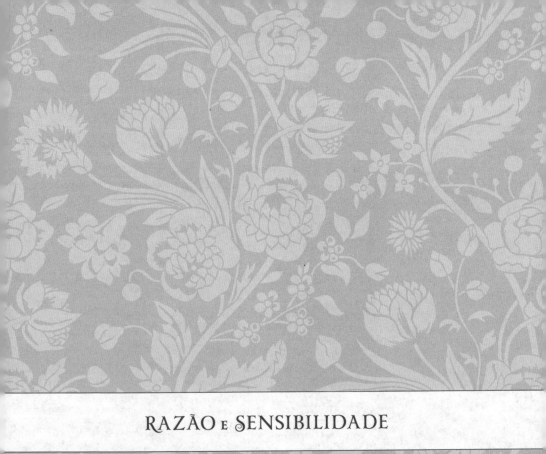

RAZÃO E SENSIBILIDADE

JANE AUSTEN

RAZÃO E SENSIBILIDADE

Tradução
CLARISSA GROWOSKI

COPYRIGHT © FARO EDITORIAL, 2024
COPYRIGHT © JANE AUSTEN, 1775 - 1817

Todos os direitos reservados.
Nenhuma parte deste livro pode ser reproduzida sob quaisquer meios existentes sem autorização por escrito do editor.

Diretor editorial **PEDRO ALMEIDA**
Coordenação editorial **CARLA SACRATO**
Assistente editorial **LETÍCIA CANEVER**
Preparação **NATHÁLIA RONDAN**
Revisão **PAMELA SILVA E THAÍS ENTRIEL**
Capa e diagramação **OSMANE GARCIA FILHO**
Imagem de capa **JAROSLAW BLAMINSKY | TREVILLION IMAGES**

Dados Internacionais de Catalogação na Publicação (CIP)
Jéssica de Oliveira Molinari CRB-8/9852

Austen, Jane, 1775-1817
 Razão e sensibilidade / Jane Austen ; tradução de Clarissa Growoski. — São Paulo : Faro Editorial, 2024.
 288 p. color.

 ISBN 978-65-5957-422-3
 Título original: Sense and sensibility

 1. Ficção inglesa I. Título II. Growoski, Clarissa

23-3784   CDD-823

Índice para catálogo sistemático:
1. Ficção inglesa

1ª edição brasileira: 2024
Direitos de edição em língua portuguesa, para o Brasil, adquiridos por FARO EDITORIAL

Avenida Andrômeda, 885 — Sala 310
Alphaville — Barueri — SP — Brasil
CEP: 06473-000
www.faroeditorial.com.br

APRESENTAÇÃO

por Eduardo Levy

Como é em geral o caso nos romances de Jane Austen, há em *Razão e sensibilidade* pelo menos dois níveis de sentido: o que parece, na superfície, uma simples história de amor é, quando a penetramos profundamente, uma história sobre maturidade, crescimento pessoal, honra e compromisso, na qual o amor é produto do cultivo da personalidade pelos valores corretos e da síntese entre razão e sensibilidade. A distância temporal e geográfica que parece nos separar das personagens do romance também está somente na superfície: sua trama profunda é mais atual do que nunca, pois como todo clássico, esta obra fala a todas as pessoas em todos os tempos.

Publicado em 1811, o romance narra a história de duas irmãs da família Dashwood, Elinor e Marianne, que, sendo duas jovens solteiras de respectivamente dezenove e dezessete anos, filhas de um herdeiro agrário na Inglaterra do século xviii, têm somente uma preocupação: fazer um bom casamento com um bom marido. A ideia do que constitui um bom casamento e um bom marido, porém, passava à época por uma transformação radical.

Até então, o casamento entre aristocratas era sobretudo uma escolha baseada na razão que unia noivos de posição social e riqueza semelhantes: o afeto entre o par era bem-vindo, mas dispensável. Contra esse tipo de racionalidade, surgiu o chamado "movimento sentimental", que contrapunha à frieza do racionalismo o ardor de um coração sensível: surge o casamento por amor. Para Mrs. Dashwood, mãe das irmãs, "era contrário a seus valores que qualquer casal onde havia atração mútua por semelhanças de temperamento deveria ser separado por causa de diferença de posses". No decorrer da obra, porém, a necessidade de separar casais onde há atração mútua por causa de diferenças de posses (e considerações materiais de modo geral) é uma constante. É precisamente esse conflito entre razão e sensibilidade, tanto na personalidade individual quanto na escolha do cônjuge, que é o pano de fundo do romance.

Elinor, a irmã mais velha, "tinha um bom coração, era afetuosa e muito sensível, mas sabia controlar-se", ao passo que Marianne, embora "em muitos aspectos, parecida com Elinor", era "em tudo, excessiva: sua tristeza, sua alegria, não tinham moderação. Era generosa, amável, interessante: era tudo, menos prudente". Elinor submetia os sentimentos à razão, ao passo que para Marianne fazê-lo seria uma farsa: "Era impossível para ela dizer o que não sentia, por mais trivial que fosse a ocasião e, portanto, toda a tarefa de contar mentiras quando a educação exigia era sempre de Elinor."

É natural, pois, que Marianne não só esperasse casar-se com um homem a quem amasse, mas que exigisse tanto para amá-lo quanto qualquer moça de dezessete anos de qualquer tempo: "Mamãe, quanto mais conheço o mundo, mais fico convencida de que nunca encontrarei um homem a quem possa realmente amar. Sou tão exigente!". Pois, afirma, "eu não poderia ser feliz com um homem cujo gosto não coincidisse em todos os quesitos com o meu. Ele precisará entender meus sentimentos; os mesmos livros, a mesma música deve nos encantar."

Mais natural ainda é que Marianne, também como costuma acontecer às mocinhas de dezessete anos, esnobe um bom partido, o coronel Brandon, homem de bom caráter e boas posses, que seria a escolha racional, por achá-lo demasiado tedioso e demasiado velho, apaixonando-se em vez disso pelo primeiro bonitão com pinta de cafajeste que aparece. Willoughby "tinha a aparência e o porte que sua imaginação já havia criado para o herói de uma história favorita". A própria encarnação da sensibilidade, Marianne deixa-se levar pela imaginação e pelas emoções, confundindo o que sente com os fatos. Quando descobre que o herói que criara na sua imaginação estava, na realidade, mais para vilão, quem está ao seu lado para ampará-la na queda é o desprezado coronel Brandon, cuja bondade e cujo valor ela então descobre. A decepção a obriga a fazer um exame de consciência, reconhecer os próprios erros e corrigir-se: "Vi em meu próprio comportamento, desde o início quando o conhecemos no outono passado, uma série de atitudes imprudentes para comigo mesma e falta de bondade para com os outros. Vi que meus próprios sentimentos causaram meu sofrimento... fui insolente e injusta... irei controlar meus sentimentos e melhorar meu temperamento."

Assim, Marianne só pode ser feliz no amor quando, por meio da dura lição absorvida através do coração partido, passa da pura sensibilidade à razão madura, aprende a controlar os sentimentos e a imaginação e passa a valorizar num homem qualidades superiores, menos superficiais e conspícuas. Trata-se de uma história de amadurecimento, na qual vencem o cultivo do caráter, a sinceridade de propósitos, a paciência, a generosidade e a persistência e cujo prêmio é a felicidade no amor.

Em *Razão e sensibilidade*, assim como em *Orgulho e preconceito*, não se trata tanto nem de "encontrar a pessoa certa" nem de conquistá-la, mas de tornar-se uma pessoa certa e conquistar a si mesmo, de modo que o amor é resultado do amadurecimento e do crescimento moral: não é um produto da conquista do outro, mas o prêmio pela conquista de si mesmo.

Ao final do processo de aprendizado de Marianne, ela se torna mais parecida com Elinor. Esta também conhece o príncipe encantado, Edward, mas, ao contrário da irmã, tem a prudência de conter as próprias emoções e a própria imaginação em vez de exaltá-las. Assim, quando chega, a queda é menos dolorosa porque o voo é mais baixo. Mas a queda de Elinor não se deve a nenhuma falha de caráter de Edward: eles não podem se casar porque Edward, embora ame Elinor, faz questão de ser fiel a uma promessa feita anteriormente. Diante disso, mesmo que passe a amá-lo ainda mais, ela se resigna, aceita a realidade e decide agir firmemente "em conformidade com todos seus princípios de honra e honestidade", pois para ambos, racionais que são, a fidelidade à palavra dada é mais importante que a felicidade no amor. O resultado é que o próprio desenrolar dos fatos permite que acabem juntos: no caso deles, o amor é um prêmio pela fidelidade a valores superiores ao próprio amor, na ausência dos quais o amor não pode perdurar, pois não pode haver amor sem compromisso.

Assim, ao final de *Razão e sensibilidade*, temos não exatamente o triunfo da razão sobre a sensibilidade, mas a integração da sensibilidade à razão, a subserviência daquela a esta, a síntese entre ambas. Trata-se de uma obra de uma atualidade urgente para uma época como a nossa, em que a sensibilidade assumiu o poder e a razão só fala com a voz do cinismo ou do moralismo.

Capítulo 1

A família de Dashwood há muito havia se estabelecido em Sussex. A propriedade era grande e a residência ficava em Norland Park, bem ao centro, onde por muitas gerações viveram de maneira tão respeitável que eram bem-vistos por todos os vizinhos. O antigo proprietário era um homem solteiro que vivera até uma idade deveras avançada e que por muitos anos teve a irmã como companhia constante e governanta. Mas a morte dela, que ocorreu dez anos antes da dele, gerou grandes mudanças na residência, já que, para compensar sua perda, ele convidou e recebeu em sua casa a família do sobrinho, Mr. Henry Dashwood, herdeiro legal da propriedade de Norland e para quem pretendia deixá-la. Na companhia do sobrinho, da sobrinha e seus filhos, o velho cavalheiro passara seus dias tranquilo. Sua afeição por todos eles aumentou. A atenção constante do casal aos seus desejos, que não provinha apenas de interesse, mas por bondade genuína, oferecia-lhe todo o conforto possível que sua idade exigia e a alegria das crianças acrescentava prazer à sua existência.

Mr. Henry Dashwood tinha um filho de um casamento anterior e três filhas com a atual esposa. O filho, um jovem respeitável e resoluto, estava devidamente amparado pela fortuna da mãe, um tanto quanto polpuda, da qual recebeu metade quando se tornou maior de idade. Seu casamento, que ocorreu logo depois, aumentou ainda mais sua riqueza. Para ele, portanto, a sucessão da propriedade Norland não era tão importante quanto para as irmãs, pois o que restaria para elas, independentemente da parte que lhes cabia por seu pai ter herdado a propriedade, era uma soma pequena. A mãe não tinha nada e o pai, apenas sete mil libras ao seu dispor, pois a metade restante do dinheiro da primeira esposa estava atrelada ao filho, e do restante ele tinha apenas direito vitalício.

O velho cavalheiro morreu. O testamento foi lido e, como quase todos os testamentos, decepcionou e agradou na mesma medida. Ele não foi nem tão injusto nem tão ingrato com relação a deixar a propriedade para o sobrinho, mas a deixou com condições que aniquilaram metade do valor da herança. Mr. Dashwood queria isso mais para o bem da esposa e das filhas do que por causa dele ou do filho, mas a herança foi deixada para seu filho e para o neto, uma criança de quatro anos de idade, de tal forma que ele mesmo não pôde prover para aqueles que lhe eram mais queridos e que mais precisavam de qualquer ônus que pudessem obter da propriedade ou da venda de sua valiosa madeira. Tudo foi destinado para o benefício da criança que, em visitas ocasionais com o pai e a mãe a Norland, ganhou o afeto do tio por motivos que não são raros em crianças de dois ou três anos de idade: a dicção imperfeita, o desejo sincero de fazer as coisas do seu jeito, várias travessuras e muito barulho, como que para superar o valor de toda a atenção que o tio recebeu da sobrinha e das filhas dela durante anos. No entanto, ele não pretendia ser indelicado, e como prova de seu afeto pelas três moças, deixou mil libras para cada uma.

A decepção de Mr. Dashwood foi, a princípio, profunda, mas ele era uma pessoa alegre e otimista e poderia alimentar esperanças muito bem fundamentadas de que ainda viveria por muitos anos, e ao viver de maneira modesta conseguiu tirar uma boa quantia da produção de uma propriedade já grande e passível de melhorias quase imediatas. Mas a herança, que tinha sido tão tardia, foi sua por apenas um ano. Ele não viveu muito mais do que o tio, e dez mil libras, mais o que já tinham recebido, foi tudo o que restou para sua viúva e suas filhas.

Seu filho foi chamado assim que se soube do risco de morte, e Mr. Dashwood o encarregou, com toda a força e urgência que a doença permitiu, de cuidar dos interesses da madrasta e das irmãs.

Mr. John Dashwood não era tão compassivo quanto o restante da família, mas ficou tocado por tal responsabilidade dado o momento, e prometeu fazer tudo ao seu alcance para que ficassem confortáveis. Seu pai entregou-se facilmente à promessa, e Mr. John Dashwood teve então tempo para ponderar com prudência o que poderia fazer por elas dentro de suas possibilidades.

Não é que não tivesse boa vontade, a menos que o fato de ser bastante insensível e egoísta fossem sinônimos de má vontade. Mas era, em geral, respeitável, pois se comportava com decência no cumprimento de seus deveres corriqueiros. Se tivesse se casado com uma mulher mais amável, poderia ter sido ainda mais respeitável do que já era. Poderia até ter sido ele mesmo, uma pessoa amável, pois era muito jovem quando se casou, e muito afeiçoado à esposa. Mas Mrs. John Dashwood era uma caricatura dele próprio — ainda mais inflexível e egoísta.

Quando fez a promessa ao seu pai, pensou em como aumentar a quantia que já tinham ao presentear mil libras para cada uma. Ele realmente acreditou que poderia fazê-lo. A perspectiva de quatro mil por ano, somadas à sua renda atual, além da metade restante do dinheiro da mãe, aqueceu seu coração e o fez sentir-se capaz de ser bondoso. "Sim, ele lhes daria três mil libras: seria generoso e elegante! Seria o suficiente para que não passassem dificuldade. Três mil libras! Ele poderia ceder essa soma tão considerável sem inconvenientes." Pensou nisso o dia todo e por muitos dias subsequentes, e não se arrependeu.

Assim que o funeral do pai terminou, Mrs. John Dashwood, sem nenhum aviso de sua intenção à sogra, chegou com o filho e os criados. Ninguém poderia contestar seu direito: a casa era do marido desde o momento da morte do pai, mas a indelicadeza da conduta foi muito pior para uma mulher na situação de Mrs. Dashwood, para uma pessoa de sentimentos comuns, haveria de ter sido muito desagradável — no entanto, a mente *dela* era dotada de um senso de honra tão aguçado, uma generosidade tão romântica que qualquer ofensa do tipo, quem quer que fosse que a causasse ou recebesse, era para ela uma grande fonte de desgosto. Mrs. John Dashwood nunca foi a favorita de ninguém na família do marido, mas ela não havia tido oportunidade, até o momento, de mostrar-lhes como poderia ser tão insensível em relação ao conforto de outras pessoas quando a ocasião assim exigia.

Mrs. Dashwood ressentiu-se por esse comportamento desagradável de maneira tão intensa que com muito fervor desprezou a nora. Após a chegada dela, teria saído da casa não fosse a súplica da filha mais velha ao induzi-la primeiro a refletir sobre a falta de decoro de fazê-lo. Seu amor pelas três filhas determinou que ficasse, e para o bem de todas evitaria uma rusga com o irmão delas.

Elinor, essa filha mais velha, cujo conselho foi tão eficaz, possuía profunda compreensão das coisas e frieza de julgamento, o que a qualificava como conselheira da mãe, embora tivesse apenas dezenove anos, e isso lhe permitia frequentemente neutralizar, em prol de todas, a impetuosidade de Mrs. Dashwood, que do contrário teria levado as demais a agir com imprudência. Ela tinha um bom coração, era afetuosa e muito sensível, mas sabia controlar-se — algo que a mãe ainda não havia aprendido, e as irmãs estavam decididas a não aprender.

Marianne era, em muitos aspectos, parecida com Elinor. Era sensata e inteligente, mas em tudo, excessiva: sua tristeza, sua alegria, não tinham moderação. Era generosa, amável, interessante: era tudo, menos prudente. A semelhança entre ela e a mãe era surpreendentemente grande.

Elinor via com preocupação o excesso de sensibilidade da irmã, mas Mrs. Dashwood valorizava e estimava essa característica. Agora elas se encorajavam mutuamente na força de sua aflição. A agonia da dor que as dominou de início era voluntariamente renovada, procurada e recriada repetidas vezes. Elas se entregaram por completo à tristeza, buscando aumentar seu sofrimento com qualquer reflexão que pudesse reforçá-la, e decidiram nunca admitir consolo no futuro. Elinor também estava muito aflita, mas ainda conseguia empenhar-se, esforçar-se. Pôde aconselhar-se com o irmão, receber a cunhada e tratá-la com a devida atenção em sua chegada, e foi capaz de estimular a mãe para fazer o mesmo esforço e encorajá-la a ter semelhante paciência.

Margaret, a outra irmã, era uma moça bem-humorada e bem-disposta, mas como já havia se impregnado de boa parte do romantismo de Marianne, por não ser tão inteligente, aos treze anos era improvável equiparar-se às irmãs quando fosse mais velha.

Capítulo 2

Mrs. John Dashwood agora se considerava senhora de Norland, e a sogra e as cunhadas foram relegadas à condição de visitantes. Dessa forma, eram tratadas por ela com uma cordialidade silenciosa, e pelo marido, com a gentileza que era capaz de ter com qualquer um que não fosse ele mesmo, a esposa e o filho. Ele de fato insistia energicamente que considerassem Norland seu lar, e, como nenhuma outra opção era tão adequada para Mrs. Dashwood quanto permanecer lá até que pudesse acomodar-se em outra casa na região, o convite foi aceito.

Continuar em um lugar onde tudo a lembrava do antigo deleite era exatamente o que lhe convinha. Em momentos de alegria, ninguém era mais animado do que ela, ou tinha, em maior intensidade, aquela expectativa entusiasmada da felicidade que é a própria felicidade. Porém, quando se sentia triste, era igualmente levada por sua imaginação, e tanto na tristeza quanto na alegria, nada atenuava suas emoções.

Mrs. John Dashwood não concordou com o que o marido pretendia fazer pelas irmãs. Pegar três mil libras da herança de seu querido menino seria submetê-lo a um empobrecimento terrível. Implorou para que ele reconsiderasse. Como ele poderia viver sabendo que tirou do filho, seu único filho, uma quantia tão grande? E qual reivindicação possível tinham as Misses Dashwood, que eram apenas meio parentes de sangue dele, o que ela considerava que não era parentesco algum, para merecerem uma soma tão grande? Era bem sabido que não deveria existir nenhum afeto entre os filhos de diferentes casamentos. E por que ele deveria arruinar-se, e a seu pobre Harry, dando todo o seu dinheiro para as meias-irmãs?

— O último pedido que meu pai me fez — respondeu o marido — foi o de ajudar sua viúva e suas filhas.

— Ouso dizer que ele não sabia o que estava falando. É bem provável que estivesse fora de si. Se estivesse em seu juízo perfeito, não teria pensado em tal coisa: implorar que você doasse metade da fortuna de seu próprio filho.

— Ele não estipulou nenhuma quantia específica, minha querida Fanny. Só me pediu, em termos gerais, para ajudá-las e deixá-las em uma situação mais confortável do que estava em seu poder. Teria sido melhor, talvez, se ele tivesse deixado tudo por minha conta. Ele certamente não poderia pensar que eu as abandonaria. Mas, como exigiu a promessa, não pude recusá-la, pelo menos foi assim que pensei na época. A promessa, portanto, foi feita e deve ser cumprida. Algo deve ser feito por elas assim que saírem de Norland e se instalarem em um novo lar.

— Bem, então, que algo *seja* feito por elas, mas que esse *algo* não seja três mil libras. Pense no fato de que, quando o dinheiro for dividido — acrescentou ela —, ele nunca retornará. Suas irmãs se casarão, e ele desaparecerá para sempre. Se, de fato, pudesse ser devolvido ao nosso pobre menino...

— Ora, com certeza — disse o marido, sério —, isso faria toda a diferença. Talvez chegue o momento em que Harry lamentará que uma soma tão grande lhe foi tirada. Se ele tiver uma família numerosa, por exemplo, seria um montante muito significativo.

— Com certeza seria.

— Talvez, então, seria melhor para todos os envolvidos, se a quantia fosse diminuída pela metade. Quinhentas libras seria um aumento extraordinário da soma que já têm!

— Ah, seria mesmo! Que irmão nesse mundo faria tanto por suas irmãs, mesmo por irmãs *verdadeiras*! E ainda mais meias-irmãs! Mas você tem um espírito tão generoso!

— Longe de mim ser mesquinho — respondeu ele. — Em tais situações, é melhor fazer muito do que pouco. Ninguém, pelo menos, há de pensar que não fiz o suficiente por elas. Nem mesmo elas, que sequer devem esperar tanto.

— Não há como saber o que *elas* esperam — disse a dama —, mas não devemos pensar nas expectativas delas. A questão é o que você tem condições de fazer.

— Decerto. E creio que posso dar quinhentas libras para cada. Assim, sem nenhum acréscimo meu, cada uma delas terá cerca de três mil libras quando a mãe morrer. Uma soma muito adequada para qualquer jovem.

— Sem dúvida. E, de fato, me ocorre que elas podem não querer nenhum acréscimo. Elas terão dez mil libras para dividir entre elas. Se casarem, certamente ficarão bem, e, se não, podem viver confortavelmente dos juros de dez mil libras.

— Isso é verdade e, portanto, levando o todo em conta, talvez seja mais aconselhável fazer algo pela mãe delas enquanto ainda está viva em vez de fazer algo por elas. Digo, algo como uma pensão. Minhas irmãs seriam beneficiadas por isso também. Cem libras por ano as deixariam muito confortáveis.

No entanto, a esposa hesitou um pouco em dar seu consentimento a isso.

— Com certeza — disse ela. — É melhor do que dividir mil e quinhentas libras de uma vez. Mas se Mrs. Dashwood viver mais quinze anos, ficaremos comprometidos por muito tempo.

— Quinze anos, minha querida Fanny! Pelo tempo que lhe resta de vida, dá e sobra.

— Certamente. Mas se você observar bem, as pessoas tendem a viver por uma eternidade quando recebem pensão. E ela é muito forte e saudável, e mal chegou aos quarenta. Uma pensão é um assunto muito sério, um ano após o outro e não há como se livrar dela. Você não sabe o que está fazendo. Vi como pensões são problemáticas de perto, pois minha mãe, pela vontade de meu pai, viu-se obrigada a pagar três pensões a velhos criados aposentados, e é espantoso como ela achava isso desagradável. Essas pensões precisavam ser pagas duas vezes por ano, e tinha o problema de fazer com que o dinheiro chegasse até eles, então um deles foi dado como morto, mas por fim acabou sendo um equívoco. Minha mãe estava farta. Ela não podia fazer o que bem entendesse com sua própria renda, dizia, com tais demandas perpétuas atreladas ao seu dinheiro. E o pior de tudo foi meu pai, porque, caso contrário, o dinheiro teria ficado inteiramente à disposição de minha mãe, sem nenhuma restrição. Tornei-me tão avessa às pensões por causa disso que tenho certeza de que não me comprometeria com o pagamento de uma por nada nesse mundo.

— É realmente algo desagradável — respondeu Mr. Dashwood — ter esse tipo de compromisso anual atrelado à renda de alguém. A pessoa, como sua mãe justamente diz, *não* pode fazer o que bem entende com seu próprio dinheiro. Estar vinculado ao pagamento regular de tal quantia não é de forma alguma desejável. Tira-lhe a independência.

— Sem dúvida. E sequer lhe agradecerão. Elas se sentirão resguardadas, como se você não fizesse mais do que é o esperado, e isso não há de gerar gratidão alguma. Se eu fosse você, o que quer que eu fizesse deveria ser de acordo com meu poder de decisão. Eu não me obrigaria a dar-lhes qualquer coisa anualmente. Pode ser muito inconveniente durante alguns anos tirar cem, ou mesmo cinquenta libras de nossas próprias despesas.

— Creio que está certa, meu amor. Será melhor que não haja nenhuma pensão. Posso dar-lhes algo de vez em quando e será de maior ajuda do que uma quantia anual, porque elas apenas gastariam mais se tivessem certeza de uma renda maior, isto é, ficariam elas por elas por fim. É evidente que será melhor. Um presente de cinquenta libras de vez em quando evitará que fiquem angustiadas por causa de dinheiro e, penso, irá cumprir integralmente a promessa ao meu pai.

— Com certeza irá. Para dizer a verdade, estou convencida de que seu pai não pensava que você lhes daria qualquer quantia. Suponho que a assistência que ele imaginou foi apenas o que poderia ser esperado de você, como, por exemplo, procurar uma casinha confortável para elas, ajudá-las a levar suas coisas e enviar produtos como peixe, caça, e assim por diante, quando for a época. Posso jurar que ele não quis dizer nada além disso. Na verdade, seria muito estranho e irracional se o fizesse. Mas considere, meu querido Mr. Dashwood, como sua madrasta e as filhas podem viver com excessivo conforto com juros advindos de sete mil libras, além das mil libras de cada uma das moças, o que dá cinquenta libras por ano para cada uma, e, é claro, elas pagarão à mãe pela moradia. Ao todo terão quinhentas libras por ano, e o que mais quatro mulheres podem querer? O custo de vida delas será tão baixo! Quase não terão despesas com a limpeza da casa, não terão carruagem, nenhum cavalo, e quase nenhum criado. Não terão visitas nem despesas de nenhum tipo! Apenas veja como ficarão confortáveis! Quinhentas libras por ano! Não consigo imaginar nem como gastarão metade disso. E quanto a você dar-lhes mais, é deveras absurdo pensar nisso. É mais provável que elas possam dar algo a *você*.

— De fato — disse Mr. Dashwood —, creio que está certa. O pedido de meu pai dificilmente significaria algo além do que o que você diz. Vejo com clareza agora e cumprirei meu compromisso com rigor através dos atos de assistência e bondade para com elas, como você os descreveu. Quando minha madrasta se mudar para outra casa, meus serviços serão prestados de imediato para acomodá-la da maneira que eu puder. Alguma mobília como presente também deverá ser aceitável.

— Certamente — devolveu Mrs. John Dashwood. — Mas, no entanto, *uma* coisa deve ser considerada. Quando seu pai e sua madrasta se mudaram para Norland, embora a mobília de Stanhill tenha sido vendida, toda a porcelana, prataria e roupas de cama foram guardadas e agora foram deixadas para ela. A casa dela, portanto, estará praticamente completa assim que ela se mudar.

— Essa é uma consideração importante, sem dúvida. Um legado realmente valioso! E, no entanto, parte da prataria teria sido um acréscimo muito agradável à nossa.

— Sim, e o conjunto de porcelana do café da manhã é muito mais bonito do que o que pertence a esta casa. Bonito demais, na minha opinião, para qualquer lugar em que *elas* possam morar. Mas, no entanto, é assim que as coisas são: seu pai pensou somente *nelas*. E devo dizer isto: que você não deve nenhuma gratidão especial a ele, nem atenção aos seus desejos, pois sabemos muito bem que, se pudesse, ele teria deixado quase tudo para *elas*.

Esse argumento era irresistível. Deu a suas intenções a justificativa que lhe faltara, e ele finalmente resolveu que seria absolutamente desnecessário, se não altamente indecoroso, fazer mais pela viúva e pelas filhas de seu pai do que as atitudes generosas que a própria esposa mencionou.

Capítulo 3

Mrs. Dashwood permaneceu em Norland por vários meses. Não é que não quisesse se mudar quando a visão do local tão familiar deixou de causar a forte emoção que produziu por um tempo. Quando começou a ficar mais animada e sua mente tornou-se capaz de outro esforço além daquele de aumentar a aflição com lembranças melancólicas, ficou impaciente para ir embora, e foi incansável em suas buscas por uma habitação adequada na região de Norland, pois morar longe daquele local amado era-lhe impossível. Mas não encontrou nada que atendesse às suas noções de conforto e bem-estar, e que atendesse à ponderação da filha mais velha, cujo julgamento mais firme rejeitava várias casas, que a mãe teria aprovado, como grandes demais para sua renda.

O marido a tinha informado da promessa solene de seu filho em benefício delas, o que deu conforto às últimas reflexões terrenas dele. Ela duvidou da sinceridade dessa promessa tanto quanto ele mesmo, mas pensava nisso com satisfação, para o bem das filhas, embora estivesse convencida de que menos do que sete mil libras as sustentariam com abundância. E pelo bem do irmão delas ela se alegrou, e se repreendeu por antes ter sido injusta sobre as qualidades dele, em crer que ele era incapaz de ser generoso. Seu comportamento atencioso para com ela e as irmãs a convenceu de que ele se preocupava com o bem-estar delas e, por muito tempo, confiou na generosidade de suas intenções.

O despeito que sentiu pela nora, logo quando se conheceram, aumentou ao conhecer mais a fundo seu caráter, resultado de meio ano de convivência. E talvez, apesar de toda educação ou afeição materna de sua parte, poderia ter sido impossível para as duas damas morarem juntas por tanto tempo não fosse uma circunstância em especial ter tornado o fato de as filhas continuarem em Norland particularmente desejável segundo a opinião de Mrs. Dashwood.

Essa circunstância era o afeto crescente entre a filha mais velha e o irmão de Mrs. John Dashwood, um jovem e agradável cavalheiro que lhes foi apresentado logo após o estabelecimento da irmã em Norland, e que desde então passava a maior parte de seu tempo lá.

Algumas mães poderiam ter encorajado a intimidade por interesse, pois Edward Ferrars era o filho mais velho de um homem que havia morrido muito rico, e algumas poderiam tê-la reprimido por prudência, pois, exceto uma soma insignificante, toda sua fortuna estava em posse da mãe. Mas Mrs. Dashwood não foi influenciada por nenhum dos dois motivos. Para ela era suficiente ele parecer ser amável e amar a filha, e Elinor ter a mesma predileção. Era contrário a seus valores que qualquer casal que tivesse atração mútua por semelhanças de temperamento deveria ser separado por causa de diferença de posses, e que as qualidades de Elinor não fossem reconhecidas por todos que a conheciam era, para ela, impossível de se compreender.

Edward Ferrars não as cativou por seus encantos ou galanteios. Ele não era bonito, e seus modos exigiam intimidade para torná-los agradáveis. Ele era muito inseguro, mas quando superava a timidez natural, seu comportamento dava todas as indicações de um coração aberto e afetuoso. Era inteligente, e sua educação fortaleceu essa característica. Mas não tinha habilidades nem disposição para atender aos desejos da mãe e da irmã, que ansiavam que ele fosse distinto como... nem conseguiam descrever. Queriam que ele fosse uma figura notável no mundo de uma maneira ou de outra. A mãe desejava que ele se interessasse por política, queria vê-lo no parlamento ou relacionando-se com alguns dos grandes homens da época. Mrs. John Dashwood desejava o mesmo, mas, enquanto isso, até que uma dessas bênçãos pudesse ser alcançada, sua ambição teria sido atenuada se ele conduzisse uma carruagem Barouche. Mas Edward não era propenso a grandes homens ou carruagens. Todos os seus desejos eram centrados no conforto doméstico e no silêncio da vida privada. Felizmente ele tinha um irmão mais novo que era mais promissor.

Edward já estava havia várias semanas na casa quando chamou a atenção de Mrs. Dashwood pela primeira vez, pois naquela época ela estava tão aflita que não dava atenção a nada a sua volta. Apenas notou que ele era quieto e discreto, e gostou dele por isso. Ele não perturbava sua mente infeliz com conversas inoportunas. Foi uma reflexão que Elinor atreveu-se a fazer sobre a diferença entre ele e a irmã dele que a levou a observá-lo melhor — foi uma comparação que o tornou digno de sua atenção.

— É o suficiente — disse ela. — Dizer que ele é diferente de Fanny é o suficiente. Indica que ele é amável. Já o amo.

— Creio que há de gostar dele quando o conhecer melhor — disse Elinor.

— Gostar dele? — respondeu a mãe com um sorriso. — Não sinto nenhum sentimento de aprovação inferior ao amor.

— A senhora pode estimá-lo.

— Nunca soube diferenciar estima e amor.

Mrs. Dashwood agora esforçava-se para conhecê-lo melhor. Os modos dela eram cativantes e logo ele deixou a timidez de lado. Ela rapidamente reconheceu todas as suas qualidades. Seu inegável afeto por Elinor talvez tenha ajudado, mas realmente teve a certeza de que ele era digno. E mesmo seu jeito quieto, o que ia contra todas as suas convicções de como um jovem deveria se portar, já não lhe parecia mais enfadonho quando soube que seu coração era bom e seu temperamento afetuoso.

Assim que percebeu, no comportamento dele com Elinor, indícios de que ele a amava, considerou a união entre eles como certa e ansiava que o casamento acontecesse em breve.

— Daqui a alguns meses, minha querida Marianne — disse ela —, é provável que Elinor terá uma situação estável para sempre. Sentiremos sua falta, mas *ela* será feliz.

— Ah, mamãe, como ficaremos sem ela?

— Meu amor, não será uma separação. Viveremos a poucos quilômetros e nos encontraremos todos os dias. Você ganhará um irmão, um verdadeiro e afetuoso irmão. Tenho Edward em alta conta. Mas você parece preocupada, Marianne. Você desaprova a escolha de sua irmã?

— Talvez a escolha me surpreenda um pouco — disse Marianne. — Edward é muito amável, e eu o amo. Mas ele não é o tipo de jovem... algo lhe falta... ele não tem muita presença, não há aquele encanto que eu esperava do homem que poderia se unir à minha irmã. Seus olhos carecem de todo aquele ânimo, daquela paixão, que indicam virtude e inteligência. E além de tudo isso, mamãe, receio que ele não tenha bom gosto. Ele não parece interessar-se por música, e embora admire os desenhos de Elinor, não é a admiração de uma pessoa que entende o valor deles. É evidente, apesar de sua atenção constante a ela enquanto desenha, que na verdade ele não sabe nada sobre o assunto. Ele admira como um apaixonado, não como um conhecedor. Na minha opinião, seus temperamentos deveriam ser mais parecidos. Eu não poderia ser feliz com um homem cujo gosto não coincidisse em todos os quesitos com o meu. Ele precisará entender meus sentimentos; os mesmos livros, a mesma música deve nos encantar. Ah, mamãe, quão sem espírito, quão monótona foi a leitura de Edward para nós ontem à noite! Sofri muito pela minha irmã. No entanto, ela suportou com tanta compostura que mal parecia perceber. Eu mal conseguia ficar quieta no meu lugar. Ouvir aquelas belas linhas que muitas vezes quase me enlouqueceram, pronunciadas com tanta calma, sem sentimento, com uma indiferença horrenda!

— Seu desempenho certamente seria melhor com a prosa simples e elegante. Mas *você* lhe deu Cowper para ler.

— Ah, mamãe, se ele não consegue se animar com Cowper! Mas devemos considerar a diferença de gosto. Elinor não tem minha sensibilidade e, portanto, pode ignorar isso e ser feliz com ele. Mas *meu* coração teria partido se eu o amasse ao ouvi-lo ler com tão pouco sentimento. Mamãe, quanto mais conheço o mundo, mais fico convencida de que nunca encontrarei um homem a quem possa realmente amar. Sou tão exigente! Ele deve ter todas as virtudes de Edward, e seu porte e boas maneiras devem complementar sua bondade com todo charme possível.

— Lembre-se, meu amor, que você não tem nem dezessete anos. Ainda é muito cedo para se desesperar. Como pode saber se não terá a mesma sorte que eu? Num piscar de olhos, minha querida Marianne, seu destino pode ser diferente do dela!

Capítulo 4

— Que pena, Elinor, que Edward não tenha bom gosto para o desenho — disse Marianne.

— Não tem bom gosto para o desenho! — exclamou Elinor. — Por que acha isso? Ele não desenha, é fato, mas tem grande prazer em ver outras pessoas desenhando, e garanto que de forma alguma lhe falta bom gosto, embora não tenha tido oportunidade de aprimorá-lo. Se ele tivesse aprendido, creio que desenharia muito bem. Ele desconfia tanto de seu próprio julgamento em tais assuntos que nunca está disposto a dar sua opinião sobre nenhum desenho, mas tem uma precisão inata e simplicidade de gosto que em geral o levam na direção correta.

Marianne teve medo de ofender a irmã e não disse mais nada sobre o assunto, mas o tipo de aprovação que Elinor descreveu — o entusiasmo dele pelos desenhos de outras pessoas — estava muito longe daquele deleite arrebatador que, em sua opinião, poderia por si só ser chamado de bom gosto. No entanto, embora risse por dentro do equívoco da irmã, respeitou-a por essa predileção cega por Edward, que foi o que a induziu ao erro.

— Espero, Marianne — continuou Elinor —, que você não o considere carente de bom gosto para tudo. Na verdade, creio que posso dizer que não pensa isso, pois seu comportamento com ele é perfeitamente cordial, e se essa fosse sua opinião, tenho certeza de que não conseguiria tratá-lo com cordialidade.

Marianne não sabia o que dizer. Ela não feriria os sentimentos da irmã de forma alguma, mas afirmar o que não acreditava era impossível. Depois de um longo momento, respondeu:

— Não se ofenda, Elinor, se meu elogio a ele não se equipara ao seu entendimento das qualidades dele. Não tive tantas oportunidades como você de analisar os pormenores dos pensamentos dele, suas propensões e seus gostos, mas tenho sua bondade e bom senso em alta conta. Creio que ele é muito digno e amável.

— Tenho certeza — respondeu Elinor, com um sorriso — de que os amigos mais queridos dele ficariam satisfeitos com tal elogio. Você não poderia expressar-se de maneira mais afetuosa.

Marianne ficou feliz de ver que agradara a irmã com tanta facilidade.

— De seu bom senso e bondade — continuou Elinor — penso que ninguém que teve uma conversa franca com ele pode ter dúvida. A excelência de seu intelecto e seus princípios só podem ser ocultados pela timidez, que muitas vezes o silencia. Você o conhece o suficiente para fazer-lhe jus. Mas dos pormenores de suas propensões, como você mesma disse, tive a oportunidade de conhecê-los mais que você. Temos passado muito tempo juntos, enquanto você tem ficado absorta demais por uma questão que lhe é mais querida junto de nossa mãe. Tenho aprendido muito sobre ele, analisado seus sentimentos e ouvido sua opinião em relação a assuntos de literatura e sobre seu gosto e, no geral, arrisco dizer que sua mente está bem-informada, desfrutando de livros excelentes, sua imaginação é criativa, sua observação é justa e correta, e seu gosto é delicado e puro. Seus talentos progridem em todos os aspectos conforme o conhecemos melhor, assim como seus modos e seu caráter. À primeira vista, ele certamente não é marcante, e dificilmente se pode dizer que é bonito, até que a expressão de seus olhos, que são bons, e a doçura geral de seu semblante sejam notadas. No momento, eu o conheço tão bem que o creio realmente bonito, ou pelo menos, quase isso. O que me diz, Marianne?

— Se não o creio bonito agora, logo o acharei, Elinor. Quando você me diz para amá-lo como a um irmão, não verei mais imperfeição em seu rosto, como agora não vejo em seu coração.

Elinor ficou espantada com essa declaração e lamentou ter se deixado levar pela emoção ao falar dele. Percebeu que tinha grande admiração por Edward. Acreditava que o afeto era mútuo, mas precisava ter mais certeza disso para sentir-se mais confortável com a convicção de Marianne sobre a união deles. Sabia que o que Marianne e sua mãe especulavam como possibilidade em um momento, logo depois passariam a acreditar como uma certeza — que para elas, desejar era ansiar e ansiar era esperar. Tentou explicar como as coisas eram realmente para a irmã.

— Não posso negar que o admiro muito, que o estimo muito, que gosto dele — disse ela.

Marianne aqui explodiu de indignação...

— Estima? Gosta? Que insensível, Elinor! Ah, pior do que insensível! Envergonhada por sentir outra coisa. Use essas palavras outra vez e sairei da sala imediatamente.

Elinor não pôde conter o riso.

— Desculpe-me — disse ela —, e esteja certa de que não quis ofendê-la ao falar de uma forma tão serena de meus próprios sentimentos. Acredite que são mais fortes do que declarei. Acredite, em suma, que sinto por ele o que ele merece, e a suspeita... a esperança de seu afeto por mim não advém de nenhuma imprudência ou loucura minha. Mas não deve acreditar em mais do que isso. Não tenho certeza alguma do afeto dele por mim. Há momentos em que parece duvidoso, e até sabermos quais são os seus sentimentos você não pode questionar meu desejo de evitar incentivar os meus, acreditando ou denominando-os mais do que são. Em meu coração, sinto pouca, quase nenhuma dúvida de sua predileção. Mas há outros pontos a serem considerados além de sua propensão. Ele está muito longe de ser independente. Tudo o que sabemos de sua mãe é pela menção ocasional de Fanny sobre sua conduta e suas opiniões, de acordo com as quais não podemos supor que ela seja amável. E posso estar enganada, mas penso que Edward tem consciência de que haveria muitas dificuldades em seu caminho se desejasse se casar com uma mulher que não tivesse uma grande fortuna ou boa posição.

Marianne ficou surpresa ao descobrir o quanto a sua imaginação e a da mãe haviam ido além da verdade.

— Então você realmente não está noiva dele? — disse ela. — No entanto, tenho certeza de que acontecerá em breve. Mas duas vantagens decorrerão dessa demora. *Eu* não hei de perdê-la tão cedo, e Edward terá mais tempo para aprimorar o gosto natural por sua atividade favorita, o que será indispensável para a felicidade futura de vocês. Ah, se ele pudesse ser estimulado por sua genialidade a ponto de aprender a desenhar. Seria tão encantador!

Elinor havia expressado sua opinião sincera à irmã. Ela não podia considerar que seus sentimentos por Edward eram tão esperançosos quanto Marianne acreditava. Havia, às vezes, uma falta de ânimo nele que, se não denotava indiferença, manifestava algo não muito promissor. Uma dúvida quanto ao afeto dela, supondo que ele sentisse o mesmo por ela, não deveria causar-lhe mais do que inquietude. Era improvável que provocasse aquela melancolia que frequentemente o acompanhava. Talvez um motivo mais sensato para impedir que ele se alegrasse com essa afeição poderia ser sua dependência. Ela sabia que a mãe dele comportava-se de tal maneira que sua casa não era acolhedora para ele no momento, nem para dar-lhe qualquer garantia de que poderia ter um lar para si mesmo sem atender estritamente ao que ela almeja enquanto carreira para ele. Sabendo disso, era impossível para Elinor sentir-se tranquila com o assunto. Estava tão longe de confiar nas perspectivas de uma preferência dele por ela, quanto sua mãe e irmã as davam como certas. Não, quanto mais ficavam juntos, mais duvidosa parecia a natureza do afeto dele, e às vezes, por alguns minutos dolorosos, ela acreditava que não passava de uma amizade.

Mas o que quer que fosse, quando percebido pela irmã dele, era suficiente para deixá-la desconfortável e, ao mesmo tempo — o que ainda era mais comum—, torná-la descortês. Ela aproveitou a primeira oportunidade que teve para afrontar a sogra sobre o assunto, falando de forma muito expressiva sobre as grandes expectativas de seu irmão, sobre a decisão de Mrs. Ferrars de que seus filhos deveriam se casar bem e sobre o perigo que corria qualquer jovem que tentasse *atraí-lo*. Mrs. Dashwood não pôde se fazer de desentendida nem tentar ficar calma. Deu-lhe uma resposta que assinalou seu desprezo e imediatamente saiu da sala, resolvendo que qualquer que fosse o inconveniente ou a despesa de uma mudança tão repentina, sua amada Elinor não deveria se expor a tais insinuações nem por mais uma semana.

Nesse estado de espírito, recebeu uma carta que continha uma proposta particularmente providencial. Era a oferta de uma pequena casa, com um aluguel muito em conta, pertencente a um parente seu, um cavalheiro de importância e boa situação financeira em Devonshire. A carta era do próprio cavalheiro e escrita com verdadeira intenção de oferecer acomodação. Ele soube que ela precisava de uma habitação e, embora a casa que agora lhe oferecia fosse apenas uma casa de campo, garantiu que faria na casa tudo o que ela achasse necessário, se fosse do seu agrado. Ele insistiu de maneira enérgica, depois de dar os detalhes da casa e do jardim, que ela fosse com as filhas para Barton Park, onde ficava sua própria residência, de onde ela poderia julgar por si mesma se Barton Cottage seria bom para ela, pois as casas ficavam na mesma paróquia. Ele parecia realmente ansioso para acomodá-las, e a carta foi escrita em um estilo tão amigável que suscitou grande alegria em sua prima, ainda mais em um momento em que ela sofria com o comportamento frio e insensível de seus parentes mais próximos. Ela não precisou de tempo para deliberação ou averiguação. A decisão foi tomada enquanto lia a carta. A localização de Barton, em um condado tão distante de Sussex como Devonshire, que algumas horas antes teria sido objeção suficiente para superar todas as vantagens possíveis do lugar, era agora sua maior qualidade. Deixar a região de Norland não era mais um problema, era um desejo, uma bênção em comparação com o sofrimento de continuar como convidada da nora. E sair para sempre daquele lugar amado seria menos doloroso do que visitá-lo enquanto tal mulher fosse sua senhora. Ela escreveu imediatamente a Sir John Middleton expressando seu apreço por sua bondade e aceitando a proposta, e então se apressou a mostrar as cartas para as filhas para que pudesse ter a certeza da aprovação delas antes de enviar a resposta.

Elinor sempre acreditou que seria mais prudente se estabelecerem a certa distância de Norland. Levando em conta *essa* opinião, portanto, não cabia a ela opor-se à intenção da mãe de mudar-se para Devonshire. A casa, conforme Sir John a descrevera, era muito simples e o aluguel supreendentemente moderado a ponto de não deixar motivo para objeção em nenhum dos quesitos. Portanto, embora não fosse um plano que correspondesse ao que tinha imaginado, mesmo uma mudança para longe de Norland estando além de seus desejos, não fez nenhuma tentativa de dissuadir a mãe de enviar uma carta de aquiescência.

Capítulo 5

Assim que a resposta foi enviada, Mrs. Dashwood permitiu-se ter o prazer de anunciar ao enteado e à esposa que havia conseguido uma casa e não os incomodaria por mais tempo, apenas até que tudo estivesse pronto para ela se mudar. Eles a ouviram com surpresa. Mrs. John Dashwood não disse nada, mas seu marido cordialmente disse que esperava que ela não se instalasse longe de Norland. Ela teve grande satisfação em responder que estava indo para Devonshire. Edward virou-se para ela de súbito ao ouvir isso e, em um tom de surpresa e preocupação do qual ela sabia bem o motivo, repetiu:

— Devonshire! A senhora está mesmo indo para lá? Tão longe daqui! E para qual região exatamente?

Ela explicou. Ficava a mais ou menos seis quilômetros ao norte de Exeter.

— É apenas uma casa de campo — continuou —, mas espero receber muitos de meus amigos lá. Um quarto ou dois podem ser facilmente acrescentados, e se meus amigos não encontrarem dificuldade em viajar para tão longe para me ver, tampouco terei problemas para acomodá-los.

Ela concluiu com um convite muito gentil a Mr. e Mrs. John Dashwood para a visitarem em Barton e convidou Edward com ainda mais carinho. Embora a última conversa com a nora tenha feito com que decidisse não permanecer em Norland mais do que o necessário, não teve na nora o menor efeito com relação ao que pretendia. Separar Edward e Elinor não era seu objetivo, e com o convite a Edward desejava mostrar a Mrs. John Dashwood como desprezava por completo que ela desaprovasse aquela união.

Mr. John Dashwood disse à madrasta repetidas vezes como lamentava por ela ter escolhido uma casa tão distante de Norland a ponto de impedir que lhe prestasse qualquer ajuda na remoção da mobília. Ele ficou profundamente aborrecido, pois esse arranjo tornava impraticável o esforço ao qual ele havia limitado o cumprimento da promessa ao pai. A mobília foi enviada por barco.

Consistia principalmente de roupas de cama e banho, prataria, porcelana, livros e um belo pianoforte de Marianne. Mrs. John Dashwood viu os objetos embalados partirem com um suspiro: não pôde deixar de pensar que Mrs. Dashwood, com uma renda tão insignificante em comparação com a deles, não deveria ter nenhum artigo de mobiliário bonito.

Mrs. Dashwood alugou a casa por um ano. Já estava mobiliada e pronta para morarem. Nenhum dos lados trouxe dificuldade para o acordo, e ela apenas esperou o envio de seus pertences e a resolução dos pormenores finais da futura casa antes de partir para o oeste. E, como era extremamente rápida ao conduzir tudo o que lhe interessava, logo estava tudo pronto. Os cavalos que foram deixados pelo marido foram vendidos logo após a sua morte, e agora havia a oportunidade de se desfazer da carruagem, e concordou em vendê-la, como recomendado pela filha mais velha. Para o conforto das filhas, se tivesse respeitado apenas seus próprios desejos, teria ficado com a carruagem, mas o poder de decisão de Elinor prevaleceu. A sabedoria *dela* também limitou o número de criados a três: duas criadas e um criado, que foram rapidamente escolhidos entre aqueles que estavam com elas desde que chegaram a Norland.

O criado e uma das criadas foram enviados imediatamente para Devonshire a fim de preparar a casa para a chegada de sua senhora, pois como Mrs. Dashwood não conhecia Lady Middleton, ela preferia ir diretamente para a casa em vez de ficar hospedada em Barton Park. Confiou tanto na descrição da casa de Sir John que não teve curiosidade de examiná-la antes de mudar-se. Sua vontade de deixar Norland não diminuiu, haja vista a satisfação evidente da nora com a perspectiva de sua saída. Houve uma tentativa débil de ocultar tal satisfação com um convite apático para adiar a partida. Agora era o momento em que a promessa do enteado ao pai poderia ser dignamente cumprida. Como ele havia ignorado o fato quando se mudou para a propriedade, a saída delas poderia ser vista como o momento mais adequado para seu cumprimento. Mas Mrs. Dashwood logo começou a perder a esperança com relação a isso e a se convencer, pelo rumo geral do discurso dele, de que sua assistência não seria mais do que os seis meses de estadia em Norland. Ele falava com tanta frequência das crescentes despesas de manutenção da casa e das demandas permanentes sob sua responsabilidade, às quais qualquer homem de importância no mundo estava exposto, que parecia estar mais necessitado de dinheiro do que ter a menor intenção de dá-lo.

Poucas semanas depois do dia em que a primeira carta de Sir John Middleton chegou a Norland tudo estava tão bem encaminhado na futura residência que possibilitou que Mrs. Dashwood e as filhas começassem a jornada.

Muitas foram as lágrimas derramadas por elas em seu último adeus a um lugar tão amado.

— Querida, querida Norland! — exclamou Marianne, enquanto vagava sozinha pela frente da casa na última noite lá. — Quando deixarei de me lamentar por você? Quando sentirei que tenho um lar em outro lugar? Ah! Casa feliz, você tem como saber o quanto sofro agora ao vê-la daqui, de onde talvez jamais a veja novamente? E vocês, árvores tão familiares! Mas vocês continuarão iguais. Nenhuma folha vai apodrecer porque estamos nos mudando, nenhum galho ficará imóvel por não podermos mais observá-lo! Não, continuarão iguais, inconscientes do prazer ou do lamento que causam e insensíveis a qualquer mudança naqueles que caminham sob suas sombras! Mas quem ficará para apreciá-las?

Capítulo 6

A primeira parte da viagem foi realizada em um estado de espírito muito melancólico, o que fez com que esse trecho fosse tedioso e desagradável. Mas quando estavam próximas ao destino, o interesse na aparência da região que iriam habitar superou o desânimo, e quando chegaram a Barton Valley a vista lhes alegrou. Era um local fértil e agradável, bem arborizado e repleto de pastos. Depois de percorrerem o vale por mais de um quilômetro, chegaram à sua casa. Uma pequena área verde era tudo o que havia na frente, e ao atravessar uma portinhola adentrava-se no terreno.

A casa, Barton Cottage, embora pequena, era confortável e compacta, no entanto, não se parecia muito com uma casa típica de uma região rural, pois a construção era comum, coberta de telhas, as persianas das janelas não eram verdes, nem as paredes eram cobertas de madressilvas. Uma passagem estreita ia da casa diretamente até o jardim na parte de trás. De cada lado da entrada havia uma sala de estar com cerca de dois metros quadrados, e depois ficava a área de serviço e as escadas. Quatro quartos e dois sótãos completavam a casa. A construção não era muito antiga e estava em bom estado de conservação. Em comparação a Norland, era de fato pobre e pequena, mas as lágrimas que a lembrança evocava logo secaram conforme entravam na casa. Foram recebidas com alegria pelos criados, e cada uma para o bem das outras resolveu parecer feliz. Era início de setembro, o clima estava ameno, e ver o lugar pela primeira vez com tempo bom mostrou-se benéfico, tiveram uma boa impressão, o que foi de grande ajuda para uma aprovação definitiva.

A localização era boa. Colinas altas se erguiam próximas dos fundos da casa dos dois lados. Algumas das colinas não eram cercadas, outras eram cultivadas e arborizadas. A vila de Barton ficava em sua maior parte em uma dessas colinas e compunha uma paisagem agradável vista das janelas. Na frente, a vista era mais extensa, estendia-se por todo o vale e ia para além do condado vizinho. As colinas que cercavam a casa alcançavam o vale naquela direção, sob outro nome e em outro rumo, ramificavam-se novamente por entre duas das mais íngremes.

Mrs. Dashwood estava bem satisfeita com o tamanho e a mobília da casa dado que seu estilo de vida anterior propiciou muitos acréscimos essenciais ao mobiliário. Porém, complementar e melhorar era um deleite para ela, e neste momento dispunha de dinheiro suficiente para abastecer com elegância os cômodos com tudo o que era necessário.

— Quanto à casa em si, com certeza é muito pequena para nossa família — disse ela —, mas ficaremos razoavelmente confortáveis para o momento, pois é tarde demais para melhorias este ano. Talvez na primavera, se eu tiver dinheiro, e, suponho que terei, possamos pensar em fazer algumas reformas. Estas duas salas são muito pequenas para os grupos de amigos que espero ver frequentemente reunidos aqui, e penso em unir o corredor a uma das salas e talvez uma parte da outra, e a área restante seria a entrada; isso com uma nova sala de visitas, que pode ser facilmente acrescentada, e um quarto e o sótão acima, deixarão nossa casa muito aconchegante. Gostaria que as escadas fossem mais bonitas. Mas não se deve desejar tudo, embora suponho que não seria difícil alargá-la. Veremos como me sentirei na primavera e planejaremos nossas melhorias de acordo.

Enquanto isso, até que todas essas alterações pudessem ser feitas com uma renda de quinhentas libras por ano de uma mulher que nunca guardou dinheiro na vida, foram sábias o suficiente para se contentar com a casa como estava, e cada uma ocupou-se e empenhou-se em organizar seus objetos pessoais, colocando livros e outros bens pela casa para transformá-la em um lar. O pianoforte de Marianne foi desembalado e devidamente posicionado, e os desenhos de Elinor foram afixados nas paredes da sala de estar.

Durante essas atividades, logo após o café da manhã no dia seguinte foram interrompidas pela entrada de seu senhorio, que veio dar-lhes as boas-vindas a Barton e oferecer-lhes qualquer das acomodações de sua própria casa e jardim de que precisassem. Sir John Middleton era um homem bonito com cerca de quarenta anos. Ele já havia visitado Stanhill, mas fazia tanto tempo que as jovens primas não poderiam se lembrar dele. Tinha um semblante bem-humorado e seus modos eram tão amigáveis quanto o estilo de sua carta. A chegada delas parecia lhe proporcionar verdadeira satisfação, e seu conforto era uma preocupação para ele. Disse que era seu desejo sincero que as duas famílias tivessem um convívio muito próximo, e insistiu tão cordialmente para que jantassem em Barton Park todos os dias até que estivessem mais bem acomodadas que, embora o pedido tivesse ultrapassado o limite da polidez, elas não puderam recusar. Sua bondade não se limitou a palavras, pois, uma hora depois que ele as deixou, receberam um grande cesto cheio de hortaliças e frutas. E, antes do fim do dia, chegou de presente o resultado de uma caça. Além disso, insistiu em levar todas as cartas delas para o correio e buscá-las também, e teria muita satisfação em enviar-lhes o seu jornal todos os dias.

Lady Middleton havia enviado, por meio dele, uma mensagem muito educada denotando sua intenção de visitar Mrs. Dashwood assim que tivesse certeza de que sua visita não seria inconveniente, e como essa mensagem foi respondida com um convite igualmente educado, Sua Senhoria foi-lhes apresentada no dia seguinte.

Elas estavam, é claro, muito ansiosas para ver a pessoa da qual seu conforto em Barton tanto dependeria, e sua aparência elegante correspondeu aos seus desejos. Lady Middleton não tinha mais do que vinte e seis ou vinte e sete anos. Seu rosto era bonito, era alta e sua figura era marcante, e era graciosa no tratamento. Seus modos tinham toda a elegância que faltava ao marido, mas poderiam ser aprimorados com um toque da franqueza e simpatia que ele tinha. A visita, que foi breve, serviu para diminuir um pouco a admiração inicial, mostrando que, embora perfeitamente bem-educada, era reservada, fria, e não tinha nada a dizer além das perguntas ou comentários mais comuns.

Mas conversa, no entanto, não faltou. Sir John era muito tagarela, e Lady Middleton havia tomado a sábia precaução de trazer com ela o filho mais velho — um belo garotinho de cerca de seis anos de idade —, e em caso de necessidade, as mulheres sempre recorriam a ele, já que tinham que perguntar seu nome e idade, admirar sua beleza e fazer perguntas, que a mãe respondia por ele. O menino ficou agarrado a ela e com a cabeça baixa, para grande surpresa de Sua Senhoria, que se perguntava por que estava tão tímido diante de companhia, pois era capaz de fazer muito barulho em casa. Em visitas formais, uma criança há de sempre fazer parte da conversa como objeto de discussão. No presente caso, levaram dez minutos para determinar se o menino era mais parecido com o pai ou a mãe e quais características tinha de cada, pois é claro que todos tinham opiniões diferentes e cada surpreendia-se com a opinião do outro.

Logo seria dada uma oportunidade às Dashwoods de debater sobre o restante das crianças, já que Sir John não iria embora sem a promessa de um jantar em sua casa no dia seguinte.

Capítulo 7

arton Park ficava a menos de um quilômetro da casa. As moças haviam passado por perto em seu caminho ao longo do vale, mas uma colina as impedia de avistá-la de casa. A residência era grande e bonita, e os Middletons viviam em um estilo equivalente de hospitalidade e elegância. A primeira era propiciada por Sir John, a segunda, por sua senhora. Eles quase sempre tinham alguns amigos hospedados na casa e, mais do que qualquer outra família da região, tinham companhia de todos os tipos. Isso era necessário para a felicidade de ambos, pois por mais diferentes que fossem em relação ao temperamento e comportamento, assemelhavam-se fortemente na completa falta de talento e gosto, o que limitava suas atividades, que não tinham como ser realizadas em companhia, a um âmbito muito estreito. Sir John era esportista; Lady Middleton era mãe. Ele caçava e atirava, ela entretinha os filhos — e essas eram as únicas aptidões deles. Lady Middleton tinha a vantagem de poder mimar os filhos durante o ano todo, enquanto a atividade de Sir John não podia ser feita na mesma frequência. Compromissos constantes em casa ou fora, no entanto, supriam todas as deficiências de temperamento e educação, mantinham o bom ânimo de Sir John e conservavam a boa criação da esposa.

Lady Middleton gabava-se da elegância de sua mesa e de toda a organização doméstica, e esse tipo de vaidade era seu maior prazer em qualquer um de seus compromissos. Mas a satisfação de Sir John quando tinha companhia era muito mais real: ele se deleitava em receber mais jovens do que a casa suportava, e quanto mais barulhentos eram, mais satisfeito ficava. Ele era uma bênção para todos os jovens da região, pois no verão estava sempre promovendo festas para comer presunto e frango ao ar livre; e no inverno, dava bailes com frequência suficiente para qualquer jovem moça que não estivesse sofrendo com o apetite insaciável dos quinze anos de idade.

A chegada de uma nova família ao condado sempre foi motivo de alegria para ele, e estava, sob todos os pontos de vista, encantado com as novas moradoras que havia encontrado para sua casa em Barton. As Dashwoods eram jovens, bonitas e espontâneas. Era o suficiente para terem seu aval, pois espontaneidade era tudo de que uma mulher bonita precisava para que suas opiniões fossem tão cativantes quanto sua pessoa. A cordialidade de seu caráter o deixou feliz em acomodar aquelas cuja situação poderia ser considerada desafortunada se comparada ao passado. Ao ser gentil com as primas, portanto, seu bom coração teve verdadeira satisfação, e ao estabelecer na casa uma família somente de mulheres, teve a satisfação de um esportista; pois um esportista, embora estime apenas aqueles de seu gênero que são igualmente esportistas, muitas vezes não deseja encorajá-los a dar vazão à suas preferências dentro de sua propriedade.

Mrs. Dashwood e as filhas foram recepcionadas na porta da casa por Sir John, que as recebeu em Barton Park com sinceridade espontânea, e enquanto ele as acomodava na sala de visitas, repetiu às jovens a preocupação que o acometeu também no dia anterior por não conseguir encontrar nenhum jovem interessante para conhecerem. Elas veriam, ele disse, apenas um cavalheiro além dele mesmo, um amigo que estava hospedado ali, mas que não era nem muito jovem nem muito animado. Esperava que todos desculpassem o grupo pequeno e garantiu que isso nunca mais iria se repetir. Tinha visitado várias famílias naquela manhã na esperança de encontrar alguém que pudesse se juntar a eles, mas era uma noite de lua cheia e todos estavam cheios de compromissos. Felizmente, a mãe de Lady Middleton havia chegado a Barton na última hora, e como era uma mulher muito agradável e alegre, ele esperava que as jovens não a achassem tão entediante. As jovens moças, bem como sua mãe, estavam perfeitamente satisfeitas em ter dois estranhos no grupo e não desejavam mais do que isso.

Mrs. Jennings, mãe de Lady Middleton, era uma mulher bem-humorada, alegre, gorda e idosa, que falava muito, parecia muito feliz e era um tanto vulgar. Contava piadas, ria muito, e antes do fim do jantar havia feito muitos comentários sarcásticos sobre amantes e maridos. Disse que esperava que as moças não tivessem deixado seus corações para trás em Sussex, e fingiu vê-las corar, mesmo que não tivessem corado. Marianne ficou irritada com isso por causa da irmã, e lançou um olhar tão significativo a Elinor para ver como ela estava suportando esses ataques que deixou Elinor muito mais desconfortável do que as provocações de Mrs. Jennings.

O coronel Brandon, amigo de Sir John, era muito diferente do amigo; assim como Lady Middleton também o era e tal qual Mrs. Jennings era diferente da filha. Ele era quieto e sério. Sua aparência, no entanto, não era desagradável, apesar de, na opinião de Marianne e Margaret, ser um solteirão convicto, pois tinha mais ou menos trinta e cinco anos. Embora não tivesse um rosto bonito, seu semblante era sóbrio e seu comportamento era particularmente cavalheiresco.

Não havia nada em nenhum dos presentes que os tornasse boa companhia para as Dashwoods, mas a insipidez fria de Lady Middleton era tão repulsiva que, em comparação a ela, a seriedade do coronel Brandon e até mesmo a alegria ruidosa de Sir John e sua sogra eram interessantes. Lady Middleton pareceu se animar apenas com a entrada dos quatro filhos barulhentos após o jantar, que a puxaram, rasgaram suas roupas e acabaram com todo tipo de assunto, exceto o que se relacionava a eles.

À noite, quando descobriram que Marianne tinha talento para a música, convidaram-na para tocar. O instrumento foi aberto, todos se prepararam para encantarem-se, e Marianne, que cantava muito bem, a pedidos, passou pelas principais canções que Lady Middleton trouxera para a família em seu casamento, e que talvez estivessem desde então na mesma posição no pianoforte, pois Sua Senhoria havia comemorado o evento desistindo da música — embora pelo relato de sua mãe tivesse tocado extremamente bem na ocasião e gostasse muito de fazê-lo.

A exibição de Marianne foi muito aplaudida. Sir John era barulhento em sua admiração ao final de cada música, bem como em sua conversa com os outros enquanto ela tocava. Lady Middleton pedia o tempo todo para que ele se controlasse, perguntava-se como a atenção de alguém poderia ser desviada da música, e pediu a Marianne para cantar novamente uma canção específica que ela acabara de tocar. O coronel Brandon foi o único do grupo que a ouviu sem arrebatamento. Apenas lhe prestou o elogio da atenção, e ganhou o respeito dela por isso, ao contrário dos outros, que não o mereciam por sua falta descarada de gosto. O prazer dele com a música, embora não correspondesse àquele deleite maravilhado que por si só era muito parecido com o dela, era estimável quando contrastado com a horrível insensibilidade dos outros. E ela era sensata o suficiente para reconhecer que um homem de trinta e cinco anos pudesse já ter vivido muito além da intensidade de sentimento e de todo o poder extraordinário da alegria. Ela estava plenamente disposta a fazer todas as concessões à idade avançada do coronel que a boa vontade exigia.

Capítulo 8

Mrs. Jennings era uma viúva que tinha pensão farta. Tinha apenas duas filhas. Viveu para ver ambas respeitosamente casadas e agora não tinha nada a fazer além de casar o resto do mundo. Dedicava muita energia ao cumprimento desse objetivo, limitada por seus talentos, e não perdia nenhuma oportunidade de arquitetar casamentos entre todos os jovens que conhecia. Era admiravelmente rápida para descobrir paixões e tinha a capacidade de enrubescer e envaidecer muitas jovens moças com insinuações sobre o poder delas sobre os jovens moços. E esse tipo de discernimento fez com que ela, logo após sua chegada a Barton, pronunciasse com firmeza que o coronel Brandon estava muito apaixonado por Marianne Dashwood. Suspeitou disso já na primeira noite em que estiveram juntos — ao vê-lo ouvi-la cantar com tanta atenção — e quando a visita aos Middletons foi retribuída com um jantar na casa delas, o fato ficou constatado quando ele a ouviu novamente. Tinha que ser. Estava completamente convencida. Seria um casal excelente, pois *ele* era rico, e *ela* era bonita. Mrs. Jennings estava ansiosa para ver o coronel Brandon bem-casado desde que o conheceu através de sua conexão com Sir John, e estava sempre ávida por conseguir um bom marido para toda moça bonita.

O benefício imediato para si mesma não era de forma alguma irrelevante, pois deu-lhe a oportunidade de fazer intermináveis brincadeiras com os dois. Em Barton Park ela ria do coronel, e na casa das Dashwoods, de Marianne. Para ele, as provocações eram provavelmente indiferentes, já que se referiam apenas a si mesmo, mas para Marianne, de início, eram incompreensíveis. E quando as entendeu, não sabia se ria do absurdo ou censurava a impertinência, pois considerava-as uma reflexão insensível sobre a idade avançada do coronel e sobre sua condição de velho solteiro.

Mrs. Dashwood, que não conseguia imaginar que um homem cinco anos mais novo do que ela podia ser considerado tão ancião pela fantasia juvenil da filha, arriscou-se a isentar Mrs. Jennings da possibilidade de ridicularizar a idade dele.

— Mas pelo menos, mamãe, você não pode negar o absurdo da acusação, embora possa achar que não seja mal-intencionada. O coronel Brandon é certamente mais novo que Mrs. Jennings, mas tem idade suficiente para ser *meu* pai, e se algum dia já esteve apaixonado, deve ter superado qualquer sentimento desse tipo há muito tempo. É muito ridículo! Quando um homem estará a salvo de tal zombaria, se a idade e a debilidade não o protegem?

— Debilidade? — questionou Elinor. — Está chamando o coronel Brandon de débil? Entendo que a idade dele possa parecer mais avançada para você do que para minha mãe, mas você não pode se deixar enganar quanto a sua capacidade de usar seus membros!

— Você não o ouviu reclamar do reumatismo? E essa não é a enfermidade mais comum da decadência da vida?

— Minha querida filha — disse a mãe, rindo —, desta maneira você deve estar aterrorizada com a *minha* decadência, e deve parecer-lhe um milagre que minha vida tenha se estendido até os quarenta anos.

— Mamãe, você não está sendo justa comigo. Sei muito bem que o coronel Brandon não tem idade suficiente para que seus amigos fiquem apreensivos de perdê-lo para o curso natural da vida. Ele pode viver mais vinte anos. Mas trinta e cinco anos nada tem a ver com o matrimônio.

— Talvez seja melhor dizer que trinta e cinco e dezessete não tenham nada a ver com um matrimônio entre si — disse Elinor. — Mas, se por acaso acontecer de uma mulher estar solteira aos vinte e sete anos, eu não acharia que o fato de o coronel Brandon ter trinta e cinco seria motivo de objeção para ele se casar com *ela*.

— Uma mulher de vinte e sete anos — disse Marianne, depois de um instante — não pode esperar sentir ou inspirar afeto novamente. E se estiver desconfortável em casa, ou se for desprovida de posses, creio que possa se submeter ao trabalho de enfermeira para que tenha a provisão e segurança de uma esposa. Portanto, não seria adequado ele se casar com tal mulher. Seria um acordo de conveniência, e o mundo ficaria satisfeito. Aos meus olhos, não seria um casamento, mas isso não seria nada. Para mim, pareceria apenas uma negociação comercial, na qual cada um deseja se beneficiar à custa do outro.

— Eu sei que é impossível convencê-la de que uma mulher de vinte e sete anos poderia sentir por um homem de trinta e cinco qualquer coisa próxima ao amor para torná-lo um companheiro desejável para ela — respondeu

Elinor. — Mas devo me opor à sua condenação do coronel Brandon e a esposa ao confinamento de um quarto como doentes apenas porque ele ontem, em um dia muito frio e úmido, reclamou de uma leve sensação reumática no ombro.

— Mas ele falou de coletes de flanela — disse Marianne. — E, para mim, colete de flanela está invariavelmente conectado a dores, cólicas, reumatismos e todos os tipos de doenças que podem afligir os velhos e os fracos.

— Se ele estivesse apenas com uma febre violenta você não o desprezaria tanto. Confesse, Marianne, não há algo atraente para você na bochecha corada, nos olhos fundos e no pulso acelerado causados pela febre?

Logo depois disso, quando Elinor saiu da sala, Marianne disse:

— Mamãe, estou preocupada com um assunto de doença que não posso esconder de você. Tenho certeza de que Edward Ferrars não está bem. Estamos aqui há quase quinze dias e ele ainda não veio nos visitar. Somente uma indisposição poderia ocasionar essa demora tão grande. O que mais poderia detê-lo em Norland?

— Você pensou que ele viria tão cedo? — perguntou Mrs. Dashwood. — Pois eu não. Pelo contrário. Se senti alguma inquietação sobre o assunto foi ao lembrar que ele às vezes mostrou uma falta de prazer e prontidão em aceitar meu convite quando falei de sua vinda a Barton. Elinor o espera?

— Não falei sobre isso com ela, mas é claro que há de esperar.

— Prefiro pensar que você está enganada, pois quando conversei com ela ontem sobre uma nova lareira para o quarto de hóspedes ela observou que não havia pressa para isso, pois era improvável que o quarto fosse ser usado logo.

— Que estranho! O que isso pode significar? O comportamento de um com o outro tem sido inexplicável! Como foi frio, comedido o último adeus deles! Como foi apática a conversa na última noite em que estiveram juntos! A despedida de Edward não fez distinção entre mim e Elinor: foi como os bons votos de um irmão afetuoso para ambas. Duas vezes eu os deixei juntos de propósito na última manhã, e nas duas vezes ele me seguiu para fora da sala da forma mais inexplicável. E Elinor, ao deixar Norland e Edward, não chorou como eu. Mesmo agora, seu autocontrole é constante. Quando ela fica desanimada ou melancólica? Quando tenta evitar companhia ou fica inquieta e insatisfeita quando está com alguém?

Capítulo 9

As Dashwoods estavam agora instaladas em Barton com relativo conforto. A casa e o jardim, com tudo o que as cercava, estavam agora se tornando familiares, e as atividades corriqueiras que haviam dado a Norland metade de seu encanto davam novamente muito mais prazer do que Norland tinha sido capaz desde a perda do pai. Sir John Middleton, que as visitou todos os dias durante as duas primeiras semanas, e que não tinha muita ocupação em casa, não conseguia esconder o espanto ao encontrá-las sempre ocupadas.

Seus visitantes, exceto aqueles de Barton Park, não eram muitos, pois, apesar dos pedidos insistentes de Sir John para que se socializassem mais na região, e repetidas garantias de que a carruagem dele estava sempre ao seu serviço, o espírito independente de Mrs. Dashwood superou o desejo de companhia para as filhas, e ela estava decidida a não visitar nenhuma família que ficasse além da distância de uma caminhada. Nesse caso, as opções eram poucas, e nem todas eram acessíveis. Cerca de dois quilômetros da casa, ao longo do vale estreito e sinuoso de Allenham, que começava no vale de Barton como descrito anteriormente, as moças tinham descoberto em uma de suas primeiras caminhadas uma antiga mansão respeitável que, fazendo-as rememorar um pouco de Norland, despertou-lhes a imaginação e as fazia desejar conhecê-la melhor. Mas souberam, perguntando, que a dona — uma senhora idosa de muito bom caráter — estava infelizmente muito enferma para receber visitas e nunca saía de casa.

A região inteira proporcionava muitos passeios bonitos. De quase todas as janelas da casa, as colinas as convidavam a buscar o extraordinário prazer do vento em seus cumes, e eram uma alternativa feliz à lama dos vales abaixo que ofuscava suas belezas excepcionais. Em uma manhã memorável, Marianne e Margaret se dirigiram para uma dessas colinas atraídas pelo nascer do sol em meio a um céu chuvoso, incapazes de suportar por mais tempo o confinamento que a chuva dos dois dias anteriores tinha provocado. O clima não estava tentador o suficiente para fazer as outras duas deixarem de lado seu lápis e seu livro — apesar da declaração de Marianne de que o dia seria bonito e que todas as nuvens ameaçadoras sumiriam das colinas —, e as duas moças partiram juntas.

Subiram alegremente as colinas, regozijando-se a cada vez que vislumbravam o céu azul, e quando sentiram no rosto o vento forte vindo do sudoeste, lamentaram-se do medo que impediu a mãe e Elinor de compartilharem essa sensação deliciosa.

— Há no mundo felicidade maior do que esta? — refletiu Marianne. — Margaret, vamos caminhar por aqui por pelo menos duas horas.

Margaret concordou, e seguiram a caminhada contra o vento, resistindo a ele com deleite e risos por cerca de mais vinte minutos quando, de repente, as nuvens acima se juntaram e uma chuva torrencial caiu. Aborrecidas e surpresas, foram obrigadas a voltar, a contragosto, pois não havia abrigo mais próximo do que sua casa. Ao menos tiveram consolo na necessidade que o momento ofereceu e que normalmente seria considerado mau comportamento: correr a toda velocidade na descida íngreme da colina que conduzia diretamente ao portão do jardim da casa.

E partiram. Marianne teve uma vantagem inicial, mas um passo em falso de repente a levou ao chão. Margaret, sem conseguir parar para ajudá-la, continuou a correr e chegou lá embaixo em segurança.

Um cavalheiro carregando uma arma com dois cães de caça brincando ao seu redor estava andando pela colina a poucos metros de Marianne quando ela caiu. Ele largou a arma e correu para ajudá-la. Ela havia se levantado, mas torceu o tornozelo na queda e mal conseguia ficar de pé. O cavalheiro ofereceu-lhe assistência e, percebendo que por pudor a moça rejeitava o que a situação exigia, sem demora tomou-a em seus braços e a carregou colina abaixo. Então, passando pelo jardim, cujo portão havia sido deixado aberto por Margaret, levou-a direto para dentro da casa, onde Margaret acabara de chegar, e não a soltou até que estivesse sentada em uma cadeira na sala.

Elinor e a mãe se levantaram espantadas com a entrada deles e, embora ambas olhassem fixamente para ele com evidente fascínio e uma admiração recôndita, que brotou também de sua aparência, ele desculpou-se pela intrusão explicando o motivo de maneira tão franca e graciosa que à sua fisionomia, cuja beleza era incomum, somaram-se os encantos de sua voz e expressão. Se ele fosse velho, feio e vulgar, a gratidão e a gentileza de Mrs. Dashwood ainda teriam sido asseguradas pela atitude cuidadosa com a filha, mas a influência da juventude, beleza e elegância reforçaram esses sentimentos.

Ela agradeceu-lhe diversas vezes com a doçura que era do seu feitio e convidou-o a sentar-se, mas ele recusou, pois estava sujo e molhado. Mrs. Dashwood então pediu para saber a quem devia sua gratidão. Seu nome, respondeu, era Willoughby, residia em Allenham, e esperava que ela lhe permitisse uma visita no dia seguinte para saber como estaria Miss Dashwood. A honra foi prontamente concedida, e ele então partiu — tornando-se ainda mais interessante — no meio de uma chuva forte.

Sua beleza masculina e elegância incomum tornaram-se tema de admiração geral de imediato, e sua bravura com relação a Marianne provocou gracejos estimulados por suas características físicas. Marianne tinha visto menos dele do que as outras, pois a confusão causada quando ele a pegou no colo, o que a deixou enrubescida, a impediu de olhar para ele depois que entraram na casa. Mas tinha visto o suficiente para se juntar a toda a admiração das outras, e com a energia que sempre adornava sua exaltação. Ele tinha a aparência e o porte que sua imaginação já havia criado para o herói de uma história favorita, e ao carregá-la para dentro da casa com tão pouca formalidade anterior teve uma rapidez de pensamento que tornou sua atitude notável para ela. Todas as circunstâncias referentes a ele eram interessantes. Seu nome era bom, sua residência era em seu vilarejo favorito e descobriu que, de todas as vestes masculinas, a jaqueta de caça era a mais atraente. Sua imaginação estava agitada, seus pensamentos eram agradáveis, e a dor do tornozelo torcido foi esquecida.

Sir John as visitou assim que um intervalo de tempo bom naquela manhã permitiu que saísse, e depois que o acidente de Marianne foi relatado, foi ansiosamente questionado se conhecia algum cavalheiro do nome de Willoughby em Allenham.

— Willoughby! — exclamou Sir John. — O quê? Ele está na região? No entanto, isso é uma boa notícia. Irei até lá amanhã e o convidarei para jantar na quinta-feira.

— O senhor o conhece, então — disse Mrs. Dashwood.

— Se o conheço? Claro que sim. Ora, ele vem todos os anos.

— E que tipo de jovem ele é?

— O melhor tipo de sujeito que já existiu, eu lhe asseguro. Atira muito bem e não há quem ande melhor a cavalo na Inglaterra.

— E *isso* é tudo o que você pode dizer sobre ele? — gritou Marianne, indignada. — Mas quais são seus modos mais intimamente? Quais seus propósitos, seus talentos e suas habilidades?

Sir John ficou bastante intrigado.

— Bom — disse ele —, não sei muito a respeito *disso* tudo. Mas ele é um sujeito agradável e bem-humorado, e tem a mais linda cadela que já vi. Ela estava com ele hoje?

Mas Marianne pôde dar-lhe tantas informações quanto à cor da cadela de Mr. Willoughby quanto Sir John pôde descrever os atributos dele.

— Mas quem é ele? — perguntou Elinor. — De onde ele é? Ele tem uma casa em Allenham?

Com relação a isso, Sir John pôde fornecer mais dados, e contou que Mr. Willoughby não tinha propriedade na região, que ficava lá apenas enquanto visitava a velha senhora em Allenham Court, de quem era parente e cujas posses herdaria, acrescentando:

— Sim, sim, posso dizer que vale muito a pena agarrá-lo, Miss Dashwood. Ele tem uma pequena propriedade em Somersetshire, e se eu fosse a senhorita não o deixaria para minha irmã mais nova, apesar dessa queda nas colinas. Miss Marianne não deve esperar ter todos os homens para si. Brandon ficará com ciúmes se ela não tomar cuidado.

— Não creio — disse Mrs. Dashwood, com um sorriso bem-humorado — que Mr. Willoughby será alvo de tentativas de qualquer uma das *minhas* filhas para o que o senhor chama de *agarrá-lo*. Não é para isso que foram criadas. Os homens estão muito seguros conosco, mesmo sendo muito ricos. Fico feliz em descobrir, no entanto, pelo que o senhor disse, que ele é um jovem respeitável, e com quem o convívio não será inadequado.

— Ele é um bom sujeito, creio eu, dos melhores que já existiu — repetiu Sir John. — Lembro-me do Natal passado em um baile em Barton Park, que ele dançou das oito até as quatro sem se sentar uma vez sequer.

— É mesmo? — bradou Marianne com os olhos brilhando. — E com elegância, com bom-humor?

— Sim, e ele acordou às oito para caçar a cavalo.

— É disso que eu gosto, é assim que um jovem deve ser. Quaisquer que sejam seus propósitos, sua disposição para buscá-los não deve ter moderação e não deve deixá-lo com nenhuma sensação de fadiga.

— Sim, sim, já entendi como há de ser — disse Sir John. — Agora a senhorita correrá atrás dele e nunca mais pensará no pobre Brandon.

— Eis uma expressão, Sir John, que eu detesto — disse Marianne, com gentileza. — Abomino todas as frases clichês com as quais se pretende ser perspicaz, e "correr atrás de um homem" ou "seduzi-lo", são as mais odiosas de todas. A tendência delas é grosseira e vil, e se seu significado pudesse um dia ter sido considerado inteligente, o tempo já arruinou toda sua perspicácia.

Sir John não entendeu muito essa repreensão, mas riu tão calorosamente como se tivesse entendido e então respondeu:

— Sim, ouso dizer que a senhorita há de seduzir muitos, de uma forma ou de outra. Pobre Brandon! Ele já está bastante apaixonado, e vale muito a pena correr atrás dele, eu lhe digo, mesmo com todo esse tombo e torção de tornozelos.

Capítulo 10

O protetor de Marianne, conforme Margaret, com mais elegância do que precisão, intitulou Willoughby, apareceu na manhã seguinte para saber como ela estava. Foi recebido por Mrs. Dashwood com mais do que educação, com uma gentileza motivada pelo relato de Sir John sobre ele e por sua própria gratidão, e tudo o que se passou durante a visita o assegurou do bom senso, da elegância, da afeição mútua e do conforto doméstico da família a quem foi apresentado pelo acidente. Não era necessária uma nova conversa para que ele se convencesse dos encantos daquelas mulheres.

Miss Dashwood tinha uma aparência delicada, feições comuns e uma figura extraordinariamente bonita. Marianne era ainda mais bonita. Sua forma, embora não tão harmônica quanto a da irmã, era mais marcante por ter a vantagem da altura, e seu rosto era tão adorável que se fosse classificada usando um jargão, seria dito que ela era uma "formosura" — a verdade era que ela se ofendia com menor intensidade do que normalmente acontece. Sua pele era muito morena, e por sua limpidez, sua tez era de um aspecto radiante incomum; suas feições eram todas boas; seu sorriso era doce e atraente; seus olhos, que eram muito escuros, tinham uma vida, um vigor, uma ânsia, que dificilmente poderiam ser vistos sem deleite. Mas a expressão de seus olhos foi inicialmente ocultada de Willoughby pelo constrangimento que a lembrança de seu auxílio gerou-lhe. Porém, passado isso, quando ela recuperou o ânimo, quando viu que à perfeita boa educação do cavalheiro somavam-se a franqueza e vivacidade e, acima de tudo, quando o ouviu declarar que era apaixonado por música e dança, deu-lhe um olhar de aprovação que garantiu para si a maior parte da conversa com ele durante o restante de sua estadia.

A simples menção de qualquer atividade favorita era suficiente para envolvê-la na conversa. Não conseguia ficar em silêncio quando tais tópicos eram mencionados e não ficava tímida nem reservada ao debatê-los. Eles rapidamente descobriram que o prazer com a dança e a música era mútuo, e isso resultou em opiniões unânimes sobre tudo o que estava relacionado aos dois assuntos. Por esse motivo, foi encorajada a um exame mais aprofundado das opiniões dele e passou a questioná-lo sobre livros. Expôs seus autores favoritos e falou sobre eles com um prazer tão arrebatador que qualquer jovem de vinte e cinco anos seria insensível, de fato, de não ter sido convencido imediatamente sobre a excelência de tais obras, antes desprezadas. Seus gostos eram surpreendentemente parecidos. Os mesmos livros, as mesmas passagens eram adoradas — ou se alguma diferença surgisse, qualquer objeção aparecesse, não durava até que a força dos argumentos dela e o brilho de seus olhos fossem exibidos. Ele concordou com todas as suas decisões, assimilou todo o seu entusiasmo. E muito antes do fim da visita conversavam com a familiaridade de conhecidos de longa data.

— Bem, Marianne — disse Elinor, assim que ele saiu —, para *uma* manhã creio que você se saiu muito bem. Já verificou a opinião de Mr. Willoughby sobre quase todos os assuntos importantes. Sabe o que ele pensa sobre Cowper e Scott, está segura de que ele estima a beleza deles como deveria, e teve todas as garantias de que ele admira Pope na medida apropriada. Mas agora o que há mais para vocês saberem um do outro depois desse extraordinário relato de todos os assuntos? Em breve terão esgotado todos os tópicos favoritos. Outro encontro será suficiente para que ele exponha seus pensamentos sobre belezas pitorescas e segundos casamentos, e então não lhe restará mais nada a perguntar.

— Elinor, você está sendo injusta! — bradou Marianne. — Acha que meu conhecimento é tão escasso? Mas entendo o que você quer dizer. Fiquei muito à vontade, muito feliz, fui muito franca. Atentei contra qualquer noção comum de decoro: fui honesta e sincera quando deveria ter sido reservada, sem paixão, sem graça e ardilosa. Se tivesse falado apenas do clima e das estradas, e se tivesse falado apenas uma vez em dez minutos teria sido poupada dessa reprovação.

— Meu amor — disse a mãe —, você não deve se ofender com Elinor, ela estava apenas brincando. Eu a repreenderia se ela criticasse o prazer de sua conversa com nosso novo amigo. — Marianne se acalmou por um momento.

Willoughby, de sua parte, deu todas as provas de sua satisfação em conhecê-las, e estava disposto a fortalecer o relacionamento. Ele as visitava todos os dias. Saber como estava Marianne era, a princípio, sua desculpa. Mas era acolhido com tamanho entusiasmo, e a cada dia com mais gentileza, que essa desculpa se tornou desnecessária antes que deixasse de ser possível, haja vista a perfeita recuperação de Marianne. Ela ficou em casa por alguns dias, mas esse período não foi de jeito nenhum irritante. Willoughby era um jovem talentoso, com boa imaginação, animado e de comportamento afetuoso e sincero. Era perfeito para envolver o coração de Marianne, pois, com tudo isso, não era apenas uma pessoa cativante, também tinha opiniões fortes que agora foram despertadas e intensificadas pela postura dela, e que atraíram seu afeto acima de tudo.

A companhia dele tornou-se pouco a pouco o prazer mais exímio de Marianne. Eles liam, conversavam, cantavam juntos. Os talentos musicais dele eram consideráveis, e ele lia com toda a sensibilidade e ânimo que infelizmente faltavam a Edward.

Na opinião de Mrs. Dashwood ele era tão perfeito quanto na de Marianne, e Elinor não viu nada a censurar nele, exceto uma propensão, na qual ele se parecia fortemente à irmã e a deleitava de maneira peculiar, de dizer muito o que pensava em todas as ocasiões, sem atenção às pessoas ou circunstâncias. Ao formar e dar sua opinião sobre outras pessoas apressadamente, sacrificando a polidez para gozar da atenção plena da pessoa que tomava conta de seu coração, e desprezando com muita facilidade as expectativas sociais de decoro, ele demonstrava uma falta de cautela que Elinor não aprovava, apesar de tudo o que ele e Marianne diziam em seu apoio.

Marianne começou a perceber que o desespero que a tomara aos dezesseis anos e meio de não encontrar um homem que pudesse satisfazer suas ideias de perfeição fora precipitado e injustificável. Willoughby era tudo o que tinha imaginado, nos momentos infelizes e nos mais alegres, como capaz de atraí-la — e o comportamento dele demonstrava o desejo sincero de atender essas expectativas, assim como suas qualidades atendiam.

Mrs. Dashwood, que não havia especulado sobre a possibilidade de casamento devido às perspectivas de riquezas dele, antes do final de uma semana também foi levada a esperar e ansiar por isso; e secretamente parabenizar-se por ter ganhado dois genros como Edward e Willoughby.

Quando a predileção do coronel Brandon deixou de ser notada por seus amigos, descoberta por esses logo no início, passou a ser perceptível para Elinor. A atenção e sagacidade dos amigos foram atraídas para o rival mais afortunado; e as provocações que o primeiro causou antes de que qualquer predileção surgisse foram eliminadas quando seus sentimentos começaram de fato a associarem-se ao ridículo tão corretamente ligado à sensibilidade. Elinor foi obrigada, embora contra a vontade, a acreditar que os sentimentos que Mrs. Jennings, para satisfação própria, atribuíra ao coronel agora eram deveras despertados pela irmã e que embora a afinidade geral de interesses entre as partes poderia incentivar o afeto de Mr. Willoughby, uma oposição igualmente notável de caráter não era obstáculo à afeição do coronel Brandon. Via isso com preocupação, pois o que um homem calado de trinta e cinco anos poderia esperar tendo como opositor um jovem vivaz de vinte e cinco? E como não podia desejar-lhe sucesso, desejou, de coração, que fosse indiferente. Gostava dele — apesar da seriedade e timidez, Elinor realmente importava-se com ele. Seus modos, embora sérios, eram suaves; e a timidez parecia mais o resultado de alguma repressão de pensamentos do que de um temperamento melancólico. Sir John tinha dado pistas de infortúnios e decepções passadas, o que justificava a crença de que ele era um homem infeliz, e ela tinha por ele respeito e compaixão.

Talvez tivesse pena e o estimasse ainda mais porque era desprezado por Willoughby e Marianne, que pareciam decididos a subestimar seus méritos tendo preconceito contra ele por não ser nem vivaz nem jovem.

— Brandon é exatamente o tipo de homem — disse Willoughby um dia, quando falavam dele — de quem todo mundo fala bem e com quem ninguém se importa; a quem todos ficam encantados em ver, mas com quem ninguém se lembra de conversar.

— É exatamente o que penso dele — bradou Marianne.

— Não se vangloriem disso, no entanto — disse Elinor —, pois estão sendo injustos. Toda a família em Barton Park estima-o muito, e eu sempre me esforço para conversar com ele.

— A *senhorita* o defende — respondeu Willoughby —, o que certamente honra, mas quanto à estima dos outros, é uma reprovação em si. Quem se submeteria à indignidade de ser aprovado por uma mulher como Lady Middleton e Mrs. Jennings, enquanto todos os outros lhe são indiferentes?

— Talvez o desprezo de pessoas como o senhor e Marianne compense a estima de Lady Middleton e sua mãe. Se o elogio delas é uma crítica, a crítica de vocês pode ser um elogio, pois elas são tão imprudentes quanto estão sendo preconceituosos e injustos.

— Em defesa de seu protegido, você até pode ser atrevida.

— Meu protegido, como o senhor o chama, é um homem sensato, e a razão sempre será um atrativo para mim. Sim, Marianne, mesmo em um homem entre trinta e quarenta anos. Ele viu muito do mundo, esteve no exterior, leu muito e tem uma mente pensante. É capaz de me dar muitas informações sobre vários assuntos e sempre respondeu às minhas perguntas com a prontidão da boa educação e generosidade.

— Isso quer dizer — vociferou Marianne com desdém — que ele lhe contou que nas Índias Orientais o clima é quente e os mosquitos são incômodos.

— Ele *teria* me dito isso, não duvido, se eu tivesse feito tais perguntas, mas eram pontos sobre os quais eu já havia sido previamente informada.

— Talvez as observações dele tenham se estendido à existência de nababos, gazelas de ouro e palanquins — disse Willoughby.

— Arrisco dizer que as observações *dele* se estenderam muito além de *sua* candura. Mas por que não gosta dele?

— Não é que eu não goste dele. Pelo contrário, eu o considero um homem muito respeitável, de quem todos falam bem, mas que ninguém percebe; que tem mais dinheiro do que consegue gastar, mais tempo do que sabe empregar e dois casacos novos todos os anos.

— Acrescente — gritou Marianne — que ele não tem nem inteligência, nem bom gosto, nem bom humor. Que seu conhecimento não tem brilho, seus sentimentos não têm ardor, e sua voz não tem expressão.

— As conclusões de vocês sobre as imperfeições dele são tão generalistas — retrucou Elinor — e tão baseadas na força de sua própria imaginação que *meus* elogios são comparativamente frios e insípidos. Só posso declarar que ele é um homem sensato, bem-educado, bem-informado, de conduta gentil e, acredito, tem um coração amável.

— Senhorita Dashwood — clamou Willoughby —, agora está sendo indelicada comigo. Está tentando me desarmar pela razão e me convencer contra minha vontade. Mas não irá conseguir. Sou tão teimoso quanto a senhorita pode ser astuta. Tenho três razões irrefutáveis para não gostar do coronel Brandon: ele me ameaçou com chuva quando eu queria bom tempo; apontou falhas no gancho da minha charrete, e não consigo convencê-lo a comprar minha égua marrom. No entanto, se isso lhe satisfaz, posso dizer que acredito que seu caráter seja, em outros aspectos, irrepreensível; isso posso declarar. E em troca desse reconhecimento, que me causa um pouco de desconforto, a senhorita deve conceder-me o privilégio de não gostar dele.

Capítulo 11

Quando chegaram a Devonshire, nem Mrs. Dashwood nem suas filhas imaginaram que tão cedo teriam tantos compromissos para ocupar o tempo ou que receberiam convites com tanta frequência e visitas tão constantes que ficariam com pouco tempo livre para atividades mais importantes. No entanto, assim foi. Quando Marianne se recuperou, os planos para entretenimento em casa e fora dela, que Sir John já havia programado, foram colocados em execução. Os bailes em Barton Park então começaram, e as reuniões em barcos aconteciam com a frequência permitida pelo mês chuvoso de outubro. Willoughby foi incluído em todos os eventos, e a atmosfera tranquila e afável naturalmente presente nesses eventos foi planejada com precisão para oferecer crescente intimidade ao seu relacionamento com as Dashwoods, para dar-lhe a oportunidade de testemunhar as excelentes características de Marianne, de assinalar sua entusiasmada admiração por ela, e de ter, em virtude do comportamento dela para com ele, a garantia explícita de seu afeto.

Elinor não ficou surpresa com o apego dos dois, apenas desejava que fosse menos escancarado; uma ou duas vezes aventurou-se a sugerir que Marianne tivesse a decência de ter um pouco de autocontrole. Mas Marianne abominava qualquer tipo de reserva em situações em que nenhuma desgraça concreta pudesse acontecer, e almejar a repressão de sentimentos que eram louváveis parecia-lhe não apenas um esforço desnecessário, mas uma sujeição vergonhosa da razão a opiniões banais e erradas. Willoughby pensava o mesmo, e o comportamento deles era, em todos os momentos, uma representação de suas convicções.

Quando ele estava presente, ela não tinha olhos para mais ninguém. Tudo o que ele fazia era correto. Tudo o que dizia era inteligente. Se as noites em Barton Park terminassem com carteado, ele trapaceava a si mesmo e todos os outros para dar uma boa mão a ela. Se a dança fosse a diversão da noite, eram parceiros por metade do tempo e, quando obrigados a se separar por algumas danças, tinham o cuidado de ficar juntos e mal falavam com qualquer outra pessoa. Tal conduta os fez, é claro, serem motivo de piada, mas isso não os envergonhava e não parecia irritá-los.

Mrs. Dashwood envolveu-se com os sentimentos deles com uma afeição que fez com que não lhe restasse nenhuma propensão em repreender essa exibição excessiva. Para ela era apenas a consequência natural de um profundo afeto em uma mente jovem e ardente.

Esta foi uma temporada de felicidade para Marianne. Seu coração pertencia a Willoughby, e o apego afetuoso a Norland que trouxe consigo de Sussex tinha mais chance de ser amenizado do que antes pensou ser possível, por causa dos encantos que a companhia dele proporcionava em seu lar atual.

A felicidade de Elinor não era tão grande. Seu coração não estava tão à vontade, nem o prazer com a diversão deles era tão puro. A companhia não lhe oferecia nada que pudesse compensar o que deixara para trás nem a ajudava a pensar em Norland com menos sofrimento. Nem Lady Middleton nem Mrs. Jennings podiam oferecer-lhe as conversas das quais sentia falta, mesmo essa última sendo uma tagarela, e desde o princípio a tratava com tanta gentileza que lhe assegurava grande parte de sua conversa. Ela já havia repetido a própria história para Elinor três ou quatro vezes. E se a memória de Elinor fosse tão boa quanto sua disposição para aperfeiçoar-se, provavelmente teria ouvido logo que se conheceram todos os detalhes da última doença de Mr. Jennings e o que ele disse à esposa alguns minutos antes de morrer. Lady Middleton era mais agradável do que a mãe apenas no quesito de ser mais taciturna.

Elinor precisou de pouca observação para perceber que essa discrição não tinha nada a ver com bom senso, apenas seus modos eram discretos. Ela também se comportava dessa maneira com o marido e a mãe, e intimidade não era, portanto, procurada nem desejada. Ela não tinha nada a dizer em um dia que já não tivesse dito no anterior. Sua insipidez era invariável, pois até mesmo sua disposição era sempre a mesma; e embora não se opusesse às festas organizadas pelo marido, desde que tudo fosse conduzido com estilo e seus dois filhos mais velhos lhe acompanhassem, não parecia encontrar maior deleite nelas do que talvez pudesse sentir sentada em casa — sua presença tampouco dava prazer aos outros quando participava das conversas que às vezes só eram lembrados de que ela estava entre eles por seu cuidado com os filhos desordeiros.

De todos os novos conhecidos, somente no coronel Brandon Elinor encontrou uma pessoa que podia em alguma medida ganhar seu respeito por suas habilidades, estimular o interesse pela amizade ou dar prazer como companhia. Willoughby estava fora de questão. Tinha por ele admiração e afeto, até mesmo seu afeto fraternal, mas ele era um pretendente; a atenção dele era toda de Marianne, e um homem muito menos aprazível teria sido capaz de agradar mais aos demais. Coronel Brandon, para a própria infelicidade, não tinha tal incentivo para pensar apenas em Marianne, e ao conversar com Elinor encontrou grande consolo para a indiferença de sua irmã.

A compaixão de Elinor por ele aumentou, pois tinha motivos para suspeitar que ele já conhecera o sofrimento de uma decepção amorosa. Esta suspeita foi despertada por algumas palavras que ele acidentalmente soltou numa noite em Barton Park quando estavam sentados juntos, por consentimento mútuo, enquanto os outros estavam dançando. Seus olhos estavam fixos em Marianne e, depois de um silêncio de alguns minutos, ele disse com um sorriso forçado:

— Sua irmã, vejo, não aprova segundos casamentos.

— Não — respondeu Elinor. — Seus conceitos são todos românticos.

— Ou talvez, como acredito, ela os considera impossíveis de existir.

— Acredito que sim. Mas como ela o idealiza sem refletir sobre o caráter do próprio pai, que se casou uma segunda vez, não sei. Alguns anos, no entanto, organizarão seus conceitos com base razoável no senso comum e na observação, e então talvez sejam mais fáceis de definir e justificar do que são agora, por qualquer um, não somente por ela mesma.

— Possivelmente — respondeu ele —, e, no entanto, há algo tão amável nos preconceitos de uma mente jovem que lamentamos vê-los dar lugar a opiniões mais bem aceitas.

— Não posso concordar com o senhor — disse Elinor. — Há inconvenientes em fomentar sentimentos como os de Marianne, pelos quais nem todos os encantos do entusiasmo e nem toda a ignorância do mundo podem compensar. Ela tem a tendência infeliz de desvalorizar a decência, e um melhor conhecimento do mundo é o que anseio como grande benefício para ela.

Depois de uma breve pausa ele retomou a conversa dizendo:

— Sua irmã não faz distinção em suas objeções contra um segundo casamento? É igualmente avessa a isso em todos os casos? Aqueles que se decepcionaram com sua primeira escolha, seja pela inconstância da pessoa em questão ou pela perversidade das circunstâncias, serão igualmente desconsiderados pelo resto de suas vidas?

— Dou minha palavra que não estou familiarizada com as minúcias de seus princípios. Só sei que ainda não a ouvi admitir que um segundo casamento fosse absolvido em nenhum caso.

— Não será assim para sempre — disse ele. — Mas uma mudança, uma mudança completa de opinião... não, não, não deseje isso, pois quando os requintes românticos de uma mente jovem são obrigados a ceder, muitas vezes são sucedidos por opiniões muito medíocres e perigosas! Falo com base em minha experiência. Uma vez conheci uma senhora que se assemelhava muito à sua irmã em temperamento e opiniões, que pensava e julgava como ela, mas que por causa de uma mudança forçada, oriunda de uma série de circunstâncias infelizes...

Ele parou de repente. Parecia pensar que havia falado demais e seu semblante motivou suposições que do contrário não teriam passado pela cabeça de Elinor. A dama provavelmente teria passado despercebida se ele não tivesse convencido Miss Dashwood de que o que a preocupava não escaparia dos lábios dele. Da maneira como foi, foi necessário apenas um ligeiro esforço da imaginação para conectar a emoção dele com a doce lembrança do passado. Elinor não insistiu. Mas Marianne, em seu lugar, não teria parado aí. A história toda teria sido rapidamente criada por sua imaginação fértil e o caso todo seria classificado como o mais melancólico dos amores catastróficos.

Capítulo 12

Enquanto Elinor e Marianne caminhavam juntas na manhã seguinte, Marianne deu uma notícia à irmã que, apesar de tudo o que já sabia da imprudência e falta de reflexão dela, surpreendeu com a demonstração extravagante de ambos. Marianne disse a ela, com o maior prazer, que Willoughby havia lhe dado um cavalo, um que ele criara em sua propriedade em Somersetshire e que foi precisamente concebido para carregar uma mulher. Sem considerar que não estava no plano de sua mãe manter um cavalo, e que se a mãe fosse mudar de opinião a favor do presente teria que comprar outro para o criado, além de manter um criado só para cuidar do cavalo, e também precisaria construir um estábulo para receber os cavalos. Marianne simplesmente aceitara o presente sem hesitar e contou à irmã em êxtase.

— Ele pretende enviar seu criado para Somersetshire imediatamente para isso — acrescentou ela —, e quando o cavalo chegar cavalgaremos todos os dias. Você pode usá-lo também. Imagine, minha querida Elinor, o prazer de galopar nessas colinas.

Ela recusava-se a despertar de tal sonho de felicidade para compreender todas as verdades infelizes que o caso abrangia, e por algum tempo teimou em não se submeter a elas. A despesa com um criado adicional seria uma ninharia, tinha certeza de que mamãe nunca se oporia a isso, e qualquer cavalo serviria para *ele*, poderiam conseguir um em Barton Park. Quanto a um estábulo, qualquer barracão serviria. Elinor arriscou mencionar a falta de decoro de receber tal presente de um homem tão pouco... ou pelo menos a quem ela conhecia há tão pouco tempo. Isso era demais.

— Você está enganada, Elinor — disse ela de maneira enérgica —, ao supor que eu não conheço Willoughby muito bem. De fato, não o conheço há muito tempo, mas conheço-o muito melhor do que qualquer outra pessoa no mundo, exceto você e mamãe. Não é o tempo ou a oportunidade que devem determinar a intimidade, e sim a consideração. Sete anos seriam insuficientes para que algumas pessoas se conheçam, e sete dias são o bastante para outras. Sinto que seria maior falta de decoro aceitar um cavalo de meu irmão do que de Willoughby. De John sei muito pouco, embora tenhamos vivido juntos por anos, mas de Willoughby já tenho uma opinião formada.

Elinor achou melhor não tocar mais no assunto. Conhecia o temperamento da irmã. Opor-se a um assunto tão delicado só iria fazê-la teimar ainda mais. Mas por um apelo à afeição por sua mãe — apresentando os inconvenientes que aquela mãe indulgente teria se, como provavelmente seria o caso, concordasse com essa decisão —, Marianne foi logo convencida e prometeu não despertar na mãe tal bondade imprudente mencionando a oferta, e prometeu também dizer a Willoughby quando o visse da próxima vez que precisava recusar o presente.

Ela manteve sua palavra, e quando Willoughby a visitou no mesmo dia, Elinor a ouviu expressar em voz baixa a decepção de ser obrigada a recusar o presente. As razões para essa mudança foram relatadas, e eram tais que tornavam impossível que o rapaz insistisse. A preocupação dele, no entanto, foi visível, e depois de expressá-la com seriedade, acrescentou com a mesma voz baixa:

— Mas, Marianne, o cavalo ainda é seu, embora não possa usá-lo agora. Ficarei com ele até que possa reivindicá-lo. Quando você deixar Barton para se estabelecer em uma residência mais duradoura, você terá a Queen Mab.

Miss Dashwood ouviu tudo. E em toda a fala, na maneira de pronunciá-la e ao se dirigir à irmã apenas pelo primeiro nome, ela de imediato reconheceu uma intimidade tão incontestável, uma intenção tão direta, como se já houvesse um acordo entre eles. A partir daquele momento não duvidou que estivessem noivos, mas ficou surpresa que ela ou os outros amigos deles, considerando o temperamento tão franco dos dois, tivessem sido esquecidos e deixados para descobrirem o fato por acaso.

Margaret relatou algo para ela no dia seguinte que deixou esse assunto ainda mais claro. Willoughby havia passado a noite anterior com elas, e Margaret, ao ficar algum tempo na sala apenas com ele e Marianne, teve oportunidade de observá-los, o que, com postura de gente muito importante, comunicou à irmã mais velha quando ficaram juntas.

— Ah, Elinor! — gritou. — Tenho um segredo para lhe contar sobre Marianne. Tenho certeza de que ela se casará com Mr. Willoughby em breve.

— Você disse isso quase todos os dias desde que eles se conheceram na colina — respondeu Elinor. — E creio que não fazia uma semana que se conheciam, mas teve certeza de que Marianne usava o retrato dele em volta do pescoço, mas no fim era apenas uma pintura em miniatura do nosso tio-avô.

— Mas esse caso é diferente. Tenho certeza de que eles se casarão em breve, pois ele tem uma mecha do cabelo dela.

— Cuidado, Margaret. Pode ser apenas o cabelo de algum tio-avô *dele*.

— Não, de fato, Elinor, é de Marianne. Tenho quase certeza de que é, pois eu o vi cortar a mecha. Ontem à noite depois do chá, quando você e mamãe saíram da sala, eles sussurravam e conversavam afobados, e ele parecia estar implorando por algo dela. Sem demora ele pegou a tesoura dela e cortou uma longa mecha de cabelo que estava caída nas costas dela, e ele a beijou e a dobrou em um pedaço de papel branco e a colocou em seu livro de bolso.

Com tais detalhes, declarados com tamanha certeza, Elinor não podia deixar de acreditar, nem estava disposta a isso, pois a circunstância condizia perfeitamente com o que ela mesma tinha ouvido e visto.

A sagacidade de Margaret nem sempre era demonstrada de uma maneira que agradava a irmã. Quando numa noite em Barton Park Mrs. Jennings a confrontou para dar o nome do jovem que era o favorito de Elinor, que foi por muito tempo uma questão de grande curiosidade para ela, Margaret respondeu olhando para a irmã:

— Não devo dizer, devo, Elinor?

Isso, é claro, fez todos rirem, e Elinor tentou rir também. Mas foi um esforço doloroso. Estava convencida de que Margaret tinha em mente uma pessoa cujo nome ela não aguentaria com compostura ver tornar-se uma piada constante da Mrs. Jennings.

Marianne teve compaixão pela irmã, mas mais atrapalhou do que ajudou ao ficar muito vermelha e dizer de maneira irritada para Margaret:

— Lembre-se de que quaisquer que sejam suas suposições você não tem o direito de dizê-las.

— Nunca tive suposições a respeito — respondeu Margaret. — Foi você mesma quem me contou.

Isso alimentou a alegria do grupo, e Margaret sentiu-se pressionada a falar mais.

— Ah! Por favor, Miss Margaret, conte-nos tudo — disse Mrs. Jennings. — Qual é o nome do cavalheiro?

— Não devo dizer, senhora. Mas sei muito bem quem é e sei onde ele está também.

— Sim, sim, podemos adivinhar onde ele está: em sua própria casa em Norland, com certeza. Ele é o pároco da região, suponho.

— Não, *isso* ele não é. Ele não tem nenhuma profissão.

— Margaret — disse Marianne com veemência —, você sabe que tudo isso é invenção sua e que essa pessoa não existe.

— Bem, então ele morreu recentemente, Marianne, pois tenho certeza de que houve um homem assim e que seu nome começa com F.

Elinor ficou muito grata a Lady Middleton por, neste momento, observar "que chovia muito forte", embora acreditasse que a interrupção era menos por preocupação com ela e mais por uma grande aversão a essas provocações deselegantes que deleitavam o marido e a mãe. A intenção, no entanto, começou por ela e foi imediatamente acompanhada pelo coronel Brandon, que em todas as ocasiões atentava-se aos sentimentos dos demais, e ambos falaram muito sobre a chuva. Willoughby abriu o pianoforte e pediu a Marianne que se sentasse para tocar, e assim, em meio aos vários esforços de diferentes pessoas para abandonar o tópico, ele foi deixado de lado. Mas Elinor não se recuperou tão facilmente do susto.

Um grupo se formou nesta noite para ir, no dia seguinte, a um lugar muito agradável, pertencente a um cunhado do coronel Brandon, cerca de vinte quilômetros de Barton, e não podia ser visitado sem o coronel, já que o proprietário, que estava no exterior, tinha deixado ordens rigorosas a esse respeito. A área foi apresentada como extremamente bonita, e Sir John foi particularmente caloroso em seus elogios — e seu julgamento poderia ser considerado razoável, pois ele havia formado grupos para visitar a área pelo menos duas vezes a cada verão nos últimos dez anos. Havia um lago magnífico, um barco a vela que seria grande parte do divertimento da manhã; frios seriam levados, carruagens abertas seriam usadas, e tudo seria conduzido como eventos muito prazerosos costumam ser.

Para alguns poucos do grupo parecia um empreendimento bastante ousado considerando a época do ano, e havia chovido todos os dias durante a última quinzena. E Mrs. Dashwood, que já estava resfriada, foi convencida por Elinor a ficar em casa.

Capítulo 13

A excursão a Whitwell acabou sendo muito diferente do que Elinor esperava. Ela estava preparada para ficar molhada, cansada e assustada, mas a atividade foi ainda mais infeliz, pois acabaram não indo.

Às dez horas o grupo estava reunido em Barton Park, onde tomaram o desjejum. A manhã estava bastante favorável, embora tivesse chovido a noite toda, pois as nuvens estavam se dispersando no céu e o sol aparecia com frequência. Estavam todos animados e de bom humor, dispostos a alegrarem-se e determinados a submeterem-se aos maiores inconvenientes e dificuldades caso não houvesse outro jeito.

Enquanto tomavam o café da manhã, a correspondência foi trazida. Entre elas havia uma para o coronel Brandon. Ele a pegou, verificou o remetente; seu rosto mudou de cor e ele imediatamente saiu da sala.

— O que houve com Brandon? — indagou Sir John.

Ninguém soube dizer.

— Espero que não tenha recebido más notícias — disse Lady Middleton. — Deve ter sido algo excepcional para fazer com que ele deixasse a mesa de café da manhã tão de repente.

Ele voltou em cerca de cinco minutos.

— Espero que não sejam más notícias, coronel — disse Mrs. Jennings, assim que ele entrou na sala.

— Não são, senhora, obrigado.

— Era de Avignon? Espero que não seja para dizer que sua irmã piorou.

— Não, senhora. Veio da cidade e é apenas uma carta de negócios.

— Mas como deixou-o tão inquieto se era apenas uma carta de negócios? Não, não, isso não vai servir, coronel, então conte-nos a verdade.

— Minha querida senhora — disse Lady Middleton —, tenha bom senso.

— Talvez seja para dizer que sua prima Fanny casou-se? — indagou Mrs. Jennings, ignorando a repreensão da filha.

— Não, na verdade, não.

— Bem, então já sei de quem é, coronel. E espero que ela esteja bem.

— A quem se refere, senhora? — perguntou ele, ficando um pouco enrubescido.

— Ah! O senhor sabe a quem me refiro.

— Sinto muito, senhora — disse ele, dirigindo-se a Lady Middleton —, que eu tenha recebido esta carta hoje, pois é um assunto que requer minha presença imediata na cidade.

— Na cidade! — exclamou Mrs. Jennings. — O que o senhor poderia ter de fazer na cidade nesta época do ano?

— É uma grande perda para mim — continuou ele — ser obrigado a deixar um grupo tão agradável, mas minha preocupação é ainda maior, pois temo que minha presença seja necessária para que entrem em Whitwell.

Que decepção isso foi para todos!

— Mas se o senhor escrever um bilhete para a governanta, Mr. Brandon — disse Marianne, ansiosa —, não será suficiente?

Ele balançou a cabeça.

— Temos que ir — disse Sir John. — O compromisso não deve ser adiado quando está tão próximo. Não pode ir à cidade até amanhã, Brandon, e ponto final.

— Quisera pudesse ser tão facilmente resolvido. Mas infelizmente não posso atrasar minha viagem em nem um dia sequer!

— Se nos contasse do que se trata, saberíamos se pode ou não ser adiado— disse Mrs. Jennings.

— Não tardaria nem seis horas se adiasse sua viagem até o nosso retorno — disse Willoughby.

— Não posso me dar ao luxo de perder nem *uma* hora sequer.

Elinor então ouviu Willoughby dizer em voz baixa para Marianne:

— Algumas pessoas não aguentam um momento de prazer. Brandon é uma dessas pessoas. Creio que ele estava com medo de pegar um resfriado e armou esse truque para se livrar. Eu apostaria cinquenta guinéus que foi ele mesmo quem escreveu a carta.

— Não tenho dúvidas disso — respondeu Marianne.

— Não há como persuadi-lo a mudar de ideia, Brandon — disse Sir John. — Eu sei como você é quando está decidido. No entanto, espero que pense melhor. Considere que aqui estão as duas Misses Carey que vieram de Newton, as três Misses Dashwood que vieram de casa, e Mr. Willoughby, que se levantou duas horas antes do usual com o propósito de ir para Whitwell.

O coronel Brandon novamente repetiu seu pesar por ser a causa da decepção do grupo, mas declarou que era inevitável.

— Bem, então, quando voltará?

— Espero vê-lo em Barton — acrescentou Vossa Senhoria —, assim que puder deixar a cidade. E adiaremos a ida a Whitwell até a sua volta.

— É muito gentil de sua parte. Mas meu retorno é tão incerto que não me atrevo a me comprometer de modo algum.

— Ah! Ele há de voltar — bradou Sir John. — Se ele não estiver aqui até o final da semana irei atrás dele.

— Ah, então, Sir John — disse Mrs. Jennings —, talvez possa descobrir de qual assunto ele foi tratar.

— Não quero me intrometer nas preocupações dos outros. Suponho que seja algo de que ele se envergonhe.

Os cavalos do coronel Brandon foram anunciados.

— Não irá à cidade a cavalo, não é? — questionou Sir John.

— Não, apenas até Honiton. De lá irei de carruagem.

— Bem, como está decidido a ir, desejo-lhe uma boa viagem. Mas seria melhor se mudasse de ideia.

— Infelizmente não cabe a mim.

Ele então despediu-se de todo o grupo.

— É possível que a veja com suas irmãs na cidade neste inverno, Miss Dashwood?

— Receio que não.

— Então devo despedir-me da senhorita por mais tempo do que gostaria.

Para Marianne, ele apenas curvou-se e não disse nada.

— Vamos, coronel — disse Mrs. Jennings —, antes de ir diga-nos o que vai resolver.

Ele desejou a ela um bom dia e, acompanhado de Sir John, saiu da sala.

As queixas e lamentações até então reprimidas por educação, agora irromperam de todos, e todos concordaram várias e várias vezes que era irritante tanta decepção.

— Posso adivinhar qual é o assunto dele — disse Mrs. Jennings exultante.

— Pode, senhora? — perguntaram quase todos.

— Sim, está relacionado à Miss Williams, tenho certeza.

— E quem é Miss Williams? — perguntou Marianne.

— O quê? Não sabe quem é Miss Williams? Tenho certeza de que já deve ter ouvido falar dela antes. Ela é parente do coronel, minha querida, uma parente muito próxima. Não diremos quão próxima por medo de deixar as jovens senhoras chocadas. — Então, baixando um pouco a voz, ela disse a Elinor: — Ela é filha ilegítima dele.

— É mesmo?

— Ah, sim. Ela se parece muitíssimo com o pai. Ouso dizer que o coronel deixará toda a sua fortuna para ela.

Quando Sir John voltou, juntou-se com entusiasmo ao lamento geral sobre a ocorrência tão infeliz, no entanto, concluiu que, observando que estavam todos reunidos, deveriam fazer algo que os deixassem felizes. E depois de alguma inquirição foi acordado que, embora a felicidade só pudesse ser apreciada em Whitwell, eles talvez pudessem gozar de razoável deleite passeando pelo campo. As carruagens foram então solicitadas. A de Willoughby foi a primeira, e Marianne era toda felicidade quando entrou nela. Ele a conduziu muito rápido pela propriedade e logo estavam fora de vista, e não foram mais vistos até retornarem, o que só aconteceu depois que todos os outros voltaram. Ambos pareciam encantados com o passeio, mas disseram apenas em termos gerais que se mantiveram na estrada, enquanto os outros foram para as colinas.

Ficou decidido que deveria haver um baile à noite, e que todos deveriam ficar extremamente felizes durante todo o dia. Mais alguns dos Careys vieram para o jantar, e tiveram o prazer de terem quase vinte pessoas à mesa, o que Sir John observou com grande contentamento. Willoughby tomou o seu lugar habitual entre as duas senhoritas Dashwood mais velhas. Mrs. Jennings sentou-se à direita de Elinor, e não estavam sentados havia muito tempo quando ela se inclinou por trás dela e de Willoughby e disse a Marianne alto o suficiente para que ambos ouvissem:

— Eu os vi, apesar de todos os seus truques. Sei onde passaram a manhã.

Marianne enrubesceu e respondeu muito apressadamente:

— Onde, diga, por favor?

— A senhora não sabia que estávamos no meu cabriolé? — perguntou Willoughby.

— Sim, sim, Mr. Insolente, sei muito bem disso, mas estava determinada a descobrir *aonde* foram. Espero que goste de sua casa, Miss Marianne. É muito grande, eu sei, e quando eu for visitá-la espero que tenha renovado a mobília, pois isso era de extrema necessidade quando estive lá há seis anos.

Marianne virou-se muito aflita. Mrs. Jennings riu com vontade, e Elinor descobriu que, determinada em saber onde estavam, enviou sua própria criada para perguntar ao criado de Mr. Willoughby, e ao fazê-lo descobriu que tinham ido para Allenham, e passaram um tempo considerável lá andando pelo jardim e percorrendo toda a casa.

Elinor mal podia acreditar que isso fosse verdade, pois parecia muito improvável que Willoughby tivesse sugerido ou que Marianne consentisse em entrar na casa enquanto Mrs. Smith estava lá, com quem Marianne não tinha a menor familiaridade.

Assim que saíram da sala de jantar, Elinor a questionou sobre isso, e teve uma grande surpresa quando descobriu que todas as circunstâncias relatadas por Mrs. Jennings eram completamente verdadeiras. Marianne estava bastante zangada com ela por duvidar.

— Por que você imaginaria, Elinor, que não fomos lá ou que não vimos a casa? Não é isso o que você sempre quis fazer?

— Sim, Marianne, mas eu não iria se Mrs. Smith estivesse lá, e muito menos acompanhada somente de Mr. Willoughby.

— Mr. Willoughby, no entanto, é a única pessoa que pode ter o direito de mostrar aquela casa, e como era uma carruagem aberta, seria impossível ter qualquer outro acompanhante. Foi a manhã mais agradável da minha vida.

— Receio que o prazer de uma atividade nem sempre corresponda à sua decência — respondeu Elinor.

— Pelo contrário, nada pode ser prova mais forte disso, Elinor, pois se houvesse alguma indecência no que fiz, eu teria percebido na hora, pois sempre sabemos quando estamos agindo errado, e com tal convicção não poderia ter sido prazeroso para mim.

— Mas, minha querida Marianne, como já foram feitas algumas observações muito impertinentes, você não começa a duvidar da discrição de sua conduta?

— Se as observações impertinentes de Mrs. Jennings forem prova de indecência de conduta, todos estamos o tempo todo dando margem à escândalos. O valor que dou à censura dela é o mesmo que dou aos elogios. Não creio que fiz nada de errado ao andar pela propriedade de Mrs. Smith ou em conhecer a casa. Um dia será de Mr. Willoughby e...

— Se um dia forem seus, Marianne, ainda assim não justificaria o que fez.

Marianne corou com a insinuação, mas ainda assim foi visivelmente gratificante para ela. E depois de um intervalo de dez minutos pensando seriamente sobre o assunto, foi à irmã novamente e disse com muito bom humor:

— Talvez, Elinor, tenha sido deveras precipitado de minha parte ir para Allenham, mas Mr. Willoughby queria me mostrar o lugar, e é uma casa encantadora, posso assegurar-lhe. Há uma sala de estar muitíssimo bonita no andar de cima, de um tamanho confortável e agradável para uso constante, que ficaria adorável com uma mobília moderna. É uma sala de canto que tem janelas dos dois lados. De um lado vê-se a cancha de bocha atrás da casa, que dá para um lindo bosque, e, do outro, uma vista da igreja e da vila, e mais adiante avistam-se aquelas colinas impressionantes que nós com frequência admiramos. Não vi vantagem nisso, pois os móveis não poderiam ser mais desmazelados, mas caso a sala fosse remobiliada, com algumas centenas de libras, Willoughby disse, seria uma das salas de verão mais agradáveis da Inglaterra.

Se Elinor pudesse ouvi-la sem a interrupção dos outros, ela teria descrito todos os cômodos da casa com igual prazer.

Capítulo 14

A interrupção repentina da visita do coronel Brandon a Barton Park, e sua determinação em esconder o motivo, encheu a mente e cultivou a curiosidade de Mrs. Jennings por dois ou três dias — ela era muito curiosa, como são todos os que têm grande interesse nas idas e vindas de seus conhecidos. Ela se perguntava o tempo todo qual teria sido a razão. Tinha certeza de que deveria ser alguma má notícia, e pensou em todo tipo de infortúnio que poderia ter ocorrido, convencida de que ele não escaparia de nenhum deles.

— O assunto deve ser muito triste, tenho certeza — disse ela. — Pude ver em seu rosto. Pobre homem. Receio que a situação financeira dele não esteja boa. A propriedade em Delaford nunca rendeu mais de duas mil libras por ano, e seu irmão deixou tudo em uma situação complicada. Creio mesmo que ele deve ter sido chamado para tratar de dinheiro, o que mais poderia ser? Fico imaginando se seria isso mesmo. Daria tudo para saber a verdade. Talvez seja sobre Miss Williams e, a propósito, suponho que seja porque ele pareceu ficar tão atento quando eu a mencionei. Talvez ela esteja doente na cidade. Só pode ser isso, pois sei que ela está sempre bastante doente. Apostaria que é algo relacionado a Miss Williams. Não é muito plausível, em sua situação *agora*, ele ficar tão angustiado, pois é um homem muito prudente e com certeza deve ter quitado as dívidas da propriedade a essa altura. Eu me pergunto o que pode ser! Talvez sua irmã em Avignon esteja pior e o chamou. Sua partida apressada parece indicar isso. Bem, desejo de todo meu coração que ele consiga resolver todos os problemas e ainda por cima consiga uma boa esposa.

Assim perguntava-se e falava a Mrs. Jennings. Ela mudava de opinião a cada nova suposição e todas pareciam igualmente prováveis à medida que surgiam. Elinor, embora estivesse realmente interessada no bem-estar do coronel Brandon, não podia igualar o grau de curiosidade por sua partida tão repentina que Mrs. Jennings ansiava que ela compartilhasse. Mas, como em sua opinião, a situação financeira dele não justificava o espanto prolongado ou a variedade de especulações, sua curiosidade foi deixada de lado. Foi abarcada pelo atípico silêncio da irmã e Willoughby sobre o tópico, que sabiam ser de particular interesse de todos. À medida que esse silêncio continuava, a cada dia parecia mais estranho e mais incompatível com a propensão de ambos. Elinor não conseguia imaginar por que eles não confessavam à mãe e a ela o que o comportamento constante de um com o outro revelava.

Ela podia facilmente conceber que eles não tinham como casar-se no momento, pois embora Willoughby fosse financeiramente independente, não havia motivo para acreditar que fosse rico. Sua propriedade tinha sido avaliada por Sir John em cerca de seiscentas ou setecentas libras por ano, mas seu custo de vida não era compatível com essa renda, e ele próprio muitas vezes reclamara de sua pobreza. Mas esse estranho sigilo mantido por eles em relação ao noivado, que na verdade não escondia nada, ela não conseguia explicar. E era tão contraditório com as opiniões e atitudes deles que às vezes passava por sua cabeça a dúvida de que realmente estivessem noivos, e isso era suficiente para evitar que perguntasse qualquer coisa a Marianne.

Nada poderia ser mais expressivo da união deles do que o comportamento de Willoughby. Com Marianne, tinha toda a ternura característica que o coração de um homem apaixonado podia oferecer, e com o resto da família, era a atenção afetuosa de um filho e um irmão. A casa delas parecia ser considerada e amada por ele como a própria casa — passava muito mais tempo lá do que em Allenham —, e se não tinham nenhum compromisso em Barton Park, a atividade que o ocupava pela manhã quase certamente terminaria ali, onde o resto do dia era passado ao lado de Marianne e seu cachorro pointer favorito aos pés dela.

Uma noite em particular, cerca de uma semana depois da partida do coronel Brandon, o coração dele parecia mais aberto do que de costume a todos os sentimentos de apego aos objetos ao seu redor, e quando Mrs. Dashwood mencionou o plano de fazer melhorias na casa na primavera, ele se opôs calorosamente a qualquer alteração em um lugar que se tornara tão caro a ele.

— Como? — exclamou ele. — Melhorar esta querida casa! Não. Nunca consentirei *isso*. Nem uma pedra deve ser acrescentada às suas paredes, nem um centímetro ao seu tamanho, se meus sentimentos forem levados em conta.

— Não se assuste — disse Miss Dashwood —, nada assim será feito, pois minha mãe nunca terá dinheiro suficiente para isso.

— Fico muito feliz com isso! — exclamou ele. — Que ela seja sempre pobre se não puder empregar suas riquezas de melhor maneira.

— Obrigada, Willoughby. Mas pode ter certeza de que eu não sacrificaria seu sentimento de apego ou de qualquer um que eu ame por nenhuma melhoria do mundo. Quando eu fizer as contas na primavera, independentemente da soma que possa restar, prefiro deixar esse dinheiro sem uso do que gastá-lo de maneira tão dolorosa para o senhor. Mas está realmente tão apegado a este lugar que não vê nenhum defeito nele?

— Sim, estou — disse ele. — Para mim é impecável. Não, mais do que isso, considero-o como a única forma de construção em que a felicidade é alcançável, e se eu fosse rico o suficiente, demoliria Combe de imediato e a construiria novamente igual a esta casa.

— Com escadas estreitas e escuras e uma cozinha que solta fumaça, suponho — disse Elinor.

— Sim — respondeu ele com o mesmo tom ansioso —, com toda e qualquer coisa pertencente a ela. Nenhuma variação, seja conveniente ou inconveniente, seria perceptível. Então, e só então, sob tal teto, eu poderia ser tão feliz em Combe quanto fui em Barton.

— Fico lisonjeada — respondeu Elinor — que mesmo sob a desvantagem de quartos melhores e uma escadaria mais ampla o senhor, de agora em diante, achará sua própria casa tão perfeita quanto acha esta.

— Certamente há circunstâncias — disse Willoughby — em que a casa me agrada muito, mas este lugar sempre reivindicará meu afeto como nenhum outro.

Mrs. Dashwood olhou satisfeita para Marianne, cujos belos olhos estavam fixos em Willoughby com tanta vivacidade que claramente denotavam como ela o entendia bem.

— Quantas vezes desejei — acrescentou ele —, quando passei um ano em Allenham, que a pequena casa de Barton fosse habitada! Sempre a admirei e lamentava que ninguém vivesse nela. Quase não acreditei que a primeira notícia que ouvi de Mrs. Smith quando voltei à região foi a de que essa casa tinha sido ocupada. E senti uma satisfação imediata e interesse no acontecimento, o que somente uma espécie de pressentimento da felicidade que eu iria experimentar com o fato pode explicar. Não era para ser assim, Marianne? — falou com ela com a voz baixa. Então, continuando com o tom anterior disse: — E ainda assim você estragaria essa casa, Mrs. Dashwood? Seria desprovida de sua simplicidade por uma melhoria ilusória! E esta querida sala em que nos vimos pela primeira vez e na qual passamos tantas horas felizes juntos desde então seria degradada à condição de uma entrada comum, e todos ficariam ansiosos para passar pela sala que até então era mais adequada e confortável do que qualquer outro cômodo de melhor tamanho.

Mrs. Dashwood novamente lhe assegurou que nenhuma alteração do tipo seria feita.

— A senhora é uma mulher gentil — ele respondeu calorosamente. — Sua promessa me deixa tranquilo. Aumente-a um pouco mais e ficarei feliz. Diga--me que não apenas sua casa permanecerá a mesma, mas que sempre a encontrarei e os seus tão inalterados quanto sua residência, e que sempre me tratará com a bondade que tornou tudo o que lhe pertence tão querido para mim.

A promessa foi prontamente cedida, e o comportamento de Willoughby durante toda a noite demonstrou seu afeto e sua felicidade.

— Iremos vê-lo amanhã para jantar? — perguntou Mrs. Dashwood quando ele estava partindo. — Não o convidarei para vir pela manhã pois caminharemos até Barton Park para visitar Lady Middleton.

Ele comprometeu-se a estar com elas às quatro horas.

Capítulo 15

A visita de Mrs. Dashwood à Lady Middleton ocorreu no dia seguinte, e duas de suas filhas foram com ela, mas Marianne não se juntou ao grupo sob algum pretexto bobo de alguma atividade, e a mãe, que concluiu que na noite anterior um compromisso havia sido sugerido por Willoughby de visitá-la enquanto estivessem ausentes, ficou perfeitamente satisfeita com o fato de ela ficar em casa.

Ao voltarem de Barton Park encontraram o cabriolé e o criado de Willoughby esperando na frente da casa, e Mrs. Dashwood se convenceu de que sua suspeita estava correta. Até agora tudo estava como ela havia previsto, mas ao entrar contemplou o que nenhuma intuição seria capaz de antecipar. Tão logo alcançaram a entrada da casa, Marianne saiu apressada da sala com o lenço nos olhos, parecendo profundamente aflita e, sem notá-las, correu escada acima. Surpresas e alarmadas, entraram diretamente na sala da qual ela acabara de sair e encontraram apenas Willoughby encostado na lareira de costas para elas. Ele se virou quando entraram e seu semblante mostrou que ele compartilhava da mesma forte emoção que dominava Marianne.

— Há algo de errado com ela? — perguntou Mrs. Dashwood ao entrar. — Está indisposta?

— Espero que não — respondeu ele, tentando parecer alegre e acrescentando um sorriso forçado. — Eu que devo esperar ficar doente, pois agora estou sofrendo uma decepção enorme!

— Decepção?

— Sim, pois não poderei comparecer ao compromisso que as prometi. Mrs. Smith exerceu nesta manhã o privilégio de riqueza sobre um pobre primo dependente enviando-me a negócios para Londres. Acabei de receber o aviso e deixei Allenham, e como forma de ter alguma alegria vim agora me despedir.

— Para Londres! E o senhor está indo nesta manhã?

— Quase agora mesmo.

— Isso é muito triste. Mas Mrs. Smith há de ter sido obrigada a fazê-lo, e seus negócios não o impedirão de ver-nos por muito tempo, espero.

Ele corou enquanto respondia:

— A senhora é muito gentil, mas não tenho previsão de voltar para Devonshire tão cedo. Minhas visitas à Mrs. Smith acontecem apenas uma vez por ano.

— E Mrs. Smith é sua única amiga? Allenham é a única casa na região à qual o senhor seria bem-vindo? Que vergonha, Willoughby, acaso não espera por um convite nosso?

Ele corou ainda mais, e com os olhos fixos no chão apenas respondeu:

— A senhora é muito gentil.

Mrs. Dashwood olhou para Elinor com surpresa. Elinor sentiu o mesmo espanto. Por alguns momentos todos ficaram em silêncio. Mrs. Dashwood foi a primeira a falar.

— Quero apenas acrescentar, meu caro Willoughby, que o senhor sempre será bem-vindo em Barton Cottage, mas não hei de pressioná-lo a voltar aqui imediatamente, porque só você pode julgar se *isso* seria do agrado de Mrs. Smith, e neste quesito não devo questionar seu julgamento nem duvidar de sua propensão.

— Meus compromissos no momento — respondeu Willoughby com a voz entrecortada — são de tal natureza... que... não me atrevo a me lisonjear...

Ele parou. Mrs. Dashwood estava espantada demais para falar, e outra pausa se sucedeu. O silêncio foi quebrado por Willoughby, que disse com um sorriso lânguido:

— É estupidez protelar dessa maneira. Não me atormentarei mais permanecendo entre amigos de cuja companhia é impossível para mim desfrutar agora.

Ele então despediu-se apressadamente de todas e saiu da sala. Elas o viram entrar em sua carruagem e em um minuto estava fora de vista.

Mrs. Dashwood estava aflita demais para falar e saiu imediatamente da sala para dar margem, a sós, à preocupação e ao alvoroço que essa partida repentina ocasionou.

O desconforto de Elinor era, no mínimo, igual ao da mãe. Ela pensava no que acabara de acontecer com ansiedade e descrença. O comportamento de Willoughby ao se despedir delas — o constrangimento e a dissimulação de alegria e, acima de tudo, a relutância em aceitar o convite da mãe, uma hesitação tão estranha para um homem apaixonado, tão estranha para ele — a deixou muito perturbada. Em um momento, temeu que ele não tivera nenhuma intenção séria, e logo depois, que alguma discussão infeliz tivesse ocorrido entre ele e a irmã. A angústia em que Marianne saiu da sala era tal que uma briga séria poderia explicá-la, embora quando considerou o amor de Marianne por ele, uma briga parecia quase impossível.

Mas quaisquer que fossem os detalhes dessa separação a aflição da irmã era indiscutível. E pensou, com a mais terna compaixão, na enorme tristeza a que Marianne não estava apenas dando margem como um alívio, mas alimentando-a e encorajando-a como um dever.

Em cerca de meia hora sua mãe voltou e, embora seus olhos estivessem vermelhos, seu semblante não era infeliz.

— Nosso querido Willoughby está agora a alguns quilômetros de Barton, Elinor — disse ela ao se sentar para bordar —, e como deve estar com o coração pesado!

— É tudo muito estranho. Partir tão de repente! Porém a mudança parece ter sido de uma hora para a outra. Ontem à noite ele estava conosco tão feliz, tão alegre, tão afetuoso! E agora, depois de apenas dez minutos que ficamos sabendo, foi-se, sem intenção de voltar! Algo que não sabemos deve ter acontecido. Ele não falava, não se comportava como de costume. *Você* deve ter notado a diferença tanto quanto eu. O que pode ser? Será que eles brigaram? Por qual outra razão ele teria mostrado tanta relutância em aceitar seu convite?

— Não foi vontade que lhe faltou, Elinor, *isso* eu pude ver claramente. Ele não podia aceitá-lo. Analisei com cuidado, posso garantir, e posso explicar perfeitamente tudo o que a princípio pareceu estranho para mim, bem como para você.

— Pode mesmo?

— Sim. Expliquei a mim mesma de maneira muito satisfatória, mas você, Elinor, que sempre gosta de duvidar, não ficará satisfeita, eu sei, mas você não *me* fará perder a confiança. Estou convencida de que Mrs. Smith suspeita do afeto dele por Marianne e o desaprova, talvez porque tenha outros planos para ele e, por causa disso, está ansiosa para afastá-lo e inventou um negócio para ele tratar como desculpa para mantê-lo longe. Isto é o que acredito ter acontecido. Além disso, ele sabe que ela condena a relação e não ousa, portanto, confessar a ela seu noivado com Marianne, e sente-se obrigado a ceder aos estratagemas dela por causa de sua dependência, e a se ausentar de Devonshire por um tempo. Você me dirá, eu sei, que pode ser isso ou *não*, mas não darei ouvidos a nenhuma objeção a menos que você possa ter qualquer outra explicação tão satisfatória quanto essa para entender o caso. E então, Elinor, o que tem a dizer?

— Nada, pois você adivinhou minha resposta.

— Então você teria me dito que poderia ou não ter acontecido. Ah, Elinor, seus sentimentos são tão incompreensíveis! Você prefere acreditar no mal do que no bem. Você prefere procurar sofrimento para Marianne e culpa para o pobre Willoughby a uma justificativa para ele. Está decidida a condená-lo porque ele se despediu de nós com menos afeto do que o habitual. E não se deve levar em consideração a negligência ou o ânimo deprimido pela recente decepção? Não se pode aceitar a possibilidade apenas porque não é certeza? Não devemos nada ao homem a quem temos todas as razões para amar e nenhuma razão no mundo para pensar mal? A possibilidade de motivos incontestáveis em si mesmos, embora inevitavelmente secretos por um tempo? E, afinal, do que você suspeita dele?

— Não consigo nem dizer a mim mesma. Mas a suspeita de algo desagradável é a consequência inevitável da mudança que acabamos de testemunhar. Há grande verdade, no entanto, no que você agora levantou sobre o que devemos levar em consideração a respeito dele, e é meu desejo não ser maliciosa em meu julgamento de ninguém. Willoughby pode, sem dúvida, ter razões suficientes para a sua conduta, e espero que tenha. Mas teria sido mais de acordo com a personalidade de Willoughby reconhecê-las de uma vez. O sigilo pode ser aconselhável, mas ainda assim não consigo evitar questioná-lo quando é praticado por ele.

— Não o culpe, no entanto, por fazer algo que não faria geralmente quando isso é necessário. Mas você realmente aceita a veracidade do que eu disse em sua defesa? Fico feliz, ele foi então absolvido.

— Não completamente. Pode ser apropriado ocultar o noivado de Mrs. Smith, se é que eles *estão* noivos. E, se for esse o caso, deve ser muito conveniente para Willoughby ficar em Devonshire no momento. Mas isso não é desculpa para eles esconderem isso de nós.

— Esconder de nós! Minha querida filha, você acusa Willoughby e Marianne de ocultação? Isso é muito estranho, pois seus olhos os têm repreendido todos os dias por descuido.

— Não quero provas do afeto deles — disse Elinor —, mas do noivado eu quero.

— Estou perfeitamente satisfeita com ambos.

— No entanto, nenhum dos dois falou com você a respeito.

— Do que me servem palavras quando as ações são tão claras? O comportamento dele para com Marianne e para com todas nós, pelo menos nas duas últimas semanas, não mostrou que ele a ama e a considera sua futura esposa, e que sente por nós o afeto de uma família mais próxima? Não nos entendemos tão bem? Meu consentimento não foi pedido diariamente por seus olhares, seus modos, seu respeito atencioso e afetuoso? Minha Elinor, é possível duvidar do noivado deles? Como poderia lhe ocorrer tal pensamento? Como pode supor que Willoughby, convencido como deve estar do amor de sua irmã, a deixaria, e talvez por meses, sem expressar a ela seu afeto? Como supor que eles haveriam de separar-se sem deixarem tudo às claras?

— Confesso — respondeu Elinor — que todas as circunstâncias exceto *uma* estão a favor do noivado deles, mas essa *uma* é o completo silêncio de ambos quanto ao assunto, e para mim isso supera quase todas as outras.

— Que estranho! Você deve achar Willoughby desprezível mesmo, se depois de tudo o que aconteceu entre eles duvida de que estão juntos. Então ele tem encenado seu comportamento com sua irmã esse tempo todo? Você acha que ele é realmente indiferente a ela?

— Não, não tenho como achar isso. Ele deve amá-la e a ama, tenho certeza.

— Mas é um estranho tipo de ternura, se ele pôde deixá-la com tal indiferença, com tal falta de preocupação com o futuro, como você o julga capaz de fazer.

— Você deve se lembrar, querida mãe, de que nunca considerei este assunto como certo. Tenho minhas dúvidas, confesso, mas são mais moderadas do que eram, e podem, em breve, ser completamente sanadas. Se descobrirmos que eles se correspondem, eliminarei todas as minhas desconfianças.

— De fato um consentimento poderoso! Se você os visse no altar, iria supor que iam se casar. Moça indelicada! Mas eu não exijo tal prova. Nada do que aconteceu, na minha opinião, justifica a desconfiança, não houve tentativa de sigilo, tudo foi sempre declarado e franco. Você não pode duvidar dos desejos de sua irmã. Deve ser Willoughby, portanto, de quem você suspeita. Mas por quê? Ele não é um homem honrado e sensível? Houve alguma inconsistência por parte dele que criasse alarme? Ele é desonesto?

— Espero que não, creio que não — disse Elinor. — Gosto muito de Willoughby, sinceramente o amo, e a suspeita de sua integridade não pode ser mais dolorosa para você do que é para mim. Foi involuntário, e não vou encorajá-la. Fiquei surpresa, confesso, com a mudança de seus modos nesta manhã, ele não falou como de costume, e não retribuiu à sua bondade com nenhuma cordialidade. Mas tudo isso talvez possa ser explicado pela situação dos negócios, como você supôs. Ele tinha acabado de se despedir de minha irmã e a viu deixá-lo na maior aflição. Se ele se sentisse obrigado a resistir à tentação de voltar aqui em breve por medo de ofender Mrs. Smith, mas ciente de que recusando seu convite ao dizer que se ausentaria por algum tempo pareceria agir com ingratidão e desconfiança perante nossa família, poderia muito bem ter ficado envergonhado e perturbado. Nesse caso, creio que uma confissão clara e sincera de suas dificuldades teria sido mais honrada, bem como mais consistente com seu caráter, mas não apresentarei objeções contra a conduta de ninguém diante de um fundamento tão vil, como uma diferença de julgamento em relação a mim ou um desvio do que penso ser certo e consistente.

— Você falou muito bem. Willoughby certamente não merece desconfiança. Embora *nós* não o conheçamos há muito tempo, ele não é um estranho nesta região. E alguém já o difamou? Se ele estivesse em uma situação que pudesse agir de forma independente e se casar imediatamente, teria sido estranho que nos deixasse sem admitir tudo de uma vez para mim, mas este não é o caso. É um noivado que em alguns aspectos começou de maneira adversa, pois o casamento deve estar a uma distância muito incerta, e até mesmo o sigilo, pelo que se pode observar, agora pode ser muito aconselhável.

Elas foram interrompidas pela entrada de Margaret, e Elinor teve então a liberdade de pensar sobre as declarações da mãe, para reconhecer a probabilidade de muitas delas, e desejar que todas se provassem verdadeiras.

Não viram Marianne até a hora do jantar, quando ela entrou na sala e tomou seu lugar à mesa sem dizer uma palavra sequer. Seus olhos estavam vermelhos e inchados, e parecia que segurava as lágrimas com dificuldade. Evitou os olhares de todas, não conseguiu nem comer nem falar, e depois de algum tempo, quando a mãe, em silêncio, colocou a mão na sua com terna compaixão, seu autocontrole sucumbiu, ela começou a chorar e saiu da sala.

Este forte abatimento que recaiu sobre elas continuou a noite inteira. Ela estava sem forças porque não tinha nenhum desejo de controlar-se. A menor menção em relação a Willoughby a dominava em um instante, e embora sua família estivesse muito atenta ao seu conforto, era impossível para elas, ao falarem de qualquer coisa, manterem-se afastadas de todos os assuntos que os sentimentos dela relacionavam a ele.

Capítulo 16

Marianne teria achado imperdoável se tivesse conseguido dormir na primeira noite depois de separar-se de Willoughby. Teria vergonha de encarar a família na manhã seguinte se não tivesse se levantado da cama com mais necessidade de descanso do que quando se deitou. Mas os sentimentos que tornavam tal comportamento uma desgraça, não a deixaram correr o risco de cometê-lo. Ficou acordada a noite toda e chorou a maior parte do tempo. Levantou-se com dor de cabeça, era incapaz de falar e não estava disposta a se alimentar, fazendo a mãe e as irmãs sofrerem, e proibindo toda tentativa de consolo de qualquer uma. Sua própria sensibilidade lhe bastava!

Quando terminou o café da manhã, saiu sozinha e vagou pela vila de Allenham, deleitando-se com a lembrança do prazer vivido e chorando pelo revés do presente durante grande parte da manhã.

A noite passou com o mesmo sentimento de deleite. Tocou todas as músicas favoritas que costumava tocar para Willoughby, cada canção em que suas vozes estiveram frequentemente unidas, e sentou-se ao instrumento olhando para cada linha de música que ele escrevera para ela, até que seu coração ficou tão pesado que não cabia mais tristeza e a nutrição dessa tristeza era feita todos os dias. Passou horas inteiras no pianoforte cantando e chorando, com a voz muitas vezes totalmente retida por suas lágrimas. Nos livros também, assim como na música, adulou o sofrimento que o contraste entre o passado e o presente certamente causava. Não lia nada além do que eles estavam acostumados a ler juntos.

Essa grande aflição, de fato, não poderia ser suportada para sempre; em alguns dias transformou-se em uma melancolia mais calma, mas essas atividades às quais ela diariamente recorria — passeios solitários e reflexões silenciosas —, ainda causavam efusões ocasionais de uma tristeza tão vigorosa como antes.

Não chegou nenhuma carta de Willoughby, e Marianne parecia não esperar nenhuma. Sua mãe ficou surpresa, e Elinor ficou novamente inquieta. Mas Mrs. Dashwood podia encontrar explicações sempre que queria, o que ao menos a satisfazia.

— Lembre-se, Elinor — disse ela —, com que frequência o próprio Sir John pega nossas cartas do correio e as leva até lá. Já concordamos que o sigilo talvez seja necessário, e devemos reconhecer que não poderia ser mantido se a correspondência passasse pelas mãos de Sir John.

Elinor não podia negar essa verdade e tentou encontrar nisso um motivo justificável para o silêncio deles. Mas havia um método muito direto, muito simples e, em sua opinião, muito adequado para saber o estado real do relacionamento e resolver logo todo o mistério, que ela não podia deixar de sugerir à mãe.

— Por que você não pergunta a Marianne de uma vez se ela está ou não noiva de Willoughby? — sugeriu ela. — Vinda de você, a mãe, e uma mãe tão gentil, tão tolerante, a pergunta não seria ofensiva, seria o resultado natural de sua afeição por ela. Ela costumava ser tão aberta, ainda mais com você.

— Por nada nesse mundo eu faria tal pergunta. Supondo a possibilidade de não estarem noivos, que sofrimento tal pergunta infligiria! De qualquer forma, seria uma maldade. Eu nunca mais mereceria a confiança dela depois de forçar uma confissão do que se pretende, no momento, que ninguém saiba. Conheço o coração de Marianne: sei que ela me ama muito e que não serei a última a saber do relacionamento quando as circunstâncias tornarem a revelação apropriada. Eu não tentaria forçar uma confidência como essa de ninguém, muito menos de uma filha, já que seu senso de dever impediria a negação do que ela realmente deseja fazer.

Elinor achava que essa generosidade era excessiva, considerando a juventude da irmã, e insistiu no assunto, mas em vão. Bom senso, cuidado, prudência, eram sufocados pela delicadeza romântica de Mrs. Dashwood.

Passaram-se vários dias até que o nome de Willoughby voltasse a ser mencionado por qualquer um da família diante de Marianne. Sir John e Mrs. Jennings, de fato, não eram tão delicados — suas zombarias tornaram alguns momentos penosos. Porém numa noite, Mrs. Dashwood, sem querer, pegando um volume de Shakespeare, exclamou:

— Não terminamos *Hamlet*, Marianne, nosso querido Willoughby foi embora antes que pudéssemos terminá-lo. Vamos guardá-lo para quando ele voltar... Talvez leve meses para que *isso* aconteça.

— Meses! — gritou Marianne, com enorme surpresa. — Não... nem muitas semanas.

Mrs. Dashwood lamentou o que disse, mas satisfez Elinor, pois Marianne apresentou uma resposta muito significativa de sua confiança em Willoughby e do conhecimento de suas intenções.

Certa manhã, cerca de uma semana depois da partida dele, Marianne foi convencida a juntar-se às irmãs em sua caminhada habitual em vez de perambular sozinha. Até então ela havia cautelosamente evitado qualquer companhia em seus passeios. Se as irmãs iam caminhar nas colinas, ela desvencilhava-se em direção à estrada; se mencionassem o vale, ela logo ia para as colinas, e as outras nunca a encontravam ao sair. Mas por fim foi vencida pelos esforços de Elinor, que muito reprovava sua constante reclusão. Caminharam em silêncio a maior parte do tempo ao longo da estrada do vale, pois a *mente* de Marianne não podia ser controlada, e Elinor, satisfeita por ter vencido uma batalha, não insistiria mais. Além da entrada do vale onde o campo, embora ainda magnífico, era menos silvestre e mais aberto, viram diante de si um longo trecho da estrada pela qual tinham passado quando chegaram a Barton. Ao alcançar esse ponto, pararam para olhar ao redor e examinar a paisagem que viam de casa de um ponto que nunca haviam alcançado em nenhuma das caminhadas anteriores.

Entre os objetos da cena, logo descobriram um animado: um homem cavalgando em direção a elas. Em poucos minutos puderam identificá-lo como um cavalheiro, e um momento depois Marianne exclamou entusiasmada:

— É ele! É ele mesmo, eu sei que é! — E acelerou o passo para encontrá-lo quando Elinor gritou:

— Na verdade, Marianne, creio que você está enganada. Não é Willoughby. A pessoa não é alta como ele, e não tem o jeito dele.

— Tem sim, tem sim! — gritou Marianne — Tenho certeza de que tem! Tem o jeito, o casaco, o cavalo. Eu sabia que ele viria logo.

Ela andava de maneira afobada enquanto falava, e Elinor, para proteger Marianne de um incidente, pois tinha quase certeza de que não era Willoughby, acelerou o passo e a acompanhou. Logo estavam a uns trinta metros do cavalheiro. Marianne olhou novamente. Seu coração partiu-se. Virou-se abruptamente e estava correndo de volta quando as duas irmãs gritaram para detê-la, e uma terceira voz, quase tão conhecida quanto a de Willoughby, juntou-se a elas implorando que parasse; ela se virou, surpresa ao ver e receber Edward Ferrars.

Ele era a única pessoa no mundo que poderia, naquele momento, ser perdoado por não ser Willoughby; o único que poderia ganhar um sorriso dela. E ela enxugou as lágrimas para sorrir para *ele*, e em razão da felicidade da irmã esqueceu por um tempo da própria decepção.

Ele desceu do cavalo e o entregou ao criado. Voltou andando com elas para Barton, para onde veio especialmente para visitá-las.

Foi recebido por todas com grande cordialidade, mas em particular por Marianne, que mostrou mais afeto em sua recepção do que a própria Elinor. Para Marianne, de fato, o encontro entre Edward e a irmã era apenas a continuação daquele comportamento frio inexplicável entre eles que com frequência observou em Norland. Da parte de Edward, em especial, faltava tudo o que um homem apaixonado deveria aparentar e dizer em tal ocasião. Ele estava confuso, parecia incapaz de ficar feliz em vê-las, não parecia nem entusiasmado nem alegre, falou pouco, mas foi forçado por perguntas, e o tratamento a Elinor não teve nenhum sinal de afeição. Marianne viu e ouviu com crescente surpresa. Quase começou a sentir uma aversão a Edward, e terminou, como todo sentimento terminava com ela, levando seus pensamentos de volta para Willoughby, cujos modos contrastavam de maneira marcante com os do escolhido para ser seu cunhado.

Depois de um breve silêncio que sucedeu a surpresa inicial e perguntas do encontro, Marianne perguntou a Edward se ele viera diretamente de Londres. Não, ele ficara quinze dias em Devonshire.

— Quinze dias! — ela repetiu, surpresa por ele estar tanto tempo no mesmo condado que Elinor sem vê-la.

Ele parecia bastante angustiado quando acrescentou que ficou com alguns amigos perto de Plymouth.

— Você esteve em Sussex recentemente? — perguntou Elinor.

— Estive em Norland cerca de um mês atrás.

— E como está a tão querida Norland? — perguntou Marianne.

— Querida, querida Norland — disse Elinor —, provavelmente deve estar como sempre nesta época do ano. A floresta e os caminhos cobertos de folhas secas caídas.

— Ah, com que êxtase já as vi cair! — exclamou Marianne. — Como eu me deleitei, enquanto caminhava, ao vê-las caindo ao meu redor com o vento como se fossem chuva! Que sensação elas nos dão, a estação, a atmosfera, completamente inspiradoras! Agora não há ninguém para observá-las. São vistas apenas como um incômodo, varridas apressadamente e tiradas o máximo possível da vista.

— Não são todos que têm sua paixão por folhas mortas — comentou Elinor.

— Não mesmo, as pessoas muitas vezes não compartilham dos meus sentimentos, muitas vezes eles não são compreendidos. Mas, *às vezes* são — ao dizer isso, mergulhou em um devaneio por alguns momentos, e voltando à realidade disse: — Agora, Edward — disse chamando a atenção dele para a paisagem —, aqui está Barton Valley. Admire e diga se é possível ficar indiferente a isso. Olhe para aquelas colinas! Acaso já viu algo parecido? À esquerda está Barton Park, entre aqueles bosques e plantações. Pode-se ver uma pontinha da casa. E lá, sob aquela colina mais distante, que sobe com tanta grandeza, está a nossa casa.

— É uma região bonita — respondeu ele —, mas estes vales devem ficar enlameados no inverno.

— Como pode pensar em lama com tal cena diante de você?

— Porque — respondeu ele, sorrindo —, na cena diante de mim vejo uma estrada muito suja.

— Que estranho — disse Marianne para si mesma enquanto caminhava.

— A vizinhança é agradável aqui? Os Middletons são pessoas agradáveis?

— Não, não todos — respondeu Marianne —, não poderíamos estar em situação mais infeliz.

— Marianne, como pode dizer isso?! — exclamou a irmã. — Como pode ser tão injusta? Eles são uma família muito respeitável, Mr. Ferrars, e são muito amigáveis conosco. Já se esqueceu, Marianne, quantos dias agradáveis devemos a eles?

— Não esqueci — disse Marianne, em voz baixa —, nem quantos momentos dolorosos.

Elinor ignorou esse comentário e, voltando a atenção para o visitante, empenhou-se em conversar com ele, falando da residência atual, suas conveniências etc., arrancando dele perguntas e observações ocasionais. A frieza e introversão dele a deixaram completamente mortificada, estava irritada e um pouco brava, mas decidindo adequar seu comportamento a ele pelo passado e não pelo presente, evitou aparentar ressentimento ou desagrado, e o tratou como achava que ele deveria ser tratado em função da relação familiar que tinham.

Capítulo 17

Mrs. Dashwood não ficou muito surpresa ao vê-lo, pois a vinda dele a Barton era, em sua opinião, muito natural. A alegria e o afeto superaram a surpresa. Ele foi recebido por ela de maneira calorosa, e timidez, frieza e introversão não podiam resistir a tal recepção. Essas características começaram a ceder antes que ele entrasse na casa e foram superadas pelo jeito cativante de Mrs. Dashwood. Na verdade, um homem não poderia estar apaixonado por qualquer uma de suas filhas sem que a paixão se estendesse a ela, e Elinor teve a satisfação de logo vê-lo se comportar mais como de costume. Seu afeto por todas elas pareceu reacender, e o interesse por seu bem-estar se tornou novamente perceptível. No entanto, ele não estava com bom ânimo. Elogiou a casa, admirou a vista, foi atencioso e gentil, mas ainda assim não estava com bom ânimo. Toda a família percebeu, e Mrs. Dashwood, atribuindo isso a alguma falta de generosidade da mãe dele, sentou-se à mesa indignada contra todos os pais egoístas.

— Quais são as perspectivas de Mrs. Ferrars para você no momento, Edward? — perguntou ela depois do jantar quando estavam ao redor da lareira. — Você ainda será um grande orador contra a vontade?

— Não. Espero que minha mãe agora esteja convencida de que não tenho talentos para a vida pública!

— Mas como poderá ficar famoso? Pois deverá sê-lo para satisfazer sua família. E sem propensão para o dinheiro, sem afeto por estranhos, sem profissão e sem confiança pode ser difícil.

— Não é o que buscarei. Não tenho nenhum desejo de ser ilustre, e tenho muitos motivos para esperar que nunca seja. Graças a Deus! Não posso ser forçado à genialidade e à eloquência.

— Você não tem ambição, eu bem sei. Seus desejos são todos comedidos.

— Creio que são tão comedidos quanto os do resto do mundo. Desejo, assim como qualquer outra pessoa, ser muito feliz, mas, como qualquer outra pessoa, deve ser à minha maneira. Grandeza não me fará feliz.

— Seria estranho se fizesse! — exclamou Marianne. — O que riqueza ou grandeza têm a ver com a felicidade?

— Grandeza tem pouco — disse Elinor —, mas riqueza tem muito a ver com felicidade.

— Elinor, que vergonha! — disse Marianne. — O dinheiro só traz felicidade onde nada mais pode proporcioná-la. Na minha opinião, além de sustento, não proporciona nenhuma satisfação real.

— Talvez — disse Elinor, sorrindo —, podemos entrar em acordo. Suponho que *seu* sustento e *minha* riqueza são muito parecidos e, sem eles, do jeito que as coisas andam, ambas concordaremos que qualquer tipo de conforto externo nos faltaria. Suas ideias são apenas mais nobres que as minhas. Diga, de quanto seria o seu sustento?

— Cerca de mil e oitocentos ou duas mil libras por ano, não mais do que *isso*.

Elinor riu.

— *Duas* mil libras por ano! *Mil* é a minha riqueza! Eu logo adivinhei aonde chegaríamos.

— E, no entanto, duas mil libras por ano é uma renda muito moderada — disse Marianne. — Não é possível manter uma família com menos. Tenho certeza de que não estou sendo extravagante em minhas exigências. Um número adequado de criados, uma carruagem, talvez duas, e cães de caça não podem ser mantidos com menos.

Elinor sorriu novamente ao ouvir a irmã descrever com tanta precisão suas despesas futuras na Combe Magna.

— Cães de caça! — repetiu Edward. — Mas por que você quer ter cães de caça? Nem todos caçam.

Marianne enrubesceu ao responder:

— Mas a maioria das pessoas caça.

— Eu gostaria que alguém desse a cada uma de nós uma grande fortuna! — disse Margaret, revelando um pensamento retirado de um romance.

— Ah, quem dera! — exclamou Marianne com os olhos brilhando de animação e as bochechas cintilando com deleite ao imaginar tal felicidade.

— Somos unânimes nesse desejo, suponho — disse Elinor —, apesar da riqueza insuficiente.

— Ah, Céus! — gritou Margaret. — Como eu seria feliz! Eu me pergunto o que eu faria com o dinheiro.

Marianne parecia não ter dúvidas sobre isso.

— Eu não saberia como gastar uma fortuna tão grande se todas as minhas filhas ficassem ricas sem a minha ajuda — disse Mrs. Dashwood.

— Você deveria começar pelas melhorias nesta casa — observou Elinor —, e suas dificuldades logo desapareceriam.

— Londres receberia encomendas magníficas desta família caso isso acontecesse — disse Edward. — Que dia feliz seria para os livreiros, os vendedores de música e as gráficas! Você, Miss Dashwood, pagaria uma comissão a cada nova ilustração digna que chegasse. E quanto a Marianne, conheço sua grandeza de alma, não haveria música suficiente em Londres para satisfazê-la. E livros! Thomson, Cowper, Scott, ela os compraria várias vezes, compraria todas as cópias, creio eu, para evitar que caíssem em mãos indignas, e teria todos os livros que lhe dissessem como admirar uma velha árvore torcida. Certo, Marianne? Perdoe-me se estou sendo muito atrevido. Mas queria mostrar-lhe que não esqueci das nossas velhas discussões.

— Adoro ser lembrada do passado, Edward, seja triste ou alegre, adoro relembrar, e você nunca me ofenderá ao falar de tempos passados. Você está corretíssimo em supor como meu dinheiro seria gasto, parte dele pelo menos, o dinheiro que não estivesse alocado com certeza seria empregado na melhoria da minha coleção de música e livros.

— E a maior parte de sua fortuna seria empregada em pensões para os autores ou seus herdeiros.

— Não, Edward, eu faria algo diferente.

— Talvez, então, você concederia uma recompensa à pessoa que escrevesse a defesa mais habilidosa de sua máxima favorita, a de que ninguém pode se apaixonar mais de uma vez na vida. Sua opinião sobre esse assunto não mudou, presumo?

— Sem dúvida. Nesta fase da minha vida as opiniões quase não mudam. Até o momento não vi ou ouvi nada que pudesse mudá-las.

— Marianne está resoluta como sempre, como pode ver, não mudou nada — disse Elinor.

— Só está um pouco mais séria do que era.

— Não, Edward — disse Marianne —, não precisa me censurar. Você também não está muito feliz.

— Por que acha isso? — respondeu ele, com um suspiro. — Alegria nunca fez parte do *meu* caráter.

— Nem creio que faça parte do caráter de Marianne — disse Elinor. Dificilmente eu diria que é uma moça alegre. É muito sincera, muito impaciente em tudo o que faz, às vezes fala muito e sempre com animação, mas não fica alegre com muita frequência.

— Creio que esteja certa — ele respondeu —, e ainda assim eu sempre a vi como uma moça alegre.

— Já me peguei várias vezes cometendo tal erro — disse Elinor —, em uma total má compreensão do caráter: imaginar pessoas muito mais alegres ou sérias, ou engenhosas ou estúpidas do que realmente são, e não sei dizer o motivo ou a fonte do engano. Às vezes, somos levados pelo que a pessoa diz de si mesma, e muito frequentemente pelo que as outras pessoas dizem dela, sem nos darmos tempo para deliberar e julgar.

— Mas eu achava que era correto, Elinor — disse Marianne —, ser guiada inteiramente pela opinião de outras pessoas. Achava que nossos julgamentos nos fossem dados apenas para serem subservientes aos dos nossos semelhantes. Este sempre foi seu princípio, tenho certeza.

— Não, Marianne, nunca. Meu princípio nunca visou a sujeição do entendimento. Tudo o que tentei influenciar foi o comportamento. Você não deve confundir minha intenção. Sou culpada, confesso, de muitas vezes ter desejado que você tratasse nossos conhecidos em geral com maior atenção, mas quando eu a aconselhei a adotar as opiniões deles ou a se conformar com seus julgamentos em assuntos importantes?

— Você não conseguiu que sua irmã adotasse seu plano de cordialidade com todos — disse Edward a Elinor. — Não teve progresso algum?

— Muito pelo contrário — respondeu Elinor, lançando um olhar significativo para Marianne.

— Concordo com você — ele continuou — neste quesito, mas receio que minha prática seja muito mais como a da sua irmã. Nunca tenho intenção de ofender, mas sou tão tímido que muitas vezes pareço negligente quando na verdade sou reprimido por meu constrangimento natural. Com frequência penso que por natureza devo ter sido destinado a gostar de companhias de classes mais baixas, já que fico tão pouco à vontade entre estranhos da nobreza.

— Marianne não tem a desculpa da timidez para nenhuma desatenção da parte dela — disse Elinor.

— Ela sabe muito bem do seu próprio valor para fingir vergonha — respondeu Edward. — A timidez é apenas o efeito de um senso de inferioridade, de uma forma ou de outra. Se eu pudesse me convencer de que meus modos são perfeitamente simples e graciosos, não seria tímido.

— Mas você ainda seria reservado — disse Marianne —, e isso é pior.

Edward falou perturbado:

— Reservado? Sou reservado, Marianne?

— Sim, muito.

— Não entendo você — respondeu ele, corando. — Reservado? Como, de que maneira? O que posso lhe dizer? O que você pode supor?

Elinor pareceu surpresa com a comoção dele, mas tentando rir do assunto, disse:

— Você não conhece minha irmã o suficiente para entender o que ela quer dizer? Não sabe que ela chama todos que não falam tão rápido e admiram o que ela admira tão ardentemente quanto ela de reservados?

Edward não respondeu. Ele foi totalmente abatido pela seriedade e ponderação, e ficou sentado em silêncio e desânimo por algum tempo.

Capítulo 18

linor viu com grande inquietação o desânimo do amigo. A visita não lhe proporcionou plena satisfação, e mesmo o contentamento dele não era total. Era evidente que ele estava infeliz. Ela desejava que fosse igualmente evidente que ele ainda a visse com o mesmo afeto que ela antes não tinha dúvida de inspirar, mas até agora a continuidade de sua preferência parecia muito incerta e a discrição de seus modos para com ela em um momento contradizia o que um olhar mais animado indicara no outro.

Ele juntou-se a ela e a Marianne na sala de café da manhã no dia seguinte antes de todos descerem, e Marianne, que estava sempre ansiosa para fomentar a felicidade deles o máximo que pudesse, logo os deixou a sós. Mas quando estava a meio caminho do andar de cima, ouviu a porta da sala abrir e, virando-se, ficou surpresa ao ver Edward saindo.

— Vou para a vila ver meus cavalos, já que ainda não estão prontas para o café da manhã. Retornarei em breve — disse ele.

* * *

Edward voltou com a admiração pela região renovada. Em sua caminhada para a vila, viu muitas partes do vale em condições mais favoráveis, e a visão geral da própria vila, vista de um ponto mais alto do que da casa delas proporcionava, agradou-lhe imensamente. Este foi um assunto que prendeu a atenção de Marianne, e ela estava começando a descrever a própria admiração por esses cenários e questioná-lo mais minuciosamente quanto ao que lhe havia impressionado mais quando Edward a interrompeu dizendo:

— Não pergunte muito, Marianne. Lembre-se de que não tenho conhecimento sobre o pitoresco e posso ofendê-la com minha ignorância e falta de gosto se mencionarmos detalhes. Direi que as colinas são íngremes, quando deveriam ser vibrantes; que as superfícies são estranhas e grosseiras, quando deveriam ser irregulares e acidentadas; e que os objetos distantes estão fora de vista, quando deveriam ser indistintos em uma atmosfera enevoada. Você deve se satisfazer com a admiração que posso honestamente oferecer. Digo que é uma região muito agradável: as colinas são íngremes, o bosque parece ser repleto de boas árvores e o vale parece agradável, com prados deslumbrantes e várias casas de fazenda espalhadas por ele. Corresponde exatamente à minha ideia de uma bela região porque une beleza com utilidade. E ouso dizer que também é pitoresco porque você o admira. Posso facilmente acreditar que tenha muitas pedras e promontórios, musgo cinza e matas, mas sou incapaz de apreciar tudo isso. Não sei nada sobre o pitoresco.

— Receio que esteja muito correto — disse Marianne —, mas por que você deveria se gabar disso?

— Suspeito que para evitar um tipo de presunção, Edward cai aqui em outro — disse Elinor. — Pois acredita que muitas pessoas fingem mais admiração das belezas da natureza do que realmente sentem e fica enojado com tal fingimento. Ele finge maior indiferença e menos distinção em vê-los por si mesmo do que realmente pensa. Ele é melindroso, e assim tem uma presunção própria.

— É muito verdade que a admiração da paisagem se tornou uma algaravia — disse Marianne. — Todos fingem sentir e tentam descrever com o gosto e a elegância daquele que inicialmente definiu o que era uma beleza pitoresca. Detesto esse tipo de linguagem e às vezes guardo minha opinião para mim porque não consigo encontrar palavras para descrever a paisagem além do que já está desgastado e banalizado de todo o sentido e significado.

— Estou convencido de que você realmente sente todo o prazer que declara sentir com uma bela paisagem— disse Edward. — Mas em troca, sua irmã deve permitir que eu não sinta mais do que declaro. Gosto de uma bela paisagem, mas não de forma pitoresca. Não gosto de árvores tortas, retorcidas e secas. Eu as admiro muito mais quando são altas, retas e floridas. Não gosto de casas deterioradas e em ruínas. Não gosto de urtigas ou cardos, ou de flores de urze. Sinto muito mais prazer em uma casa de fazenda confortável do que em uma torre de vigilância, e uma tropa de camponeses organizados e felizes me agrada mais do que os melhores salteadores do mundo.

Marianne olhou com espanto para Edward e com compaixão para a irmã. Elinor apenas riu.

O assunto não continuou, e Marianne permaneceu pensativa, em silêncio, até que um novo tópico de repente chamou sua atenção. Estava sentada ao lado de Edward e quando ele pegou o chá oferecido por Mrs. Dashwood sua mão passou diante dela, fazendo com que um anel com uma mecha de cabelo no centro ficasse muito visível em um de seus dedos.

— Nunca vi você usar um anel antes, Edward — comentou ela. — É o cabelo de Fanny? Lembro-me de que ela prometeu dar-lhe uma mecha. Mas achava que o cabelo dela era mais escuro.

Marianne falou sem considerar o que realmente sentia, mas quando viu o quanto havia deixado Edward aflito, seu desconforto com sua falta de tato não pôde ser superado pelo dele. Ele ficou muito enrubescido e, dando uma olhada de relance para Elinor, respondeu:

— Sim, é o cabelo da minha irmã. A luz ambiente sempre o faz parecer de uma tonalidade diferente, você sabe.

Elinor encontrou os olhos dele e pareceu entender que o cabelo era dela, e no mesmo instante ficou tão satisfeita quanto Marianne. A única diferença em suas conclusões era que o que Marianne considerava um presente dado pela irmã, Elinor sabia que tinha sido conseguido através de algum roubo ou artifício desconhecido por ela. No entanto, não estava disposta a considerar isso um insulto e, fingindo não tomar conhecimento do que aconteceu, logo mudou de assunto e resolveu internamente aproveitar qualquer oportunidade a partir daquele momento para olhar o cabelo e certificar-se, sem nenhuma sombra de dúvida, de que era exatamente o seu tom.

O constrangimento de Edward durou algum tempo e resultou em uma total falta de concentração. Ele ficou muito sério durante toda a manhã. Marianne se censurou severamente pelo que dissera, mas teria se perdoado mais rápido se soubesse que a irmã não tinha se ofendido.

Antes do meio do dia receberam a visita de Sir John e Mrs. Jennings que, quando souberam da chegada de um cavalheiro à casa, vieram examinar o convidado. Com a ajuda da sogra, Sir John não demorou a descobrir que o nome de Ferrars começava com F, e isso gerou uma futura mina de zombarias contra a devotada Elinor, que somente o fato de não conhecerem Edward havia muito tempo impediu de ser imediatamente lançada. Mas através de alguns olhares muito significativos ela entendeu até onde a sagacidade deles ia, baseada nas instruções de Margaret.

Sir John nunca visitara as Dashwoods sem convidá-las para jantar em Barton Park no dia seguinte ou para tomarem chá com eles na mesma noite. Na presente ocasião, para o melhor entretenimento do visitante, cuja diversão ele se sentia obrigado a proporcionar, desejava comprometê-los com ambos.

— Precisa tomar chá conosco esta noite — disse ele —, pois estaremos sozinhos, e amanhã deve sem falta jantar conosco para que possamos ser um grande grupo.

Mrs. Jennings reforçou a necessidade.

— E quem sabe poderá animar um baile — disse ela. — Eis um convite que a *senhorita* não negaria, Miss Marianne.

— Um baile! — gritou Marianne. — Impossível! Quem há de dançar?

— Quem? Ora, vocês, os Careys e os Whitakers com certeza. Acaso pensa que ninguém pode dançar porque uma certa pessoa que não pode ser nomeada partiu?

— Gostaria de coração — clamou Sir John — que Willoughby estivesse entre nós.

Isso, e Marianne corando, deu novas suspeitas a Edward.

— E quem é Willoughby? — perguntou ele em voz baixa a Miss Dashwood, de quem estava sentado perto.

Ela deu a ele uma resposta curta. O semblante de Marianne deu a entender muito mais. Edward viu o suficiente para compreender, não apenas a intenção dos outros, mas as expressões de Marianne que o haviam intrigado antes, e quando os visitantes os deixaram, ele imediatamente se aproximou dela e disse em um sussurro:

— Estive tentando adivinhar. Devo lhe dizer o meu palpite?

— O que você quer dizer?

— Devo lhe dizer?

— Sem dúvida.

— Muito bem, creio que Mr. Willoughby caça.

Marianne ficou surpresa e aflita, mas não pôde deixar de sorrir com o atrevimento dele, e depois de um momento de silêncio disse:

— Ah, Edward! Como você pode? Mas chegará a hora, espero... tenho certeza de que gostará dele.

— Não duvido disso — respondeu ele, bastante surpreso com a sinceridade e o afeto dela, pois se não tivesse imaginado que era uma piada entre seus conhecidos baseada apenas em alguma coisa ou coisa nenhuma entre Mr. Willoughby e ela, não teria ousado abordar o assunto.

Capítulo 19

Edward ficou uma semana na casa. Mrs. Dashwood o pressionou muito para ficar mais tempo, mas, como se estivesse se impondo uma penitência, parecia decidido a partir bem quando o prazer de estar entre amigos estava em seu auge. Seu ânimo durante os últimos dois ou três dias, embora inconstante, estava muito melhor. Ele parecia cada vez mais apegado à casa e aos arredores; toda vez que falava em ir embora soltava um suspiro; declarou que seu tempo estava totalmente livre; estava até em dúvida de para onde deveria ir quando as deixasse, mas, ainda assim, deveria partir. Nunca uma semana tinha passado tão rápido, ele mal podia acreditar que já tinha acabado. Disse isso diversas vezes. Também disse outras coisas que indicavam mudança em seus sentimentos e a contradição de suas ações. Ele não gostava de ficar em Norland, detestava estar na cidade, mas deveria ir para Norland ou Londres. Valorizava a bondade delas acima de tudo e sua maior felicidade era estar com elas. No entanto, tinha que deixá-las ao final de uma semana, apesar do desejo delas e dele próprio, e mesmo tendo tempo livre.

Elinor considerou surpreendente a maneira como ele agia por causa da mãe, e ficou feliz que ele tivesse uma mãe cujo caráter ela não conhecia a fundo e, portanto, poderia servir de desculpa para toda a estranheza por parte do filho. Decepcionada, no entanto, e inquieta, e às vezes descontente com o comportamento incerto dele para com ela, estava propensa a avaliar suas ações com todas as concessões ingênuas e qualidades generosas que haviam sido em alguma medida dolorosamente extorquidas dela por sua mãe em benefício de Willoughby. A falta de ânimo dele, de abertura e de consistência foram, de modo geral, atribuídas à sua falta de independência e ao seu melhor conhecimento da disposição e dos projetos de Mrs. Ferrars. A brevidade da visita, a firmeza do propósito em deixá-las originavam-se na mesma propensão impassível, na mesma necessidade inevitável de obedecer a mãe. A velha e bem estabelecida luta do dever contra a vontade, pai contra filho, era a causa de tudo. Ela ficaria feliz em saber quando essas dificuldades cessariam, quando essa oposição cederia, quando Mrs. Ferrars mudaria e seu filho teria a liberdade de ser feliz. Mas, desses desejos vãos, foi forçada a se voltar para o conforto da renovação de sua confiança no afeto de Edward, para a lembrança de cada sinal de afeto no olhar ou na palavra que saiu dele enquanto esteve em Barton e, acima de tudo, para aquela prova lisonjeira que ele usava o tempo todo no dedo.

— Eu creio, Edward — disse Mrs. Dashwood no café da manhã do último dia —, que você seria um homem mais feliz se tivesse alguma profissão à qual dedicar seu tempo e que direcionasse seus planos e suas ações. É fato que seus amigos podem ser prejudicados com isso, afinal você não poderia dispor tanto do seu tempo a eles. — Mrs. Dashwood continuou com um sorriso: — Mas você seria muito beneficiado em um ponto pelo menos: saberia para onde ir quando os deixasse.

— Garanto — ele respondeu — que tenho pensado há muito tempo como a senhora. Tem sido, e é, e provavelmente sempre será, um grande infortúnio para mim não ter tido nenhum negócio que precisasse do meu envolvimento, nenhuma profissão para me ocupar ou me proporcionar algo perto da independência financeira. Mas, infelizmente, por ser melindroso, assim como meus familiares, tornei-me o que sou: um ser ocioso e sem habilidades. Nunca concordamos na escolha de uma profissão. Sempre preferi a igreja, como ainda prefiro. Mas isso não era bom o bastante para a minha família. Recomendaram o exército, que era bom demais para mim. O Direito foi autorizado por ser elegante o suficiente; muitos jovens, que tinham gabinetes na corte de justiça em Londres, circularam pela alta sociedade e andaram pela cidade em charretes elegantes. Mas eu não tinha nenhum talento para a lei, nem para o estudo menos abstruso dela. Quanto à Marinha, tinha a moda a seu favor, mas eu estava muito velho quando esse assunto surgiu. E, por fim, como não havia necessidade de ter nenhuma profissão, eu poderia ser tão elegante e extravagante sem um casaco vermelho nas costas quanto com um, então a ociosidade foi declarada como sendo mais vantajosa e honrosa; um jovem de dezoito anos não está em geral tão empenhado em ficar ocupado a ponto de resistir aos chamados de seus amigos para não fazer nada. Então entrei em Oxford e tenho ficado devidamente ocioso desde então.

— Suponho que a consequência disso será — disse Mrs. Dashwood —, uma vez que o tempo livre não lhe trouxe felicidade, que seus filhos serão criados para ter tantas atividades, ocupações, profissões e ofícios quanto os de Columella.

— Eles serão criados — disse ele, em um tom sério — para serem o mais diferente possível de mim. Em sentimento, em atitude, em condição, em tudo.

— Ora, ora, isso tudo é uma demonstração de falta de ânimo, Edward. Você está melancólico e acha que qualquer um diferente de você há de ser feliz. Mas lembre-se de que a dor ao deixar os amigos será sentida por todos em algum momento, seja qual for a educação ou condição. Saiba o que lhe traz felicidade. Você só precisa de paciência... ou dê um nome mais fascinante a isso, chame de esperança. Sua mãe garantirá a você, no tempo certo, essa independência pela qual anseia tanto. É o dever dela, e assim será, e logo se tornará a felicidade dela evitar que toda a sua juventude seja desperdiçada em descontentamento. Quem sabe em alguns meses?

— Creio que talvez eu tenha que aguentar muitos meses para obter qualquer benefício — respondeu Edward.

Esse desânimo, embora não fosse compartilhado por Mrs. Dashwood, acrescentou uma dor adicional a todos na separação, que logo ocorreu, e deixou os sentimentos de Elinor, em particular, com uma impressão desconfortável, o que exigiu certo esforço e tempo para serem suprimidos. Mas, como estava determinada a controlá-los e evitar que parecesse sofrer mais do que toda a família ao se separar dele, não adotou o método tão criteriosamente empregado por Marianne em ocasião semelhante para aumentar e curar a tristeza buscando silêncio, solidão e ociosidade. Seus meios eram tão diferentes quanto os homens por quem se apaixonaram, e igualmente adequados à evolução de cada uma delas.

Elinor sentou-se à sua mesa de desenho assim que ele saiu da casa. Manteve-se ocupada o dia inteiro, não procurou nem evitou a menção do nome dele, pareceu interessar-se quase como sempre pelas preocupações gerais da família e, se com essa conduta não diminuiu a própria dor, pelo menos evitou acréscimo desnecessário, e sua mãe e suas irmãs foram poupadas de muita preocupação.

Esse comportamento, tão contrário ao seu, não pareceu para Marianne mais louvável do que o seu próprio pareceu inadequado para a irmã. Ela tinha determinado com facilidade uma questão: se a afeição era grande, era impossível ter autocontrole, e se era mais branda, não havia mérito em tê-la. Que as afeições da irmã *eram* brandas era um fato, embora enrubescesse ao reconhecê-lo. E era uma prova muito impressionante de sua força ainda amar e respeitar a irmã, apesar dessa convicção mortificante.

Sem se afastar da família, sem sair de casa sozinha para evitá-las, sem ficar acordada a noite inteira entregue à contemplação, Elinor viu que os dias permitiam tempo livre o suficiente para pensar em Edward e no comportamento dele de todas as maneiras possíveis que diferentes estados de espírito poderiam oferecer: com ternura, pena, aprovação, censura e dúvida. Houve muitos momentos, fosse pela ausência da mãe e das irmãs ou pela natureza de suas atividades, em que elas não conversavam, e a solidão causava todos os seus efeitos. Sua mente estava completamente livre, os pensamentos não estavam presos em outro lugar, e o passado e o futuro de um assunto tão cativante se apresentavam diante dela, prendiam sua atenção e ocupavam sua memória, suas reflexões e suas fantasias.

Certa manhã, logo após Edward deixá-las, sentada à mesa de desenho, despertou de um devaneio desse tipo quando visitas chegaram. Estava sozinha. Ao fecharem o portão pequeno na entrada do pátio em frente à casa, atraíram seus olhos para a janela, e ela viu um grande grupo caminhando até a porta. Entre eles estavam Sir John, Lady Middleton e Mrs. Jennings, mas havia outras duas pessoas, um cavalheiro e uma dama que ela não conhecia. Estava sentada perto da janela, e assim que Sir John a viu, deixou o resto do grupo para a cerimônia de bater à porta e, atravessando o gramado, forçou-a a abrir a janela para falar com ele, embora o espaço entre a porta e a janela fosse tão pequeno que era quase impossível falar em um sem ser ouvido no outro.

— Bem — disse ele —, trouxemos alguns estranhos. O que lhe parece?

— Xiu! Eles lhe ouvirão.

— Não há problema. São só os Palmers. Charlotte é muito bonita, posso dizer. Poderá vê-la se olhar para este lado.

Como Elinor tinha certeza de que iria vê-la em alguns minutos, recusou a permissão.

— Onde está Marianne? Fugiu porque nos viu? Vejo que o instrumento dela está aberto.

— Está caminhando, creio.

Mrs. Jennings agora se juntava a eles. Ela não tinha paciência suficiente para esperar até que a porta fosse aberta para contar a *sua* história. Veio gritando para a janela:

— Como está, minha querida? Como está Mrs. Dashwood? E onde estão suas irmãs? O quê? Sozinha? Há de alegrar-se em ter um pouco de companhia. Trouxe meu outro filho e minha filha para vê-la. Que surpresa virem tão de repente! Pensei ter ouvido uma carruagem ontem à noite enquanto bebíamos nosso chá, mas nem me passou pela cabeça que pudesse ser eles. Achei que poderia ser o coronel Brandon retornando, então disse a Sir John: "Creio que ouvi uma carruagem, talvez seja o coronel Brandon retornando..."

Elinor foi obrigada a afastar-se no meio da história para receber o resto do grupo. Lady Middleton apresentou os dois estranhos. Mrs. Dashwood e Margaret desceram as escadas ao mesmo tempo, e todos se sentaram para se observar enquanto Mrs. Jennings continuava a história no caminho para a sala de estar acompanhada de Sir John.

Mrs. Palmer era vários anos mais nova que Lady Middleton e muito diferente dela em todos os aspectos. Era baixa e encorpada, tinha um rosto muito bonito, com a melhor expressão de bom humor que alguém poderia ter. Seus modos não eram tão elegantes quanto os da irmã, mas eram muito mais atraentes. Entrou com um sorriso, sorriu durante toda a visita, exceto quando riu, e sorriu ao ir embora. Seu marido era um jovem de aparência séria de vinte e cinco ou vinte e seis anos, com um ar de mais modos e bom senso do que a esposa, mas com menos vontade de agradar ou ser agradado. Ele entrou na sala com um olhar arrogante, curvou-se ligeiramente para as damas sem dizer uma palavra sequer e, depois de examinar brevemente a casa e suas moradoras, pegou um jornal da mesa e ficou lendo durante todo o tempo em que esteve lá.

Mrs. Palmer, ao contrário, tinha um talento natural para ser tanto sociável quanto alegre, e não se sentou antes de irromper em admiração por tudo o que havia na sala de estar.

— Ora! Que sala encantadora! Nunca vi nada tão charmoso! Imagine, mamãe, como melhorou desde a última vez que estive aqui! Sempre achei esse lugar tão agradável, senhora! — disse virando-se para Mrs. Dashwood. — Mas a senhora a deixou tão charmosa! Olhe só, irmã, como tudo é encantador! Como eu gostaria de uma casa assim para mim! Você não gostaria, Mr. Palmer?

Mr. Palmer não lhe respondeu, sequer levantou os olhos do jornal.

— Mr. Palmer não me ouviu — disse ela, rindo. — Ele nunca me ouve. É tão engraçado!

Esse era um conceito bastante novo para Mrs. Dashwood. Ela nunca tinha achado graça na desatenção de ninguém, e não pôde deixar de olhar com surpresa para os dois.

Enquanto isso, Mrs. Jennings falava o mais alto que podia e continuava seu relato da surpresa na noite anterior ao ver seus familiares, sem parar de contar a história até que tudo fosse dito. Mrs. Palmer riu com entusiasmo ao lembrar o espanto deles, e todos concordaram, duas ou três vezes, que tinha sido uma surpresa bastante agradável.

— Pode imaginar como ficamos felizes em vê-los — acrescentou Mrs. Jennings inclinando-se na direção de Elinor e falando em voz baixa, como se não quisesse ser ouvida por mais ninguém, embora estivessem sentados em lados diferentes da sala. — No entanto, preferiria que não tivessem viajado tão rápido nem feito uma viagem tão longa, já que passaram por Londres por conta de alguns negócios, pois, a senhorita sabe — disse acenando com a cabeça e apontando para a filha —, não é aconselhável na situação dela. Queria que ela ficasse em casa e descansasse nesta manhã, mas ela quis vir conosco. Estava muito ansiosa para vê-los!

Mrs. Palmer riu e disse que não lhe faria mal.

— Ela deve ficar de resguardo em fevereiro — continuou Mrs. Jennings.

Lady Middleton não conseguia mais suportar a conversa e, portanto, se esforçou para perguntar a Mr. Palmer se havia alguma notícia no jornal.

— Não, nenhuma — ele respondeu e continuou lendo.

— Aí vem Marianne! — gritou Sir John. — Agora, Palmer, você verá uma belíssima moça.

Ele imediatamente foi para a entrada, abriu a porta da frente e acompanhou Marianne. Mrs. Jennings perguntou, assim que ela apareceu, se tinha ido a Allenham, e Mrs. Palmer riu da pergunta com vontade para mostrar que tinha entendido. Mr. Palmer olhou para Marianne quando ela entrou na sala, observou-a por alguns minutos e voltou para o jornal. O olhar de Mrs. Palmer agora se detinha nos desenhos espalhados pela sala. Ela levantou-se para examiná-los.

— Ah, Céus, como são lindos! Ora, que maravilha! Olhe, mamãe, que gracioso! Posso dizer que são bastante encantadores, poderia olhá-los para sempre. — E então, voltando a sentar-se, logo se esqueceu de que os desenhos estavam na sala.

Quando Lady Middleton se levantou para ir embora, Mr. Palmer também se levantou, deixou o jornal de lado, se esticou e olhou para as pessoas ao redor.

— Meu amor, você dormiu? — disse a esposa, rindo.

Ele não respondeu e apenas observou, depois de examinar novamente a sala, que o teto era muito baixo e torto. Então curvou-se para se despedir e partiu com o grupo.

Sir John insistiu muito que todos passassem o dia seguinte em Barton Park. Mrs. Dashwood, que se negava a jantar com eles com mais frequência do que eles jantavam em sua casa, recusou o convite; as filhas poderiam fazer o que achassem melhor. Mas elas não tinham curiosidade em ver como Mr. e Mrs. Palmer jantavam, e não tinham nenhuma expectativa de que a companhia deles fosse de qualquer outra forma prazerosa. Tentaram, portanto, do mesmo modo, recusar; o clima estava instável e era bem provável que não estivesse bom. Mas Sir John não ficou satisfeito, a carruagem seria enviada para buscá-las e elas deveriam ir. Lady Middleton também, embora não tenha pressionado a mãe, insistiu que fossem. Mrs. Jennings e Mrs. Palmer se juntaram aos pedidos, todas pareciam igualmente ansiosas para evitar uma reunião familiar, e as jovens foram obrigadas a ceder.

— Por que tinham que nos convidar? — disse Marianne assim que partiram. — O aluguel desta casa é baixo, mas as condições são muito difíceis se temos que jantar em Barton Park sempre que alguém está com eles ou conosco.

— Eles só querem ser sociáveis e gentis conosco com esses convites frequentes, assim como foram com os convites que fizeram há algumas semanas — disse Elinor. — Não devemos buscar diversidade entre eles, se os encontros são tediosos e maçantes, devemos procurar variedade em outro lugar.

Capítulo 20

Quando as Misses Dashwood entraram na sala de visitas de Barton Park no dia seguinte por uma porta, Mrs. Palmer entrou correndo por outra, tão bem-humorada e alegre como antes. Pegou todas carinhosamente pela mão e expressou grande prazer em vê-las mais uma vez.

— Estou tão feliz em vê-las! — exclamou, sentando-se entre Elinor e Marianne. — Pois o dia está tão feio que tive receio que não viessem, o que seria terrível, pois partiremos amanhã. Temos que ir, pois os Westons irão nos visitar na próxima semana. Foi uma coisa muito repentina a nossa vinda, e eu não sabia de nada até a carruagem aparecer na porta e Mr. Palmer me perguntar se eu iria com ele para Barton. Ele é tão engraçado! Nunca me diz nada! Lamento que não possamos ficar mais tempo, no entanto, devemos nos encontrar novamente na cidade muito em breve, espero.

Elas foram obrigadas a pôr fim a essa expectativa.

— Não vão para a cidade? — gritou Mrs. Palmer, com uma risada. — Ficarei bastante decepcionada se não forem. Eu poderia conseguir a casa mais agradável do mundo para vocês, ao lado da nossa, na praça Hanover. Vocês devem ir mesmo. Eu ficaria muito feliz em acompanhá-las a qualquer hora antes de ficar de resguardo, se Mrs. Dashwood não quiser sair.

Elas lhe agradeceram, mas foram obrigadas a recusar todos os convites.

— Ah, meu amor — gritou Mrs. Palmer para o marido, que tinha acabado de entrar na sala —, você tem de me ajudar a convencer as Misses Dashwood a irem à cidade neste inverno.

Seu amor não respondeu, e depois de se curvar ligeiramente para as senhoras, começou a reclamar do tempo.

— Como está horrível! — disse ele. — Esse clima deixa tudo e todos desagradáveis. Causa o tédio tanto dentro de casa quanto fora, pela chuva. Faz com que alguém deteste todos os seus conhecidos. Como pode Sir John não ter uma sala de bilhar em casa? São poucas as pessoas que sabem o que é conforto! Sir John é tão enfadonho quanto este tempo.

O resto do grupo logo apareceu.

— Receio, Miss Marianne — disse Sir John —, que hoje não foi possível fazer sua caminhada habitual a Allenham.

Marianne ficou muito séria e não disse nada.

— Ah, não precisa disfarçar conosco — disse Mrs. Palmer —, pois já sabemos de tudo, eu lhe garanto, e admiro muito seu gosto, pois creio que ele é muito bonito. Nossa casa no campo não fica muito longe da dele, sabe. Não mais do que quinze quilômetros, creio.

— Está mais para cinquenta — disse o marido.

— Ah, bem, não há muita diferença. Nunca estive na casa dele, mas dizem que é um lugar bonito e agradável.

— O lugar mais horrível que já vi na vida — disse Mr. Palmer.

Marianne permaneceu em silêncio, embora seu semblante deixasse transparecer o interesse pelo que foi dito.

— É muito feio? — continuou Mrs. Palmer. — Então suponho que deve ser algum outro lugar que seja tão bonito.

Quando estavam sentados na sala de jantar, Sir John observou com pesar que estavam apenas em oito pessoas.

— Minha querida — disse ele à sua senhora —, é muito irritante que sejamos tão poucos. Por que você não chamou os Gilberts para nos visitarem hoje?

— Eu não lhe disse, Sir John, quando conversamos sobre isso antes que não era possível? Eles jantaram conosco da última vez.

— Você e eu, Sir John, não damos importância para tal cerimônia — disse Mrs. Jennings.

— Então vocês devem ser muito mal-educados — clamou o Mr. Palmer.

— Meu amor, você contradiz a todos — disse a esposa com a risada habitual. — Sabia que está sendo bastante grosseiro?

— Não sabia que estava contradizendo a alguém ao chamar sua mãe de mal-educada.

— Tudo bem, pode me ofender como quiser — disse a amistosa velha senhora. — Você tirou Charlotte de mim e não pode devolvê-la. Então está sob meu poder.

Charlotte riu com entusiasmo ao pensar que o marido não poderia se livrar dela e, exultante, disse que não se importava com o quão zangado ele estava com ela, pois tinham que viver juntos de qualquer maneira. Não havia ninguém mais amistoso ou mais determinado a ser feliz do que Mrs. Palmer. A indiferença, a insolência e o descontentamento intencionais do marido não lhe causavam nenhum incômodo, e quando ele a repreendia ou criticava, ela se divertia.

— Mr. Palmer é tão engraçado! — disse ela, em um sussurro, para Elinor. — Ele está sempre mal-humorado.

Elinor não estava, depois de observar um pouco, propensa a dar-lhe crédito por ser tão genuína e naturalmente desagradável ou mal-educado quanto ele desejava parecer. O temperamento dele talvez tivesse ficado um pouco amargo após descobrir, como muitos outros de seu gênero que, por alguma preferência inexplicável pela beleza, ele era o marido de uma mulher muito tola — mas sabia que esse tipo de erro era banal demais para que causasse dano prolongado a qualquer homem sensato. Era mais um desejo de distinção, ela acreditava, que fazia com que ele tratasse a todos com desdém e criticasse tudo diante dele. Era o desejo de parecer superior às outras pessoas. O motivo era comum demais para surpreender, mas os meios, no entanto, apesar de serem bem-sucedidos ao estabelecerem sua superioridade frente à má educação, faziam com que ninguém se aproximasse dele, exceto a esposa.

— Ah, minha querida Miss Dashwood — disse Mrs. Palmer logo depois —, tenho um favor a pedir a senhorita e sua irmã. Viriam passar o Natal em Cleveland? Sim, por favor venham, e venham enquanto os Westons estão conosco. Vocês não podem imaginar como ficarei feliz! Será muito agradável! Meu amor — ela perguntou ao marido —, você não adoraria que as Misses Dashwood fossem a Cleveland?

— Certamente — ele respondeu, com um sorriso de escárnio —, não tinha outra ideia em mente quando vim a Devonshire.

— Agora — disse sua senhora —, podem ver que Mr. Palmer as espera, então não têm como recusar.

Ambas recusaram o convite com ardor e determinação.

— Mas devem e precisam vir. Tenho certeza de que irão gostar muito. Os Westons estarão conosco e será muito agradável. Vocês não imaginam como Cleveland é um lugar aprazível. E estamos tão felizes agora, pois Mr. Palmer está sempre indo ao interior angariar votos para a eleição, e nunca antes tivemos tantas pessoas vindo jantar conosco. É fascinante! Mas, coitado, é muito cansativo para ele, pois é forçado a fazer com que todos gostem dele!

Elinor mal conseguia manter a compostura enquanto concordava com a dificuldade de tal obrigação.

— Como será fascinante quando ele estiver no Parlamento, não é mesmo? — disse Charlotte. — Como eu vou rir! Será tão absurdo ver todas as cartas dirigidas a ele com um M.P. Mas sabe que ele diz que nunca vai enviar cartas para mim? Afirma que não vai. Não é, Mr. Palmer?

Mr. Palmer fingiu não ter ouvido.

— Ele não suporta escrever, sabe — continuou ela —, diz que é bastante lamentável.

— Não — disse ele —, nunca disse nada tão irracional. Não coloque palavras em minha boca.

— Veja só, vê como ele é engraçado? É sempre assim com ele! Às vezes não fala comigo por meio dia, e então vem com algo tão engraçado, sobre qualquer coisa.

Ela surpreendeu Elinor ao voltarem para a sala de estar perguntando-lhe se ela não gostava muito de Mr. Palmer.

— Claro — disse Elinor —, ele parece ser muito agradável.

— Bem, estou tão feliz que gosta dele! Achei que gostaria, ele é muito agradável mesmo. E Mr. Palmer está encantado com a senhorita e suas irmãs, posso dizer, e não pode imaginar como ficará decepcionado se não forem para Cleveland. Não consigo imaginar por que se opõem a isso.

Elinor foi mais uma vez obrigada a recusar o convite e, mudando de assunto, pôs um fim a suas súplicas. Ela pensou ser provável que, como viviam no mesmo condado, Mrs. Palmer poderia fornecer um relato mais específico do caráter geral de Willoughby do que pôde ser obtido da relação superficial dos Middletons com ele. E estava ansiosa para receber de qualquer um a confirmação de suas qualidades, o que poderia afastar seus temores por conta de Marianne. Começou perguntando se chegaram a ver Mr. Willoughby em Cleveland com frequência e se tinham uma relação íntima com ele.

— Ah, Céus! Sim, eu o conheço muito bem — respondeu Mrs. Palmer. — Não que alguma vez tenha falado com ele de fato, mas sempre o vejo na cidade. Por algum motivo nunca estive em Barton enquanto ele estava em Allenham. Mamãe já o viu aqui uma outra vez, mas eu estava com meu tio em Weymouth. No entanto, suponho que o teríamos visto muito em Somersetshire, não fosse a má sorte de nunca estarmos ao mesmo tempo no campo. Ele fica muito pouco em Combe, creio, mas se ficasse mais suponho que Mr. Palmer não iria visitá-lo, pois ele é da oposição, sabe, além disso é tão longe! Sei muito bem por que está perguntando sobre ele, sua irmã se casará com ele. Estou muito feliz por isso, pois então a terei como vizinha, sabe.

— Juro-lhe que a senhora sabe muito mais deste assunto do que eu, se tem algum motivo para esperar tal união — respondeu Elinor.

— Não finja negar, pois sabe que é o que todos dizem. Garanto-lhe que ouvi falar disso pela cidade.

— Minha querida Mrs. Palmer!

— Juro que ouvi. Encontrei o coronel Brandon na segunda-feira de manhã em Bond Street pouco antes de deixarmos a cidade, e ele me contou pessoalmente.

— Estou surpresa. O coronel Brandon lhe contou? Certamente deve estar enganado. Dar tal informação a uma pessoa que não está nem um pouco interessada nela, mesmo que fosse verdade, não é o que eu esperaria do coronel Brandon.

— Mas garanto que foi o que aconteceu, apesar disso tudo que você acaba de dizer, e vou contar como foi. Quando nos encontramos, ele se juntou a nós e caminhou conosco, e então começamos a falar de meu cunhado e minha irmã e outras coisas, e eu disse a ele: "Então, coronel, ouvi dizer que há uma nova família em Barton Cottage, e mamãe me contou que são muito bonitas e que uma delas vai se casar com Mr. Willoughby, da Combe Magna. É verdade mesmo? É claro que você deve saber, pois esteve em Devonshire recentemente."

— E o que o coronel disse?

— Ah, não disse muito, mas pareceu saber que era verdade, então a partir daquele momento passei a ter certeza. Será muito maravilhoso, sei disso! Quando será?

— Mr. Brandon estava bem, espero.

— Ah, sim, muito bem, e tão cheio de elogios para a senhorita. Só disse coisas boas a seu respeito.

— Sinto-me lisonjeada com os elogios dele. Ele parece ser um homem excelente, e eu o considero muito agradável.

— Também considero. Ele é um homem tão charmoso que é uma pena que seja tão sério e tão tedioso! Mamãe disse que *ele* estava apaixonado por sua irmã também. Garanto que seria lisonjeiro se estivesse, pois ele quase nunca se apaixona por ninguém.

— Mr. Willoughby é muito conhecido na região de Somersetshire? — perguntou Elinor.

— Ah, sim! Muito conhecido. Quer dizer, não creio que muitas pessoas se relacionem com ele, já que Combe Magna fica muito longe, mas pode ter certeza de que todos o acham extremamente agradável. Ninguém é mais querido do que Mr. Willoughby aonde quer que ele vá, e pode dizer isso à sua irmã. Ela é uma moça de muita sorte por conquistá-lo, dou-lhe minha palavra. Porém ele tem muito mais sorte por conquistá-la, pois ela é tão bonita e agradável que ninguém deve ser bom o suficiente para ela. No entanto, não creio que ela seja mais bonita do que a senhorita, eu lhe garanto, pois creio que vocês duas são muito bonitas, e Mr. Palmer acha também, tenho certeza, embora não tenhamos conseguido fazer com que ele reconhecesse isso ontem à noite.

As informações de Mrs. Palmer a respeito de Willoughby não eram muito relevantes, mas qualquer testemunho a favor dele, por menor que fosse, a deixava satisfeita.

— Estou tão feliz que finalmente nos conhecemos — continuou Charlotte. — E agora espero que sejamos sempre grandes amigas. A senhorita não imagina o quanto eu queria conhecê-la! É tão bom que more em Barton Cottage! Com certeza não há nada parecido com aquela casa! E estou tão feliz que sua irmã vai se casar bem! Espero que visite Combe Magna muitas vezes. Pelo que falam, é um lugar agradável.

— A senhora conhece o coronel Brandon há muito tempo, não é?

— Sim, há um bom tempo, desde que minha irmã se casou. Ele era amigo íntimo de Sir John. Acredito — acrescentou ela em voz baixa — que ele teria ficado muito feliz em casar-se comigo se pudesse. Sir John e Lady Middleton queriam muito que isso acontecesse. Mas mamãe achou que a união não era boa para mim, caso contrário Sir John teria mencionado isso ao coronel e teríamos nos casado imediatamente.

— O coronel Brandon não sabia da proposta que Sir John fez à sua mãe antes de ser feita? Ele nunca admitiu ter qualquer afeto pela senhora?

— Ah, não, mas se mamãe não tivesse se oposto, ouso dizer que ele teria gostado muito. Ele não tinha me visto mais de duas vezes, pois foi antes de eu deixar a escola. No entanto, estou muito mais feliz como estou. Mr. Palmer é o tipo de homem de que eu gosto.

Capítulo 21

Os Palmers voltaram para Cleveland no dia seguinte, e as duas famílias em Barton ficaram novamente sozinhas para se entreterem. Mas isso não durou muito. Elinor mal acabara de tirar os últimos visitantes da cabeça — mal acabara de se surpreender com a felicidade despropositada de Charlotte, com a habilidade de agir tão estupidamente de Mr. Palmer, e com a estranha inadequação que muitas vezes existia entre marido e mulher —, e Sir John e Mrs. Jennings, com seu fervor em busca de companhia, já haviam conseguido outro novo conhecido para ver e observar.

Certa manhã, em uma viagem a Exeter, eles se encontraram com duas jovens que Mrs. Jennings teve a satisfação de descobrir que eram parentes, e isso foi suficiente para Sir John não hesitar em convidá-las a Barton Park assim que honrassem com seus compromissos em Exeter. Esses compromissos imediatamente deram lugar a tal convite e, quando Sir John retornou, Lady Middleton foi pega de surpresa ao ouvir que logo receberia a visita de duas meninas que nunca tinha visto na vida, mas de cuja elegância — até seu razoável requinte — ela não teria como julgar, pois as garantias do marido e da mãe quanto a esse assunto de nada valiam. O fato de serem parentes só piorava as coisas e, portanto, as tentativas de consolo de Mrs. Jennings infelizmente não foram de grande ajuda quando aconselhou a filha a não se preocupar com o fato de serem muito elegantes, pois eram todos primos e precisavam conviver entre si. Como agora era impossível, de qualquer forma, impedir a visita, Lady Middleton conformou-se com a ideia com toda a filosofia de uma mulher bem-educada, contentando-se simplesmente em dar ao marido uma reprimenda gentil sobre o assunto cinco ou seis vezes por dia.

As jovens chegaram. Elas eram realmente muito elegantes e na moda. Seus vestidos eram muito bonitos, seus modos muito civilizados, ficaram encantadas com a casa e em êxtase com a mobília e, por acaso, gostavam tanto de crianças que Lady Middleton já tinha uma opinião favorável a respeito das moças antes da primeira hora que passaram em Barton Park. Afirmou que eram moças muito agradáveis mesmo, o que era sinal de uma admiração entusiasmada para Sua Senhoria. A confiança de Sir John em seu próprio julgamento aumentou com esse elogio animado, e ele foi diretamente à casa das Misses Dashwood para contar sobre a chegada das Misses Steele e garantir-lhes que eram as moças mais gentis do mundo. Com tal elogio, não havia muito mais a saber — Elinor bem sabia que as meninas mais gentis do mundo seriam encontradas em todas as partes da Inglaterra, sob todas as variações possíveis de forma, rosto, temperamento e inteligência. Sir John queria que toda a família fosse até Barton Park imediatamente para ver as convidadas. Que homem benevolente e altruísta! Era angustiante para ele manter até mesmo uma prima de terceiro grau somente para si.

— Venham agora — disse ele —, por favor, venham, vocês têm de vir, afirmo que devem vir. Não podem nem imaginar como hão de gostar delas. Lucy é muito bonita e tão bem-humorada e agradável! As crianças já estão grudadas nela como se fosse uma velha conhecida. E as duas querem muito vê-las, já que em Exeter ouviram que são as criaturas mais bonitas do mundo; e eu lhes disse que é tudo verdade e muito mais. Ficarão encantadas com elas, tenho certeza. Elas trouxeram a carruagem cheia de brinquedos para as crianças. Não podem se opor a ponto de não virem. São suas primas, sabe, de certo modo. Já que são minhas primas, e elas são primas da minha esposa, então também são parentes.

Mas Sir John não pôde convencê-las. Só conseguiu uma promessa de que visitariam Barton Park em um dia ou dois, e então as deixou, surpreso com a indiferença delas, para caminhar de volta a casa e se gabar das qualidades delas para as Misses Steele, assim como já havia feito das Misses Steele para elas.

Quando a visita prometida, e consequente apresentação a essas jovens senhoras, ocorreu, acharam que a mais velha, que tinha quase trinta anos, tinha um rosto muito simples e sem graça, nada a admirar; mas a outra, que não tinha mais do que vinte e dois ou vinte e três anos, admitiram que tinha uma beleza considerável. Suas feições eram bonitas e seu olhar era sagaz, e tinha um ar de inteligência, que embora não lhe desse elegância ou graça, dava distinção à sua pessoa. Seus modos eram especialmente civilizados, e Elinor logo reconheceu que tinham algum bom senso quando viu a atenção constante e adequada com que procuravam agradar à Lady Middleton. Com os filhos dela, demonstravam contínuo êxtase, exaltando a beleza, lisonjeando suas observações e atendendo aos caprichos deles. E o tempo que sobrava dessas exigências inoportunas em que toda essa educação incorria era dedicado ou à admiração do que quer que Sua Senhoria estivesse fazendo — se estivesse fazendo alguma coisa — ou tirando medidas de um vestido novo e elegante que ela havia usado no dia anterior e causara um encanto interminável. Felizmente, para aqueles que paparicam por meio de tais fraquezas, uma mãe carinhosa em busca de elogios para os filhos é o mais ávido dos seres humanos e, também, o mais crédulo — suas demandas são excessivas, mas ela aceitará qualquer coisa —, e o excessivo carinho e paciência das Misses Steele com a sua prole foram vistos, portanto, sem a menor surpresa ou desconfiança por Lady Middleton. Ela viu com complacência materna todas as desobediências impertinentes e travessuras maldosas às quais as primas se submeteram. Viu as faixas de seus vestidos serem desamarradas, os cabelos puxados, as sacolas de costura revistadas e as lâminas e tesouras roubadas, e não teve dúvida de que a diversão era recíproca. Era espantoso que Elinor e Marianne ficassem sentadas de forma tão comportada, sem exigirem fazer parte do que ocorria.

— John está tão animado hoje! — disse ela quando ele pegou o lenço de bolso da Miss Steele e jogou-o pela janela. — Ele está muito traquinas.

E logo depois, quando o segundo menino beliscou um dos dedos da mesma moça com força, ela observou com carinho:

— Como William é brincalhão!

— E aqui está minha doce Annamaria — acrescentou ela, acariciando gentilmente uma menininha de três anos de idade que não tinha feito um barulho nos últimos dois minutos. — E ela é sempre tão gentil e quieta. Jamais existiu uma coisinha tão quieta!

Mas, infelizmente, ao ceder a esses carinhos, um grampo do toucado de Sua Senhoria arranhou de leve o pescoço da criança, e arrancou desse padrão de gentileza gritos tão violentos que dificilmente poderiam ser superados por qualquer criatura considerada barulhenta. A consternação da mãe foi profunda, mas não superou o susto das Misses Steele, e as três fizeram tudo com uma urgência tão grande que o afeto poderia insinuar que o alívio das agonias da pequena sofredora era provável. Ela estava sentada no colo da mãe, sendo coberta de beijos, e a ferida foi banhada com água de lavanda por uma das Misses Steele que estava de joelhos para ajudá-la, enquanto a outra recheava sua boca de ameixas cobertas de açúcar. Com tal recompensa por suas lágrimas, a criança era esperta demais para parar de chorar. Ainda gritava e soluçava com intensidade, chutou os dois irmãos ao se oferecerem para tocá-la, e todos os esforços para acalmá-la foram ineficazes até que Lady Middleton, felizmente, lembrando-se de que em uma cena de sofrimento semelhante na semana passada uma geleia de damasco foi aplicada com sucesso em uma têmpora machucada, sugeriu ansiosamente o mesmo remédio para esse arranhão infeliz, e uma leve pausa nos gritos da jovem ao ouvir a sugestão deu-lhes razão para esperar que não fosse rejeitado. Ela foi, portanto, levada para fora da sala nos braços da mãe em busca deste remédio, e como os dois meninos decidiram segui-las, embora a mãe tenha suplicado para que ficassem, as quatro jovens foram deixadas em uma quietude que não viam havia muitas horas.

— Pobres criaturinhas! — disse Miss Steele assim que eles se foram. — Poderia ter sido um acidente muito infeliz.

— Nem posso imaginar como — bradou Marianne —, a menos que tivesse sido em circunstâncias totalmente diferentes. Mas esta é a maneira usual de reforçar o susto quando na realidade não há nada para se alarmar.

— Que mulher doce é Lady Middleton! — disse Lucy Steele.

Marianne ficou em silêncio. Era impossível para ela dizer o que não sentia, por mais trivial que fosse a ocasião e, portanto, toda a tarefa de contar mentiras quando a educação exigia era sempre de Elinor. Ela fez o seu melhor quando o apelo surgiu e falou de Lady Middleton com mais carinho do que sentia, embora muito menos do que Miss Lucy.

— E Sir John também, que homem encantador! — exclamou a irmã mais velha.

Aqui também o elogio de Miss Dashwood foi apenas simples e justo, saiu sem nenhum esplendor. Ela apenas observou que ele era muito bem-humorado e amigável.

— E que família encantadora eles têm! Nunca vi crianças tão bonitas na vida. Afirmo que já os adoro e, de fato, sempre gosto muito de crianças.

— Imaginei — disse Elinor com um sorriso —, pelo que testemunhei nesta manhã.

— Imagino — disse Lucy — que os pequenos Middletons lhe pareçam mimados demais. Talvez sejam mesmo, mas isso é tão natural em Lady Middleton. E, da minha parte, adoro ver crianças cheias de vida e ânimo, não suporto quando são calmos e quietos.

— Confesso que enquanto estou em Barton Park nunca penso em crianças calmas e quietas com aversão — respondeu Elinor.

Uma breve pausa sucedeu essa fala, interrompida por Miss Steele, que parecia muito disposta a conversar e que agora disse de modo abrupto:

— E você gosta de Devonshire, Miss Dashwood? Suponho que lamentou muito ter que deixar Sussex.

Com alguma surpresa com a intimidade desta pergunta, ou pelo menos da maneira com que foi falada, Elinor respondeu que sim.

— Norland é um lugar grande e bonito, não é? — acrescentou Miss Steele.

— Ouvimos que Sir John admira demais o lugar — disse Lucy, que parecia pensar que era necessário se desculpar pela liberdade da irmã.

— Creio que todos que já o viram *devem* admirá-lo — respondeu Elinor —, embora não se deva supor que qualquer um possa estimar suas belezas como nós.

— E tinha muitos admiradores bonitos por lá? Suponho que não tenha tantos nesta região. Na minha opinião, nunca são demais.

— Mas por que você pensaria — disse Lucy, parecendo envergonhada por sua irmã — que não há tantos jovens elegantes em Devonshire quanto em Sussex?

— Não, minha querida, não é isso que quero dizer. Tenho certeza de que há muitos homens bonitos em Exeter, mas é que eu não saberia dizer quantos existem em Norland, e meu receio era de que as Misses Dashwood pudessem achar Barton enfadonho se aqui não houvesse tantos quanto lá. Mas talvez não se importem com homens bonitos e prefiram ficar sem eles. De minha parte, creio que são muito agradáveis, desde que se vistam bem e se comportem com cordialidade. Mas não os suporto quando são sujos e desleixados. Em Exeter há Mr. Rose, um jovem prodigioso e inteligente, um belo jovem funcionário de Mr. Simpson, sabe, mas se encontrá-lo pela manhã, ele não estará apto a ser visto. Suponho que seu irmão era um homem muito bonito e um pretendente e tanto antes de casar-se, Miss Dashwood, já que era tão rico?

— Juro-lhe — respondeu Elinor — que não sei dizer, pois não entendo perfeitamente o significado da palavra. Mas posso dizer que se ele já foi um homem bonito antes de se casar ainda é, pois não mudou nada.

— Ah, Céus! Não, homens casados não podem ser considerados bonitos, eles têm outras coisas com que se preocupar.

— Meu Deus, Anne! — gritou a irmã. — Você só fala de homens bonitos. Fará Miss Dashwood acreditar que não pensa em mais nada. — E então, para mudar de assunto, começou a admirar a casa e os móveis.

Essa amostra das Misses Steele foi suficiente. A liberdade vulgar e tola da mais velha não a tornava respeitável, e como Elinor não ficou deslumbrada com a beleza ou o olhar sagaz da mais nova, por sua falta de real elegância e simplicidade, foi embora sem nenhum desejo de conhecê-las melhor.

O sentimento, porém, não foi recíproco. As Misses Steele voltaram para Exeter cheias de admiração por Sir John Middleton, sua família e todos seus familiares, e uma boa proporção dessa admiração foi dispensada às primas, que afirmaram serem as moças mais bonitas, elegantes, talentosas e agradáveis que já haviam visto, e que estavam particularmente ansiosas para conhecê-las melhor. Elinor logo percebeu que isso seria inevitável, pois Sir John estava inteiramente do lado das Misses Steele. Seria difícil opor-se ao grupo todo, e teriam que se submeter a esse tipo de intimidade que consiste em sentar-se uma ou duas horas juntos na mesma sala quase todos os dias. Sir John não podia fazer mais nada, e nem sabia que era necessário mais: estarem juntas era, em sua opinião, serem íntimas e, como seus planos ininterruptos para que se encontrassem eram eficazes, ele não tinha dúvida de que elas eram comprovadamente amigas.

Para lhe fazer jus, ele fez tudo ao seu alcance para que não houvesse segredos entre elas, e fez com que as Misses Steele soubessem tudo o que sabia ou supunha da situação das primas nos mais íntimos detalhes — e Elinor não as tinha visto mais de duas vezes quando a mais velha a parabenizou por sua irmã ter tido tanta sorte de conquistar um pretendente muito bom em Barton.

— Com certeza há de ser muito bom casá-la tão jovem — disse ela. — E ouvi dizer que ele é muito elegante e muito bonito. E espero que também tenha boa sorte em breve, mas talvez já tenha um amigo em vista.

Elinor não supôs que Sir John seria mais cauteloso ao declarar suas suspeitas de seu afeto por Edward do que tinha sido com relação a Marianne. De fato, das duas situações, a dela era sua brincadeira favorita, já que era um pouco mais recente e mais especulativa, e desde a visita de Edward não houve um jantar juntos sem que ele bebesse à sorte dela com tanta veemência, tantos acenos de cabeça e piscadelas para atrair a atenção de todos. A letra F havia invariavelmente sido trazida à tona e considerada produtiva para inúmeros gracejos, e seu caráter como a letra mais espirituosa do alfabeto havia sido estabelecido havia muito tempo com Elinor.

As Misses Steele, como ela esperava, agora tinham toda a vantagem desses gracejos que despertaram a curiosidade na mais velha a respeito do nome do cavalheiro mencionado, que, embora muitas vezes inconvenientemente citado, ia bem de encontro à sua curiosidade geral com os assuntos da família. Mas Sir John não brincou muito com a curiosidade que tinha o prazer de despertar, pois tinha, no mínimo, tanto prazer em dizer o nome quanto Miss Steele em ouvi-lo.

— Seu nome é Ferrars — disse ele, em um sussurro muito audível —, mas por favor não conte a ninguém, pois é um grande segredo.

— Ferrars! — repetiu Miss Steele. — Mr. Ferrars é um homem feliz, não é? O quê? O irmão da sua cunhada, Miss Dashwood? Um jovem muito agradável, com certeza, eu o conheço muito bem.

— Como você pode dizer isso, Anne? — gritou Lucy, que geralmente corrigia todas as afirmações da irmã. — Embora o tenhamos visto uma ou duas vezes na casa do meu tio, é um exagero alegar que o conhecemos muito bem.

Elinor ouviu tudo isso com atenção e surpresa. "E quem era esse tio? Onde morava? Como eles se conheceram?" Ela queria muito que o assunto continuasse, embora tenha optado por não se juntar a conversa. Mas nada mais foi dito, e pela primeira vez em sua vida achou que após tão poucas informações faltou curiosidade à Mrs. Jennings ou disposição em expressá-la. A maneira como Miss Steele falara de Edward aumentou sua curiosidade, pois soou um tanto maliciosa e sugeriu a suspeita de que soubesse ou imaginava saber algo que o difamasse. Mas sua curiosidade foi inútil, pois não houve nenhum outro comentário sobre Mr. Ferrars por parte de Miss Steele, nem quando aludido ou mesmo abertamente mencionado por Sir John.

Capítulo 22

Marianne, que nunca teve muita tolerância para coisas como impertinência, vulgaridade, talentos inúteis, ou mesmo gostos diferentes dos seus, não estava neste momento particularmente disposta, em virtude de seu ânimo, a afeiçoar-se às Misses Steele ou a encorajar as tentativas de amizade delas; à frieza invariável de seu comportamento em relação a elas, que reprimia todos os esforços de intimidade da parte das moças, Elinor atribuiu principalmente essa preferência por ela que logo se tornou evidente nos modos de ambas, mas especialmente de Lucy, que não perdia nenhuma oportunidade de envolvê-la na conversa ou de se esforçar para conhecê-la melhor declarando seus sentimentos de maneira fácil e franca.

Lucy era naturalmente inteligente, suas observações eram muitas vezes honestas e divertidas, e Elinor frequentemente a achava agradável como companhia por meia hora. Mas suas habilidades não haviam recebido ajuda da educação: ela era ignorante e inculta, e a carência de aperfeiçoamento mental, a falta de conhecimento sobre os assuntos mais comuns, não passaram despercebidos por Miss Dashwood, apesar do esforço constante de causar uma boa impressão. Elinor viu, e teve pena dela, a negligência de habilidades que a educação poderia ter tornado tão respeitáveis, mas enxergou com menos ternura de sentimento a completa falta de delicadeza, de retidão e integridade mental que o cuidado, o zelo, e a bajulação em Barton Park deixavam transparecer; ela não encontrava satisfação duradoura na companhia de uma pessoa que unia falsidade com ignorância, cuja falta de instrução impedia uma conversa em condições de igualdade, e cuja conduta em relação aos outros tirava o valor de cada exibição de atenção e respeito a si mesma.

— Suponho que achará estranha a minha pergunta — disse Lucy um dia para ela enquanto caminhavam juntas de Barton Park para casa —, mas conhece a mãe de sua cunhada, Mrs. Ferrars, pessoalmente?

Elinor achou a pergunta muito estranha *de fato*, e seu semblante não escondeu isso, e respondeu que nunca tinha visto Mrs. Ferrars.

— Ah, sim? — respondeu Lucy. — Eu me perguntei isso, pois pensei que você a teria visto em Norland às vezes. Então, talvez, você não possa me dizer que tipo de mulher ela é?

— Não — replicou Elinor, cautelosa em dar sua opinião real sobre a mãe de Edward, e não muito desejosa de satisfazer o que parecia ser uma curiosidade impertinente. — Não sei nada sobre ela.

— Tenho certeza de que você me acha muito esquisita por perguntar sobre ela assim — disse Lucy, olhando para Elinor atentamente enquanto falava —, mas talvez haja razões... creio que posso arriscar, mas espero que me faça jus ao acreditar que não quero ser impertinente.

Elinor deu-lhe uma resposta cordial, e caminharam por alguns minutos em silêncio, quebrado por Lucy, que retomou o assunto dizendo com alguma hesitação:

— Não suporto que me ache uma pessoa curiosa e insolente. Eu faria qualquer coisa para que uma pessoa como você, cuja opinião é tão valiosa, não pensasse isso de mim. E tenho certeza de que não devo ter o menor receio de confiar em *você*. De fato, deveria ficar muito feliz com seu conselho de como lidar com essa situação desconfortável na qual me encontro, mas, no entanto, não é conveniente incomodá-la. Lamento que não conheça Mrs. Ferrars.

— Lamento que *não* a conheça — disse Elinor, espantada —, já que minha opinião sobre ela poderia ser de alguma utilidade para *a senhorita*. Mas, na verdade, nunca soube que a senhorita tinha qualquer relação com aquela família e, portanto, estou um pouco surpresa, confesso, com um questionamento tão sério sobre o caráter dela.

— Suponho que esteja mesmo, e sem dúvida não me admira. Mas se eu ousasse contar a todos vocês, não ficariam tão surpresos. Mrs. Ferrars certamente não é nada para mim no momento, mas *pode* chegar a hora em que poderemos estar intimamente conectadas. Quando isso acontecerá, dependerá dela.

Ela olhou para baixo enquanto dizia isso, de um jeito tímido e amável, e deu apenas uma olhadela para a companheira a fim de observar o efeito que tinha causado sobre ela.

— Meu Deus! — exclamou Elinor. — O que quer dizer? Conhece Mr. Robert Ferrars? Será possível? — E ela não ficou muito satisfeita com a ideia de ter uma cunhada como ela.

— Não — respondeu Lucy —, Mr. *Robert* Ferrars não, nunca o vi em minha vida, mas — disse fixando os olhos em Elinor — conheço o irmão mais velho dele.

O que Elinor sentiu naquele momento? Perplexidade, que teria sido tão dolorosa quanto intensa, não fosse uma descrença imediata na afirmação. Ela se virou para Lucy com um espanto silencioso, incapaz de adivinhar a razão ou o objetivo de tal declaração. E embora sua expressão variasse, permaneceu firmemente incrédula, sem sentir a iminência de um ataque histérico ou desmaio.

— É claro que está surpresa — continuou Lucy —, com certeza não fazia ideia disso antes, pois suponho que ele nunca deu a menor indicação disso para você ou qualquer um de sua família. Era para ser um grande segredo, e sem dúvida um que foi fielmente mantido por mim até agora. Nem uma única alma entre todos os meus familiares sabe, exceto Anne, e eu não deveria ter mencionado isso a você se não tivesse sentido absoluta confiança de que manteria sigilo. E realmente achei que meu comportamento ao fazer tantas perguntas sobre Mrs. Ferrars pareceria muito estranho e deveria ser explicado. E não creio que Mr. Ferrars desaprovaria minha confiança em você porque sei que ele faz ótimo juízo de toda a sua família e considera você e as outras Misses Dashwood como suas próprias irmãs. — Ela fez uma pausa.

Elinor permaneceu em silêncio por alguns minutos. Seu espanto com o que acabara de ouvir foi, a princípio, grande demais para palavras, mas, finalmente, forçando-se a falar e a falar com cautela, falou de uma maneira calma, o que ocultou de modo aceitável a surpresa e a ansiedade:

— Posso perguntar desde quando está noiva?

— Estamos noivos há quatro anos.

— Quatro anos!

— Sim.

Elinor, embora muito chocada, ainda era incapaz de acreditar.

— Não sabia que se conheciam até poucos dias atrás — disse ela.

— E, no entanto, nos conhecemos há muitos anos. Ele ficou sob os cuidados do meu tio, sabe, por um tempo considerável.

— Seu tio?

— Sim, Mr. Pratt. Acaso nunca o ouviu falar de Mr. Pratt?

— Creio que sim — respondeu Elinor com um esforço que crescia na mesma medida que sua comoção.

— Ele passou quatro anos com meu tio, que mora em Longstaple, perto de Plymouth. Foi lá que nos conhecemos, pois minha irmã e eu ficávamos com frequência com meu tio. E foi lá que nosso noivado se concretizou, apenas um ano depois que ele deixou de ser pupilo do meu tio, mas depois disso ele quase sempre estava conosco. Eu não estava muito disposta a aceitar, como você pode imaginar, sem o conhecimento e aprovação da mãe dele, mas eu era muito jovem e o amava muito para ser tão prudente quanto deveria ter sido. Embora você não o conheça tão bem quanto eu, Miss Dashwood, deve ter visto o suficiente para saber que ele é muito capaz de fazer com que uma mulher se apaixone por ele.

— Certamente — respondeu Elinor, sem saber o que dizia. Mas depois de um momento de reflexão, acrescentou com certeza renovada da honra e do amor de Edward e da falsidade de sua companheira: — Noiva de Mr. Edward Ferrars! Confesso que estou muito surpresa com o que me diz, que realmente... me perdoe, mas deve haver algum erro de pessoa ou nome. Não podemos estar falando do mesmo Mr. Ferrars.

— Não pode ser outro! — exclamou Lucy, sorrindo. — Mr. Edward Ferrars, filho mais velho de Mrs. Ferrars, de Park Street, e irmão de sua cunhada, e me refiro a Mrs. John Dashwood. Você tem que admitir que não há possibilidade de eu me enganar quanto ao nome do homem de quem depende toda a minha felicidade.

— É estranho que ele nunca tenha mencionado seu nome — respondeu Elinor, com uma perplexidade muito dolorosa.

— Não é. Considerando nossa situação, não é de estranhar-se. Tivemos o maior cuidado de manter o assunto em segredo. Você nada sabia de mim ou da minha família e, portanto, não haveria *motivo* para mencionar meu nome para você. E, como ele sempre teve medo de que a irmã suspeitasse de qualquer coisa, *essa* foi a razão para ele não mencionar o assunto.

Ela ficou em silêncio. A certeza anterior de Elinor sucumbiu, mas não o autocontrole.

— Está noiva há quatro anos — disse ela com a voz firme.

— Sim, e Deus sabe quanto mais teremos que esperar. Pobre Edward! Isso lhe causa um desânimo terrível. — Então, tirando uma pequena miniatura do bolso, ela acrescentou: — Para evitar a possibilidade de um equívoco, por favor, olhe para esse rosto. Não lhe faz jus, claro, mas creio que não há engano quanto a pessoa que foi desenhada. Eu o tenho há mais de três anos.

Ela o colocou nas mãos de Elinor enquanto falava. E quando Elinor viu o retrato, quaisquer que fossem as suspeitas que talvez tivesse em mente — como o medo de uma decisão precipitada demais ou o desejo de detectar uma mentira — foram eliminadas, já que era o rosto de Edward. Ela devolveu-o quase instantaneamente, reconhecendo a semelhança.

— Nunca pude dar-lhe o meu retrato em troca — continuou Lucy —, o que me aborrece, pois ele sempre quis tanto tê-lo! Mas estou determinada a fazê-lo na primeira oportunidade.

— Tem todo o direito — respondeu Elinor calmamente. Então prosseguiram alguns passos em silêncio. Lucy falou primeiro.

— Tenho certeza — disse ela —, não tenho dúvida de que você irá fielmente manter este segredo, porque sabe que é importante para nós que não chegue até a mãe dele, pois ela nunca aprovaria. Sou desprovida de fortuna, e imagino que ela seja uma mulher muito orgulhosa.

— Certamente não busquei sua confidência — disse Elinor —, mas você me faz jus ao pensar que pode confiar em mim. Seu segredo está seguro comigo, mas me perdoe se expresso surpresa com uma comunicação tão desnecessária. Deveria ter considerado ao menos que ao saber seu segredo ele não ficaria mais tão bem protegido.

Ao dizer isso olhou para Lucy com seriedade, esperando descobrir algo em seu semblante, talvez a mentira na maior parte do que ela estava dizendo, mas o semblante de Lucy não se alterou.

— Temia que pensasse que eu estava tomando muita liberdade ao lhe contar tudo isso — disse ela. — Não a conheço há muito tempo, pelo menos pessoalmente, mas conheço você e sua família através de relatos há um bom tempo, e assim que a vi senti quase como se você fosse uma velha conhecida. Além disso, no presente caso, realmente achei que devia uma explicação a você depois de fazer perguntas tão específicas sobre a mãe de Edward; sou tão desafortunada que não há uma única pessoa a quem possa pedir conselho. Anne é a única pessoa que sabe disso, e ela não tem bom julgamento. Na verdade, ela me faz muito mais mal do que bem, pois tenho um medo constante de que ela me entregue. Ela não consegue segurar a língua, como você há de ter notado, e foi um grande susto quando no outro dia temi que ela contasse tudo quando o nome de Edward foi mencionado por Sir John. Você não pode imaginar como minha cabeça fica com tudo isso. Só me pergunto como ainda continuo viva depois do que sofri, pelo bem de Edward, nesses últimos quatro anos. Tudo tão irresoluto e tão incerto, e eu o vejo tão raramente... dificilmente conseguimos nos encontrar mais de duas vezes por ano. Pergunto-me como meu coração aguenta.

Neste momento ela tirou o lenço, mas Elinor não sentiu muita compaixão.

— Às vezes — continuou Lucy, depois de enxugar os olhos — penso se não seria melhor para nós dois rompermos o compromisso. — Ao dizer isso, olhou diretamente para a companheira. — Mas então, em outros momentos, não me sinto decidida o suficiente para isso. Não suporto a ideia de fazê-lo tão infeliz como sei que a menção de tal coisa faria. E a mim também, pois quero-o muito bem, creio que não aguentaria. O que me aconselharia a fazer nesse caso, Miss Dashwood? O que você faria?

— Perdoe-me — respondeu Elinor, perplexa com a pergunta —, mas não posso lhe dar conselhos em tais circunstâncias. Seu próprio julgamento deve lhe orientar.

— É claro — continuou Lucy, depois de ambas ficarem alguns minutos em silêncio — que a mãe dele deve prover a ele em algum momento ou outro, mas o pobre Edward fica tão triste com isso! Ele não lhe pareceu muito desanimado quando esteve em Barton? Ele estava tão infeliz quando nos deixou em Longstaple para encontrar vocês que tive receio de que achassem que ele estava doente.

107

— Então ele veio de seu tio quando nos visitou?

— Ah, sim, ele ficou duas semanas conosco. Achou que ele tinha vindo diretamente da cidade?

— Não — respondeu Elinor, a cada nova circunstância acreditando cada vez mais na veracidade do relato de Lucy. — Lembro-me de que ele nos disse que tinha ficado duas semanas com alguns amigos perto de Plymouth. — Ela também se lembrou, para a própria surpresa na época, de ele não ter mencionado mais nada com relação aos amigos, do silêncio total até mesmo a respeito dos nomes deles.

— Você não o achou desanimado? — repetiu Lucy.

— De fato achamos, particularmente quando ele chegou.

— Implorei para que ele se esforçasse, por medo de que vocês suspeitassem do que estava acontecendo, mas isso o deixou tão triste, não poder ficar mais de duas semanas conosco e me ver tão abalada. Pobre homem! Temo que esteja acontecendo a mesma coisa com ele agora, pois escreve de modo muito triste. Tive notícias dele pouco antes de sair de Exeter — falou pegando uma carta do bolso e, de um jeito desatento, mostrando para Elinor. — Você conhece a letra dele, suponho, é bonita, mas isso não está escrito tão bem como de costume. Imagino que estava cansado, pois acabara de escrever o máximo que pôde para mim.

Elinor viu que *era* a letra dele e não tinha mais como duvidar. O retrato, ela se permitiu acreditar que poderia ter sido obtido acidentalmente, poderia não ter sido um presente de Edward, mas uma correspondência entre eles só poderia existir sob um compromisso real, nada mais poderia justificá-la. Por alguns momentos sentiu-se quase derrotada — seu coração partiu-se e mal conseguia ficar em pé. Mas o esforço era extremamente necessário, e lutou tão decidida contra a opressão de seus sentimentos que rapidamente teve êxito.

— Trocar correspondências — disse Lucy, guardando a carta no bolso — é o único consolo que temos quando ficamos muito tempo longe. Sim, tenho outro consolo na miniatura que tenho dele, mas o pobre Edward nem *isso* tem. Ele diz que ficaria mais tranquilo se tivesse um meu. Dei-lhe uma mecha do meu cabelo em um anel quando ele esteve em Longstaple da última vez, e ele disse que lhe confortaria, mas não é a mesma coisa que um retrato. Talvez você tenha notado o anel quando o viu?

— Sim — disse Elinor, com uma serenidade na voz que escondia a emoção e a angústia maiores do que qualquer coisa que já havia sentido antes. Estava mortificada, chocada, confusa.

Felizmente para ela, chegaram à sua casa e a conversa não poderia continuar. Depois de se sentar com elas por alguns minutos, Miss Steele voltou a Barton Park, e Elinor pôde pensar e se sentir o quão miserável quanto quisesse.

Capítulo 23

Por mais que a confiança de Elinor na honestidade de Lucy fosse pequena, era impossível, depois de profunda reflexão, suspeitar dela nas atuais circunstâncias, em que nenhuma tentação poderia justificar a loucura de inventar um relato tão falso como aquele. O que Lucy afirmara ser verdade, portanto, Elinor não podia e nem ousava mais duvidar. A verdade era sustentada de todos os lados por probabilidades e provas, e contrariada apenas por seus próprios desejos. A ocasião em que eles se conheceram na casa de Mr. Pratt, ao mesmo tempo indiscutível e perturbadora, fora base para o resto. E a visita de Edward perto de Plymouth; seu estado de espírito melancólico; sua insatisfação com as próprias perspectivas; seu comportamento incerto em relação a ela; o conhecimento íntimo que as Misses Steele tinham de Norland e as conexões familiares delas, que muitas vezes a surpreenderam; o retrato, a carta, o anel formavam um conjunto de evidências que eliminava o medo de condená-lo injustamente e estabelecia como fato, que nenhuma predileção poderia ignorar, que ele havia sido leviano com ela. Seu ressentimento de tal comportamento, sua indignação por ter sido enganada, por um curto período, a fez sentir pena de si mesma, mas outras ideias, outras considerações logo surgiram. Edward a estava enganando intencionalmente? Ele havia fingido ter por ela uma afeição que não sentia? Seu noivado com Lucy era por amor? Não, o que quer que tivesse sido, não podia acreditar que era verdade agora. O afeto dele era todo seu. Não podia estar enganada com relação a isso. Sua mãe, suas irmãs, Fanny, todas sabiam do afeto dele por ela em Norland, não era uma ilusão de sua própria vaidade. Ele com certeza a amava. Que alento para o coração era essa convicção! O quanto isso poderia fazê-la perdoar! Ele era culpado, obviamente culpado, por permanecer em Norland depois de sentir pela primeira vez que a influência dela sobre ele era maior do que deveria ser. Disso ele não poderia ser absolvido, mas se ele a tinha magoado, magoou muito mais a si mesmo; se o caso dela era lastimável, o dele era irremediável. A imprudência dele a deixou infeliz por um tempo, mas para ele, parecia ter lhe privado de todas as chances de ser feliz. Ela poderia, com o tempo, recuperar a tranquilidade, mas *ele*, o que poderia esperar? Será que ele poderia ser minimamente feliz com Lucy Steele? Poderia ele, caso o afeto que lhe demonstrara fosse verdadeiro, com toda sua integridade, gentileza e conhecimento, ficar satisfeito com uma esposa como Lucy — inculta, ardilosa e egoísta?

Aos dezenove anos a paixão juvenil naturalmente o cegaria para todas as coisas, exceto para a beleza e ternura dela, mas os quatro anos seguintes — anos que se empregados de maneira sensata aprimoram o entendimento — devem ter aberto os olhos dele para as lacunas na educação de Lucy; enquanto o mesmo período, da parte dela, empregado com companhias inferiores e em atividades mais frívolas, talvez tenham lhe tirado a simplicidade que em algum momento poderia ter dado uma característica interessante à sua beleza.

Supondo-se que ele não quisesse casar-se com Lucy, e sim com ela, as dificuldades com sua mãe já pareciam muitas, deveriam ser maiores ainda agora, quando o objeto de seu noivado tinha, sem dúvida, conexões inferiores e, provavelmente, menos dinheiro ainda que ela tinha. Essas dificuldades, sem dúvida, somadas ao fato de ele não sentir mais nada por Lucy, poderiam não testar muito sua paciência, mas melancólica estaria uma pessoa para quem a expectativa da oposição e de falta de gentileza da família poderia ser um alívio!

Como essas considerações lhe ocorreram em uma sequência dolorosa, chorou por ele mais do que por si mesma. Amparada pela convicção de não ter feito nada para merecer a infelicidade presente e consolada pela crença de que Edward não tinha feito nada para perder sua estima, pensou que poderia, mesmo agora, com a dor recente desse golpe e tanto, controlar-se o suficiente para impedir que a mãe e as irmãs descobrissem a verdade. E foi capaz de atender às próprias expectativas tão bem que quando se juntou a elas no jantar, apenas duas horas depois de ter sofrido a perda de todas as suas esperanças mais caras, ninguém poderia supor, pela aparência das irmãs, que Elinor estava secretamente lamentando os obstáculos que a separariam para sempre do homem que amava, enquanto Marianne ruminava as perfeições de um homem a quem, ela tinha a certeza, seu coração pertencia e a quem esperava ver em cada carruagem que aparecia perto de casa.

A necessidade de esconder da mãe e de Marianne o que lhe havia sido contado, embora a obrigasse a um esforço incessante, não agravava a angústia de Elinor. Pelo contrário, era um alívio ser poupada de contar o que lhes causaria sofrimento e ser poupada da mesma forma de ouvir a condenação de Edward, o que provavelmente nasceria do excesso do afeto delas por si, e que era mais do que ela sentia que poderia aguentar.

Ela sabia que não poderia obter ajuda de seus conselhos ou sua conversa, a ternura e a pena delas aumentariam sua angústia, enquanto seu autocontrole não seria incentivado por seus exemplos nem por seus elogios. Era mais forte sozinha, e seu próprio bom senso a apoiava tão bem que sua determinação era tão inabalável e seu semblante de felicidade tão invariável quanto seria possível diante da lamentação tão pungente e recém-infligida.

Por mais que ela tivesse sofrido na primeira vez que o assunto foi abordado em uma conversa com Lucy, logo sentiu um desejo ardente de vê-la novamente, por vários motivos. Queria ouvir mais uma vez muitos detalhes do noivado, queria entender com mais clareza o que Lucy realmente sentia por Edward, se havia alguma sinceridade na declaração de afeto terno por ele, e queria, principalmente, convencer Lucy, por meio da disposição para abordar o assunto de novo e da calma para conversar sobre isso, que estava interessada no fato como amiga, pois temia que a agitação involuntária quando conversaram de manhã teria motivado dúvidas quanto a isso. Parecia muito provável que Lucy estivesse propensa a ter ciúmes dela: estava claro que Edward sempre a elogiava muito, não apenas pela declaração de Lucy, mas pelo fato de ela ter se arriscado a confidenciar para ela, depois de se conhecerem por tão pouco tempo, um segredo tão importante. E até a informação brincalhona de Sir John deve ter contribuído. Mas, de fato, ao mesmo tempo que Elinor tinha tanta confiança de ser realmente amada por Edward, não era necessário considerar outras probabilidades de que era natural que Lucy tivesse ciúmes, e que se tinha mesmo, a própria confidência era uma prova. Que outra razão para a revelação do caso poderia haver a não ser informar Elinor dos direitos de Lucy em relação a Edward e instruí-la a evitá-lo no futuro? Ela não teve dificuldade em entender as intenções da rival e, embora estivesse firmemente decidida a agir em conformidade com todos os seus princípios de honra e honestidade, lutar contra seu afeto por Edward e vê-lo o mínimo possível, não podia negar-se o conforto de tentar convencer Lucy de que seu coração não estava ferido. E como agora não havia nada mais doloroso para ouvir do que o que já havia sido dito, confiou em sua capacidade de passar pela repetição de detalhes com compostura.

Mas levou um tempo para que tivesse a oportunidade para isso, apesar de Lucy estar tão disposta quanto ela para aproveitar qualquer chance que aparecesse, o clima não andava bom para permitir que se juntassem em uma caminhada, ocasião em que poderiam mais facilmente ficar sozinhas; embora elas se encontrassem pelo menos a cada duas noites, ou em Barton Park ou em Barton Cottage, com mais frequência na primeira, não conseguiam se encontrar para uma conversa. Tal pensamento nunca passaria pela cabeça de Sir John ou

Lady Middleton, e, portanto, havia muito pouco tempo livre para uma conversa superficial e nenhum para um diálogo particular. Eles se encontravam para comer, beber e rir juntos, jogar cartas, ou inventarem uma história,* ou qualquer outro jogo que fosse bem barulhento.

Um ou dois encontros desse tipo haviam ocorrido sem que Elinor tivesse qualquer chance de conversar com Lucy a sós, até que Sir John as visitou uma manhã para implorar, por caridade, que jantassem com Lady Middleton naquele dia, pois ele seria obrigado a ir ao clube em Exeter, e ela ficaria sozinha, exceto pela companhia da mãe e as duas Misses Steele. Elinor pressentiu uma abertura favorável para o objetivo que tinha em vista, pois em um grupo como esse ficariam mais à vontade sob o comando tranquilo e bem-educado de Lady Middleton do que quando seu marido as juntava com um propósito ruidoso, e aceitou imediatamente o convite. Margaret, com a permissão da mãe, também consentiu, e Marianne, embora sempre relutante em participar de qualquer um desses encontros, foi convencida pela mãe, que não podia suportar que ela se isolasse de qualquer chance de diversão, a ir também.

As jovens foram, e Lady Middleton foi felizmente preservada da terrível solidão que a ameaçara. A insipidez do encontro foi exatamente como Elinor esperava, não surgiu nenhum pensamento ou fala novos, e nada poderia ser menos interessante do que toda a conversa, tanto na sala de jantar quanto na sala de visitas. Nesta última, tiveram a companhia das crianças e, enquanto estavam lá, ficou convencida da impossibilidade de ter a atenção de Lucy. As crianças saíram apenas quando o chá foi retirado. A mesa de cartas foi então posta, e Elinor começou a se perguntar como alimentou a esperança de encontrar tempo para conversar nessa ocasião. Todas se levantaram para prepararem-se para uma rodada de jogo.

— Fico satisfeita que você não vai terminar a cesta da pobrezinha da Annamaria nesta noite, pois tenho certeza de que trabalhar com filigrana à luz de velas não há de ser bom para seus olhos — disse Lady Middleton a Lucy. — E faremos com que a pequenina e queridinha goste de adendos para compensá-la da decepção que terá amanhã, e então espero que não se importe muito.

Esta insinuação foi suficiente, e Lucy se recompôs em seguida e respondeu:

— Na verdade está muito enganada, Lady Middleton, estou apenas esperando para saber se podem ficar sem mim, do contrário já estaria trabalhando na filigrana. Eu não desapontaria a anjinha por nada nesse mundo. E se

---

* Jogo em que cada um escreve uma frase com uma categoria, por exemplo "animal", então dobra para esconder a frase e a próxima pessoa faz o mesmo, no final a história formada é lida em voz alta.

quiserem que eu me junte à mesa de cartas agora, estou decidida a terminar a cesta depois da ceia.

— Você é muito gentil, espero que não faça mal aos seus olhos. Pode tocar a sineta para pedir as velas de trabalho. Minha pobre menina ficaria extremamente decepcionada, eu sei, se a cesta não ficasse pronta até amanhã, pois embora eu tenha dito a ela que certamente não ficaria, tenho certeza de que ela espera que fique.

Lucy puxou a mesa de trabalho para perto no mesmo instante e se sentou novamente com entusiasmo e alegria, que pareciam indicar que não podia sentir maior prazer do que fazer uma cesta de filigrana para uma criança mimada.

Lady Middleton propôs uma partida de cassino.* Ninguém fez nenhuma objeção, exceto Marianne, que com a desatenção habitual aos bons modos, exclamou:

— Vossa Senhoria terá a bondade de *me* desculpar, sabe que detesto jogos de cartas. Vou ao pianoforte, não toco desde que foi afinado. — E sem mais cerimônia, virou-se e caminhou até o instrumento.

Lady Middleton parecia agradecer aos céus por *ela* nunca ter sido tão rude.

— Marianne não consegue ficar tanto tempo longe daquele instrumento, sabe, senhora — disse Elinor, tentando suavizar a ofensa. — E não me surpreendo muito com isso, pois é o pianoforte mais bem afinado que já ouvi.

As cinco restantes agora se voltavam às cartas.

— Talvez — continuou Elinor —, se por acaso eu pudesse ficar de fora, posso ser útil à Miss Lucy Steele enrolando os papéis para ela, e ainda há muito a ser feito na cesta, é impossível achar que vai terminar o trabalho sozinha esta noite. Adoraria ajudá-la, se ela me permitir.

— Na verdade, ficarei muito agradecida com sua ajuda — exclamou Lucy —, pois creio que há mais a ser feito do que eu pensava, e seria desagradável demais decepcionar a querida Annamaria, afinal.

— Ah! Isso seria terrível, de fato — disse Miss Steele. — Querida menininha, como eu a amo!

— A senhorita é muito gentil — disse Lady Middleton a Elinor. — E já que o trabalho realmente lhe apetece, talvez prefira participar na próxima rodada, ou se arriscará agora?

Elinor alegremente se beneficiou da primeira das propostas e, portanto, com um pouco daquela abordagem a qual Marianne nunca poderia se submeter a praticar, atingiu seu objetivo e agradou Lady Middleton ao mesmo tempo. Lucy

---

* Um jogo de cartas parecido com a versão italiana que surgiu mais tarde chamada scopa, escopa no Brasil.

abriu espaço para ela com prontidão, e as duas rivais se viram, assim, sentadas lado a lado na mesma mesa e, com extrema harmonia, engajadas a realizar o mesmo trabalho. Marianne, ocupada com a própria música e os próprios pensamentos no pianoforte, já tinha esquecido que havia outras pessoas na sala além de si mesma, e o instrumento estava tão perto delas que Miss Dashwood agora julgou que poderia com segurança, sob o abrigo do barulho, iniciar o assunto de interesse sem qualquer risco de ser ouvida na mesa de cartas.

Capítulo 24

Em um tom firme, embora cauteloso, Elinor começou a falar:

— Eu não mereceria a confiança com a qual me honrou se não sentisse nenhum desejo de sua continuidade ou não tivesse mais nenhuma curiosidade sobre a questão. Não vou me desculpar, portanto, por tocar no assunto novamente.

— Obrigada por quebrar o gelo! — exclamou Lucy calorosamente. — Assim você me deixa à vontade, pois eu estava com um pouco de receio de tê-la ofendido com o que lhe disse naquela segunda-feira.

— Ofender-me? Como pode supor isso? Acredite — e Elinor falou com total sinceridade —, nada poderia estar mais longe da minha intenção do que lhe dar tal ideia. Não poderia ter outro motivo para confiar em mim que não fosse honroso e lisonjeiro para mim.

— E, no entanto, posso lhe dizer — respondeu Lucy com seus pequenos olhos penetrantes cheios de significado — que me pareceu haver uma frieza e um descontentamento em seus modos que me deixaram bastante desconfortável. Tive certeza de que estava com raiva de mim, e tenho me censurado desde então por ter tomado a liberdade de incomodá-la com meus assuntos. Mas fico muito feliz em descobrir que foi apenas imaginação minha, e que você realmente não me culpa. Se soubesse o consolo que foi para mim aliviar o coração e contar-lhe sobre o que estou sempre pensando em cada momento da minha vida, sua compaixão a faria ignorar todas as outras coisas, tenho certeza.

— Na verdade, posso facilmente acreditar que foi um grande alívio para você contar a situação para mim, e pode ter certeza de que nunca terá motivos para se arrepender. Seu caso é muito infeliz, parecem estar cercados de dificuldades e precisarão de todo afeto mútuo para apoiá-los. Mr. Ferrars, acredito, é completamente dependente da mãe.

— Ele tem apenas duas mil libras, seria loucura casar-se com isso, embora, da minha parte, eu desistiria de qualquer perspectiva de obter mais num piscar de olhos. Sempre vivi com uma renda muito pequena e estaria disposta a passar dificuldades por ele, mas eu o amo muito para ser egoísta de impedi-lo, talvez, de ter o que a mãe poderia lhe dar se ele se casasse para agradá-la. Devemos esperar, talvez por muitos anos. Com quase qualquer outro homem no mundo seria uma perspectiva assustadora, mas nada pode me privar do carinho e da fidelidade de Edward, eu sei.

— Essa convicção deve ser tudo para você, e ele, sem dúvida, apoia-se com a mesma confiança na sua. Se a afeição mútua tivesse enfraquecido, como acontece entre muitas pessoas, e em muitas circunstâncias teria naturalmente enfraquecido durante um noivado de quatro anos, sua situação seria lamentável, de fato.

Lucy olhou para cima, mas Elinor teve o cuidado de manter o semblante impassível, sem expressões que poderiam carregar suas palavras de uma tendência suspeita.

— O amor de Edward por mim — disse Lucy — tem sido colocado à prova por passarmos muito, muito tempo separados desde que ficamos noivos, e tem suportado o teste tão bem que seria imperdoável que eu duvidasse disso agora. Posso dizer com segurança que desde o início ele nunca me deu um único momento de preocupação por conta disso.

Elinor não sabia se sorria ou suspirava com essa afirmação.

Lucy continuou:

— Tenho um temperamento um pouco ciumento por natureza também, e por causa das nossas situações diferentes de vida, de ele ter muito mais importância no mundo do que eu, e da nossa separação constante, estive muito propensa a suspeitar, a descobrir a verdade em um instante caso houvesse a menor alteração em seu comportamento comigo desde quando nos conhecemos, ou qualquer desânimo que eu não pudesse explicar, ou se ele tivesse falado mais de uma senhorita do que de outra, ou parecesse em qualquer aspecto menos feliz em Longstaple do que costumava ser. Não quero dizer que sou, em geral, particularmente observadora ou perspicaz, mas em tal situação tenho certeza de que não poderia ser enganada.

"Tudo isso", pensou Elinor, "é muito bonito, mas não engana nenhuma de nós." E depois de um breve silêncio, disse:

— Mas qual a sua opinião? Ou não tem nenhuma além de esperar a morte de Mrs. Ferrars, o que é um fim triste e chocante? O filho dela está determinado a submeter-se a isso e a todo o tédio dos muitos anos de espera que isso pode ocasionar para vocês em vez de correr o risco de desagradá-la por um tempo e assumir a verdade?

— Se pudéssemos saber que seria apenas por um tempo! Mas Mrs. Ferrars é uma mulher muito teimosa e orgulhosa e faria um escândalo ao receber a notícia, e provavelmente passaria todos os seus bens para Robert. E só de pensar nisso, pelo bem de Edward, tenho medo de tomar medidas precipitadas.

— E para o seu próprio bem também, ou seu desinteresse excederia o que é considerado racional.

Lucy olhou para Elinor novamente e ficou em silêncio.

— Conhece o Mr. Robert Ferrars? — perguntou Elinor.

— Não, nunca o vi, mas imagino que seja muito diferente do irmão, tolo e um grande dândi.

— Um grande dândi! — repetiu Miss Steele, cujo ouvido captou as palavras por conta de uma pausa repentina na música de Marianne. — Ah, suponho que estão falando de seus admiradores favoritos.

— Não, irmã — gritou Lucy —, você está enganada, nossos admiradores favoritos *não* são grandes dândis.

— Posso dizer que o pretendente de Miss Dashwood não é — disse Mrs. Jennings dando uma risada animada —, pois é um dos jovens mais modestos e bonitos que já vi. Mas quanto a Lucy, ela é uma criaturinha tão astuta que não há como descobrir de quem *ela* gosta.

— Ah! — exclamou Miss Steele, olhando de maneira muito expressiva para elas. — Suponho que o pretendente de Lucy é tão modesto e bem-comportado quanto o de Miss Dashwood.

Elinor corou, apesar de suas tentativas de manter um semblante blasé. Lucy mordeu o lábio e olhou com raiva para a irmã. Um silêncio mútuo se instalou por algum tempo. Lucy colocou fim ao silêncio falando em um tom mais baixo, embora Marianne as protegesse de maneira poderosa com um concerto muito magnífico:

— Vou ser honesta e contar-lhe um plano que recentemente surgiu em minha mente para fazer as coisas progredirem. Na verdade, sou obrigada a deixá-la a par do segredo, pois isso também lhe diz respeito. Suponho que conhece Edward o bastante para saber que ele preferiria a igreja a qualquer outra profissão, então meu plano é que ele seja ordenado o mais rápido possível e, em seguida, através da sua influência, que tenho certeza de que você seria gentil o suficiente para usar pela amizade por ele e, espero, por algum afeto a mim, seu irmão possa ser persuadido a conceder-lhe a paróquia em Norland, que sei que é muito boa, e o atual encarregado provavelmente não viverá por muito tempo. Isso seria suficiente para nos casarmos e, para o resto, poderíamos confiar no tempo e na sorte.

— Sempre ficarei feliz em demonstrar minha estima e amizade por Mr. Ferrars, mas não percebe que minha influência em tal situação seria perfeitamente desnecessária? Ele é irmão de Mrs. John Dashwood, *isso* deve ser o suficiente para o marido — respondeu Elinor.

— Mas Mrs. John Dashwood não aprovaria que Edward fosse ordenado.

— Então temo que minha influência não seria de grande ajuda.

Elas ficaram novamente em silêncio por muitos minutos. Por fim, Lucy exclamou com um suspiro profundo:

— Creio que o mais sábio para pôr fim ao assunto de uma só vez seria acabar com o noivado! Parece que estamos sendo atormentados por dificuldades de todos os lados, que embora nos deixem infelizes por um tempo, talvez devam nos deixar mais felizes no final. Mas você não vai me dar seu conselho, não é, Miss Dashwood?

— Não — respondeu Elinor, com um sorriso que escondia sentimentos muito inquietantes. — Nesse assunto, certamente não. Sabe muito bem que minha opinião não lhe influenciaria, a menos que pendesse para o lado de seus desejos.

— Na verdade, engana-se — respondeu Lucy, de modo solene. — Não conheço ninguém de quem levaria a opinião mais em conta do que a sua. E realmente acredito que se você me dissesse: "Aconselho que ponha fim ao relacionamento com Edward Ferrars de uma vez por todas, será para a felicidade de vocês", eu decidiria fazê-lo imediatamente.

Elinor corou com a falsidade da futura esposa de Edward e respondeu:

— Este comentário seguramente faz com que eu tenha ainda mais receio de dar qualquer opinião no assunto, caso tivesse uma formada. Faz com que minha influência seja muito grande. O poder de separar duas pessoas tão ternamente apegadas é demais para uma pessoa imparcial.

— É porque você é uma pessoa imparcial — disse Lucy, um pouco aborrecida e colocando uma ênfase especial nessas palavras — que seu julgamento pode justamente ter tanto peso para mim. Se você pudesse ser tendenciosa em qualquer aspecto por causa de seus próprios sentimentos, sua opinião não seria levada em conta.

Elinor achou que era mais sábio não responder para que não pudessem provocar entre si um aumento inadequado de intimidade e franqueza; estava mesmo parcialmente determinada a nunca mais mencionar o assunto. Outra pausa, portanto, de muitos minutos de duração, sucedeu esse discurso, e Lucy foi de novo a primeira a quebrá-la.

— Estará na cidade neste inverno, Miss Dashwood? — perguntou ela com toda a complacência habitual.

— Certamente não.

— Lamento ouvir isso — respondeu a outra, enquanto seus olhos brilhavam com a informação. — Seria um prazer enorme encontrá-la por lá! Mas posso supor que irá. Com certeza, seu irmão e sua cunhada pedirão que os encontre.

— Não poderei aceitar o convite se o fizerem.

— Que falta de sorte! Esperava encontrá-la. Anne e eu iremos no final de janeiro visitar alguns parentes que há anos insistem em encontrar-nos! Mas só vou para poder ver Edward. Ele estará lá em fevereiro, caso contrário Londres não teria atrativos para mim, não tenho ânimo para isso.

Elinor foi logo chamada para a mesa de cartas ao término da primeira rodada, e o diálogo particular das duas senhoritas chegava, portanto, ao fim, ao que as duas se submeteram sem nenhuma relutância, pois nada havia sido dito de ambos os lados para fazê-las gostar mais uma da outra do que antes. Elinor sentou-se à mesa de cartas com a convicção melancólica de que Edward não apenas não tinha afeição pela pessoa que seria sua esposa, mas também que não tinha a menor chance de ser toleravelmente feliz no casamento — o que a afeição sincera de *sua* parte teria oferecido, pois apenas por interesse uma mulher seria capaz de prender um homem a um noivado do qual ela parecia completamente convencida de que ele estava cansado.

A partir desse momento, o assunto não foi mais trazido à tona por Elinor, e quando mencionado por Lucy, que raramente perdia uma oportunidade para tal e tinha cuidado especial em informar sua confidente de sua felicidade sempre que recebia uma carta de Edward, era tratado por Elinor com calma e cautela, e dispensado assim que os bons modos permitissem, pois sentiu que tais conversas eram uma cortesia que Lucy não merecia, e eram perigosas para si.

A visita das Misses Steele em Barton Park durou muito mais do que o convite inicial sugeria. A predileção por elas aumentou, não poderiam deixá-las ir, e Sir John não queria nem ouvir falar da partida delas. E apesar dos inúmeros compromissos assumidos havia muito tempo em Exeter, apesar da necessidade absoluta de retornar para cumpri-los imediatamente, o que ficava mais urgente ao final de cada semana, foram convencidas a ficar quase dois meses em Barton e a ajudar na justa celebração do festival que contava com uma grande cota de bailes privados e grandes jantares para proclamar sua importância.

Capítulo 25

mbora Mrs. Jennings tivesse o hábito de passar grande parte do ano nas casas dos filhos e amigos, tinha residência própria. Desde a morte do marido, que era um negociante bem-sucedido em uma parte menos elegante da cidade, passava todos os invernos em uma casa numa das ruas perto da Portman Square. Janeiro se aproximava, e seus pensamentos começaram a ser direcionados a esta casa, e um dia, de forma abrupta e muito inesperada, convidou as Misses Dashwood mais velhas para a acompanharem. Elinor, sem observar a expressão alterada da irmã e o olhar animado que demonstrava total interesse na ideia, agradeceu, mas recusou categoricamente em nome de ambas, acreditando comunicar a vontade das duas. A razão alegada foi a resolução firme de não deixar a mãe sozinha naquela época do ano. Mrs. Jennings recebeu a recusa com alguma surpresa e repetiu o convite em seguida.

— Meu Deus. Tenho certeza de que sua mãe pode ficar muito bem sem vocês, e imploro ser agraciada com a companhia de vocês, e eu gostaria muito que fossem. Não pense que causariam qualquer inconveniência para mim, pois eu ficaria fora do caminho de vocês. Só teria que enviar a Betty de coche, e espero poder pagar por *isso*. Nós três poderemos muito bem ir na minha carruagem aberta. E quando estivermos na cidade, se não quiserem ir para os mesmos lugares que eu, não tem problema, podem sair com uma de minhas filhas. Tenho certeza de que sua mãe não fará objeções, pois tive tanto êxito em deixar meus próprios filhos desgarrarem da barra da minha saia que ela achará que sou muito apta para responsabilizar-me por vocês. E se eu não conseguir que pelo menos uma de vocês se case bem, não será minha culpa. Falarei bem de vocês para todos os jovens moços, podem confiar em mim.

— Penso — disse Sir John — que Miss Marianne não se oporia a essa ideia se a irmã mais velha aceitasse. É realmente muito triste que ela não desfrute de um pouco de prazer porque Miss Dashwood não quer. Então aconselho vocês duas a partirem para a cidade quando estiverem cansadas de Barton sem contar para Miss Dashwood.

— Ah! — gritou Mrs. Jennings. — Com certeza ficarei imensamente feliz com a companhia de Miss Marianne, quer Miss Dashwood vá ou não, mas sempre digo que quanto mais melhor. Achei que seria mais agradável para elas ficarem juntas porque, caso se cansassem de mim, poderiam conversar uma com a outra e rir dos meus velhos hábitos pelas minhas costas. Mas uma ou outra, se não as duas, levarei comigo. Por Deus! Como acham que poderei ficar sozinha, eu que sempre tive Charlotte comigo até o último inverno. Venha, Miss Marianne, vamos apertar as mãos e selar o compromisso, e se Miss Dashwood acabar mudando de ideia, melhor ainda.

— Agradeço-lhe, senhora, sinceramente obrigada — disse Marianne, carinhosamente. — Seu convite assegurou minha gratidão para sempre, e claro que eu ficaria muito feliz, tão feliz como jamais fui, ao aceitá-lo. Mas minha mãe, minha querida e gentil mãe… é justo o que Elinor enfatizou, e se nossa ausência a deixasse infeliz, desconfortável… Ah! Não, nada me faria deixá-la. Isso não precisa e não deve ser um problema.

Mrs. Jennings repetiu que Mrs. Dashwood ficaria perfeitamente bem sem elas. Elinor, que agora entendia a irmã, e via a indiferença que ela tinha em relação a quase tudo por causa da ânsia de estar com Willoughby novamente, não se opôs mais à ideia e simplesmente a remeteu para a decisão da mãe, de quem, no entanto, dificilmente esperava receber qualquer apoio no esforço de evitar uma visita que não aprovava para Marianne, e que, por motivos próprios, tinha razões pessoais para evitar. O que quer que Marianne desejasse, a mãe estaria ávida a promover. Não tinha a expectativa de poder influenciá-la a ter uma conduta cautelosa em relação a um assunto que nunca lhe causou suspeita, e não se atreveu a explicar o motivo do próprio desinteresse em ir a Londres. Que Marianne — impertinente como era, conhecendo muito bem os modos de Mrs. Jennings, que com frequência a desagradavam — ignorasse todos os inconvenientes decorrentes de tais modos e desconsiderasse o que quer que ferisse seus sentimentos irritadiços na busca de um objetivo era uma prova tão forte e tão completa da importância desse objetivo para ela que Elinor, apesar de tudo o que havia acontecido, não estava preparada para testemunhar.

Ao ser informada do convite, Mrs. Dashwood, convencida de que a viagem renderia muita diversão para ambas as filhas, e percebendo por toda a atenção afetuosa para consigo mesma o quanto Marianne a desejava, não admitia a recusa do convite por causa *dela*. Insistiu que ambas o aceitassem logo, e então começou a prever, com a alegria habitual, as inúmeras vantagens que seriam proporcionadas a todas com a separação.

— Estou encantada com a ideia! — exclamou. — É exatamente o que eu desejava. Será tão bom para Margaret e para mim quanto para vocês. Quando vocês e os Middletons partirem, ficaremos tão tranquilas e felizes com nossos livros e nossa música! Vocês encontrarão Margaret tocando tão melhor quando voltarem! Tenho um pequeno plano de mudança para os quartos de vocês também que agora pode ser realizado sem nenhum inconveniente para ninguém. É muito justo vocês irem à cidade, todas as jovens das condições de vocês devem conhecer os modos e os atrativos de Londres. Vocês estarão sob os cuidados de uma mulher muito maternal, de cujo carinho por vocês não duvido. E é muito provável que vejam seu irmão, e quaisquer que sejam os defeitos dele ou da esposa, quando considero de quem é filho, não posso suportar que vocês fiquem tão afastados uns dos outros.

— Embora com a ansiedade habitual por nossa felicidade você tenha ignorado todos os obstáculos a esse plano que podiam lhe ocorrer, ainda há uma objeção que, na minha opinião, não pode ser vencida tão facilmente — disse Elinor.

O semblante de Marianne murchou.

— E o que, minha querida e prudente Elinor, há de sugerir? — perguntou Mrs. Dashwood. — Que obstáculo formidável ela tem agora para apresentar? Por favor, deixe-me a par do problema.

— Minha objeção é esta: embora tenha grande consideração por Mrs. Jennings, ela não é uma mulher cuja companhia nos dá prazer ou cuja proteção nos trará benefícios.

— Isso é mesmo verdade — respondeu a mãe —, mas vocês raramente terão somente a companhia dela sem outras pessoas junto, e quase sempre aparecerão em público com Lady Middleton.

— Se Elinor está relutante por causa da antipatia por Mrs. Jennings — disse Marianne —, que isso pelo menos não impeça que *eu* aceite o convite. Não tenho tais escrúpulos e tenho certeza de que poderia aguentar cada desagrado desse tipo com pouquíssimo esforço.

Elinor foi obrigada a sorrir com essa demonstração de indiferença em relação aos modos de uma pessoa com quem muitas vezes teve dificuldade em persuadir Marianne a se comportar com cortesia razoável, e resolveu que se a irmã persistisse em ir, iria também, pois não achava adequado que Marianne fosse deixada à orientação somente do próprio julgamento, ou que Mrs. Jennings fosse abandonada à mercê de Marianne durante o conforto de todo o tempo em que estivesse em casa. Ficou mais facilmente em paz com a decisão, lembrando que Edward Ferrars, pelo relato de Lucy, não estaria na cidade antes de fevereiro, e que a visita delas, sem a necessidade de nenhuma desculpa para apressarem a visita, até lá estaria concluída.

— Deixarei vocês *duas* irem — disse Mrs. Dashwood —, essas objeções são absurdas. Será maravilhoso estar em Londres, e ainda mais estarem lá juntas. E se Elinor alguma vez se permitisse sentir prazer, poderia imaginar obtê-lo lá por uma variedade de fontes. Talvez pudesse encontrar algum prazer em melhorar o relacionamento com a família da cunhada.

Elinor muitas vezes desejava ter uma oportunidade de tentar desestimular a confiança da mãe na afeição entre ela e Edward para que o choque pudesse ser menor quando toda a verdade fosse revelada e agora, com essa investida, embora quase sem esperança de sucesso, forçou-se a colocar o plano em ação dizendo com a maior calma possível:

— Gosto muito de Edward Ferrars e sempre ficarei feliz em vê-lo, mas quanto ao resto da família, não faz a mínima diferença para mim se eles me conhecem bem ou não.

Mrs. Dashwood sorriu e não disse nada. Marianne ergueu os olhos com espanto, e Elinor presumiu que ela deve ter segurado a língua.

Depois de mais um pouco de conversa, foi finalmente decidido que o convite seria aceito. Mrs. Jennings recebeu a notícia com muita alegria e muitas garantias de atenção e cuidado. Não foi motivo de prazer apenas para ela, Sir John também ficou muito satisfeito. Para um homem cuja maior inquietação era o medo de ficar sozinho, a adição de duas pessoas ao número de habitantes de Londres era significativa. Até Lady Middleton se deu ao trabalho de ficar satisfeita, o que era um pouco fora de seu padrão. E quanto às Misses Steele, especialmente Lucy, ficaram felizes da vida quando receberam a informação.

Elinor se submeteu ao arranjo que contrariava seus desejos com menos relutância do que esperava sentir. Com relação a si, ir à cidade ou não, agora não era mais uma preocupação, e quando viu a mãe tão satisfeita e a irmã extasiada com a ideia, que sua aparência, voz e seus modos deixavam transparecer, com toda a animação habitual restabelecida e elevada a um nível maior do que o normal, não tinha como ficar insatisfeita com a causa, e dificilmente se permitiria desconfiar das consequências.

A alegria de Marianne estava quase um grau acima da felicidade, tão grande era sua agitação e impaciência para partir. A relutância em deixar a mãe era a única coisa que restaurava sua calma e, no momento de se separarem, seu sofrimento foi excessivo. A aflição da mãe não era menor, e Elinor era a única das três que parecia considerar a separação como algo efêmero.

A partida ocorreu na primeira semana de janeiro. Os Middletons deveriam ir em cerca de uma semana. As Misses Steele permaneceram em Barton Park e iriam com o restante da família.

Capítulo 26

Elinor não conseguia imaginar-se na carruagem com Mrs. Jennings, começando uma viagem para Londres sob sua proteção e como sua convidada, sem se questionar sobre a própria situação. Conheciam aquela senhora havia tão pouco tempo, e as idades e os interesses não poderiam ser mais distintos. E tantas foram suas objeções contra tal ideia apenas alguns dias antes! Mas essas objeções foram todas superadas, ou ignoradas, graças ao ardor feliz da juventude que Marianne e a mãe compartilhavam igualmente. Elinor, apesar de todas as dúvidas frequentes sobre o afeto de Willoughby, era incapaz de testemunhar o êxtase da expectativa calorosa que enchia toda a alma e fazia os olhos de Marianne brilharem sem sentir o quão vazia era a própria perspectiva, quão triste era seu estado de espírito em comparação ao da irmã, e com que alegria se envolveria na atenção à situação de Marianne para ter o mesmo objetivo animador em vista, a mesma possibilidade de esperança. De qualquer forma, as intenções de Willoughby seriam descobertas em breve, muito em breve, já que era quase certo que ele já estava na cidade. A ânsia de Marianne em partir demonstrava a confiança que tinha de encontrá-lo lá, e Elinor estava decidida a não somente obter novas informações sobre o caráter dele a partir da própria observação ou das observações que outras pessoas poderiam lhe informar, mas também a observar seu comportamento em relação à irmã com atenção cuidadosa a fim de verificar quem ele era e o que queria antes que muitos encontros ocorressem. Se o resultado de suas observações fosse desfavorável, estava determinada a abrir os olhos da irmã; caso contrário, seus esforços seriam de natureza diferente: deveria aprender a evitar todas as comparações egoístas e banir todo desgosto que pudesse diminuir sua satisfação com a felicidade de Marianne.

Estavam viajando fazia três dias e o comportamento de Marianne era uma amostra feliz do que se poderia esperar de como seria sua complacência e companheirismo em relação a Mrs. Jennings. Sentou-se em silêncio por quase todo o caminho, absorta nos próprios pensamentos, e quase nunca falou voluntariamente, exceto quando qualquer objeto de beleza pitoresca surgia em sua visão e tirava dela uma exclamação de prazer exclusivamente dirigida à irmã. Para reparar essa conduta, portanto, Elinor tomou posse imediata do encargo de cordialidade que atribuíra a si mesma e comportou-se com muita atenção à Mrs. Jennings, conversou com ela, riu com ela e a ouviu sempre que pôde. Mrs. Jennings, de sua parte, tratou ambas com toda a gentileza possível, preocupou-se com o conforto e a satisfação delas em todas as ocasiões, e só ficou incomodada por não conseguir fazê-las escolher os próprios jantares na estalagem, nem arrancar uma confissão se preferiam salmão a bacalhau ou aves cozidas a costeletas de vitela. Chegaram à cidade às três horas do terceiro dia, felizes por saírem do confinamento da carruagem depois da viagem e prontas para desfrutar de todo o luxo de uma boa lareira.

A casa era bonita e bem mobiliada, e as jovens foram imediatamente instaladas em um quarto muito confortável. Antigamente era o quarto de Charlotte, e sobre a lareira ainda pendia uma paisagem em sedas coloridas que ela havia produzido, uma prova de que estudara sete anos em uma ótima escola na cidade.

Como o jantar seria servido pelo menos duas horas depois de terem chegado, Elinor decidiu dedicar esse tempo para escrever à mãe e sentou-se para esse fim. Pouco depois, Marianne fez o mesmo.

— Estou escrevendo para casa, Marianne, não seria melhor você enviar sua carta daqui um dia ou dois? — perguntou Elinor.

— *Não* vou escrever para mamãe — respondeu Marianne, ligeira, e como se desejasse evitar qualquer questionamento adicional.

Elinor não disse mais nada. Imediatamente lhe ocorreu que ela deveria estar escrevendo para Willoughby, e a conclusão que se seguiu foi que, por mais que talvez desejassem conduzir o caso em segredo, deveriam estar noivos. Esta convicção, embora não inteiramente satisfatória, agradou-lhe, e continuou a escrever a carta com grande entusiasmo. A de Marianne foi concluída em poucos minutos; de tamanho, não poderia ser mais do que um bilhete. Foi então dobrada, selada e encaminhada com rapidez ansiosa. Elinor achou que conseguiu distinguir um grande W no remetente, e assim que terminou, Marianne tocou a sineta e pediu ao lacaio que a atendeu para que aquela carta fosse enviada pelo correio. Isso não deixava mais dúvidas.

Ela continuava muito animada, mas havia um alvoroço em sua animação que não agradava muito a irmã, e essa agitação aumentou à medida que a noite avançava. Ela mal comeu durante o jantar e, quando voltaram para a sala de visitas, parecia ouvir o som de cada carruagem com ansiedade.

Foi uma grande satisfação para Elinor que Mrs. Jennings, por estar reclusa em seu quarto, viu pouco do que acontecera. O chá foi trazido, e Marianne já havia ficado decepcionada mais de uma vez com batidas em portas vizinhas quando de repente ouviu-se um som alto que não podia ser confundido com um barulho em qualquer outra casa. Elinor teve certeza de que a chegada de Willoughby seria anunciada, e Marianne, levantando-se, foi em direção à porta. O silêncio reinou, mas não durou muito tempo. Ela abriu a porta, avançou alguns passos em direção às escadas e depois de ficar ouvindo por meio minuto voltou para a sala com toda a agitação que a convicção de tê-lo ouvido naturalmente produziria, e no êxtase de seus sentimentos naquele instante exclamou:

— Ah, Elinor! É Willoughby, é ele!

Parecia quase pronta para se jogar nos braços dele quando o coronel Brandon apareceu.

Foi um choque muito grande para ser suportado com serenidade, e ela imediatamente saiu da sala. Elinor também ficou decepcionada, mas, ao mesmo tempo, sua consideração pelo coronel Brandon garantiu que lhe desse as boas-vindas, e ficou chateada pelo homem que tinha afeição pela irmã perceber que ela não sentiu nada além de tristeza e decepção ao vê-lo. Logo viu que isso não passou despercebido pelo coronel, que ele observou Marianne saindo da sala com tanto espanto e preocupação que teve dificuldade em lembrar-se o que a boa educação exigia que se fizesse para com ela.

— Sua irmã está enferma? — perguntou ele.

Elinor respondeu com alguma angústia que ela estava, e depois falou de dores de cabeça, desânimo, fadiga excessiva, e de tudo o mais a que pudesse atribuir ao comportamento da irmã.

Ele a ouviu com atenção sincera, mas parecendo relembrar algo, não disse mais nada sobre o assunto e logo começou a falar do prazer de vê-las em Londres, fazendo as perguntas habituais sobre a viagem e os amigos que ainda não haviam chegado.

Dessa maneira tranquila, com muito pouco interesse de ambos os lados, continuaram a conversar, ambos sem ânimo e com os pensamentos voltados para outras coisas. Elinor desejava muito perguntar se Willoughby estava na cidade, mas tinha receio de magoá-lo ao questionar sobre o rival e, por fim, para dizer algo, perguntou se ele permanecera em Londres desde que o viu pela última vez.

— Sim — respondeu ele, com algum constrangimento. — Quase desde então. Estive uma ou duas vezes em Delaford por alguns dias, mas não pude retornar a Barton.

Isso, e a maneira como foi dito, imediatamente trouxe de volta a lembrança de todas as circunstâncias da partida dele, a inquietação e as suspeitas de Mrs. Jennings, e ficou com receio de que a pergunta tivesse deixado transparecer muito mais curiosidade no assunto do que de fato ela tinha.

Mrs. Jennings logo chegou.

— Ah, Coronel! — disse ela, com a alegria barulhenta usual. — Fico extremamente feliz em vê-lo. Desculpe-me por não poder vir antes, peço seu perdão, mas fui forçada a dar atenção às minhas coisas e resolver meus assuntos, pois fazia muito tempo que não vinha para casa, e sabe que sempre se tem um mundo de pequenas coisas estranhas para se fazer depois que ficamos fora por um tempo, e então tive que resolver assuntos com a Cartwright... Nossa, fiquei muito atarefada desde o jantar! Mas por favor, coronel, como você adivinhou que eu estaria na cidade hoje?

— Tive o prazer de ficar sabendo na casa de Mr. Palmer, onde jantei.

— Ah, sim. Bem, e como estão todos lá? Como está a Charlotte? Garanto que já está enorme a essa altura.

— Mrs. Palmer pareceu muito bem, e fiquei encarregado de lhe dizer que você certamente a verá amanhã.

— Sim, com certeza, imaginei. Bem, coronel, trouxe duas jovens comigo, veja você... claro, você vê apenas uma delas agora, mas a outra deve estar em algum lugar. Sua amiga também, Miss Marianne, o que o deixará feliz. Não sei o que você e Mr. Willoughby decidirão entre vocês com relação a ela. Ah, é tão bom ser jovem e bonito. Bem, já fui jovem, mas nunca fui muito bonita... azar o meu. No entanto, tive um marido muito bom, e não sei se a beleza teria me proporcionado mais do que isso. Ah! Pobre homem! Morreu há mais de oito anos. Mas, coronel, onde esteve desde que nos vimos pela última vez? E como vai o seu negócio? Vamos, vamos, não vamos ter segredos entre amigos.

Ele respondeu com sua maneira moderada habitual a todas às perguntas, mas sem satisfazê-la com nenhuma resposta. Elinor agora começava a fazer o chá, e Marianne foi obrigada a aparecer novamente.

Depois da chegada dela, o coronel Brandon ficou mais pensativo e quieto do que antes, e Mrs. Jennings não conseguiu convencê-lo a ficar muito tempo. Nenhum outro visitante apareceu naquela noite, e todas foram unânimes ao concordar em irem cedo para a cama.

Marianne levantou-se na manhã seguinte com ânimo recuperado e aparência feliz. A decepção da noite anterior parecia esquecida diante da expectativa do que aconteceria naquele dia. Não haviam terminado o café da manhã quando a carruagem barouche de Mrs. Palmer parou na porta e em poucos minutos ela entrou rindo na sala, tão encantada em vê-las que era difícil dizer se estava mais satisfeita em reencontrar a mãe ou as Misses Dashwood. Estava muito surpresa com a vinda delas à cidade, embora fosse o que esperava o tempo todo; muito irritada por terem aceitado o convite da mãe depois de terem recusado o dela, embora ao mesmo tempo nunca as perdoaria se não tivessem vindo!

— Mr. Palmer vai ficar tão feliz em vê-las — disse ela. — O que acham que ele disse quando soube de sua vinda com a mamãe? Esqueci o que foi agora, mas foi algo tão engraçado!

Depois de uma ou duas horas passadas no que sua mãe chamava de conversa agradável ou, em outras palavras, de toda variedade de perguntas sobre todos os conhecidos da parte de Mrs. Jennings e de risadas sem motivo da parte de Mrs. Palmer, esta última propôs que todas a acompanhassem a algumas lojas onde ela tinha assuntos a tratar naquela manhã. Mrs. Jennings e Elinor prontamente consentiram, pois tinham também algumas compras para fazer, e Marianne, embora a princípio tenha recusado, foi convencida a ir também.

Aonde quer que fossem, estava sempre à espreita. Especialmente na Bond Street, onde grande parte das lojas ficava, seus olhos estavam em constante procura de algo, e em qualquer loja em que estivessem, sua mente estava sempre distraída de tudo o que realmente estava diante delas, de tudo o que interessava e ocupava as outras. Inquieta e insatisfeita em todos os lugares, Elinor nunca conseguia a opinião dela sobre qualquer item, mesmo quando poderia interessar igualmente a ambas. Não sentiu prazer em nenhum momento, estava apenas impaciente para estar em casa de novo, e tinha dificuldade em controlar a irritação com a tediosa Mrs. Palmer, cujo olhar se voltava a todas as coisas bonitas, caras ou novas, que queria comprar tudo, mas não se decidia por nada e gastava o tempo com êxtase e indecisão.

Era final da manhã quando voltaram para casa. Assim que entraram, Marianne correu escada acima, e quando Elinor a seguiu a encontrou se virando da mesa com um semblante triste que declarava que não havia nem sinal de Willoughby ter passado lá.

— Nenhuma carta foi deixada aqui para mim desde que saímos? — perguntou ela ao lacaio que entrou com as encomendas. Obteve uma resposta negativa. — Você tem certeza? Tem certeza de que nenhum criado, nenhum porteiro deixou uma carta ou um bilhete?

O homem respondeu que não.

— Que estranho! — exclamou ela, com a voz baixa e decepcionada, ao virar-se para a janela.

"Que estranho mesmo!", repetiu Elinor consigo própria, olhando para a irmã com inquietação. "Se ela não soubesse que ele estava na cidade, não teria escrito para ele como fez, teria escrito para Combe Magna. E se ele está na cidade, é estranho não ter vindo nem escrito! Ah, minha querida mãe, você deve estar errada em permitir que um noivado entre uma filha tão jovem e um homem que conhecemos tão pouco seja realizado de maneira tão duvidosa, tão misteriosa! Anseio por perguntar e por saber como *minha* interferência será aceita."

Decidiu, depois de alguma consideração, que se as coisas continuassem desagradáveis como estavam agora por muito mais tempo, demonstraria para a mãe da maneira mais firme possível a necessidade de uma investigação séria sobre o caso.

Mrs. Palmer e duas senhoras idosas conhecidas íntimas de Mrs. Jennings, que ela encontrara e convidara pela manhã, jantaram com elas. Mrs. Palmer as deixou logo após o chá para cumprir os compromissos noturnos, e Elinor foi obrigada a ajudar a montar a mesa de uíste para as outras. Marianne não tinha utilidade nessas ocasiões, pois nunca aprenderia o jogo, mas, embora tivesse tempo à própria disposição, a noite não foi de forma alguma mais prazerosa para ela do que para Elinor, pois foi passada com toda a ansiedade da expectativa e a dor da decepção. Ela às vezes se empenhava em ler por alguns minutos, mas o livro logo era jogado de lado, e ela voltava para a atividade mais interessante de andar de um lado para o outro da sala, parando por um momento sempre que chegava à janela na esperança de ouvir a batida tão esperada.

Capítulo 27

— Se o clima ficar bom por muito mais tempo — disse Mrs. Jennings quando se encontraram no café da manhã no dia seguinte —, Sir John não vai querer deixar Barton na próxima semana. É uma tristeza para os esportistas perderem um dia de prazer. Pobres almas! Sempre tenho pena deles quando isso acontece. Eles parecem levar o assunto muito a sério.

— Isso é verdade — bradou Marianne com a voz alegre enquanto ia até a janela para avaliar o dia. — Não tinha pensado nisso. Este clima manterá muitos esportistas no interior.

Foi bem lembrado, e todo o bom ânimo dela foi restaurado.

— É realmente um clima aprazível para *eles* — continuou ela ao se sentar à mesa do café da manhã com um semblante feliz. — Como eles devem apreciar! Mas — disse com certa ansiedade — não se pode esperar que dure muito. Nesta época do ano, e depois de uma série de chuvas, esse tempo bom durará pouco. As geadas logo irão começar e provavelmente serão intensas. Em um ou dois dias, talvez, esse clima ameno deve mudar... talvez esta noite seja congelante!

— De qualquer forma — disse Elinor, querendo impedir que Mrs. Jennings lesse os pensamentos da irmã tão claramente quanto ela —, suponho que Sir John e Lady Middleton estejam na cidade até o final da próxima semana.

— Sim, minha querida, garanto que sim. Mary sempre consegue o que deseja.

"E agora", Elinor especulou em silêncio, "ela escreverá para Combe hoje mesmo."

Mas se ela o *fez*, a carta foi escrita e enviada com tal privacidade que escapou de toda a sua vigilância para averiguar o fato. Qualquer que fosse a verdade, e longe de ficar muito feliz com isso, ainda que vendo Marianne com bom ânimo, não podia sentir-se muito confortável. E Marianne estava com bom ânimo, feliz com o clima ameno e ainda mais feliz com a expectativa de uma geada.

A manhã foi passada principalmente deixando cartões nas casas dos conhecidos de Mrs. Jennings para informá-los de que ela estava na cidade, e Marianne ficou o tempo todo ocupada observando a direção do vento, as variações do céu e imaginando uma mudança no ar.

— Você não acha que está mais frio do que estava de manhã, Elinor? Parece-me que há uma diferença indiscutível. Mal consigo manter as mãos aquecidas, nem mesmo no regalo. Creio que ontem não estava assim. As nuvens parecem estar sumindo também, o sol logo vai se pôr e teremos uma tarde de céu limpo.

Elinor ora se divertia ora se chateava, mas Marianne perseverou e via, todas as noites no brilho do fogo e todas as manhãs na aparência da atmosfera, alguns indícios da geada que se aproximava.

As Misses Dashwood não tinham motivos para ficarem insatisfeitas com o estilo de vida e os conhecidos de Mrs. Jennings nem com seu comportamento para com elas, que era sempre gentil. Tudo na organização doméstica foi conduzido de maneira generosa e, exceto por alguns velhos amigos da cidade, de quem, para a decepção de Lady Middleton ela não se afastara, não visitou ninguém que poderia de algum modo ofender os sentimentos das jovens companheiras. Satisfeita por sentir-se mais confortável nessa situação do que esperava, Elinor estava muito disposta a suprir a falta de prazer real em qualquer uma das festas noturnas que, em casa ou fora consistiam apenas de jogos de cartas, não a divertiam muito.

O coronel Brandon, que tinha acesso irrestrito à casa, estava com elas quase todos os dias. Ia para ver Marianne e conversar com Elinor, que muitas vezes ficava mais satisfeita em conversar com ele do que em qualquer outro acontecimento diário, mas que ao mesmo tempo via com muita preocupação o afeto inalterado que tinha por sua irmã. Temia que o afeto tivesse sido fortalecido. Sofria ao ver a seriedade com que ele frequentemente observava Marianne, e seu ânimo estava certamente pior do que quando estava em Barton.

Cerca de uma semana após a chegada delas, ficou evidente que Willoughby também havia chegado. O cartão dele estava na mesa quando regressaram do passeio da manhã.

— Meu Deus! — gritou Marianne — Ele esteve aqui enquanto estávamos fora.

Elinor, feliz por ter certeza de que ele estava em Londres, arriscou dizer:

— Acredite, ele voltará amanhã.

Mas Marianne mal a ouviu, e quando Mrs. Jennings entrou, escapou com o precioso cartão.

Esse fato levantou o ânimo de Elinor e restaurou o da irmã, e mais do que isso, trouxe de volta a agitação anterior. A partir desse momento, sua mente não ficou tranquila. A expectativa de vê-lo a cada hora do dia a tornou inapta para qualquer coisa. Ela insistiu em ser deixada, na manhã seguinte, quando as outras saíram.

Os pensamentos de Elinor estavam ocupados com o que poderia estar acontecendo em Berkeley Street durante sua ausência, mas uma olhada para a irmã quando voltaram foi suficiente para informá-la de que Willoughby não havia feito uma segunda visita. Um bilhete foi trazido e deixado na mesa.

— Para mim? — gritou Marianne, avançando apressadamente.

— Não, senhorita, para minha senhora.

Mas Marianne, não convencida, pegou-o sem hesitar.

— É mesmo para Mrs. Jennings. Que enervante!

— Então você está esperando uma carta? — perguntou Elinor, incapaz de ficar em silêncio por mais tempo.

— Sim, um pouco… não muito.

Depois de uma pequena pausa:

— Você não confia em mim, Marianne.

— Não, Elinor, essa repreensão vinda de *você*… você que não confia em ninguém!

— Eu? — devolveu Elinor confusa. — Na verdade, Marianne, não tenho nada para contar.

— Nem eu — respondeu Marianne de maneira enérgica. — Então estamos na mesma situação. Não temos nada a dizer. Você porque não se comunica, e eu porque não escondo nada.

Elinor, aborrecida com a acusação de reserva, da qual não tinha a liberdade de se livrar, não sabia como, em tais circunstâncias, pressionar para que Marianne se abrisse mais.

Mrs. Jennings logo apareceu, e o bilhete que lhe foi entregue foi lido em voz alta. Era de Lady Middleton anunciando a chegada deles a Conduit Street na noite anterior e requisitando a companhia da mãe e das primas na noite seguinte. Negócios da parte de Sir John, e uma violenta gripe de sua parte, impediam a visita deles a Berkeley Street. O convite foi aceito, mas quando a hora do compromisso aproximou-se, era necessário, segundo as normas de cordialidade para com Mrs. Jennings, que ambas a acompanhassem. Elinor teve certa dificuldade em convencer a irmã a ir, pois ainda não tinha tido notícias de Willoughby e, portanto, não estava disposta a divertir-se fora de casa nem a correr o risco de perder novamente uma visita em sua ausência.

Elinor descobriu, quando a noite acabou, que a disposição de alguém não muda de forma significativa com uma locomoção para outra residência, pois, embora tivesse acabado de chegar à cidade, Sir John havia conseguido reunir quase vinte jovens e entretê-los com um baile. Isso era algo, no entanto, que Lady Middleton não aprovava. No interior, um baile não planejado era admissível, mas em Londres, onde a reputação de elegância era mais importante e mais dificilmente alcançada, era arriscado demais que, apenas para agradar algumas moças, soubessem que Lady Middleton havia oferecido um pequeno baile para oito ou nove casais com dois violinos e uma simples e pequena refeição.

Mr. e Mrs. Palmer faziam parte do grupo. Do primeiro, que não tinham visto desde a chegada à cidade, pois ele teve o cuidado de evitar qualquer possibilidade de atenção à sogra e, portanto, não se aproximava dela, não tiveram nenhum sinal de reconhecimento quando chegaram. Ele olhou para elas de relance, sem parecer saber quem eram, e apenas acenou com a cabeça para Mrs. Jennings do outro lado da sala. Marianne deu uma olhada ao redor do cômodo quando entrou: foi o suficiente, *ele* não estava lá, e se sentou, igualmente sem vontade de agradar ou ser agradada. Depois de estarem reunidos por cerca de uma hora, Mr. Palmer foi sem pressa em direção às Misses Dashwood para expressar a surpresa ao vê-las na cidade, embora o coronel Brandon tivesse sido informado da chegada delas em sua casa, e ele mesmo tivesse dito algo muito engraçado ao ouvir que elas tinham vindo.

— Pensei que estavam em Devonshire — disse ele.

— É mesmo? — respondeu Elinor.

— Quando vocês retornam?

— Não sei.

E assim o diálogo terminou.

Marianne nunca teve tão pouca vontade de dançar na vida como naquela noite, e nunca se sentiu tão cansada com a atividade. Reclamou disso quando voltavam para Berkeley Street.

— Sim, sim — disse Mrs. Jennings —, sabemos muito bem a razão de tudo isso. Se uma certa pessoa que não podemos nomear estivesse lá, você não teria ficado nem um pouco cansada. E para falar a verdade, não foi muito bonito da parte dele não lhe encontrar ao ser convidado.

— Convidado? — gritou Marianne.

— Foi o que minha filha Middleton me disse, pois parece que Sir John o encontrou em algum lugar na rua nesta manhã.

Marianne não disse mais nada, mas pareceu extremamente magoada. Impaciente com essa situação e querendo fazer algo que pudesse diminuir o sofrimento da irmã, Elinor resolveu escrever para a mãe na manhã seguinte na expectativa de despertar a preocupação pela saúde de Marianne para obter as informações que deveriam ter tido havia muito tempo. E ficou ainda mais ansiosamente empenhada com essa decisão ao perceber, após o café da manhã no dia seguinte, que Marianne estava escrevendo novamente para Willoughby, pois não tinha como supor que fosse para qualquer outra pessoa.

Mais ou menos no meio do dia, Mrs. Jennings saiu sozinha para resolver suas coisas, e Elinor depressa começou a carta, enquanto Marianne, inquieta demais para qualquer atividade, ansiosa demais para conversar, andava de uma janela para a outra ou sentava-se ao lado do fogo em reflexão melancólica. Elinor foi muito sincera em seu pedido à mãe, relatando tudo o que havia ocorrido, suas suspeitas de que Willoughby não tinha mais afeto por Marianne, insistindo a cada apelo de dever e carinho para exigir de Marianne um relato da situação real em relação a ele.

Mal acabara a carta quando uma batida indicou um visitante, e o coronel Brandon foi anunciado. Marianne, que o vira da janela e que odiava companhia de qualquer tipo, saiu da sala antes que ele entrasse. Ele parecia mais sério do que o normal, e embora expressasse satisfação em encontrar Miss Dashwood sozinha, como se tivesse algo em particular para dizer-lhe, sentou-se por algum tempo sem soltar uma palavra. Elinor, convencida de que ele tinha algo para contar que envolvia a irmã, esperou impaciente que ele falasse algo. Não era a primeira vez que tinha o mesmo tipo de convicção, pois, mais de uma vez antes — começando com a observação de "sua irmã parece indisposta hoje" ou "sua irmã parece desanimada" —, ele pareceu prestes a divulgar ou perguntar algo em particular sobre ela. Depois de uma pausa de vários minutos, o silêncio foi quebrado quando ele perguntou a ela com uma voz com certa agitação quando deveria parabenizá-la pelo novo irmão. Elinor não estava preparada para tal pergunta e, sem uma resposta pronta, foi obrigada a adotar o procedimento simples e comum de perguntar o que ele queria dizer. Ele tentou sorrir ao responder:

— O noivado de sua irmã com o Mr. Willoughby é de conhecimento público.

— Não pode ser de conhecimento público, pois a própria família dela nada sabe — retrucou Elinor.

Ele pareceu surpreso e disse:

— Peço perdão, receio que minha pergunta tenha sido impertinente, mas não supus que se pretendia mantê-lo em segredo, pois eles se correspondem abertamente e o casamento deles é deveras comentado.

— Como isso é possível? Quem ouviu mencioná-lo?

— Muitos. Algumas pessoas que não conhece e outros com quem tem mais intimidade: Mrs. Jennings, Mrs. Palmer e os Middletons. Mas mesmo que eu ainda não acreditasse, pois talvez quando a mente não está disposta a ser convencida sempre encontra algo para alimentar suas dúvidas, acidentalmente vi, quando o servo me deixou entrar hoje, uma carta em sua mão dirigida a Mr. Willoughby com a letra de sua irmã. Eu vim para perguntar, mas fui convencido antes que pudesse fazer a pergunta. Está tudo finalmente resolvido? É impossível...? Mas não tenho o direito, e não poderia ter nenhuma chance de êxito. Perdoe-me, Miss Dashwood. Creio que errei ao falar tanto, mas não sei o que fazer, e confio plenamente em sua prudência. Diga-me que está tudo resolvido, que nenhuma tentativa, que, em suma, estão tentando mantê-lo em segredo, se é que se pode considerar isso possível, e que é a única questão a ser resolvida.

Essas palavras, que foram entendidas por Elinor como confissão direta de seu amor pela irmã, a desconcertaram. Ela não foi imediatamente capaz de dizer nada, e mesmo quando conseguiu recuperar-se, debateu por um curto período qual resposta seria mais apropriada. Ela sabia tão pouco do estado real das coisas entre Willoughby e a irmã que, ao tentar explicar isso, estaria suscetível a dizer muito ou pouco. No entanto, como estava convencida de que o afeto de Marianne por Willoughby não deixava nenhuma esperança de sucesso para o coronel Brandon, qualquer que fosse a intensidade desse afeto, ao mesmo tempo desejava proteger sua conduta da censura. Depois de alguma consideração achou mais prudente e gentil dizer mais do que realmente sabia ou acreditava. Reconheceu, portanto, que embora eles nunca a tivessem informado sobre em quais termos estavam um com o outro, não tinha dúvidas do afeto mútuo, e não ficou surpresa ao ouvir que se correspondiam.

Ele a ouviu com atenção silenciosa e quando ela parou de falar levantou-se, e depois de dizer com a voz entrecortada: — Desejo toda a felicidade do mundo para sua irmã e que Willoughby esforce-se para merecê-la — despediu-se e foi embora.

Elinor não ficou, após essa conversa, com sentimentos que a confortassem, que diminuíssem a inquietação de sua mente em outros pontos; pelo contrário, ficou com a impressão melancólica da infelicidade do coronel Brandon, e foi impedida até mesmo de desejar que fosse infundada, já que muito ansiava pelo próprio evento que deveria confirmá-la.

Capítulo 28

Nada aconteceu nos três ou quatro dias seguintes que fizesse com que Elinor se arrependesse do que tinha feito ao recorrer à mãe, pois Willoughby não apareceu nem escreveu. Durante esse tempo, estavam ocupadas acompanhando Lady Middleton a um evento, em que Mrs. Jennings não pôde comparecer em virtude de uma indisposição da filha mais nova. E foi para essa festa que Marianne, completamente desanimada, com a aparência descuidada, e igualmente indiferente se ia ou ficava, arrumou-se sem esperança no olhar ou expressão de prazer. Após o chá, ficou sentada ao lado da lareira da sala de visitas até o momento da chegada de Lady Middleton sem se mexer uma única vez, sem mudar de posição, perdida em seus pensamentos e alheia à presença da irmã; e, quando finalmente foram informadas de que Lady Middleton as esperava na porta, assustou-se, como se tivesse esquecido que esperava por alguém.

Chegaram a tempo ao local de destino, e assim que a fila de carruagens diante delas permitiu, desceram, subiram as escadas, ouviram seus nomes serem anunciados de uma sala para outra por uma voz audível, e adentraram um local com iluminação esplêndida, bastante cheio e insuportavelmente quente. Quando prestaram respeito à dona da casa fazendo reverência, foram autorizadas a se misturar à multidão e ter direito à sua porção de calor e inconveniência, aos quais a chegada delas foi necessariamente somada. Depois de algum tempo falando pouco ou fazendo menos ainda, Lady Middleton sentou-se à mesa de jogos, e como Marianne não estava animada para circular, ela e Elinor felizmente conseguiram se sentar a uma distância não muito grande da mesa.

Não permaneceram assim por muito tempo, pois Elinor notou a presença de Willoughby, de pé a poucos metros delas, em uma conversa animada com uma jovem de aparência muito elegante. Ela logo cruzou o olhar com o dele, e ele imediatamente se curvou, mas sem tentar falar com ela ou se aproximar de Marianne, embora não pudesse deixar de vê-la; e então continuou a conversa com a mesma senhorita. Elinor virou-se involuntariamente para Marianne para ver se isso poderia ter passado despercebido por ela. Naquele momento ela o avistou pela primeira vez, e todo seu semblante se iluminou de súbito prazer, e ela teria ido em direção a ele instantaneamente não fosse a irmã segurá-la.

— Meu Deus! — ela exclamou. — Ele está lá! Ele está lá! Ah, por que ele não olha para mim? Por que não posso falar com ele?

— Por favor, recomponha-se — bradou Elinor —, e não revele o que você sente a todos os presentes. Talvez ele ainda não tenha visto você.

Isso, no entanto, era mais do que ela mesma podia acreditar, e manter a compostura nesse momento não estava apenas além do alcance de Marianne, estava além de seu desejo. Ficou sentada com uma impaciência angustiante que afetava cada feição sua.

Por fim, ele se virou novamente e olhou para as duas. Ela sobressaltou-se e, pronunciando o nome dele com um tom de voz carinhoso, estendeu a mão para ele. Ele se aproximou e dirigiu-se a Elinor em vez de Marianne, como se desejasse evitar o olhar dela e estivesse determinado a ignorar a mão que ela lhe estendera, e perguntou de maneira apressada sobre Mrs. Dashwood e há quanto tempo estavam na cidade. Elinor ficou sem reação com tal abordagem e não conseguiu dizer uma palavra. Mas os sentimentos da irmã foram expressos instantaneamente. Seu rosto estava rubro, e ela exclamou com enorme emoção na voz:

— Por Deus, Willoughby! O que significa isto? Você não recebeu minhas cartas? Não vai me cumprimentar?

Ele não pôde evitar, mas o toque dela pareceu fazê-lo sofrer, e ele segurou a mão dela apenas por um momento. Durante todo esse tempo ele estava evidentemente esforçando-se para manter a compostura. Elinor observou seu semblante e viu sua expressão ficar mais tranquila. Depois de um momento de pausa, ele falou com calma:

— Tive a honra de visitar Berkeley Street na terça-feira passada e lamentei muito não ter tido a sorte de encontrar vocês e Mrs. Jennings em casa. Meu bilhete não se perdeu, espero.

— Mas você não recebeu meus bilhetes? — gritou Marianne com uma ansiedade descontrolada. — Deve ser um engano, tenho certeza... um engano terrível. O que isso significa? Diga-me, Willoughby, pelo amor de Deus, diga-me, qual é o problema?

Ele não respondeu. Sua expressão mudou e todo o constrangimento voltou, mas como se sentisse a necessidade de esforço instantâneo ao cruzar o olhar com a jovem com quem estava conversando anteriormente, se recuperou mais uma vez e disse:

— Sim, tive o prazer de receber a informação de sua chegada à cidade, que você foi tão gentil em me enviar. — E depois disso virou-se com pressa, curvou-se e se juntou à amiga.

Marianne, agora com a aparência terrivelmente pálida e incapaz de continuar de pé, desabou na cadeira, e Elinor, antecipando que ela pudesse desmaiar, tentou protegê-la dos olhares dos outros enquanto a reavivava com água de lavanda.

— Vá até ele, Elinor — ela gritou, assim que conseguiu falar —, e o obrigue a vir até mim. Diga que preciso vê-lo novamente... tenho que falar com ele agora mesmo. Não terei sossego... não conseguirei ter paz até que isso seja explicado... um terrível mal-entendido ou outra coisa. Ah, vá até ele agora mesmo!

— Como posso fazer isso? Não, querida Marianne, precisará esperar. Este não é o lugar para explicações. Espere só até amanhã.

Com dificuldade, porém, ela mesma teve que se controlar para não ir atrás dele, e foi impossível convencer Marianne a conter sua agitação, esperar que pelo menos retomasse a compostura até que pudesse falar com ele com mais privacidade e de maneira mais efetiva, pois ela continuava a se entregar, em voz baixa, à tristeza de seus sentimentos, com exclamações de desgraça. Pouco tempo depois Elinor viu Willoughby sair pela porta em direção à escada, e dizendo a Marianne que ele havia partido, insistiu na impossibilidade de falar com ele novamente naquela noite como um novo argumento para que se acalmasse. Ela, no mesmo instante, implorou à irmã que pedisse a Lady Middleton para levá-las para casa, pois estava infeliz demais para continuar lá por mais um minuto que fosse.

Lady Middleton, embora no meio de uma partida, ao ser informada de que Marianne não estava bem, foi muito educada e não se opôs nem por um momento ao desejo dela de ir embora e, entregando as cartas para uma amiga, partiram assim que encontraram a carruagem. Quase nada foi dito durante o retorno à Berkeley Street. Marianne estava em uma agonia silenciosa, aflita demais até mesmo para chorar. Mas pelo fato de Mrs. Jennings felizmente não estar voltando para casa, puderam ir direto para o quarto, onde uma inalação de sais aromáticos fez com que se acalmasse um pouco. Logo estava despida e na cama e, como parecia desejar ficar sozinha, a irmã a deixou, e enquanto esperava o retorno de Mrs. Jennings teve tempo suficiente para pensar no ocorrido.

Não podia duvidar que houvera algum tipo de noivado entre Willoughby e Marianne, e que Willoughby desejava rompê-lo parecia igualmente claro, pois embora Marianne ainda pudesse alimentar os próprios desejos, *ela* não poderia atribuir tal comportamento a um engano ou mal-entendido de qualquer tipo. Apenas uma mudança completa de sentimentos poderia explicar aquilo.

Sua indignação teria sido ainda maior se não tivesse testemunhado aquele constrangimento que parecia indicar a consciência do próprio mau comportamento, e foi o que a impediu de acreditar que ele fosse tão sem princípios a ponto de brincar com os sentimentos da irmã desde o início de maneira vergonhosa sem qualquer plano de assumir um compromisso. A ausência pode ter diminuído o afeto dele, e a conveniência pode tê-lo extinguido, mas que tal afeto existira ela não poderia duvidar.

Quanto a Marianne, sofrendo as dores do encontro tão infeliz, e possivelmente sofreria ainda mais com a provável consequência desse mesmo encontro, pensava nela com a mais profunda preocupação. A própria situação triunfou na comparação, pois embora *estimasse* Edward mais do que nunca, mesmo que ficassem separados no futuro, a mente dela sempre encontraria amparo. Mas todas as circunstâncias que poderiam amargar esse mal pareciam unir-se para aumentar a tristeza de Marianne com uma separação definitiva de Willoughby... com uma ruptura imediata e irreconciliável dele.

Capítulo 29

Antes que a criada acendesse a lareira no dia seguinte ou o sol ganhasse qualquer força em uma manhã fria e nublada de janeiro, Marianne, apenas meio vestida, estava ajoelhada em um dos assentos da janela em busca de toda a pouca luz que podia conseguir, e escrevia tão rápido quanto o fluxo contínuo de lágrimas permitia. Foi assim que Elinor, despertada do sono pela agitação e pelos soluços da irmã, a viu; depois de observá-la por alguns momentos com ansiedade silenciosa, disse com um tom de atenciosa gentileza:

— Marianne, posso perguntar...

— Não, Elinor — ela respondeu. — Não pergunte nada. Logo você saberá tudo.

A calma desesperada com que isso foi dito não durou mais do que enquanto ela falava, e foi imediatamente seguida do retorno da mesma aflição excessiva. Passaram-se alguns minutos antes que ela pudesse continuar a carta. As frequentes explosões de tristeza a obrigavam, em intervalos, a deter a pena, e eram provas suficientes de que sentia que era muito provável que estivesse escrevendo para Willoughby pela última vez.

Elinor deu-lhe toda a atenção silenciosa que podia sem interferir. E teria tentado acalmá-la e tranquilizá-la ainda mais se Marianne não tivesse implorado, com toda a avidez de uma irritação nervosa, para que não falasse com ela por nada nesse mundo. Nessas circunstâncias, era melhor para ambas que não ficassem mais muito tempo juntas, e o estado inquieto da mente de Marianne não só a impediu de permanecer no quarto depois que se vestiu, como também exigiu a solidão e um vaivém incessante que a fez vagar pela casa até a hora do café da manhã, evitando avistar qualquer pessoa.

No café da manhã, não comeu nem tentou comer nada, e o foco de Elinor foi então todo empregado não em lhe pedir algo, não em ter pena dela, nem em parecer observá-la, mas em esforçar-se a ter a atenção de Mrs. Jennings voltada inteiramente para si.

Como era a refeição favorita de Mrs. Jennings, durou um tempo considerável, e depois, tinham acabado de se acomodar ao redor da escrivaninha quando uma carta foi entregue a Marianne, a qual ela, ansiosa, pegou do criado e ao virar-se e expor uma palidez cadavérica, correu para fora da sala no mesmo instante. Elinor, que por causa disso tinha certeza de que a carta era de Willoughby, como se tivesse visto o remetente, sentiu de imediato uma fraqueza no coração que a tornou incapaz de manter-se firme, e sentou-se com uma tremedeira geral que a fez temer que Mrs. Jennings percebesse. Aquela boa senhora, no entanto, apenas viu que Marianne recebera uma carta de Willoughby, o que lhe pareceu ser uma chacota muito boa e que ela tratou de acordo, esperando, com uma risada, que agradasse Marianne. Estava muito ocupada medindo comprimentos de lã para o tapete para notar a angústia de Elinor, e com calma, assim que Marianne desapareceu, continuou a conversa e disse:

— Juro-lhe que nunca vi uma jovem tão desesperadamente apaixonada na vida! *Minhas* filhas não eram nem um pouco assim, e olha que costumavam ser bem bobas, mas Miss Marianne é uma criatura bastante distinta. Espero que, do fundo do meu coração, ele não a faça esperar muito mais, pois é muito doloroso vê-la tão aflita e desesperada. Então, quando eles vão se casar?

Elinor, que não estava mais disposta a falar do que antes, obrigou-se a responder a essa investida e, portanto, tentando sorrir, disse:

— E a senhora, realmente convenceu-se de que minha irmã está noiva de Mr. Willoughby? Achei que tinha sido apenas uma chacota, mas uma pergunta tão séria parece insinuar mais e, devo implorar, portanto, que não se engane mais. Garanto que nada me surpreenderia mais do que saber que vão se casar.

— Que vergonha, que vergonha, Miss Dashwood! Como pode falar assim? Não sabemos todos que deve haver um casamento, que eles estavam loucamente apaixonados desde o primeiro momento em que se conheceram? Não os vi juntos em Devonshire todos os dias, o dia inteiro? Acaso eu não sabia que sua irmã veio à cidade com o objetivo de comprar um vestido de casamento? Por favor, não tente me enganar. Só porque finge que não vê acha que ninguém mais enxerga, mas não é assim, posso lhe dizer, pois toda a cidade sabe disso há muito tempo. Conto para todo mundo, e Charlotte também.

— De fato, senhora — disse Elinor, muito séria —, está enganada. Na verdade, está fazendo algo muito desagradável ao espalhar o boato e há de descobrir que estava enganada, embora não acredite em mim agora.

Mrs. Jennings riu novamente, mas Elinor não tinha ânimo para falar mais nada e, ansiosa por saber o que Willoughby escrevera, correu para o quarto onde, ao abrir a porta, viu Marianne estirada na cama, quase sufocada pela dor, com uma carta na mão e duas ou três outras ao seu lado. Elinor

141

aproximou-se, mas sem dizer uma palavra, e sentando-se na cama, pegou sua mão, beijou-a carinhosamente várias vezes e depois deu lugar a uma explosão de lágrimas, que a princípio foi um pouco menos intensa do que as de Marianne. Esta última, embora incapaz de falar, pareceu sentir toda a ternura desse comportamento, e depois de algum tempo nessa aflição conjunta, colocou todas as cartas nas mãos de Elinor. Então, cobrindo o rosto com seu lenço, quase gritou de agonia. Elinor, que sabia que essa dor, por mais chocante que fosse testemunhá-la, deveria ser extravasada, vigiou-a até que esse excesso de sofrimento se esgotasse um pouco e, em seguida, voltando-se ansiosamente para a carta de Willoughby, leu o seguinte:

Bond Street, janeiro.

Minha cara senhorita,

Acabei de ter a honra de receber sua carta, a qual retribuo com meus sinceros agradecimentos. Fico muito aflito ao descobrir que houve algo em meu comportamento na noite passada que não aprovou, e embora eu esteja bastante confuso sobre o que fiz de tão infeliz a ponto de ofendê-la, imploro seu perdão pelo que posso garantir que foi completamente não intencional. Nunca hei de pensar no meu relacionamento com sua família em Devonshire senão com enorme prazer, e agrada-me saber que não será arruinado por qualquer erro ou má compreensão de minhas ações. Minha estima por toda a sua família é muito sincera, mas se fui infeliz ao fazer acreditar que senti mais do que sentia ou pretendia expressar, devo me censurar por não ter sido mais cauteloso em minhas declarações dessa estima. Seria impossível que significasse mais, quando bem sabe que meu afeto está há muito tempo comprometido com outra pessoa, e não passarão muitas semanas, acredito, até que este compromisso seja efetivado. É com grande pesar que obedeço às suas ordens de devolver as cartas com as quais fui honrado pela senhorita e a mecha de cabelo que tão gentilmente me concedeu.

Seu mais humilde e obediente servo,

John Willoughby.

A indignação com que uma carta como essa deve ter sido lida por Miss Dashwood pode ser imaginada. Embora ciente, antes de começar, de que deveria trazer uma confissão de que não havia mais afeto da parte dele e confirmar a separação para sempre, não sabia que a linguagem para anunciá-la poderia ser dolorosa, nem poderia supor que Willoughby fosse capaz de se afastar tanto da presença de todos os sentimentos honrados e delicados, do decoro usual de um cavalheiro, a ponto de enviar uma carta tão rude e cruel. Uma carta que, em vez de trazer com seu desejo de libertação qualquer declaração de arrependimento, não reconheceu nenhuma violação de confiança, negou qualquer afeto especial; uma carta na qual cada linha era um insulto e que proclamava que seu escritor estava dominado por extrema perversão.

Ela parou por algum tempo com uma perplexidade indignada. Depois leu a carta de novo, e de novo, mas cada leitura minuciosa apenas serviu para aumentar a aversão ao homem, e tão amargos foram os sentimentos em relação a ele, que não se atreveu a confiar em si mesma para falar, com medo de que pudesse magoar Marianne ainda mais mencionando a separação, não como uma perda para ela de qualquer possível felicidade, mas como um livramento do pior e mais irremediável de todos os males — uma união, para a vida toda, com um homem sem princípios —, como a mais verdadeira libertação, a maior bênção.

Em suas reflexões sinceras sobre o conteúdo da carta, sobre a imoralidade dessa mente que foi capaz de escrevê-la e, provavelmente, sobre a mente muito diferente de uma pessoa muito diferente, que não tinha nenhuma relação com o caso senão o que seu coração lhe atribuíra a cada ocorrido, Elinor esqueceu-se da atual angústia da irmã, esqueceu que tinha no colo três cartas ainda não lidas e esqueceu completamente por quanto tempo já estava no quarto, e quando ouviu uma carruagem chegar à porta, foi até a janela para ver quem poderia estar chegando tão cedo, e ficou surpresa ao notar a carruagem de Mrs. Jennings, que sabia que não tinha sido chamada antes da uma da tarde. Determinada a não deixar Marianne, embora sem esperança de poder, no momento, aliviar sua dor, correu para se desculpar com Mrs. Jennings para dizer que não poderia acompanhá-la porque a irmã estava indisposta. Mrs. Jennings, com uma preocupação um tanto bem-humorada com a causa, aceitou as desculpas prontamente. Elinor, depois de vê-la sair em segurança, voltou para Marianne, a quem encontrou tentando se levantar da cama e a quem alcançou a tempo de impedi-la de cair no chão, fraca e tonta por uma longa falta de descanso e alimentação adequados. Fazia muitos dias que não tinha apetite e muitas noites desde que dormira de fato, e agora que sua mente não tinha mais esperança alguma, a consequência de tudo isso foi uma dor de cabeça, um estômago enfraquecido e uma fraqueza nervosa geral. Uma taça de vinho, que Elinor conseguiu para ela sem demora, a deixou mais confortável, e ela foi finalmente capaz de expressar um pouco de sua bondade, dizendo:

— Pobre Elinor! Como lhe deixo infeliz!

— Eu só queria que houvesse qualquer coisa que eu *pudesse* fazer para consolá-la — respondeu a irmã.

Isso — como qualquer outra coisa teria sido — foi demais para Marianne, que não conseguiu fazer nada além de exclamar, na angústia de seu coração:

— Ah, Elinor! Realmente estou infeliz! — e sua voz foi interrompida ao começar a chorar de soluçar.

Elinor não podia mais testemunhar em silêncio essa torrente de tristeza inconsolável.

— Esforce-se, querida Marianne — ela clamou —, senão acabará se matando e matará todos os que te amam. Pense em sua mãe, pense em como se sentirá miserável enquanto *você* sofre: deve esforçar-se para o bem dela.

— Não consigo, não consigo! — gritou Marianne. — Deixe-me, deixe-me se eu lhe deixo aflita. Deixe-me, odeie-me, esqueça-me! Mas não me torture. Ah, como é fácil para aqueles que não sofrem falar de esforço! Feliz, feliz *você*, Elinor, que não consegue ter ideia do quanto sofro!

— Você diz que *eu* sou feliz, Marianne? Ah, se você soubesse... E como pode acreditar que estou feliz ao vê-la miserável?

— Perdoe-me, perdoe-me — disse Marianne jogando os braços ao redor do pescoço da irmã. — Sei que você se sensibiliza por mim, conheço seu coração, mas ainda assim você é... você deve estar feliz. Edward ama você... o que, ah, o que pode acabar com essa felicidade?

— Muitas, muitas circunstâncias — disse Elinor, solenemente.

— Não, não, não! — gritou Marianne fora de controle. — Ele ama você e apenas você. Você não *pode* estar triste.

— Não posso estar feliz ao vê-la neste estado.

— E você nunca mais vai me ver de outra forma. A minha é uma tristeza que nada pode acabar com ela.

— Não fale assim, Marianne. Acaso lhe falta algum conforto? Não tem amigos? A sua perda é tão grande que não há nenhuma possibilidade de consolo? Por mais que você sofra agora, pense como teria sofrido se descobrisse o verdadeiro caráter dele mais tarde... se seu noivado tivesse durado meses e meses, como poderia ter acontecido, antes que ele escolhesse dar-lhe um fim. Cada dia a mais de confiança infeliz de sua parte teria tornado o golpe mais terrível.

— Noivado? — gritou Marianne. — Não houve noivado.

— Não houve noivado?

— Não, ele não é tão indigno quanto você pensa. Ele não rompeu nenhum acordo comigo.

— Mas ele disse que amava você.

— Sim... não... de jeito nenhum. Estava implícito todos os dias, mas nunca foi declarado. Às vezes eu pensava que tinha sido, mas nunca foi.

— E ainda assim você escreveu para ele?

— Sim... como isso poderia ser errado depois de tudo o que aconteceu? Mas não posso falar.

Elinor não disse mais nada e, voltando-se novamente para as três cartas que agora aguçavam uma curiosidade muito mais forte do que antes, examinou o conteúdo de todas. A primeira, que foi a que a irmã enviou para ele logo que chegou à cidade, era assim:

Berkeley Street, janeiro.

Você ficará muito surpreso, Willoughby, ao receber isso, e creio que sentirá algo mais do que surpresa quando souber que estou na cidade. A oportunidade de vir para cá, embora fosse com Mrs. Jennings, foi uma tentação a qual não podíamos resistir. Espero que receba isso a tempo de vir aqui esta noite, apesar de achar que não é possível. De qualquer forma, o espero amanhã. Por enquanto, adeus.

M.D.

O segundo bilhete, que tinha sido escrito na manhã após o baile nos Middletons, foi nestes termos:

Não posso expressar minha decepção por ter perdido sua visita anteontem, nem meu espanto por não ter recebido nenhuma resposta ao bilhete que lhe enviei há uma semana. Estou esperando ter notícias suas, e mais ainda espero vê-lo, a cada hora do dia. Por favor, faça outra visita o mais rápido possível e explique a razão de eu ter esperado em vão. É melhor você vir mais cedo da próxima vez porque geralmente saímos por volta da uma. Ontem à noite estivemos na casa de Lady Middleton, onde houve um baile. Fiquei sabendo que você foi convidado. Foi mesmo? Você deve ter mudado muito desde que nos separamos, se foi convidado e não compareceu. Mas não vou supor que isso seja possível e espero muito em breve receber sua garantia pessoal de que não era este o caso.

M.D.

O conteúdo do último bilhete para ele foi este:

O que devo pensar, Willoughby, por seu comportamento ontem à noite? Mais uma vez, exijo uma explicação. Estava preparada para encontrá-lo com todo o prazer que nossa separação naturalmente produziu, com a familiaridade que nossa intimidade em Barton parecia justificar. Fiquei realmente enojada! Passei uma noite miserável tentando perdoar uma conduta que só pode ser classificada como insultante, no mínimo. Mas embora ainda não tenha sido capaz de encontrar uma desculpa razoável para o seu comportamento, estou pronta para ouvir sua justificativa. Você talvez tenha sido mal-informado, ou enganado de propósito, sobre algo a meu respeito, o que pode ter feito com que tenha mal juízo de mim. Diga-me o que é, explique os motivos de suas atitudes e ficarei satisfeita em poder me explicar. Eu ficaria deveras triste ao ser obrigada a pensar mal de você, mas se terei que fazê-lo, se terei que saber que você não é quem até agora acreditamos que era, que seu afeto por nós não foi sincero, que seu comportamento comigo teve apenas a intenção de enganar, que seja dito o mais rápido possível. Meus sentimentos estão no momento em um estado de terrível indecisão: desejo inocentá-lo, mas ter a certeza de qualquer uma das coisas será o consolo para o que agora sofro. Se seus sentimentos não são mais o que eram, devolva meus bilhetes e a mecha do meu cabelo que está em sua posse.

M.D.

Que tais cartas, tão cheias de afeto e confidências, pudessem ter sido respondidas dessa maneira, pelo bem de Willoughby, Elinor não queria acreditar. Mas sua condenação a ele não a cegou para a falta de decoro de eles terem se correspondido. E ela lamentava em silêncio sobre a imprudência que comprometera essas provas não solicitadas de ternura, não justificadas por nada prévio e gravemente condenadas pelo acontecido, quando Marianne, percebendo que ela havia terminado de ler as cartas, comentou que não continham nada além do que qualquer um teria escrito na mesma situação.

— Eu me senti tão comprometida com ele, como se um rigoroso pacto legal tivesse nos unido — acrescentou ela.

— Posso acreditar — disse Elinor —, mas infelizmente ele não sentiu o mesmo.

— Ele *sentiu* o mesmo, Elinor… por semanas e semanas, ele sentiu. Sei que sentiu. O que quer que possa tê-lo feito mudar agora, e somente uma artimanha muito cruel empregada contra mim pode ter causado isso… já fui tão querida por ele quanto minha alma poderia desejar. Essa mecha de cabelo, que ele agora devolveu tão prontamente, ele implorou para mim com uma súplica insistente. Se você tivesse visto seu olhar, seus modos, se tivesse ouvido sua voz naquele momento! Você se esqueceu da última noite em que estivemos juntos em Barton? Da manhã em que nos separamos também! Quando ele me disse que poderia levar muitas semanas até nos encontrarmos novamente… sua angústia, como posso esquecer sua angústia?

Por um momento, ela não conseguiu dizer mais nada, mas quando a emoção passou, acrescentou com um tom mais firme:

— Elinor, fui cruelmente usada, mas não por Willoughby.

— Querida Marianne, por quem mais? Por quem ele pode ter sido instigado?

— Por todo o mundo, menos por seu próprio coração. Prefiro acreditar que todas as criaturas que conheço se uniram para que ele fizesse péssimo juízo de mim a acreditar que a natureza dele é capaz de tal crueldade. Esta mulher de quem ele escreve, quem quer que seja, ou qualquer um, com exceção de você, mamãe e Edward, poderia ter sido tão bárbara para me enganar. Além de vocês três, prefiro desconfiar do mal de qualquer criatura no mundo a desconfiar de Willoughby, cujo coração conheço tão bem!

Elinor não iria discutir e apenas respondeu:

— Quem quer que tenha sido seu inimigo tão detestável, deixe-os ser enganados por seus triunfos malignos, querida irmã, ao ver como a nobreza da consciência de sua própria inocência e boas intenções sustenta seu ânimo. É um orgulho justo e louvável que resiste a tal malevolência.

— Não, não! — gritou Marianne. — Tristeza como a minha não tem orgulho. Não me importo que saibam que estou infeliz. Que o triunfo de me ver assim seja exposto a todos. Elinor, Elinor, aqueles que sofrem não podem ser orgulhosos e independentes como quiserem, podem resistir ao insulto ou retornar à mortificação, mas eu não posso. Devo me sentir... devo ser infeliz... e eles são bem-vindos para desfrutar disso.

— Mas pelo bem da minha mãe e do meu...

— Eu faria mais do que por mim mesma. Mas parecer feliz quando estou tão infeliz... ah! Quem pode exigir isso?

Mais uma vez, ambas ficaram em silêncio. Elinor estava ocupada caminhando pensativa da lareira para a janela, da janela para a lareira, sem saber que recebia calor de um ou discernia objetos através do outro; e Marianne, sentada ao pé da cama, com a cabeça encostada em um dos balaústres, pegou novamente a carta de Willoughby e, depois de estremecer a cada frase, exclamou:

— É demais! Ah, Willoughby, Willoughby, como isso pode ser seu? Cruel, cruel... nada pode inocentá-lo, Elinor, nada. O que quer que ele tenha ouvido contra mim... ele não deveria ter duvidado? Não deveria ter me contado, ter me dado o direito de me esclarecer? "A mecha de cabelo — ela leu a carta — que você tão gentilmente me concedeu"... Isso é imperdoável. Willoughby, onde estava seu coração quando escreveu estas palavras? Ah, bárbaro, insolente! Elinor, isso pode ter alguma explicação?

— Não, Marianne, nenhuma.

— E ainda assim essa mulher... quem sabe qual pode ter sido sua artimanha? Por quanto tempo deve ter sido premeditada e fortemente tramado por ela! Quem é ela? Quem pode ser? De quem eu o ouvi falar como jovem e atraente entre suas conhecidas? Ninguém, ninguém... ele falava comigo apenas de mim mesma!

Outra pausa se seguiu. Marianne estava muito nervosa e terminou assim:

— Elinor, tenho que ir para casa. Tenho que ir consolar a mamãe. Podemos ir amanhã?

— Amanhã, Marianne!

— Sim, por que devo ficar? Só vim pelo bem de Willoughby... e agora quem se importa comigo? Quem tem afeto por mim?

— É impossível irmos amanhã. Devemos à Mrs. Jennings muito mais do que cordialidade, e o menor grau de cordialidade não permite uma partida tão apressada assim.

— Bem, então, mais um ou dois dias, talvez, mas não posso ficar aqui por muito tempo, não posso ficar para aguentar as perguntas e os comentários de todas essas pessoas. Os Middletons e os Palmers... como devo suportar a piedade deles? A piedade de uma mulher como Lady Middleton! Ah, o que *ele* diria disso!

Elinor a aconselhou a deitar-se novamente e, por um momento, ela o fez, mas nada a consolava; e, com um sofrimento agitado na mente e no corpo, ela mudou de uma posição para outra até ficar cada vez mais histérica. A irmã, com dificuldade, mal conseguiu mantê-la na cama e, por algum tempo, teve medo de ser obrigada a pedir ajuda. Algumas gotas de lavanda, no entanto, que ela foi finalmente convencida a tomar, ajudaram, e a partir desse momento até que Mrs. Jennings voltasse ela continuou na cama quieta e imóvel.

Capítulo 30

Mrs. Jennings foi diretamente ao quarto delas quando retornou e, sem esperar que sua entrada fosse autorizada, abriu a porta e entrou com um olhar de preocupação genuína.

— Como você está, minha querida? — perguntou ela em um tom de grande compaixão por Marianne, que virou o rosto sem se esforçar para responder.

— Como ela está, Miss Dashwood? Coitadinha! Ela parece muito mal. Não é de se admirar. Sim, porém é tudo verdade. Ele vai se casar muito em breve... Que sujeito imprestável! Não tenho paciência com ele. Mrs. Taylor me contou há meia hora, e ela ficou sabendo por uma amiga particular da própria Miss Grey, caso contrário, eu certamente não teria acreditado, e quase caí dura no chão. Bem, eu falei, tudo o que posso dizer é que se isso for verdade ele enganou uma jovem moça de meu círculo de amizades de modo abominável, e desejo de todo o coração que a esposa dele não lhe dê um minuto de paz. E lhe digo, minha querida, pode confiar. Não conheço homens que prosperaram dessa maneira. E se alguma vez eu o encontrar novamente, lhe darei a maior bronca de sua vida. Mas há um consolo, minha querida Miss Marianne: ele não é o único jovem no mundo que vale a pena, e com seu rosto bonito nunca lhe faltarão admiradores. Coitadinha! Bem, não vou incomodá-la mais, pois é melhor que chore tudo o que tem para chorar e acabe com isso. Os Parrys e Sandersons felizmente virão nesta noite, sabe, e isso a divertirá.

Ela então foi embora, andando na ponta dos pés para fora do quarto, como se achasse que a aflição da jovem amiga pudesse aumentar com o barulho.

Marianne, para surpresa da irmã, decidiu jantar com eles. Elinor até a aconselhou do contrário. Mas "não, ela iria descer, poderia aguentar muito bem, e o burburinho sobre ela diminuiria". Elinor, satisfeita por vê-la controlada por um momento graças a isso, embora acreditasse que dificilmente toleraria o jantar, não disse mais nada e, arrumando o vestido dela o melhor que pôde, enquanto Marianne ainda estava na cama, estava pronta para ajudá-la a entrar na sala de jantar assim que fossem chamadas.

Lá, embora aparentasse muita infelicidade, comeu mais e estava mais calma do que a irmã esperava. Se tivesse tentado falar ou se tivesse consciência de metade da atenção bem-intencionada, mas infeliz, de Mrs. Jennings, essa calma não teria sido mantida, mas nenhuma sílaba escapou de seus lábios, e a abstração de seus pensamentos a preservou na ignorância de tudo o que ocorria diante dela.

Elinor, que retribuiu a bondade de Mrs. Jennings, embora suas manifestações expansivas fossem quase sempre aflitivas e muitas vezes ridículas, expressou os agradecimentos e agiu com a cordialidade que a irmã não conseguia expressar nem demonstrar por si mesma. A boa amiga viu que Marianne estava infeliz e sentiu que tudo deveria ser feito para deixá-la mais feliz. Ela a tratou, portanto, com todo o carinho indulgente de uma mãe para com a filha favorita no último dia de férias. Marianne deveria ter o melhor lugar ao lado da lareira, deveria comer todas as iguarias da casa e se divertir com o relato de todas as notícias do dia. Se Elinor não tivesse visto no semblante triste da irmã a restrição a qualquer alegria, ela poderia ter se contentado com os esforços de Mrs. Jennings para curar a decepção amorosa com uma variedade de guloseimas, azeitonas e uma lareira. Porém, assim que a consciência de tudo isso foi imposta para Marianne pela repetição contínua, ela não conseguiu mais ficar. Com uma exclamação apressada de tristeza e um sinal para a irmã não a seguir, levantou-se e saiu correndo da sala.

— Pobre alma! — bradou Mrs. Jennings assim que ela se retirou. — Como me entristece vê-la assim! E ela foi embora sem terminar o vinho! E as cerejas secas também! Senhor! Nada parece fazer com que se sinta melhor. Se eu soubesse de alguma coisa que ela quisesse, com certeza mandaria buscar em qualquer lugar da cidade. Bem, é a coisa mais estranha para mim que um homem engane uma moça tão bonita de modo tão perverso! Mas quando há muito dinheiro de um lado e quase nenhum do outro, Deus que abençoe, eles não se importam mais com essas coisas!

— A senhorita então, creio que a senhora a chamou de Miss Grey, é muito rica?

— Cinquenta mil libras, querida. Vocês já a viram? Dizem que é uma moça inteligente e elegante, mas não é bonita. Lembro-me muito bem da tia dela, Biddy Henshawe, que se casou com um homem muito rico. Mas a família toda é rica. Cinquenta mil libras! E, pelo que soube, virá em boa hora, pois dizem que ele está mal das pernas. Não é de se admirar! Zanzando por aí com seu cabriolé e seus cães de caça! Bem, nem preciso dizer, mas quando um jovem, seja quem for, vem e diz coisas bonitas a uma bela moça e promete casamento, ele não pode fugir da promessa apenas porque está ficando mais pobre e uma moça mais rica está pronta para aceitá-lo. Por que, nesse caso, ele não vende os cavalos, deixa sua casa, manda embora os criados e faz uma mudança completa de uma vez? Garanto a você que Miss Marianne estaria disposta a esperar até que as coisas mudassem. Mas isso não acontece hoje em dia, os jovens dessa idade não abrem mão de nada que lhes dá prazer.

— Sabe que tipo de moça é a Miss Grey? Dizem que ela é amável?

— Nunca ouvi falarem mal dela. Na verdade, quase nunca ouvi menção ao seu nome, exceto o que Mrs. Taylor disse nesta manhã, que um dia Miss Walker insinuou que acreditava que Mr. e Mrs. Ellison não se arrependeriam de casar Miss Grey, pois ela e Mrs. Ellison nunca iriam concordar...

— E quem são os Ellisons?

— Os tutores dela, minha querida. Mas agora ela é maior de idade e pode fazer as próprias escolhas. E que bela escolha fez! E agora — disse depois de uma pausa — sua pobre irmã foi para o quarto, suponho que para sofrer sozinha. Não há nada que possa consolá-la? Pobrezinha, parece cruel deixá-la sozinha. Bem, logo receberemos alguns amigos e isso há de diverti-la um pouco. O que jogaremos? Ela odeia uíste, eu sei, mas não há nenhum jogo de cartas de que ela goste?

— Cara senhora, esta gentileza é desnecessária. Creio que Marianne não sairá do quarto novamente esta noite. Vou convencê-la, se puder, a ir cedo para a cama, pois tenho certeza de que precisa descansar.

— Sim, acredito que será melhor para ela. Deixe que peça a ceia e vá para a cama. Senhor! Não é de admirar que estivesse tão mal e tão abatida nessas últimas duas semanas, imagino que esse assunto estivesse rondando a cabeça dela desde então. E então a carta que chegou hoje encerrou o assunto! Pobre alma! Se eu soubesse, certamente não teria brincado com ela, nem por todo o dinheiro do mundo. Mas, sabe, como eu poderia adivinhar uma coisa dessas? Tinha certeza de que era uma carta de amor comum, e você sabe que as jovens gostam que se faça graça por causa delas. Senhor! Como Sir John e minhas filhas ficarão preocupados quando souberem disso! Se eu não estivesse com a cabeça nas nuvens, teria parado na Conduit Street no caminho de casa e contado a eles. Mas devo vê-los amanhã.

— Seria desnecessário, tenho certeza, advertir Mrs. Palmer e Sir John a não mencionar mais Mr. Willoughby, ou fazer qualquer alusão ao que se passou na frente de minha irmã. A boa índole deles lhes mostrará a verdadeira crueldade de parecer saber alguma coisa sobre o assunto quando ela estiver presente. E quanto menos esse assunto for mencionado para mim, mais meus sentimentos serão poupados, como tenho certeza de que a senhora, que me é tão cara, deve facilmente imaginar.

— Ah, céus! Sim, claro que sim. Deve ser terrível para você ouvir o assunto sendo discutido, e quanto à sua irmã, eu com certeza não diria uma palavra sobre isso. Você viu que não o fiz durante o jantar todo. Nem Sir John, nem minhas filhas fariam, pois são todos muito atenciosos e gentis, principalmente se eu lhes aconselhar antes, como sem dúvida farei. De minha parte, creio que quanto menos se fala sobre essas coisas, melhor, mais cedo é deixado de lado e esquecido. E, sabe, quando é que falar ajuda em alguma coisa?

— Neste caso, só fará mal, e talvez mais mal do que em muitos casos semelhantes, pois vem acompanhado de circunstâncias que, para o bem de todos os envolvidos, o tornam impróprio para torná-lo público. Devo fazer *essa* justiça a Mr. Willoughby: ele não rompeu nenhum noivado concreto com minha irmã.

— Há de ser assim, minha querida! Não tente defendê-lo. Nenhum noivado concreto? Será? Depois de fazê-la visitar toda a casa em Allenham e determinar os cômodos em que viveriam no futuro?

Elinor, pelo bem da irmã, não podia mais insistir no assunto, e esperava que isso não fosse exigido dela pelo bem de Willoughby, uma vez que, embora Marianne tivesse muito a perder, ele ganharia muito pouco com a coação da verdade. Depois de um breve silêncio de ambos os lados, Mrs. Jennings, com toda a sua alegria natural, irrompeu novamente.

— Bem, querida, é um ditado verdadeiro que há males que vêm para o bem, pois tanto melhor para o coronel Brandon. Ele finalmente vai tê-la; sim, vai mesmo. Ouça bem o que lhe direi, eles hão de casar-se até o meio do verão. Senhor! Como ele se alegrará com esta notícia! Espero que venha hoje à noite. Aposto que será uma união melhor para sua irmã. Duas mil libras por ano, sem dívidas nem restituição. Exceto pela amada filha, claro. Sim, eu a havia esquecido, mas ela pode ser educada a um pequeno custo, e isso não importa. Posso lhe dizer que Delaford é um lugar agradável. Exatamente o que chamo de um lugar à moda antiga, cheio de confortos e conveniências, cercado por grandes muros de jardim que são cobertos com as melhores árvores frutíferas do país e uma amoreira em um canto! Senhor, como Charlotte e eu comemos na única vez em que estivemos lá! E há um pombal, alguns tanques de peixes adoráveis, e um canal muito bonito; resumindo, tudo o que qualquer um desejaria. Além disso, é perto da igreja e apenas a meio quilômetro da estrada principal, então lá nunca é tedioso, pois só de sentar-se no caramanchão de teixo atrás da casa é possível ver todas as carruagens passando. Ah, é um lugar agradável! Um açougueiro na vila e a casa do pároco a poucos passos. Para mim, mil vezes mais bonita que Barton Park, onde precisam ir buscar a carne a quase cinco quilômetros de casa e não têm nem um vizinho mais próximo do que a mãe.

Bem, vou encorajar o coronel assim que puder. Sabe, há muito peixe no mar. Assim *conseguiremos* tirar Willoughby da cabeça dela!

— Sim, se pudermos fazer *isso*, senhora — disse Elinor —, podemos muito bem fazê-lo com ou sem o coronel Brandon.

E, em seguida, levantando-se, saiu para juntar-se a Marianne, a quem encontrou, como esperava, no quarto, deitada em uma infelicidade silenciosa e cuja única iluminação do cômodo provinha das cinzas restantes do fogo até a entrada de Elinor.

— É melhor você me deixar sozinha — foi o único aviso que Elinor recebeu dela.

— Eu vou deixar, se você for para a cama — disse Elinor.

Mas isso, com a perversidade momentânea do sofrimento impaciente, ela a princípio se recusou a fazer. A insistência fervorosa da irmã, embora gentil, no entanto, logo a acalmou, e Elinor a viu deitar a cabeça dolorida no travesseiro, e teve a esperança, antes de deixá-la, de que ela descansasse um pouco.

Na sala de visitas, para onde então foi, logo teve a companhia de Mrs. Jennings, que estava com uma taça de vinho e a mão cheia de alguma coisa.

— Minha querida — disse ela, ao entrar —, acabei de me lembrar que tenho um pouco do melhor vinho Constantia já produzido, então trouxe uma taça para sua irmã. Meu pobre marido! Como gostava desse vinho! Sempre que tinha um pouco de dores abdominais dizia que lhe fazia mais bem do que qualquer outra coisa no mundo. Leve para sua irmã.

— Cara senhora — respondeu Elinor, sorrindo com a diferença das queixas para as quais o vinho foi recomendado —, que gentileza a sua! Mas acabei de deixar Marianne na cama e espero que esteja quase dormindo. E como creio que nada será tão bom para ela quanto o descanso, se me permitir, eu mesma beberei o vinho.

Mrs. Jennings, embora lamentando não ter feito a oferta cinco minutos antes, ficou satisfeita com o acordo. E Elinor, ao engolir a maior parte, refletiu que, embora os efeitos do vinho para dores abdominais fossem, no momento, de pouca importância para ela, os poderes curativos para um coração partido poderiam ser tão bem testados em si mesma quanto na irmã.

O coronel Brandon entrou enquanto o grupo bebia o chá, e por seu jeito de olhar ao redor da sala procurando por Marianne, Elinor imediatamente pensou que ele não esperava nem desejava vê-la lá e já estava ciente do que causava sua ausência. O mesmo pensamento não passou pela cabeça de Mrs. Jennings, pois logo após a entrada dele atravessou a sala até a mesa de chá onde Elinor estava e sussurrou:

— O coronel parece mais sério do que nunca. Ele não sabe nada do que aconteceu. Conte a ele, querida.

Pouco depois, ele puxou uma cadeira para perto dela e, com um olhar que dava absoluta certeza de que já sabia de tudo, perguntou por sua irmã.

— Marianne não está bem — disse ela. — Ficou indisposta o dia todo, e nós a convencemos a ir para a cama.

— Talvez, então — ele respondeu hesitante —, o que ouvi esta manhã pode ser... pode haver mais verdade no que soube do que pude acreditar ser possível de início.

— O que soube?

— Que um cavalheiro, de quem eu tinha motivos para pensar... enfim, que um homem que eu *sabia* que estava comprometido... mas como devo lhe contar? Se já sabe, como certamente deve saber, posso ser poupado disso.

— Quer dizer — respondeu Elinor, com uma calma forçada — sobre o casamento de Mr. Willoughby com Miss Grey. Sim, nós *sabemos* de tudo, sim. Este parece ter sido um dia de esclarecimento geral, pois o fato foi revelado esta manhã para nós. Mr. Willoughby é incomensurável! Onde soube disso?

— Em uma papelaria em Pall Mall onde tive assuntos a tratar. Duas damas estavam esperando a carruagem, e uma delas relatava à outra a união pretendida, em um tom de voz tão audível que foi impossível não ouvir tudo. O nome de Willoughby, John Willoughby, repetido muitas vezes, primeiro chamou minha atenção, e o que se seguiu foi a afirmação concreta de que tudo estava finalmente resolvido a respeito do casamento com Miss Grey... não era mais para ser um segredo, aconteceria mesmo dentro de algumas semanas, com muitos detalhes de preparativos e outros assuntos. Lembro-me especialmente de uma coisa porque serviu para identificar o homem ainda mais: assim que a cerimônia terminasse, eles iriam para Combe Magna, sua casa em Somersetshire. Imagine meu espanto! É impossível descrever o que senti. A dama comunicativa, descobri ao perguntar, pois fiquei na loja até que fossem embora, era uma tal de Mrs. Ellison, e esse, conforme fui informado, é o nome da tutora de Miss Grey.

— É mesmo. Mas também ouviu que Miss Grey tem cinquenta mil libras? Talvez nisso podemos encontrar uma explicação.

— Pode ser que sim, mas Willoughby é capaz, pelo menos eu creio... — ele parou por um momento, e então acrescentou com uma voz que parecia não confiar em seu autocontrole. — E sua irmã, como ela...

— Seu sofrimento tem sido extremo. Só espero que seja proporcionalmente breve. Tem sido... é uma aflição muito cruel. Até ontem, creio, ela nunca tinha duvidado do afeto dele. E mesmo agora, talvez... mas estou quase convencida de que ele nunca realmente a amou. Ele foi muito desonesto! E, para algumas coisas, parece ter um coração de pedra.

— Ah! — exclamou o coronel Brandon. — De fato! Mas sua irmã não... creio que você disse... ela não tem a mesma opinião?

— Conhece a propensão dela, e pode adivinhar como ainda o justificaria avidamente se pudesse.

Ele não respondeu, e logo depois, quando as coisas do chá foram retiradas e a mesa de cartas foi posta, o assunto foi deixado de lado. Mrs. Jennings, que os observara com prazer enquanto conversavam, e que esperava ver a notícia de Miss Dashwood ocasionar uma alegria instantânea no coronel Brandon, como se transformado em um homem na flor da juventude, da esperança e da felicidade, o viu, com espanto, permanecer a noite inteira mais sério e pensativo do que o normal.

Capítulo 31

epois de uma noite em que dormiu mais do que esperava, Marianne acordou na manhã seguinte com a mesma consciência de infelicidade de quando fechara os olhos.

Elinor a encorajou tanto quanto possível a falar sobre o que sentia. E antes que o café da manhã estivesse pronto, conversaram sobre o assunto várias vezes; com a mesma convicção firme e conselho afetuoso do lado de Elinor e os mesmos sentimentos impetuosos e opiniões inconstantes de antes do lado de Marianne. Algumas vezes, acreditava que Willoughby era tão infeliz e inocente quanto ela, e em outras, ficava inconsolável com a impossibilidade de inocentá-lo. Em um momento ficava absolutamente indiferente às observações de todo mundo; no outro, os evitava; e depois, resistia de maneira enérgica. Uma coisa, no entanto, era invariável: quando chegou ao ponto de evitar, quando possível, a presença de Mrs. Jennings, e ficava em silêncio absoluto quando era obrigada a suportá-la. Seu coração acreditava que Mrs. Jennings era incapaz de compreender sua tristeza com alguma compaixão.

— Não, não, não, não pode ser! — ela gritou. — Ela não tem sentimentos. Sua bondade não é simpatia, sua boa índole não é ternura. Tudo o que ela quer é fofoca, e só gosta de mim agora porque sou uma fonte disso.

Elinor não precisava dessa garantia da injustiça pela qual a irmã era frequentemente guiada em relação a sua opinião sobre os outros, pela sofisticação irritável da própria mente e pela grande importância que dava à delicadeza de uma extrema sensibilidade e aos encantos dos bons modos. Como metade do resto do mundo, se há mais da metade que são inteligentes e bons, Marianne, dotada de habilidades e disposição excelentes, não era nem sensata nem justa. Esperava que as outras pessoas tivessem as mesmas opiniões e sentimentos que ela, e julgava seus motivos pelo efeito imediato de suas ações sobre si mesma. Assim, algo aconteceu, enquanto as irmãs estavam juntas no quarto após o café da manhã, que minou ainda mais o caráter de Mrs. Jennings em sua opinião porque, através da fraqueza desta, por acaso provou-se ser uma nova fonte de dor para si mesma, embora Mrs. Jennings tenha sido guiada por um impulso de extrema boa vontade.

Com uma carta na mão estendida e o semblante alegremente sorrindo, com a convicção de trazer consolo, ela entrou no quarto dizendo:

— Agora, minha querida, trago-lhe algo que tenho certeza de que lhe fará bem.

Marianne ouviu o suficiente. Logo sua imaginação colocou diante de si uma carta de Willoughby, cheia de ternura e arrependimento, explicando tudo o que havia acontecido de maneira satisfatória, convincente e em seguida, o próprio Willoughby correndo ansiosamente para dentro do quarto para reforçar através da eloquência de seus olhos, a seus pés, as afirmações de sua carta. O efeito de um momento foi destruído pelo outro. A letra da mãe, nunca até então indesejável, estava diante dela e, no amargor da decepção que veio mais acompanhada por um êxtase de ter mais do que por um sentimento de esperança, ela sentiu como se, até aquele instante, nunca tivesse sofrido.

Nenhum linguajar ao seu alcance nos momentos de melhor eloquência poderia ter expressado a crueldade de Mrs. Jennings, e agora ela só conseguia repreendê-la através de lágrimas que escorriam dos olhos com intensidade apaixonada. Uma reprovação, no entanto, com motivo tão completamente infundado, que depois de muitas manifestações de pena, ela a retirou, ainda a direcionando para a carta de consolo. Mas a carta, quando ficou calma o suficiente para lê-la, trouxe pouco alívio. Willoughby preenchia todas as páginas. A mãe, ainda confiante no noivado e acreditando tão ardentemente como sempre no afeto dele, só tinha sido despertada pelo pedido de Elinor para suplicar que Marianne se abrisse mais com elas; isso, com tanta ternura para com ela, tanta afeição por Willoughby, e tanta convicção da felicidade futura deles, fez com que Marianne chorasse com agonia durante toda a leitura.

Toda a impaciência para estar em casa de novo voltava agora. A mãe era ainda mais querida para ela do que nunca, mais querida pelo excesso de confiança equivocada em Willoughby, e ela queria desesperadamente ir embora. Elinor, incapaz de determinar se era melhor para Marianne estar em Londres ou em Barton, não deu nenhum conselho, exceto de paciência, até que soubessem os desejos da mãe, e por fim teve o consentimento da irmã para esperar por isso.

Mrs. Jennings as deixou mais cedo do que o normal, pois não iria ficar sossegada até que os Middletons e os Palmers sofressem tanto quanto ela mesma e, recusando a companhia oferecida por Elinor, saiu sozinha pelo resto da manhã. Elinor, com o coração muito pesado, ciente da dor que iria comunicar e percebendo pela carta que Marianne recebera que não havia tido sucesso em preparar a mãe para tal notícia, sentou-se então para escrever a ela um relato do que acontecera e pedir suas orientações para o futuro; enquanto Marianne, que entrou na sala de visitas no momento em que Mrs. Jennings saía, permaneceu à mesa onde Elinor escrevia observando o avanço da pena, lamentando a dificuldade da tarefa e lamentando ainda mais o efeito que teria sobre a mãe.

Ficaram assim por cerca de um quarto de hora quando Marianne, cujos nervos não podiam suportar nenhum barulho repentino, assustou-se com uma batida na porta.

— Quem pode ser? — perguntou Elinor. — É tão cedo! Pensei que *estávamos* seguras.

Marianne foi até a janela...

— É o coronel Brandon! — exclamou ela com irritação. — Nunca estamos a salvo *dele*.

— Ele não vai entrar, pois Mrs. Jennings não está.

— Eu não contaria com *isso* — disse, retirando-se para o quarto. — Um homem com tanto tempo livre não tem consciência da sua intromissão no tempo dos outros.

O fato provou que essa suposição estava certa, embora fosse fundada em injustiça e engano, pois o coronel Brandon *entrou*. Elinor, que estava convencida de que o que o trazia era a preocupação com Marianne, e que viu *essa* preocupação em seu olhar perturbado e melancólico e em seu questionamento ansioso, embora breve, por ela, não conseguiu perdoar a irmã por ter tão pouca consideração por ele.

— Encontrei Mrs. Jennings na Bond Street — disse ele, após a primeira saudação —, e ela me encorajou a vir. E fui mais facilmente encorajado porque achei provável que a encontraria sozinha, o que era algo que queria muito. Meu objetivo... meu único desejo em querer isso... espero, acredito que é... é ser um meio de dar consolo. Não, não devo dizer consolo... não consolo presente... mas convicção, convicção duradoura para a mente de sua irmã. Meu afeto por ela, por você, por sua mãe... você me permitirá prová-lo ao relatar algumas circunstâncias que nada além de um afeto *muito* sincero... nada além de um desejo real de ajudar... creio que tenho motivos para tal... embora tenha tardado tanto tempo para me convencer de que devo fazê-lo, há alguma razão para temer que eu possa estar equivocado? — Ele parou.

— Entendo — disse Elinor. — Tem algo a me dizer sobre Mr. Willoughby que revelará ainda mais o caráter dele. Ao contar, será o maior ato de amizade que pode demonstrar à Marianne. Terá *minha* gratidão assim que qualquer informação com esse fim seja dada, e a *dela* poderá ter com o tempo. Por favor, conte.

— Se me permite. E, para ser breve, quando saí de Barton em outubro passado... mas isso não lhe dará ideia... devo voltar mais no tempo. Verá em mim um narrador muito estranho, Miss Dashwood, não sei ao certo por onde começar. Um breve relato de mim mesmo, creio eu, será necessário, e será curto. A respeito disso — disse suspirando pesadamente —, não terei tanta tentação de ser prolixo.

Ele parou por um momento para se recompor, e então, com outro suspiro, continuou:

— Provavelmente esqueceu-se por completo de uma conversa, não que se pudesse supor que causaria qualquer impressão na senhorita, uma conversa entre nós uma noite em Barton Park, foi na noite de um baile, quando me referi a uma senhorita que conhecia e que, em certa medida, se parecia com sua irmã Marianne.

— Na verdade — respondeu Elinor —, *não* me esqueci.

Ele pareceu satisfeito com essa lembrança e acrescentou:

— Se eu não estiver sendo enganado pela incerteza, pela parcialidade da lembrança terna, há uma semelhança muito forte entre elas, tanto em intelecto quanto em caráter. O mesmo coração com a mesma imaginação e ânimo ávidos. Eu era muito próximo dessa senhorita, órfã desde a infância, e sob a tutela do meu pai. Nossas idades eram quase as mesmas e desde cedo brincamos juntos e fomos amigos. Não me lembro do tempo em que não amava Eliza e, à medida que crescemos, meu carinho por ela era tal, que talvez a julgar pela minha seriedade solitária e triste, a senhorita poderia achar que nunca fui capaz de ter sentido. O carinho dela por mim era, creio eu, fervoroso como o afeto de sua irmã por Mr. Willoughby e não foi, embora por uma causa diferente, menos infeliz. Aos dezessete anos, eu a perdi para sempre. Ela casou-se, casou-se contra a vontade, com meu irmão. A fortuna dela era grande, e nossa propriedade familiar estava muito sobrecarregada. E temo que isso é tudo o que pode ser dito da conduta de alguém que foi ao mesmo tempo seu tio e guardião. Meu irmão não a merecia, ele nem mesmo a amava. Eu esperava que o afeto dela por mim a apoiasse em qualquer dificuldade e por algum tempo isso aconteceu, mas, por fim, a infelicidade da situação, pois ela vivenciou grande indelicadeza, superou toda a sua determinação, e embora tivesse me prometido que nada... mas como meu relato é falho! Nunca lhe contei como isso aconteceu. Estávamos a poucas horas de fugir juntos para a Escócia. A traição, ou a estupidez, da empregada do meu primo nos entregou. Fui enviado para a casa de um parente distante e ela foi proibida de ser livre, de ter companhia, diversão, até que ficasse claro o recado que meu pai pretendia dar a nós dois. Confiei demais na força dela, mas o golpe foi severo. Mas se o casamento dela fosse feliz, por eu ser muito jovem, em alguns meses poderia ter me conformado, ou pelo menos não estaria lamentando agora. No entanto, não foi esse o caso.

Meu irmão não tinha afeto por ela. Ele tinha prazer com o que não devia e nunca foi gentil com ela. A consequência era de se esperar, em uma mente tão jovem, tão vivaz e tão inexperiente quanto a de Mrs. Brandon. A princípio, ela resignou-se a toda infelicidade da situação, e teria sido feliz se não tivesse vivido para ter de superar a tristeza que sentia ao lembrar-se de mim. E não é de se imaginar que ela sucumbiria, com a falta de afeto do marido e sem um amigo para aconselhá-la ou ajudá-la a controlar as emoções? Pois meu pai viveu apenas alguns meses após o casamento, e eu estava com o regimento nas Índias Orientais. Se eu tivesse permanecido na Inglaterra, talvez... o fato é que eu acreditei que traria felicidade a ambos afastando-me por anos, e com esse propósito consegui meu deslocamento. O choque que o casamento dela provocou em mim — continuou ele com a voz muito aflita — foi insignificante... não foi nada perto do que senti quando soube, cerca de dois anos depois, do divórcio.* Foi *isso* que lançou essa melancolia... mesmo agora, a lembrança do que sofri...

Ele não conseguiu dizer mais nada e, levantando-se apressadamente, andou por alguns minutos pela sala. Elinor, emocionada com relato, e mais ainda pela angústia dele, não conseguia falar. Ele viu a preocupação dela e, aproximando-se, pegou sua mão, apertou-a e a beijou com enorme respeito. Mais alguns minutos de esforço silencioso o permitiram prosseguir com compostura.

— Passaram-se quase três anos após esse período infeliz até que eu voltasse para a Inglaterra. Minha primeira providência quando cheguei foi, é claro, procurá-la, mas a busca foi tão infrutífera quanto infeliz. Não consegui rastreá-la além de seu primeiro corruptor, e havia todas as razões para temer que ela tivesse se afastado dele apenas para se afundar em uma vida de pecado. Sua pensão não era adequada ao seu modo de vida, não era nem suficiente para que pudesse ter uma situação confortável, e soube de meu irmão que há alguns meses seu recebimento havia sido transferido para outra pessoa. Ele imaginava, e pôde imaginar com tranquilidade, que a extravagância dela, e consequente angústia, a tivessem obrigado a cedê-la para obter alguma assistência imediata. Finalmente, porém, depois de seis meses na Inglaterra, eu a *encontrei*. A consideração que eu tinha por um antigo criado meu, que desde então tinha caído em desgraça, levou-me a visitá-lo em uma casa de detenção para endividados onde ele estava confinado por uma dívida, e lá, na mesma casa, sob confinamento semelhante, estava minha infeliz cunhada. Tão diferente, tão abatida, tão arruinada por todo tipo

---

* O divórcio nessa época permitia que a mulher deixasse o marido, mas ele ficava com tudo, inclusive os filhos. Teoricamente nenhum dos dois poderia casar-se de novo, mas na prática os homens entravam com um pedido ao parlamento e conseguiam.

de sofrimento! Mal pude acreditar que a figura melancólica e doente diante de mim fosse o que havia sobrado da adorável, viçosa e saudável moça a quem uma vez amei. O que senti ao vê-la... não tenho o direito de ferir seus sentimentos ao tentar descrever, já lhe causei muita dor. O fato de ela estar, aparentemente, no último estágio de uma tuberculose foi... sim, em tal situação, foi meu maior consolo. A vida não podia fazer nada por ela além de lhe dar tempo para se preparar melhor para a morte, e assim foi. Pude vê-la instalada em alojamentos confortáveis e sob atendimento adequado. Visitei-a todos os dias durante o resto de sua curta vida, estive com ela em seus últimos momentos.

Mais uma vez ele parou para se recuperar, e Elinor expressou seus sentimentos em uma exclamação de preocupação terna com o destino do amigo infeliz.

— Sua irmã, espero, não pode sentir-se ofendida — disse ele — pela semelhança que imaginei entre ela e minha infeliz parente desonrada. Seus destinos, suas fortunas, não podem ser os mesmos. E se a disposição doce e natural de uma tivesse sido protegida por uma mente mais firme, ou um casamento mais feliz, ela poderia ter sido tudo o que a senhorita viverá para ver a outra ser. Mas a que tudo isso leva? Parece que lhe causei aflição por nada. Ah, Miss Dashwood! Um assunto como este, intocado por quatorze anos... é perigoso lidar com tudo isso! *Irei* me recompor... serei mais conciso. Ela deixou aos meus cuidados a única filha, uma menininha, a prole do primeiro relacionamento pecador, que tinha então cerca de três anos de idade. Ela amava a criança e sempre a mantinha com ela. Foi uma confiança valiosa e preciosa para mim, e de bom grado eu teria desempenhado a função no sentido mais estrito, cuidando de sua educação eu mesmo, se a natureza de nossas situações permitisse. Mas eu não tinha família, nem casa, e minha pequena Eliza foi, portanto, enviada para a escola. Eu ia visitá-la sempre que podia, e depois da morte do meu irmão, que aconteceu cerca de cinco anos atrás, e que me deixou a posse da propriedade da família, ela me visitava em Delaford. Eu a considerava uma parente distante, mas estou muito ciente de que, em geral, acreditam que tenho uma conexão muito mais próxima com ela. Foi há três anos, ela tinha acabado de fazer quatorze anos, quando eu a tirei da escola e coloquei-a sob os cuidados de uma mulher muito respeitável, que mora em Dorsetshire, que era responsável por quatro ou cinco outras meninas da mesma idade, e por dois anos tive todos os motivos para estar satisfeito com sua situação. Mas em fevereiro passado, há quase um ano, ela desapareceu de repente. Eu tinha permitido... imprudentemente, como desde então mostrou-se... era seu maior desejo ir a Bath com uma amiga que estava lá cuidando da saúde do pai. Eu sabia que ele era um homem muito bom e eu tinha simpatia por sua filha, mais do que ela merecia, pois guardou um segredo de forma obstinada e insensata, não disse nada, não deu nenhuma pista, embora certamente soubesse de tudo. Ele, o pai, um homem bem-intencionado, mas sem muito discernimento, não podia, acredito, dar nenhuma informação, pois geralmente não saía de casa, enquanto as meninas andavam pela cidade conhecendo quem bem entendessem. Ele tentou me convencer, do mesmo modo que estava completamente convencido, de que a filha não tinha relação nenhuma com o assunto. Em resumo, eu não soube de nada além de que ela tinha sumido. Todo o resto, por oito longos meses, foi deixado para especulações. O que eu pensava, o que temia, pode ser imaginado, e o que sofri, também.

— Deus do céu! — gritou Elinor. — Poderia ser... poderia Willoughby...

— A primeira notícia que tive dela — continuou ele —, veio em uma carta em outubro passado. Foi enviada para mim de Delaford, e eu a recebi na exata manhã da nossa ida a Whitwell. E esta foi a razão de eu deixar Barton tão de repente, o que estou certo de que deve ter parecido estranho para todos na época, e que acredito ter ofendido alguns. Mr. Willoughby não pôde imaginar, suponho, quando seus olhares me censuraram pela indelicadeza de estragar a festa, que fui chamado para ajudar alguém a quem ele havia deixado pobre e infeliz. Mas de que adiantaria se soubesse? Ele teria ficado menos alegre ou menos feliz com os sorrisos de sua irmã? Não, ele já tinha feito isso, o que ninguém com compaixão por outra pessoa faria. Deixara a moça, cuja juventude e inocência ele havia seduzido, em situação de extrema angústia, sem casa decente, sem ajuda, sem amigos, sem saber seu endereço! Ele a deixara, prometendo voltar: não voltou, nem escreveu, nem a ajudou.

— Isso é um absurdo! — exclamou Elinor.

— O caráter dele agora está diante da senhorita: extravagante, libertino e pior do que as duas coisas. Sabendo de tudo isso, já há muitas semanas, imagine o que senti ao ver sua irmã tão afeiçoada a ele como nunca, e estando segura de que se casaria com ele. Imagine o que senti por todas vocês. Quando vim vê-la na semana passada e a encontrei sozinha, vim determinado a saber a verdade, embora hesitante do que fazer quando *soubesse*. Meu comportamento deve ter lhe parecido estranho, mas agora me entende. Permitir que vocês fossem tão enganadas, ver sua irmã... mas o que eu poderia fazer? Eu não tinha esperança de que minha interferência pudesse ser bem-sucedida, e às vezes pensava que a influência de sua irmã ainda poderia endireitá-lo. Mas agora, depois de tratá-la de modo tão desonroso, quem pode saber o que ele pretendia com ela? O que quer que fosse, no entanto, ela pode agora, e de agora em diante sem dúvida ficará grata pela própria situação quando compará-la com a de minha pobre Eliza, quando considerar a situação miserável e deplorável dessa pobre moça, e imaginá-la com um afeto tão grande por ele, ainda tão grande quanto o dela, e com uma mente atormentada pela culpa, que irá acompanhá-la pelo resto da vida. Certamente essa comparação será útil para ela. Ela perceberá que seu sofrimento não é nada. Ele não tem origem na má conduta e não pode trazer nenhuma desgraça. Pelo contrário, cada amigo será ainda mais seu amigo por causa dele. A preocupação com sua infelicidade e o respeito por sua força irão fortalecer cada relação. Porém, seja discreta ao comunicá-la o que eu lhe disse. A senhorita deve saber melhor qual será o efeito, mas se eu não tivesse acreditado do fundo do meu coração que lhe seria útil, que pudesse diminuir a tristeza dela, não teria me atormentado com esse relato de minhas aflições familiares, com uma narrativa que pode parecer ter sido destinada a me exaltar à custa de outros.

Esse relato foi seguido pelos mais sinceros agradecimentos de Elinor e foram acompanhados da garantia de que esperava um bem significativo para Marianne a partir da narração do que acontecera.

— Eu tenho sido mais atormentada — disse ela — pelos esforços dela para inocentá-lo do que por todo o resto, pois isso perturba sua mente mais do que a mais profunda convicção de seu demérito. Agora, embora no início ela vá sofrer muito, tenho certeza de que em breve ficará mais calma. O senhor — continuou ela, depois de um breve silêncio — já viu Mr. Willoughby desde que deixou Barton?

— Sim — ele respondeu, sério. — Eu o vi uma vez. Um encontro que foi inevitável.

Elinor, assustada com seu jeito, olhou para ele ansiosa dizendo:

— O quê? O senhor já o encontrou para...

— Não teria como encontrá-lo de outra maneira. Eliza confessou para mim, embora muito relutante, o nome de seu amante, e quando ele voltou para a cidade, duas semanas depois de mim, marcamos um duelo: ele para defender-se e eu para punir sua conduta. Saímos ilesos e, portanto, nunca ninguém soube desse encontro.

Elinor suspirou pelo fato de achar-se que isso era necessário, mas como homem e soldado, não se atreveu a censurá-lo.

— A semelhança — disse o coronel Brandon, depois de uma pausa — infeliz entre o destino da mãe e da filha tem sido tanta! E como falhei no desempenho de minha função!

— Ela ainda está na cidade?

— Não. Assim que se recuperou do resguardo, pois a encontrei perto da data do parto, eu a levei com seu filho para o campo, onde ainda está.

Recordando, logo depois, que ele provavelmente estava mantendo Elinor longe da irmã, encerrou a visita, recebendo dela novamente os mesmos sinceros agradecimentos e deixando-a cheia de compaixão e estima por ele.

Capítulo 32

Quando os detalhes dessa conversa foram repetidos por Miss Dashwood para a irmã, o que não demorou a acontecer, o efeito sobre ela não foi exatamente o que Elinor esperava. Não que Marianne parecesse desconfiar de qualquer parte da verdade, pois ouviu tudo com atenção total e resignada, não fez objeção nem comentário, não tentou justificar Willoughby, e pareceu mostrar, com lágrimas, que achava que era impossível. Porém, embora esse comportamento assegurasse a Elinor que a convicção dessa culpa *entrara* na cabeça dela; embora visse com satisfação o efeito disso pelo fato de ela não mais evitar o coronel Brandon quando ele visitava, por falar com ele, até mesmo voluntariamente, com uma espécie de respeito compassivo e embora visse sua disposição dotada de menos irritabilidade do que antes, não a via menos infeliz. Ela estava com a cabeça no lugar, mas num lugar melancólico e sombrio. Marianne sentiu a revelação do verdadeiro caráter de Willoughby ainda mais do que sentira a perda do afeto dele; a sedução e o abandono de Miss Williams, a desgraça daquela pobre moça e a dúvida de quais seriam as intenções dele em relação a si mesma afetaram tanto seu ânimo que não conseguia falar sobre o que sentia nem mesmo com Elinor e, remoendo sobre a própria infelicidade em silêncio, fez a irmã sofrer mais do que poderia ter sofrido se tivesse confessado o que sentia da maneira mais aberta e frequente.

Os sentimentos ou o linguajar de Mrs. Dashwood ao receber e responder à carta de Elinor foram uma repetição do que as filhas já haviam sentido e dito: uma decepção dificilmente menos dolorosa do que a de Marianne e uma indignação ainda maior do que a de Elinor. Longas cartas dela, constantes e uma atrás da outra, chegaram para contar tudo o que ela sofria e pensava, para expressar a preocupação ansiosa com Marianne, e pedir para ela suportar esse infortúnio com coragem. De fato, devia ser ruim a natureza da aflição de Marianne já que a mãe falava de coragem! Mortificante e humilhante devia ser a origem desses lamentos para que *ela* desejasse que Marianne não se entregasse a eles!

Sem pensar em sua própria tranquilidade, Mrs. Dashwood determinou que seria melhor para Marianne estar em qualquer lugar que não Barton naquele momento, onde tudo à sua volta lhe faria pensar no passado da maneira mais forte e aflitiva, lembrando-a de Willoughby constantemente, como se sempre o tivesse visto lá. Recomendou às filhas, portanto, que de jeito nenhum encurtassem a visita a Mrs. Jennings, cuja duração, embora nunca fora determinada, era esperada por todos que fosse de pelo menos cinco ou seis semanas. Uma variedade de atividades, de coisas e de companhia, que não se poderia ter em Barton, seria inevitável lá, e ainda poderia às vezes, esperava, distrair Marianne com algo que a impedisse de pensar em sua situação, e até mesmo oferecer-lhe alguma diversão, mesmo a ideia de ambos agora sendo rejeitada por ela.

Do perigo de ver Willoughby novamente, a mãe a considerava tão segura na cidade como no campo, já que as relações com ele agora deveriam ser cortadas por todos os que se denominavam seus amigos. A intenção nunca poderia fazê-los cruzar caminhos, a negligência nunca poderia deixá-los expostos a uma surpresa, e o acaso tinha menos a seu favor na multidão de Londres do que no isolamento de Barton, onde aquela visita a Allenham em função do casamento poderia obrigá-la a vê-lo, fato que Mrs. Dashwood a princípio previa como um evento provável, mas agora fora levada a considerá-lo como certo.

Ela tinha ainda outra razão para desejar que as filhas permanecessem onde estavam: uma carta do enteado contava que ele e a esposa estariam na cidade antes de meados de fevereiro, e ela julgava correto que elas deveriam, às vezes, ver o irmão.

Marianne prometera guiar-se pelas orientações da mãe e, portanto, se submeteu a isso sem oposição, embora fosse completamente diferente do que desejava e esperava, embora achasse que era totalmente errado, com base em razões equivocadas, e que, exigindo que ficasse mais tempo em Londres, a privava do único alívio possível para sua desgraça: a compaixão da mãe, e a condenava a companhias e acontecimentos que a impediriam de ter um único momento de descanso.

Mas era um grande consolo para ela que o que seria ruim para si seria bom para a irmã. E Elinor, por outro lado, suspeitando que não estaria em seu poder evitar Edward o tempo todo, consolou-se pensando que, embora a estadia mais longa fosse contrária à sua felicidade, era melhor para Marianne do que o retorno imediato a Devonshire.

O cuidado em proteger a irmã de qualquer menção ao nome de Willoughby não foi em vão. Marianne, embora sem saber, colheu todos os frutos, pois nem

Mrs. Jennings nem Sir John, nem mesmo a própria Mrs. Palmer falaram dele na frente dela. Elinor desejava que o mesmo cuidado pudesse ter se estendido a ela mesma, mas isso era impossível, e era obrigada a ouvir dia após dia a indignação de todos eles.

Sir John achava que não era possível. "Um homem que sempre deu tantos motivos para ter seu respeito! Um sujeito de tão boa índole! Acreditava que não havia ninguém que andasse a cavalo melhor na Inglaterra! Era inexplicável. Desejava de todo o coração que ele fosse para o inferno. Não trocaria mais nenhuma palavra com ele, não o encontraria mais, por nada no mundo! Não, nem que em uma caçada em Barton eles fossem obrigados a ficar à espreita por duas horas juntos. Que sujeito canalha! Que cachorro farsante! Só na última vez que eles se encontraram que ele lhe ofereceu um dos filhotes de Folly! E agora chega!"

Mrs. Palmer, à sua maneira, estava igualmente zangada. "Estava determinada a dar fim ao relacionamento com ele imediatamente e estava muito agradecida por nunca ter tido, de fato, nenhuma relação com ele. Desejou do fundo do coração que Combe Magna não fosse tão perto de Cleveland, mas isso não importava, pois era muito longe para se visitar. Ela o odiava tanto que estava decidida a nunca mais mencionar seu nome e diria a todos que vissem como ele não valia nada."

O resto da solidariedade de Mrs. Palmer foi mostrada ao obter todos os detalhes que pôde sobre o casamento que se aproximava e comunicá-los a Elinor. Ela logo soube dizer quem fabricava a nova carruagem, quem pintara o retrato de Mr. Willoughby e em que loja as roupas de Miss Grey poderiam ser vistas.

A calma e educada indiferença de Lady Middleton com o fato foi um alívio feliz para o ânimo de Elinor, muitas vezes oprimido pela bondade clamorosa dos outros. Era um grande consolo para ela ter certeza de não despertar interesse em pelo menos *uma* pessoa em seu círculo de amigos, um grande consolo saber que havia *uma* pessoa que a encontrava sem ter qualquer curiosidade pelos detalhes, ou qualquer anseio em saber da saúde da irmã.

Toda qualidade é, às vezes, exaltada pelas circunstâncias do momento a algo mais do que seu valor real, e Elinor, às vezes atormentada com as condolências inoportunas, era levada a julgar a boa criação como mais indispensável ao consolo do que a boa índole.

Lady Middleton expressava sua opinião do caso cerca de uma vez por dia, ou duas vezes, se o assunto surgisse com muita frequência, dizendo: "É realmente muito chocante!", e por meio desse desabafo constante, porém gentil, era capaz de ver as Misses Dashwood sem expressar a menor emoção, e logo também as via e já nem lembrava mais do assunto. E, tendo assim apoiado a dignidade do próprio sexo, e censurado com firmeza o que estava errado no outro, achou que tinha a liberdade de servir ao interesse das próprias associações e decidiu, portanto — embora a contragosto de Sir John —, que, como Mrs. Willoughby seria imediatamente uma mulher de elegância e fortuna, deixar seu cartão com ela assim que se casasse.

As perguntas delicadas e discretas do coronel Brandon nunca eram inoportunas para Miss Dashwood. Ele ganhara considerável privilégio de ter discussões íntimas sobre a decepção da irmã graças ao fervor amigável com que se esforçara para amenizá-la, e eles sempre conversavam em confidência. Sua principal recompensa pelo doloroso esforço de revelar tristezas passadas e humilhações presentes era dada pelo olhar de pena com o qual Marianne às vezes o observava, e a gentileza de sua voz sempre que, embora não acontecesse com frequência, era obrigada ou obrigava-se a falar com ele. *Essas* atitudes o certificaram que seu esforço resultara em um aumento da boa vontade para consigo mesmo, e davam a Elinor esperanças de que se intensificassem de agora em diante. Mrs. Jennings, que não sabia de nada disso, que sabia apenas que o coronel continuava tão sério como sempre, e que não podia convencê-lo a fazer o pedido, nem se encarregar de fazê-lo para ele, depois de dois dias começou a achar que em vez de meados do verão, eles não se casariam antes da Festa de São Miguel, * e ao final de uma semana achou que não daria em nada. O bom entendimento entre o coronel e Miss Dashwood parecia indicar que os direitos da amoreira, do canal e do caramanchão de teixo seriam entregues a *ela*, e Mrs. Jennings havia, por algum tempo, deixado de pensar em Mrs. Ferrars.

No início de fevereiro, depois de duas semanas da chegada da carta de Willoughby, Elinor teve a dolorosa função de informar a irmã de que ele se casara. Tomou o cuidado para que a informação fosse transmitida a ela assim que se soubesse que a cerimônia havia terminado, pois não queria que Marianne recebesse a notícia pelos jornais, que ela a via examinando ansiosamente todas as manhãs.

Marianne recebeu a notícia com compostura resoluta, não fez nenhuma observação e, a princípio, não derramou lágrimas, mas depois de um curto espaço de tempo elas escorreram, e pelo resto do dia ficou em um estado não muito menos lamentável do que quando soube pela primeira vez que teria que aguardar o evento.

Os Willoughbys deixaram a cidade assim que se casaram, e Elinor agora esperava, como Marianne não correria o risco de ver nenhum dos dois,

---

* Comemorado em 29 de setembro. A data também era considerada um dos marcos do ano fiscal.

convencer a irmã, que ainda não havia saído de casa desde o primeiro golpe, a aos poucos sair novamente como havia feito antes.

Nessa época, as duas Misses Steele, que haviam acabado de chegar à casa do primo nos Bartlett's Buildings, em Holborn, se apresentaram novamente diante de seus familiares mais sofisticados na Conduit e Berkeley Street e foram recebidas com grande cordialidade.

Somente Elinor lamentava vê-las. A presença delas sempre lhe fazia sofrer, e ela não sabia como retribuir com graciosidade ao deleite avassalador de Lucy em encontrá-la *ainda* na cidade.

— Eu ficaria bastante decepcionada se não tivesse encontrado você *ainda* aqui — disse ela repetidamente, com forte ênfase na palavra. — Mas o tempo todo achei que *encontraria*. Tinha quase certeza de que você não deixaria Londres ainda por um tempo, embora tenha me *dito*, sabe, em Barton, que não ficaria mais de um *mês*. Mas na época pensei que você provavelmente mudaria de ideia quando chegasse a hora. Teria sido uma pena tão grande ir embora antes que seu irmão e sua cunhada chegassem. E agora, com certeza, você não terá pressa de partir. Estou extremamente feliz que você não cumpriu *sua palavra*.

Elinor a entendeu perfeitamente e foi forçada a usar todo o seu autocontrole para fazer parecer que *não* havia entendido.

— Bem, minha cara — disse Mrs. Jennings —, e como foi a viagem?

— Não foi de diligência, com certeza — respondeu Miss Steele com alegria extrema. — Viemos de carruagem o caminho todo e tivemos um homem muito bonito e elegante nos acompanhando. O Dr. Davies estava vindo para a cidade, e então pensamos em nos juntar a ele em uma carruagem, e ele se comportou muito gentilmente e pagou dez ou doze xelins a mais do que nós.

— Ah, sim! — gritou Mrs. Jennings. — Muito bom mesmo! E o doutor é um homem solteiro, eu lhe garanto.

— Ora, parem — disse Miss Steele acanhada —, todo mundo ri tanto de mim quando se trata do doutor, e não sei dizer por quê. Minhas primas dizem que têm certeza de que o conquistei, mas, de minha parte, declaro que nunca penso nele. "Ora! Aí vem seu admirador, Nancy", minha prima disse outro dia quando o viu atravessando a rua até a casa. "Meu admirador, imagine!", eu disse, "Não sei de quem está falando. O doutor não é meu admirador."

— Certo, certo, pode até dizer isso, mas não adianta. O doutor é o homem, logo vi.

— Não mesmo! — respondeu a prima, claramente mentindo. — E imploro que desminta caso ouça alguém falar isso.

Mrs. Jennings deu a ela a certeza gratificante de que obviamente *não* faria isso, e Miss Steele ficou extremamente feliz.

— Suponho que vocês vão ficar com seu irmão e sua cunhada, Miss Dash-wood, quando eles vierem para a cidade — disse Lucy, depois de uma pausa das insinuações desagradáveis, retomando a provocação.

— Não, creio que não.

— Ah, sim, aposto que vão.

Elinor não continuaria divertindo-a com mais oposição.

— Como Mrs. Dashwood é amável ao deixar vocês ficarem tanto tempo longe!

— Imagina! Muito tempo? — interveio Mrs. Jennings. — Ora, a visita delas está apenas começando!

Lucy foi silenciada.

— Sinto muito por não podermos ver sua irmã, Miss Dashwood — disse Miss Steele. — Lamento que ela não esteja bem… — Marianne havia deixado a sala assim que chegaram.

— É muita gentileza a sua. Minha irmã também lamentará não ter tido o prazer de vê-las, mas ela tem sofrido muito ultimamente com dores de cabeça nervosas que não a deixam apta a ser uma boa companhia ou ter uma conversa.

— Ah, Céus, é uma pena! Mas velhas amigas como Lucy e eu! Creio que ela poderia *nos* ver. Nós certamente não diríamos uma palavra.

Elinor, com grande cordialidade, recusou a proposta. A irmã talvez esti-vesse deitada na cama, ou com roupa de dormir e, portanto, não poderia vir.

— Ah, mas não seja por isso — gritou Miss Steele —, podemos muito bem ir *vê-la*.

Elinor começou a achar essa impertinência excessiva, mas foi poupada do trabalho de contê-la pela repreensão firme de Lucy, que agora, como em mui-tas ocasiões, embora isso não tornasse seus modos mais afáveis, servia para controlar os modos da irmã.

Capítulo 33

Certa manhã, depois de alguma resistência, Marianne cedeu às súplicas da irmã e aceitou sair com ela e Mrs. Jennings por meia hora. No entanto, impôs a condição de não fazer visitas, e só iria acompanhá-las à loja Gray's na Sackville Street, onde Elinor estava conduzindo uma negociação para trocar algumas joias antigas da mãe.

Quando pararam na porta, Mrs. Jennings lembrou-se de que havia uma senhora do outro lado da rua a quem deveria visitar, e como não tinha nada a tratar na Gray's, decidiu que enquanto as jovens amigas resolviam seus assuntos, ela faria a visita e retornaria até elas.

Ao subirem as escadas, as Misses Dashwood encontraram tantas pessoas no local que não havia ninguém disponível para atendê-las, e foram obrigadas a esperar. Só podiam sentar-se naquela ponta do balcão que parecia prometer o atendimento mais rápido. Apenas um cavalheiro estava ali, e é provável que Elinor tivesse a esperança de estimular sua educação para que ele procedesse de maneira rápida. Mas a retidão de seu olhar e a delicadeza de seu gosto não condiziam com sua educação. Estava dando instruções para um porta-palito de dentes para ele mesmo. E até que o tamanho, forma e ornamentos fossem decididos — depois de examinar e debater por um quarto de hora sobre cada porta-palito de dentes da loja —, e que acabaram finalmente sendo definidos por sua própria imaginação criativa, ele não teve tempo de dar nenhuma atenção às duas senhoritas, a não ser por três ou quatro olhares demorados — informação que serviu para que Elinor gravasse a lembrança de uma pessoa de rosto grande, natural e notável insignificância, embora vestido de modo muito elegante.

Marianne permaneceu indiferente a tudo e foi poupada dos incômodos sentimentos de desprezo e aversão resultantes do exame impertinente de suas feições, e do seu jeito infantil de deliberar sobre todos os diferentes horrores dos diferentes porta-palito de dentes apresentados à sua inspeção, pois era capaz de manter-se calma e alheia ao que se passava ao seu redor tanto na loja de Mr. Gray quanto no próprio quarto.

Finalmente o assunto foi decidido. O marfim, o ouro e as pérolas, todos foram aprovados por ele, e o cavalheiro, tendo em seu poder a informação de qual seria o último dia de sua existência sem a posse do porta-palito de dentes, vestiu as luvas com cuidado e, direcionando outro olhar para as Misses Dash-wood, mas um olhar que mais parecia desafiá-las do que expressar admiração, saiu com um ar feliz de verdadeira presunção e fingindo indiferença.

Elinor foi logo levando seus negócios adiante e estava a ponto de concluí-los quando outro cavalheiro se apresentou ao seu lado. Olhou para ele e, com alguma surpresa, viu o irmão.

A afeição e o prazer em se encontrarem foram apenas o suficiente para uma aparição muito digna de credibilidade na loja de Mr. Gray. John Dashwood realmente não lamentava ver as irmãs de novo, foi bastante agradável, e suas perguntas sobre a mãe delas foram respeitosas e atenciosas.

Elinor descobriu que ele e Fanny estavam na cidade havia dois dias.

— Eu queria muito visitá-las ontem — disse ele —, mas não foi possível, pois fomos obrigados a levar Harry para ver os animais selvagens em Exeter Exchange, e passamos o resto do dia com Mrs. Ferrars. Harry ficou muito feliz. Minha intenção era visitá-las *nesta* manhã, se conseguisse uma meia hora de sobra, mas sempre há muito a fazer quando se vem à cidade. Vim aqui para encomendar um sinete para Fanny. Mas amanhã creio que poderei fazer uma visita a Berkeley Street e ser apresentado à sua amiga Mrs. Jennings. Soube que é uma mulher de grande fortuna. E os Middletons também, você deve me apresentar a *eles*. Ficarei muito satisfeito em conhecê-los já que são parentes de minha sogra. Eles são excelentes vizinhos para vocês no campo, eu soube.

— Excelentes, de fato. A atenção deles ao nosso conforto, a cordialidade em todo os aspectos é maior do que posso expressar.

— Fico extremamente feliz em ouvir isso, pode ter certeza, extremamente feliz mesmo. Mas assim deve ser, são pessoas de grande fortuna, são seus parentes, e é de se esperar que toda cordialidade e acomodação seja oferecida para deixar a situação de vocês mais agradável. E assim vocês estão confortavelmente instaladas em sua casinha e não lhes falta nada! Edward nos deu um relato encantador do lugar, disse que não poderia ser mais perfeito e que vocês pareciam gostar muito. Foi uma grande satisfação para nós ouvir isso, eu lhe asseguro.

Elinor sentiu um pouco de vergonha do irmão, e não lamentou ao ser poupada da necessidade de responder-lhe com a chegada da criada de Mrs. Jennings que veio dizer-lhe que ela as esperava na porta.

171

Mr. Dashwood as acompanhou ao andar de baixo, foi apresentado a Mrs. Jennings na porta da carruagem e, repetindo que esperava poder visitá-las no dia seguinte, despediu-se.

Sua visita de fato aconteceu. Ele veio com um pretexto pedido de desculpas da cunhada por não poder vir também, "mas ela estava tão ocupada com a mãe que realmente não tinha tempo para ir a lugar algum". Mrs. Jennings, no entanto, assegurou-lhe que ela não faria cerimônia, pois eram todos primos, ou algo parecido, e estaria esperando pela visita de Mrs. John Dashwood muito em breve para ver as cunhadas. Os modos dele para com *elas*, embora frios, foram perfeitamente gentis; para com Mrs. Jennings, foram extremamente cordiais; e com a chegada do coronel Brandon, olhou para ele com uma curiosidade que indicava que queria apenas saber se era rico, para ser igualmente cordial com *ele*.

Depois de ficar com elas por meia hora, pediu a Elinor para caminhar com ele até a Conduit Street e apresentá-lo a Sir John e Lady Middleton. O tempo estava muito bom, e ela prontamente consentiu. Assim que saíram da casa, sua inquirição começou.

— Quem é o coronel Brandon? Ele é um homem de fortuna?

— Sim, ele tem uma propriedade muito boa em Dorsetshire.

— Fico muito contente. Ele parece ser um cavalheiro e, creio, Elinor, que posso parabenizá-la pela perspectiva de uma união muito respeitável.

— Eu, irmão? O que quer dizer?

— Ele gosta de você. Eu o observei atentamente e estou convencido disso. Qual é o tamanho da fortuna dele?

— Creio que cerca de duas mil libras por ano.

— Duas mil libras por ano. — E, em seguida, esforçando-se para demonstrar com entusiasmo um pouco de generosidade, acrescentou: — Elinor, gostaria do fundo do coração que fosse o *dobro*, para o seu bem.

— Acredito em você — respondeu Elinor —, mas tenho certeza de que o coronel Brandon não tem o menor desejo de casar-se *comigo*.

— Você está enganada, Elinor, está muito enganada. Você não terá muito trabalho para conquistá-lo. Talvez, no momento, ele possa estar indeciso, sua fortuna pequena talvez esteja fazendo com que ele não prossiga, os amigos talvez o aconselhem a não o fazer. Mas essas pequenas gentilezas e encorajamentos que as mulheres podem facilmente oferecer o prenderão, mesmo que ele não queira. E não há razão para que você não faça o teste. Não se deve supor que qualquer afeição anterior de sua parte... Em suma, você sabe que uma afeição desse tipo está completamente fora de questão, as objeções são instransponíveis... Você é inteligente demais para não enxergar isso. O coronel Brandon é o homem e, de minha parte, não faltará nenhuma cordialidade para deixá-lo satisfeito com você e sua família. É uma união que oferecerá satisfação geral. Resumindo, é uma coisa — disse baixando a voz a um sussurro para declarar algo importante — que será extremamente bem-vinda a *todas as partes*. — Recompondo-se, no entanto, acrescentou: — Ou seja, o que quero dizer é que seus amigos estão todos muito ansiosos para vê-la bem-casada. Especialmente Fanny, pois ela se preocupa com seus interesses, eu lhe asseguro. E a mãe dela também, Mrs. Ferrars, uma mulher de tão boa índole, tenho certeza de que lhe daria grande satisfação; ela disse isso outro dia.

Elinor não lhe deu nenhuma resposta.

— Seria extraordinário — continuou ele —, divertido, se Fanny ganhasse um irmão e eu uma irmã ao mesmo tempo. E não é muito improvável de acontecer.

— Mr. Edward Ferrars está para casar-se? — perguntou Elinor, com firmeza.

— Não está resolvido ainda, mas está em discussão. A mãe dele é excelente. Mrs. Ferrars, muito generosa, irá oferecer mil libras por ano para ele se a união se concretizar. A senhorita é a honorável Miss Morton, única filha do falecido Lorde Morton, com trinta mil libras. Uma união muito desejável para ambas as partes, e não tenho dúvidas de que acontecerá mais cedo ou mais tarde. Mil libras por ano é um grande montante para uma mãe dar, para ela abrir mão para sempre, mas Mrs. Ferrars tem um espírito nobre. Para lhe dar outro exemplo de sua generosidade: outro dia, assim que chegamos à cidade, ciente de que não tínhamos muito dinheiro conosco no momento, ela colocou duzentas libras nas mãos de Fanny. E veio em boa hora, pois teremos grandes despesas enquanto estivermos aqui.

Ele fez uma pausa para que ela concordasse e demonstrasse sua compaixão e Elinor forçou-se a dizer:

— Suas despesas, tanto na cidade quanto no campo, devem certamente ser consideráveis, mas sua renda é alta.

— Não tão alta, arrisco-me a dizer, como muitas pessoas supõem. No entanto, não quero me queixar. Tenho, sem dúvida, uma situação confortável, e espero que com o tempo seja ainda melhor. Os cercamentos de Norland, tendo seguimento, são um dreno considerável. E eu fiz uma pequena compra este semestre. A fazenda de East Kingham, você deve se lembrar do lugar, onde o velho Gibson morava. Eu cobiçava aquela terra em todos os aspectos, tão próxima à minha propriedade que senti que era meu dever comprá-la. Não ficaria com a consciência tranquila se a deixasse cair em outras mãos. Um homem deve pagar por sua comodidade, e isso me *custou* uma grande quantia.

— Mais do que você acha que realmente valia.

— Ora, espero que não. Eu poderia tê-la vendido no dia seguinte por uma soma maior do que a que paguei, mas com relação ao dinheiro a ser pago pela compra, eu poderia ter sido muito prejudicado, com certeza, pois as ações estavam tão baixas naquela época que se não fosse o fato de eu ter a soma necessária nas mãos do meu banqueiro, teria perdido muito dinheiro com a venda delas.

Elinor só conseguiu sorrir.

— Tivemos outras despesas grandes e inevitáveis também com a mudança para Norland. Nosso respeitado pai, como você bem sabe, legou todos os bens de Stanhill que permaneceram em Norland, e eram muito valiosos, para sua mãe. Longe de mim queixar-me, ele tinha o direito incontestável de dispor da própria propriedade da maneira que escolhesse, mas, em razão disso, fomos obrigados a fazer grandes compras de roupa de cama, porcelana etc. para repor o que foi tirado de lá. Você pode imaginar, depois de todas essas despesas, como estamos longe de sermos ricos e como a bondade da Mrs. Ferrars é bem-vinda.

— Certamente — disse Elinor. — E assistido pela generosidade dela, espero que vocês ainda vivam em circunstâncias confortáveis.

— Em mais um ano ou dois pode ser que sim — ele respondeu, sério —, mas ainda há muito a ser feito. Nenhuma pedra foi erguida para a estufa de Fanny, e o jardim de flores ainda sequer saiu do papel.

— Onde ficará a estufa?

— Na colina atrás da casa. As velhas nogueiras serão todas cortadas para dar lugar a ela. Será uma vista linda de muitas partes do parque, e o jardim de flores ficará no declive logo abaixo, e será maravilhoso. Nós limpamos todos os velhos espinhos que cresciam espalhados na beirada da colina.

Elinor manteve sua preocupação e crítica para si, e ficou muito grata por Marianne não estar presente para ouvir a provocação.

Tendo dito o suficiente para deixar sua pobreza nítida e para eliminar a necessidade de comprar um par de brincos para cada uma das irmãs na próxima visita à Gray's, os pensamentos do irmão tomaram um rumo mais alegre, e ele começou a parabenizar Elinor por ter uma amiga como Mrs. Jennings.

— Ela parece ser uma mulher realmente muito valiosa... sua casa, seu estilo de vida, todos falam de uma renda extremamente boa. E é uma relação que não só tem sido de grande utilidade para vocês até agora, mas que no fim pode ser materialmente vantajosa. O convite para vocês a acompanharem à cidade é com certeza muito benéfico e, de fato, demonstra grande respeito por vocês, e provavelmente quando ela morrer não serão esquecidas. Ela deve ter muita coisa para deixar.

— Suponho que não tem nada, na verdade. Tem apenas o usufruto da propriedade que foi deixada pelo falecido marido e que será legada aos filhos.

— Mas não é de se imaginar que ela viva de acordo com a renda. Poucas pessoas de prudência fazem *isso*, e o que quer que ela guarde, poderá se desfazer.

— E você não acha que é mais provável que ela deixe isso para as filhas do que para nós?

— As filhas são ambas muito bem-casadas e, portanto, não vejo necessidade de ela deixar-lhes algo. Enquanto, na minha opinião, por ela ter dado tanta atenção a vocês, e as tratando dessa maneira, ela lhes ofereceu uma espécie de reivindicação sobre sua consideração futura, o que uma mulher de escrúpulos não desconsideraria. O comportamento dela tem sido muito gentil, e ela dificilmente faria tudo isso sem estar ciente da expectativa que geraria.

— Mas ela não gera tal expectativa nem para os mais interessados. De fato, irmão, sua ansiedade por nosso bem-estar e prosperidade está levando você longe demais.

— Ora, com certeza — disse ele, parecendo recompor-se —, as pessoas têm pouco, muito pouco em seu poder. Mas, minha querida Elinor, qual é o problema com Marianne? Parece estar muito mal, está muito pálida e muito magra. Ela está doente?

— Ela não está bem, tem reclamado muito dos nervos há várias semanas.

— Lamento ouvir isso. Na idade dela, qualquer doença destrói a juventude para sempre! A dela tem sido muito curta! Ela estava tão bonita setembro passado, como jamais vi, e tão propensa a atrair os homens. Havia algo em sua beleza que os agradava. Lembro-me de que Fanny costumava dizer que ela se casaria antes e melhor do que você. Não que ela não goste muito de *você*, mas isso passou pela cabeça dela. Está enganada, no entanto. Eu me pergunto se Marianne *agora* se casará com um homem com renda de mais de quinhentas ou seiscentas libras por ano, no máximo, e estarei muito enganado se *você* não conseguir algo melhor do que isso. Dorsetshire! Não conheço muito Dorsetshire, mas, minha querida Elinor, ficarei extremamente feliz em conhecer mais, e creio que posso dizer que você terá Fanny e a mim entre os primeiros e mais felizes visitantes.

Elinor tentou firmemente convencê-lo de que não havia a menor probabilidade de ela se casar com o coronel Brandon, mas era uma expectativa de muita satisfação para ele para ser abandonada, e ele estava mesmo decidido a buscar ter mais intimidade com aquele cavalheiro e promover o casamento a cada oportunidade possível que tivesse. Ele arrependia-se tanto por não ter feito nada pelas irmãs que estava ávido para que todos os outros fizessem muito por elas, e um pedido do coronel Brandon ou um legado de Mrs. Jennings era o meio mais fácil de corrigir a própria negligência.

Tiveram a sorte de encontrar Lady Middleton em casa, e Sir John chegou antes de a visita terminar. Todos demonstraram cordialidade em abundância.

175

Sir John estava sempre disposto a gostar de qualquer um e, embora Mr. Dashwood parecesse não saber muito sobre cavalos, logo o classificou como um sujeito de muito boa índole; ao passo que Lady Middleton viu elegância o suficiente em sua aparência para considerar que valia a pena conhecê-lo e Mr. Dashwood ficou encantado com ambos.

— Terei um relato encantador para apresentar a Fanny — disse ele caminhando de volta com a irmã. — Lady Middleton é realmente uma mulher muito elegante! Uma mulher que Fanny ficará feliz em conhecer. E Mrs. Jennings também, uma mulher extremamente bem-comportada, embora não tão elegante quanto a filha. Sua cunhada não precisa ter nenhum receio de *visitá-la*, o que, para dizer a verdade, tem sido um pouco o caso, o que é muito natural, pois sabíamos apenas que Mrs. Jennings era a viúva de um homem que havia enriquecido por meios duvidosos; Fanny e Mrs. Ferrars foram tão influenciadas por isso que nem Mrs. Jennings nem as filhas eram o tipo de mulheres com as quais Fanny gostaria de associar-se. Mas agora posso apresentar a ela um relato mais satisfatório de ambas.

Capítulo 34

Mrs. John Dashwood teve tanta confiança no julgamento do marido que logo no dia seguinte visitou Mrs. Jennings e a filha. A confiança foi recompensada ao encontrar até mesmo a primeira, a mulher com quem as irmãs estavam hospedadas, digna de sua atenção, e quanto a Lady Middleton, achou-a uma das mulheres mais charmosas do mundo!

Lady Middleton ficou igualmente contente com Mrs. Dashwood. Havia uma espécie de egoísmo cruel de ambos os lados que as atraía, e simpatizaram uma com a outra por seu jeito insípido e falta de inteligência.

Os mesmos modos, no entanto, que faziam com que Lady Middleton fizesse bom juízo de Mrs. John Dashwood não agradaram Mrs. Jennings e, para *ela,* Mrs. Dashwood parecia mais uma mulher de aparência orgulhosa e comportamento descortês que encontrou as irmãs do marido sem nenhum afeto e quase sem ter nada a dizer-lhes, pois dos quinze minutos da visita a Berkeley Street ficou pelo menos sete minutos e meio em silêncio.

Elinor queria muito saber, mas optou por não perguntar, se Edward estava na cidade, mas nada induziria Fanny a mencionar voluntariamente o nome dele diante dela até que pudesse dizer-lhe que o casamento com Miss Morton estava resolvido, ou até que as expectativas do marido em relação ao coronel Brandon se concretizassem; porque acreditava que eles ainda estavam tão apaixonados um pelo outro que deveriam ser conscientemente mantidos separados por palavras e ações em qualquer ocasião. Porém, a informação que *ela* não deu logo foi fornecida por outra pessoa. Lucy veio pedir a compaixão de Elinor por não poder ver Edward, embora ele tivesse chegado à cidade com Mr. e Mrs. Dashwood. Ele não se arriscou a ir ao Bartlett's Buildings com receio de ser visto e, embora ambos estivessem impacientes para encontrar-se, nada podia ser dito, e eles não podiam fazer nada no momento a não ser trocar correspondências.

Edward assegurou-lhes que estava na cidade, logo depois que chegou, visitando Berkeley Street duas vezes. Duas vezes seu bilhete foi encontrado na mesa quando elas voltaram dos compromissos da manhã. Elinor ficou satisfeita com as visitas, e ainda mais satisfeita por não terem se encontrado.

Os Dashwoods ficaram tão absurdamente encantados com os Middletons que, embora não tivessem muito o hábito de oferecer nada, decidiram oferecer-lhes... um jantar; logo depois de conhecerem-se os convidaram para jantar na Harley Street, onde alugaram uma casa muito boa por três meses. As irmãs e Mrs. Jennings também foram convidadas, e John Dashwood teve o cuidado de garantir a presença do coronel Brandon, que, sempre feliz por estar onde as Misses Dashwood estavam, recebeu a cortesia ávida com alguma surpresa, mas com ainda mais prazer. Eles deveriam se encontrar com Mrs. Ferrars, mas Elinor não conseguiu descobrir se seus filhos também fariam parte do grupo. A expectativa do encontro com *ela*, no entanto, foi suficiente para fazê-la interessar-se pelo compromisso, pois, embora agora pudesse conhecer a mãe de Edward sem aquela forte ansiedade que teria feito parte de tal apresentação em outra ocasião, apesar de agora poder encontrá-la com total indiferença quanto à sua opinião sobre si, o desejo de estar na companhia de Mrs. Ferrars — a curiosidade de saber como ela era — era maior do que nunca.

O interesse com que esperou ansiosamente pelo encontro aumentou logo depois, de maneira mais intensa do que agradável, ao ouvir que as Misses Steele também estariam presentes.

Elas causaram tão boa impressão em Lady Middleton, foram tão prestativas com ela, que, embora Lucy certamente não fosse tão elegante e a irmã não estivesse nem perto de ser cortês, estava tão ansiosa quanto Sir John para convidá-las a passarem uma semana ou duas na Conduit Street. E aconteceu de ser particularmente conveniente para as Misses Steele, assim que souberam do convite das Dashwoods, que a estadia delas começasse alguns dias antes da festa.

Apesar de serem sobrinhas do cavalheiro que por muitos anos cuidou do irmão de Mrs. John Dashwood, essa circunstância não as ajudava muito para garantir-lhes um lugar em sua mesa, mas como convidadas de Lady Middleton, seriam bem-vindas. E Lucy, que havia muito tempo queria que a família a conhecesse pessoalmente, queria conhecer a personalidade deles e saber quais seriam suas dificuldades, além de também querer ter uma oportunidade de esforçar-se para agradá-los, nunca ficou tão feliz como quando recebeu o convite de Mrs. John Dashwood.

O convite teve efeito muito diferente em Elinor. Ela imediatamente começou a deduzir que Edward, que morava com a mãe, também seria convidado, assim como a mãe foi, a uma festa organizada pela irmã. E vê-lo pela primeira vez depois de tudo o que aconteceu na companhia de Lucy... não sabia se aguentaria isso!

Essa apreensão, talvez não tivesse uma base completamente racional, e certamente não era baseada na verdade. Porém, foi amenizada, não por sua própria compostura, mas pela boa vontade de Lucy, que acreditava causar grande decepção quando lhe disse que Edward não estaria na Harley Street na terça-feira, e até esperava infligir mais sofrimento ainda ao querer convencê-la de que ele não fora chamado pelo extremo afeto por si mesma, que não conseguia esconder quando estavam juntos.

A importante terça-feira para apresentar as duas jovens senhoritas a esta formidável sogra enfim chegou.

— Tenha pena de mim, cara Miss Dashwood! — disse Lucy, enquanto subiam as escadas juntas, pois os Middletons chegaram logo depois de Mrs. Jennings e todos seguiram o criado ao mesmo tempo. — Não há mais ninguém aqui que pode sentir pena de mim. Mal consigo ficar em pé. Meu Deus! Daqui a um instante encontrarei a pessoa de quem depende toda a minha felicidade... que será minha sogra!

Elinor poderia ter lhe oferecido alívio imediato sugerindo a possibilidade de ser a mãe de Mrs. Morton, em vez da sua, a quem estavam prestes a ver, mas em vez disso assegurou-lhe, e com grande sinceridade, que tinha sim pena dela — para o completo espanto de Lucy, que, embora se sentindo muito desconfortável, esperava pelo menos ser motivo de inveja incontrolável para Elinor.

Mrs. Ferrars era uma mulher miúda, magra, dotada de formalidades demasiadas até mesmo para uma ocasião que não as exigisse; e de aspecto sério, até demais mesmo para a amargura. Tinha a pele pálida e as feições delgadas, não era bonita e tinha naturalmente uma expressão blasé, mas a sorte de ter uma contração na testa salvara seu semblante da desgraça da insipidez ao dar-lhe as características fortes do orgulho e do temperamento difícil. Era uma mulher de poucas palavras, pois, ao contrário da maioria das pessoas, falava na proporção de suas ideias; das poucas sílabas que escaparam dela, nenhuma foi para Miss Dashwood, a quem olhava com a determinação ardente de desprezá-la em qualquer circunstância.

Esse comportamento, *agora*, não deixava Elinor triste. Alguns meses atrás, isso teria lhe causado enorme sofrimento, mas Mrs. Ferrars não tinha o poder de afligi-la agora; a diferença com que tratou as Misses Steele, diferença que parecia feita de propósito para humilhá-la ainda mais, apenas a divertiu. A única coisa que fez foi sorrir ao ver a polidez com que mãe e filha trataram a pessoa que dentre todas as outras — pois Lucy se comportou de maneira muito distinta —, se a conhecessem tanto quanto ela a conhecia, estariam mais ansiosas para mortificar; enquanto ela mesma, que comparativamente não tinha poder para causar-lhes mal, foi visivelmente desprezada por ambas. Mas enquanto sorria para a polidez tão mal-empregada, refletiu sobre a ignorante má intenção da qual essa educação brotava e observou o cuidado planejado com o qual as Misses Steele buscavam sua continuidade, e desprezou completamente todas as quatro.

Lucy estava toda exultante por ser tratada com tão honrosa distinção, e Miss Steele só queria que lhe direcionassem uma brincadeira sobre o Dr. Davies para ficar completamente feliz.

O jantar foi grandioso, os criados eram numerosos, e tudo demonstrava a propensão da anfitriã para exibir-se, e a capacidade do anfitrião de apoiá-la. Apesar das melhorias e adições que foram feitas à propriedade de Norland, e apesar de seu proprietário ter ficado próximo, por alguns milhares de libras, de ser obrigado a vendê-la e perder dinheiro, nada deu a mínima impressão dessa pobreza que ele tentara demonstrar; nenhuma miséria de nenhum tipo, exceto de conversa, apareceu... e aí a deficiência era considerável. John Dashwood não dizia nada que valesse muito a pena ser ouvido, e a esposa, menos ainda. Mas não havia nenhuma desgraça em especial nisso, pois era também o maior problema de seus convidados. Quase todos, para serem agradáveis, cometiam um ou outro destes deslizes: falta de bom senso, ou natural ou aprimorado; falta de elegância; falta de ânimo, ou falta de moderação.

Quando as damas se retiraram para a sala de visitas após o jantar, essa pobreza ficou particularmente evidente, pois os cavalheiros *haviam* fornecido alguma variedade de assuntos — política, distribuição de terras, treinamento de cavalos —, mas então esses tópicos acabaram, e somente um assunto interessou às damas até o café chegar, que foi a altura de Harry Dashwood e do segundo filho de Lady Middleton, William, que eram quase da mesma idade.

Se os dois estivessem lá, o caso teria sido resolvido com muita facilidade medindo-os de uma vez, mas como só Harry estava presente, houve apenas especulações de ambos os lados, e todas tinham o direito de estar igualmente certas em sua opinião, e de repeti-la quantas vezes desejassem.

Os grupos foram divididos assim: as duas mães, embora cada uma convencida de que o próprio filho era o mais alto, educadamente decidiram a favor da outra; as duas avós, não menos imparciais, mas mais honestas, foram igualmente insistentes a favor do próprio descendente. Lucy, que estava ansiosa para agradar ambas as mães da mesma forma, achava que os meninos eram ambos notavelmente altos para a idade, e não conseguia conceber que houvesse a menor diferença na altura deles; Miss Steele, com ainda mais habilidade, decidiu, o mais rápido que pôde, a favor de cada um.

Elinor, uma vez tendo dado o parecer em favor de William, com o qual ofendeu ainda mais Mrs. Ferrars e Fanny, não viu a necessidade de reforçá-lo com nenhuma afirmação adicional; Marianne, quando chamada para dar seu parecer, ofendeu a todas, declarando que não tinha opinião para dar, pois nunca havia pensado nisso.

Antes de deixarem Norland, Elinor havia pintado duas telas muito bonitas para a cunhada, que acabavam de ser colocadas em exposição e trazidas para casa, e decoravam a sala de visitas em questão. Essas telas, chamando a atenção de John Dashwood ao seguir os outros cavalheiros para a sala, foram oficialmente entregues por ele ao coronel Brandon, por sua admiração.

— Foram feitas por minha irmã mais velha — disse ele —, e você, como um homem de bom gosto, ficará satisfeito em tê-las, suponho. Não sei se você já viu algum de seus trabalhos antes, mas ela geralmente desenha muito bem.

O coronel, embora negasse todas as pretensões de ser um conhecedor, admirou as telas com entusiasmo, o que teria feito por qualquer coisa pintada por Miss Dashwood e como a curiosidade dos outros, é claro, foi despertada, foram passadas para inspeção geral. Mrs. Ferrars, sem saber que eram obra de Elinor, pediu para vê-las, e depois de receberem um testemunho gratificante da aprovação de Lady Middleton, Fanny as mostrou à mãe, informando-a com consideração, ao mesmo tempo, de que haviam sido feitos por Miss Dashwood.

— Hum, muito bonito — disse Miss Ferrars. E, sem de fato vê-las, devolveu-as à filha.

Talvez Fanny tenha pensado, por um momento, que a mãe tinha sido bastante rude, pois enrubesceu um pouco e disse imediatamente:

— São muito bonitos, senhora, não são? — Mas, por outro lado, o medo de ter sido educada e encorajadora demais lhe abateu e ela então acrescentou:

— Não acha que parece um pouco com o estilo de pintura de Mrs. Morton, senhora? Ela *sim* pinta muito bem! Como sua última paisagem ficou linda!

— Realmente linda! Mas *ela* faz tudo bem-feito.

Marianne não conseguia suportar isso. Já estava muito descontente com Mrs. Ferrars, e esse elogio inoportuno a outra pessoa, à custa de Elinor, embora não tivesse nenhuma noção de qual era a intenção, provocou-a de imediato a dizer com ímpeto:

— Que admiração curiosa! O que é a Mrs. Morton para nós? Quem a conhece, ou quem se importa com ela? Elinor é a pessoa de quem *estamos* pensando e falando.

E assim, tirou as telas das mãos da cunhada para admirá-las como deveriam.

Mrs. Ferrars ficou extremamente zangada e ficando ainda mais ereta do que nunca, disse esta filípica em resposta:

— Mrs. Morton é filha de Lorde Morton.

Fanny ficou muito zangada também, e seu marido ficou chocado com a audácia da irmã. Elinor ficou muito mais magoada com a impetuosidade de Marianne do que com o que a causara, mas o olhar do coronel Brandon, fixo em Marianne, declarava que ele notou apenas o que era amável nessa reação: o coração afetuoso que não suportava ver uma irmã desprezada, por menor que fosse o motivo.

A emoção de Marianne não ficou só nisso. A insolência fria do comportamento geral de Mrs. Ferrars para com a irmã parecia, para ela, predizer tais dificuldades e angústias para Elinor, como o próprio coração ferido a ensinou a pensar com horror; motivada por um forte impulso de sensibilidade afetuosa, após um momento, foi até a cadeira da irmã e colocou um braço em volta do pescoço e a bochecha perto da dela e disse em voz baixa, mas com um tom ansioso:

— Querida, querida Elinor, não lhes dê atenção. Não permita que eles deixem *você* infeliz.

Não conseguiu dizer mais nada, sentia-se exausta e, escondendo o rosto no ombro de Elinor, começou a chorar. Isso chamou a atenção de todos e quase todos ficaram preocupados. O coronel Brandon levantou-se e foi até elas sem sequer pensar. Mrs. Jennings, com um "Ah! Pobrezinha!", imediatamente deu-lhe seus sais, e Sir John ficou tão desesperadamente enfurecido contra o autor dessa angústia nervosa que na mesma hora mudou de lugar, foi para perto de Lucy Steele e, sussurrando, deu-lhe um breve relato de todo o caso chocante.

Em poucos minutos, no entanto, Marianne recuperou-se o suficiente para pôr fim à agitação e sentou-se entre os outros, embora seu ânimo mantivesse a impressão do que havia passado a noite inteira.

— Coitada de Marianne! — disse o irmão ao coronel Brandon, em voz baixa, assim que teve sua atenção. — Ela não tem a saúde tão boa quanto a irmã, é muito nervosa, não tem a constituição de Elinor... e deve-se admitir que deve ser muito penoso para uma jovem que já *foi* bela perder seus atrativos. Talvez o senhor não achasse isso, mas Marianne *era* muito bonita há alguns meses, tão bonita quanto Elinor. Agora vê-se que tudo se foi.

Capítulo 35

Elinor satisfez a curiosidade de conhecer Mrs. Ferrars. Viu nela tudo o que poderia tornar uma relação entre as famílias indesejável. Viu o suficiente de seu orgulho, sua maldade e seu preconceito resoluto contra si para compreender todas as dificuldades que teriam complicado o noivado e retardado o casamento entre Edward e ela, caso ele estivesse livre e tinha visto quase o suficiente para ficar agradecida, pelo *próprio* bem, que um obstáculo ainda maior a preservou do sofrimento causado por qualquer outro que pudesse ser criado por Mrs. Ferrars, poupou-a de ter que subordinar-se aos seus caprichos ou de qualquer preocupação com sua opinião. Ou, pelo menos, se não se alegrava por Edward estar preso a Lucy, decidiu que, se Lucy fosse mais amável, ela *teria* inclusive se alegrado.

Ela se perguntou se o ânimo de Lucy poderia ter sido tão elevado pela polidez de Mrs. Ferrars que o interesse e a vaidade dela poderiam cegá-la a ponto de fazer com que a atenção que foi oferecida a ela apenas porque *não era Elinor* pudesse parecer-lhe um elogio; ou permitir que fosse incentivada por uma preferência apenas dada a ela porque sua situação real era desconhecida. Mas se isso era verdade, não só fora declarado pelo olhar de Lucy então, mas foi de novo declarado na manhã seguinte mais abertamente, pois, a seu pedido, Lady Middleton deixou-a na Berkeley Street para que tivesse a chance de ver Elinor a sós e dizer-lhe como estava feliz.

A oportunidade mostrou-se proveitosa, pois uma mensagem de Mrs. Palmer logo depois que Lucy chegou fez com que Mrs. Jennings saísse.

— Cara amiga — gritou Lucy, assim que ficaram sozinhas —, vim para falar com você sobre a minha felicidade. Mrs. Ferrars poderia ter me tratado de forma mais lisonjeira ontem? Como foi afável! Você sabe como eu temia a ideia de vê-la, mas assim que fui apresentada seu comportamento foi tão amável que realmente parecia que ela gostou de mim. Não foi? Você viu tudo, não ficou admirada?

— Ela certamente foi muito educada com você.

— Educada? Você só viu educação? Eu vi muito mais do que isso. A bondade dela comigo e com ninguém mais! Não foi orgulhosa, nem arrogante, e sua cunhada também, muito doce e afável!

Elinor queria falar de outra coisa, mas Lucy ainda a pressionou a reconhecer que sua felicidade era justificada, e Elinor foi obrigada a continuar:

— Sem dúvida, se soubessem do seu noivado, nada poderia ser mais lisonjeiro do que o tratamento que lhe deram, mas como esse não era o caso...

— Imaginei que diria isso — respondeu Lucy depressa —, mas não haveria motivo para que Mrs. Ferrars parecesse gostar de mim se não gostasse, e ela gostar de mim é tudo. Você não me convencerá do contrário. Tenho certeza de que tudo acabará bem, e não haverá nenhuma dificuldade como eu achava que haveria. Mrs. Ferrars é uma mulher encantadora, assim como sua cunhada. Ambas são mesmo mulheres encantadoras! Eu me pergunto por que nunca ouvi você falar como Mrs. Dashwood era agradável!

Elinor não tinha resposta para isso e não tentou formular nenhuma.

— Você está doente, Miss Dashwood? Parece mal, você não fala... creio que não está bem.

— Nunca estive tão bem.

— Fico feliz com isso, de todo o meu coração, mas realmente não parece. Lamentaria muito se você ficasse doente. *Você*, que tem sido o maior consolo do mundo para mim! Só Deus sabe o que seria de mim sem a sua amizade...

Elinor tentou dar uma resposta educada, embora duvidasse do próprio êxito. Mas pareceu satisfazer Lucy, pois ela logo respondeu:

— Na verdade, estou completamente convencida de seu afeto por mim, e depois do amor de Edward, é o maior consolo que tenho. Pobre Edward! Mas agora há uma coisa boa, poderemos nos encontrar e nos encontraremos com bastante frequência, pois Lady Middleton está encantada com Mrs. Dashwood, então, suponho que visitaremos Harley Street muitas vezes, e Edward passa metade do tempo com a irmã... além disso, Lady Middleton e Mrs. Ferrars se visitarão agora, e Mrs. Ferrars e sua cunhada foram tão gentis em dizer, mais de uma vez, que sempre ficariam felizes em me ver. Elas são mulheres tão charmosas! É certo que se você contar à sua cunhada o que penso dela, nada será exagero.

Mas Elinor não lhe daria nenhum incentivo para esperar que *contaria* à cunhada. Lucy continuou:

— Tenho certeza de que eu perceberia logo se Mrs. Ferrars não tivesse gostado de mim. Se ela tivesse sido educada por uma mera formalidade, por exemplo, sem dizer uma palavra, e depois não tivesse me notado, e não tivesse olhado para mim de uma maneira agradável... você sabe o que quero dizer... se eu tivesse sido tratada com repulsa, eu teria desistido de tudo por desespero. Eu não aguentaria. Pois sei que quando ela *tem* aversão a alguém, é muito intensa.

Elinor foi impedida de responder a essa conquista social, pois a porta foi aberta, o criado anunciou Mr. Ferrars, e Edward entrou.

Foi um momento muito constrangedor, e o semblante de cada um deles deixava que isso transparecesse. Todos pareciam extremamente abobados, e Edward parecia estar mais propenso a sair da sala do que a avançar mais para dentro dela. A exata circunstância, em sua forma mais desagradável, que cada um deles estava ansioso para evitar os havia surpreendido. Não apenas estavam os três juntos, também não havia nenhuma outra pessoa para aliviar a situação. As damas recuperaram-se primeiro. Não era responsabilidade de Lucy tomar nenhuma atitude, e a aparência de segredo ainda deveria ser mantida. Ela, portanto, só pôde *parecer* amável e, depois de se dirigir ligeiramente a ele, não disse mais nada.

Mas Elinor podia fazer mais, e estava tão ansiosa, por ele e por ela, para fazê-lo bem, que se forçou, após um momento para se recompor, a recebê-lo com um olhar, um jeito quase à vontade, quase acessível e com um esforço um pouco maior pôde fazê-lo ainda melhor. Ela não permitiria que a presença de Lucy, nem a consciência de alguma injustiça em relação a si mesma, a dissuadisse de dizer que estava feliz em vê-lo, e que lamentou muito não estar em casa quando ele viera a Berkeley Street antes. Não teria receio de dar a atenção que, como amigo e quase parente, ele merecia, por causa do olhar perscrutador de Lucy, embora logo tenha percebido que ela a olhava atentamente.

Seus modos tranquilizaram um pouco Edward, e ele teve coragem suficiente para sentar-se, mas seu constrangimento ainda excedia o das damas em uma proporção que a situação tornava aceitável, embora seu gênero o tornasse raro, pois seu coração não tinha a indiferença de Lucy, nem sua consciência poderia ter a calma de Elinor.

Lucy, com um ar reservado e decidido, parecia determinada a não contribuir para o conforto dos outros, e não disse uma palavra, e quase tudo o que *foi* dito veio de Elinor, que foi obrigada a oferecer todas as informações sobre a saúde da mãe, a vinda à cidade etc. que Edward deveria ter perguntado, mas não o fez.

Seus esforços não pararam por aí, pois logo depois sentiu-se heroicamente disposta e decidida, sob o pretexto de buscar Marianne, a deixar os dois sozinhos. E de fato o fez, e o *fez* lindamente, pois ficou vários minutos no patamar da escada, com uma coragem orgulhosa, antes de ir até a irmã. Contudo, quando isso aconteceu, foi hora do êxtase de Edward cessar, pois a alegria de Marianne a fez correr para a sala de visitas imediatamente. Seu prazer em vê-lo era como qualquer outro de seus sentimentos, forte e expressado com entusiasmo. Ela o encontrou com a mão estendida e a voz que demonstrava o carinho de uma irmã.

— Querido Edward! — ela gritou. — Que momento de grande felicidade! Isso quase compensaria tudo!

Edward tentou retribuir a bondade dela como merecia, mas diante das testemunhas que tinha, não ousou dizer metade do que sentia de fato. Mais uma vez, todos se sentaram e, por um momento, todos ficaram em silêncio enquanto Marianne olhava com muita ternura, às vezes para Edward e às vezes para Elinor, lamentando apenas que o prazer de se encontrarem fosse reprimido pela presença indesejável de Lucy. Edward foi o primeiro a falar, e foi para notar a mudança na aparência de Marianne e expressar o medo de que Londres não tivesse atendido suas expectativas.

— Ah, não se preocupe comigo! — ela respondeu com animada sinceridade, embora os olhos estivessem cheios de lágrimas enquanto falava. — Não se preocupe com a *minha* saúde. Elinor está bem, como você pode ver. Isso basta para nós dois.

Esse comentário não serviu para deixar Edward ou Elinor mais à vontade, nem para acalmar Lucy, que olhou para Marianne com uma expressão não muito benevolente.

— Está gostando de Londres? — perguntou Edward, disposto a dizer qualquer coisa que introduzisse outro assunto.

— De jeito nenhum. Eu esperava ter grande satisfação, mas não encontrei nenhuma. Ver você, Edward, é o único consolo que Londres me proporcionou, e graças a Deus você é o mesmo que sempre foi!

Ela fez uma pausa. Ninguém falou nada.

— Creio, Elinor — acrescentou ela —, que devemos dar a Edward a tarefa de cuidar de nós em nosso retorno a Barton. Em uma ou duas semanas, suponho, partiremos e, acredito, Edward não irá se contrapor muito a aceitar a função.

O pobre Edward murmurou algo, mas o que foi, ninguém soube, nem mesmo ele. Mas Marianne, que percebeu a inquietação dele, e que poderia sem dificuldade nenhuma atribuí-la a qualquer causa que lhe fosse mais conveniente, ficou perfeitamente satisfeita e logo falou de outra coisa.

— Passamos o dia em Harley Street ontem, Edward! Foi tão tedioso, tão miseravelmente tedioso! Mas tenho muito a lhe contar sobre isso, e não posso contar agora.

E, com essa admirável discrição, ela adiou a confirmação de que achava os familiares de ambos muito desagradáveis e de ter ficado particularmente indignada com a mãe dele até que pudessem conversar em particular.

— Mas por que você não estava lá, Edward? Por que não foi?

— Eu tinha um compromisso em outro lugar.

— Compromisso? Mas o que era que o impediu de encontrar seus amigos?

— Talvez, Miss Marianne — gritou Lucy, ansiosa por vingança —, você ache que jovens moços não valorizam seus compromissos, simplesmente por não quererem mantê-los, sejam eles importantes ou triviais.

Elinor ficou muito zangada, mas Marianne pareceu totalmente indiferente à provocação, pois respondeu calmamente:

— Não, de fato, pois, para ser sincera, tenho certeza de que essa consciência impediu Edward de ir a Harley Street. E realmente acredito que ele *tem* a consciência mais delicada do mundo, tem escrúpulos no cumprimento de cada compromisso, independentemente da importância e do fato de não lhe interessarem nem agradarem. É o mais temeroso em causar sofrimento, em ferir a expectativa, e incapaz de ser egoísta, de qualquer pessoa que já conheci. Edward é assim, e vou dizer. O quê? Você nunca foi elogiado? Então você não deve ser meu amigo, pois aqueles que aceitam o meu amor e estima, devem se submeter aos meus elogios.

No entanto, a natureza do elogio no presente caso acabou por ser particularmente inadequada para os sentimentos de dois terços do público, e não foi tão animador para Edward, que logo se levantou para ir embora.

— Mas já vai? — disse Marianne. — Meu querido Edward, não pode ser.

E chamando-o um pouco para o lado, ela sussurrou sua convicção de que Lucy não ficaria por muito mais tempo. Mas mesmo esse estímulo falhou, pois ele estava decidido a ir embora, e Lucy, que ficaria mais caso a visita dele durasse duas horas, foi embora logo depois.

— O que pode trazê-la aqui com tanta frequência? — disse Marianne quando eles foram embora. — Ela não viu que queríamos que ela fosse embora! Que provocação para Edward!

— Por quê? Somos todas amigas dele, e ele conhece Lucy há mais tempo. É natural que quisesse vê-la tanto como a nós.

Marianne olhou para ela com firmeza, e disse:

— Sabe, Elinor, que este é um tipo de conversa que não posso suportar. Se você esperava ter sua afirmação contrariada, como devo supor ser o caso, deve lembrar que serei a última pessoa no mundo a fazê-lo. Não posso me permitir ser enganada por afirmações que não são realmente desejadas.

Ela então saiu da sala, e Elinor não se atreveu a segui-la para dizer mais, pois, sujeita a promessa de segredo a Lucy, não podia dar nenhuma informação que convencesse Marianne e por mais dolorosas que as consequências de ela ainda continuar sendo enganada pudessem ser, foi obrigada a se submeter a isso. Só podia esperar que Edward não a sujeitasse e nem a ele mesmo, com frequência, à angústia de ouvir a impetuosidade equivocada de Marianne, nem à repetição de qualquer outro sofrimento que fez parte do recente encontro... e tinha todos os motivos para esperar por isso.

Capítulo 36

Poucos dias depois desse encontro, os jornais anunciaram ao mundo que a senhora do Ilustríssimo Senhor Thomas Palmer deu à luz um filho e herdeiro com segurança — um parágrafo muito interessante e satisfatório, pelo menos para todas as conexões íntimas que já sabiam do fato.

Esse evento, extremamente importante para a felicidade de Mrs. Jennings, ocasionou uma alteração temporária na organização de seus afazeres e influenciou, em grau semelhante, os compromissos das jovens amigas, pois como desejava estar o máximo possível com Charlotte, ela ia para lá todas as manhãs assim que ficava pronta e não voltava até tarde da noite; e as Misses Dashwood, a pedido dos Middletons, passavam o dia inteiro, todos os dias, na Conduit Street. Para o próprio conforto, elas prefeririam ficar, pelo menos durante a manhã, na casa de Mrs. Jennings, mas não era algo que podiam argumentar contra a vontade de todos. O tempo delas foi, portanto, destinado à Lady Middleton e às duas Misses Steele, por quem a companhia delas era, na verdade, mais publicamente procurada do que valorizada.

Tinham bastante bom senso para serem companhia desejada pela primeira, mas eram consideradas concorrentes pelas outras duas, intrusas em *seu* terreno, e compartilhavam da bondade que queriam monopolizar. Embora nada pudesse ser mais educado do que o comportamento de Lady Middleton com Elinor e Marianne, ela não gostava delas de verdade. Como não elogiavam nem a ela nem a seus filhos, não achava que tinham boa índole e, como gostavam de ler, achava que eram satíricas — talvez sem saber exatamente o que era ser satírica, mas *isso* não tinha importância. Era um julgamento comum e fácil de ser concedido.

A presença delas era uma limitação tanto para ela quanto para Lucy. Reprimia a ociosidade de uma e os assuntos da outra. Lady Middleton tinha vergonha de não fazer nada diante delas, e a bajulação de que Lucy se orgulhava em pensar e, em outras ocasiões, praticar, temia que a desprezassem por oferecê-la. Miss Steele era, das três, a menos abalada pela presença delas, e estava em poder delas manter essa harmonia. Se qualquer uma delas tivesse lhe dado um relato completo e minucioso do caso entre Marianne e Mr. Willoughby, ela teria se considerado plenamente recompensada pela perda do melhor lugar ao lado da lareira após o jantar, o que a chegada delas ocasionou. Mas essa conciliação não foi concedida, pois, embora ela muitas vezes soltasse expressões de pena da irmã para Elinor, e mais de uma vez deixou escapar uma reflexão sobre a inconstância de jovens admiradores diante de Marianne, não obteve resultado, apenas um olhar de indiferença da primeira ou um de desgosto da segunda. Um esforço ainda menor poderia tê-la tornado amiga delas. Se tivessem brincado com ela por causa do doutor! Mas elas estavam, assim como as outras, tão pouco dispostas a agradá-la que se Sir John não jantasse em casa, ela poderia passar um dia inteiro sem ouvir nenhum gracejo sobre o assunto, apenas os que ela gentilmente oferecia.

Mrs. Jennings, no entanto, não fazia ideia de todo esse ciúme e insatisfação, e achava maravilhoso que as meninas ficassem juntas, e geralmente parabenizava as jovens amigas todas as noites por terem se safado da companhia de uma velha enfadonha por tanto tempo. Ela, às vezes, se juntava às amigas na casa de Sir John, às vezes na própria casa, mas aonde quer que fosse estava sempre de bom humor, cheia de alegria e assuntos, atribuindo o bem-estar de Charlotte aos seus cuidados e pronta para dar detalhes precisos e minuciosos da situação, que apenas Miss Steele tinha curiosidade para saber. Uma coisa a *incomodou*, e isso se tornou sua reclamação diária. Mr. Palmer mantinha a opinião geral, mas não paternal, entre os homens, de que todos os bebês eram iguais, e embora ela pudesse perceber claramente, em momentos diferentes, a semelhança impressionante entre esse bebê e cada um dos familiares de ambos os lados, não havia como convencer o pai disso; não havia como convencê-lo a acreditar que não era exatamente como qualquer outro bebê da mesma idade, e ele era incapaz de reconhecer a simples afirmação de que era a criança mais linda do mundo.

Passo agora ao relato de um infortúnio, que dessa vez se abateu sobre Mrs. John Dashwood. Acontece que, quando as cunhadas e Mrs. Jennings a visitaram pela primeira vez em Harley Street, outra conhecida sua havia aparecido — circunstância que normalmente não lhe causaria aborrecimento. Mas enquanto a imaginação de outras pessoas as levará a terem julgamentos errados de nossa conduta e tirar conclusões a partir das aparências, a felicidade de uma pessoa deve, em alguma medida, estar sempre à mercê do acaso. No presente caso, essa dama permitiu que sua imaginação fosse muito além da verdade e da probabilidade que, apenas ao ouvir o nome das Misses Dashwood e saber que eram irmãs de Mr. Dashwood, imediatamente concluiu que estavam hospedadas na Harley Street; e essa interpretação equivocada, depois de um ou dois dias, resultou em convites para elas, bem como para seu irmão e sua cunhada, para uma pequena festa com apresentação musical na casa dela. A consequência disso foi que Mrs. John Dashwood foi obrigada a submeter-se não apenas ao grande inconveniente de enviar sua carruagem para as Misses Dashwood, mas, o que era ainda pior, sujeitar-se a todo o desprazer de ter de parecer tratá-las com atenção. E quem sabe se elas não teriam a expectativa de sair com ela uma segunda vez? O poder de desapontá-las, era verdade, seria sempre dela. Mas isso não era suficiente, pois quando as pessoas estão firmes em um modo de conduta que sabem estar errado, elas se sentem feridas pela expectativa de que qualquer coisa de melhor parta delas.

Marianne foi aos poucos se habituando à rotina de sair todos os dias e agora era indiferente para ela se saía ou não. Arrumava-se silenciosa e mecanicamente para cada compromisso da noite, embora sem a expectativa de ter a menor diversão em nenhum deles, e muitas vezes sem saber, até o último momento, para onde ia.

Era indiferente ao vestido e à sua aparência, a ponto de não destinar a isso nem metade da atenção, enquanto se arrumava, da que recebia de Miss Steele nos primeiros cinco minutos juntas. Nada escapava da observação minuciosa e curiosidade *dela*. Via tudo e perguntava tudo, não sossegava até saber o preço de cada parte do vestido de Marianne; poderia adivinhar a quantidade de vestidos que Marianne tinha com mais precisão do que a própria Marianne, e não perdia a esperança de descobrir, antes de se separarem, qual era o custo por semana com lavanderia e quanto ela tinha por ano para gastar consigo mesma. Além disso, a impertinência desse tipo de escrutínio era geralmente concluída com um elogio, que, embora tivesse a intenção de agradar, Marianne considerava a maior impertinência de todas, pois, depois de submeter-se ao exame do valor e da marca do vestido, da cor dos sapatos e do penteado, tinha quase certeza de que ouviria que "estava muito elegante e arrisco dizer que conquistaria muitos admiradores".

Esses incentivos lhe foram negados na presente ocasião pela chegada da carruagem do irmão, na qual estavam prontas para entrar cinco minutos depois que parou na porta; pontualidade que não agradou muito a cunhada, que foi para a casa de sua conhecida antes e estava lá esperando por algum atraso da parte delas que poderia ser inconveniente para si ou seu cocheiro.

Os acontecimentos desta noite não foram muito notáveis. A festa, como outras com apresentação musical, contava com muitas pessoas que realmente apreciavam o espetáculo, e muitas outras que não apreciavam nem um pouco;

e os artistas eram, como de costume, em sua própria opinião e na dos amigos próximos, os melhores artistas particulares da Inglaterra.

Como Elinor não tinha gosto para música, nem pretendia ter, não hesitava em desviar o olhar do pianoforte de cauda sempre que lhe convinha, e nem mesmo a presença da harpa e do violoncelo a impediam de fixar os olhos em qualquer outro objeto na sala ao seu bel prazer. Em um desses olhares errantes, notou entre um grupo de jovens o próprio, aquele que lhes tinha dado uma palestra sobre porta-palito de dentes na loja Gray's. Ela o notou logo depois que ele olhou para ela. Estava conversando com intimidade com o irmão dela e acabara de resolver descobrir seu nome com ele. Ambos vieram em sua direção e Mr. Dashwood o apresentou a ela como Mr. Robert Ferrars.

Ele dirigiu-se a ela com uma polidez tranquila e fez uma reverência com a cabeça que lhe assegurou tão claramente quanto as palavras poderiam ter feito que ele era exatamente o dândi que Lucy descrevera. Felicidade para ela seria se seu afeto por Edward tivesse dependido menos de sua própria virtude do que da virtude de seus familiares mais próximos! A reverência do irmão foi o golpe fatal à irritação que a mãe e irmã dele fizeram surgir. Mas enquanto refletia sobre a diferença dos dois jovens, não achou que a presunção fútil de um mudava seu julgamento em relação à modéstia e ao valor do outro. O porquê de *serem* tão diferentes, Robert mesmo explicou a ela no decorrer de quinze minutos de conversa, pois falando do irmão e lamentando a extrema *excentricidade* que ele realmente acreditava que o impedia de ter companhia adequada, ele sincera e generosamente não a atribuiu tanto a nenhuma deficiência inata, mas ao azar de uma educação privada; enquanto ele mesmo, embora provavelmente não tivesse nada de especial, nenhuma superioridade substancial por natureza, simplesmente por ter tido a vantagem de frequentar uma escola pública, era tão qualificado para relacionar-se com as pessoas como qualquer outro homem.

— Por Deus — acrescentou ele —, creio que não há de ser somente isso, e com frequência digo à minha mãe quando se lamenta por este assunto. "Minha querida senhora", sempre digo a ela, "você deve ficar tranquila. O mal agora é irremediável, e a culpa foi toda sua. Por que foi convencida por meu tio, Sir Robert, contra a própria vontade, que Edward tivesse um tutor particular no momento mais crítico da vida dele? Se você o tivesse enviado para Westminster, como fez comigo, em vez de enviá-lo para Mr. Pratt, tudo isso teria sido evitado." É isso que sempre penso sobre o assunto, e minha mãe está perfeitamente convencida de seu erro.

Elinor não iria se opor a opinião dele porque qualquer que fosse seu parecer geral sobre a vantagem da escola pública, não conseguia pensar na estadia de Edward na família de Mr. Pratt com nenhuma satisfação.

— A senhorita mora em Devonshire, creio — foi a próxima observação dele —, em uma casa de campo perto de Dawlish.

Elinor o corrigiu quanto à localização da casa, e ele pareceu bastante surpreso que alguém pudesse viver em Devonshire sem viver perto de Dawlish. No entanto, expressou sincera aprovação quanto ao tipo de casa.

— Da minha parte — disse ele —, gosto muito de casas de campo, são sempre muito confortáveis, muito elegantes. E afirmo que se tivesse algum dinheiro para gastar, compraria um pequeno terreno e construiria uma eu mesmo, perto de Londres, para onde poderia ir quando quisesse para reunir alguns amigos e ser feliz. Aconselho todo mundo que vai construir que construa uma casa de campo. Meu amigo Lord Courtland veio até mim outro dia para pedir meu conselho e me apresentou três planos diferentes para Bonomi. Eu deveria escolher o melhor. "Caro Courtland", eu disse, e joguei todos os projetos no fogo, "não escolha nenhum deles, sem dúvida, construa uma casa de campo." E isso foi, imagino, o fim da história. Algumas pessoas pensam que não há comodidades, nem espaço em uma casa de campo, mas é um engano. Mês passado visitei meu amigo Elliott, perto de Dartford. Lady Elliott queria dar um baile. "Mas como poderíamos fazer isso?", ela perguntou. "Caro Ferrars, diga-me como posso fazê-lo. Não há um cômodo nesta casa que possa acomodar dez casais, e onde seria o jantar?" Imediatamente vi que não haveria dificuldades, então disse: "Cara Lady Elliott, não fique aflita. A sala de jantar acomoda dezoito casais com tranquilidade, as mesas de jogos podem ser colocadas na sala de estar, a biblioteca pode abrigar o chá e outros refrescos, o jantar poderá ser no salão." Lady Elliott ficou encantada. Medimos a sala de jantar e descobrimos que acomodaria exatamente dezoito casais e tudo foi organizado precisamente conforme minhas instruções. De modo que, de fato, veja, se as pessoas sabem como se organizar, é possível desfrutar de todo conforto tanto em uma casa de campo quanto em uma residência espaçosa.

Elinor concordou com tudo, pois achou que ele não merecia o elogio de uma oposição racional.

De modo que John Dashwood, assim como a irmã mais velha, também não apreciava música, sua mente também estava livre para atentar-se a qualquer outra coisa. Um pensamento passou por sua cabeça durante a noite e ele o comunicou à esposa para aprovação quando chegaram em casa. A consideração do engano de Mrs. Dennison, que supôs que as irmãs estivessem hospedadas na casa deles, incentivava a decência de serem realmente convidadas para tal enquanto os compromissos de Mrs. Jennings a mantinham longe de casa. As despesas seriam mínimas e os inconvenientes também, e era um cuidado que a delicadeza de sua consciência indicava ser necessário para que fosse completamente libertado da promessa que fizera ao pai. Fanny ficou surpresa com a proposta.

— Não creio que seja possível convidá-las sem ofender Lady Middleton — disse ela —, pois elas passam todos os dias com ela, caso contrário, eu ficaria extremamente feliz em fazê-lo. Você sabe que estou sempre pronta a dar-lhes toda atenção em meu poder, como o fato de levá-las à festa esta noite pode mostrar. Mas elas são visitas de Lady Middleton. Como posso pedir que não sejam mais?

O marido, com enorme humildade, achou que sua objeção não era um grande problema.

— Elas já passaram uma semana na Conduit Street, e Lady Middleton não ficaria descontente por ceder o mesmo período a familiares tão próximos.

Fanny fez uma pausa e, em seguida, com novo vigor, disse:

— Meu amor, eu as convidaria de todo o meu coração, se estivesse em meu poder. Mas eu tinha acabado de me decidir a convidar as Misses Steele para passarem alguns dias conosco. Elas se comportam muito bem, são um bom tipo de moças e creio que devemos essa atenção a elas, já que o tio delas fez tanto por Edward. Podemos convidar suas irmãs outro ano, sabe, mas as Misses Steele talvez não venham mais para a cidade. Tenho certeza de que gostará delas. Na verdade, você *gosta* delas, sabe, já gosta muito, e minha mãe também, e elas são tão queridas por Harry!

Mr. Dashwood foi convencido. Viu a necessidade de convidar as Misses Steele imediatamente, e sua consciência ficou tranquila com a decisão de convidar as irmãs em outro ano. Ao mesmo tempo, no entanto, secretamente suspeitava que no outro ano o convite se tornaria desnecessário, Elinor viria para a cidade como esposa do coronel Brandon, e Marianne como visitante *deles*.

Fanny, alegre com seu subterfúgio e orgulhosa da sagacidade que o havia gerado, escreveu para Lucy na manhã seguinte para solicitar a companhia dela e da irmã por alguns dias em Harley Street assim que Lady Middleton permitisse. Isso foi o suficiente para fazer Lucy verdadeira e razoavelmente feliz. Mrs. Dashwood parecia estar totalmente do seu lado, nutrindo todas as suas esperanças e apoiando todas as suas perspectivas! A oportunidade de estar com Edward e sua família era, mais do que tudo, de interesse primordial para ela, e esse convite era muito gratificante! Era uma chance que nunca seria reconhecida com gratidão demais, e que poderia ser muito rapidamente aproveitada, pois se descobriu que a visita a Lady Middleton, que antes não tinha um fim preciso, fora desde o início planejada para terminar em dois dias.

Quando mostrou o bilhete a Elinor, o que aconteceu dez minutos depois de recebê-lo, pela primeira vez ela compartilhou das expectativas de Lucy, pois o gesto incomum de bondade, concedido em tão curto espaço de tempo após se conhecerem, parecia declarar que a boa vontade para com Lucy brotava de algo mais do que apenas malícia contra si e poderia, com o tempo e tratamento, trazer tudo o que Lucy desejava. A bajulação dela já havia subjugado o orgulho de Lady Middleton e alcançado o coração de Mrs. John Dashwood, e esses efeitos revelavam a probabilidade de outros maiores.

As Misses Steele foram para Harley Street e tudo o que Elinor soube da influência delas lá aumentou sua expectativa do casamento de Edward ocorrer. Sir John, que as visitou mais de uma vez, trouxe relatos da gentileza com que eram tratadas, o que era de impressionar qualquer um. Mrs. Dashwood nunca esteve tão satisfeita com nenhuma outra jovem na vida como estava com elas. Presenteou cada uma com um porta-agulhas de costura feito por algum emigrante, chamava Lucy pelo seu nome de batismo, e não sabia se algum dia seria capaz de deixá-las ir embora.

Capítulo 37

Mrs. Palmer sentia-se tão bem ao fim de duas semanas que a mãe achou que não era mais necessário dedicar todo o seu tempo a ela; contentando-se em visitá-la uma ou duas vezes por dia, voltou para casa e retomou seus hábitos, e encontrou as Misses Dashwood prontas para retomar seus antigos papéis.

Na terceira ou quarta manhã depois de estarem reacomodadas em Berkeley Street, Mrs. Jennings, ao retornar da visita regular a Mrs. Palmer, entrou na sala de visitas, onde Elinor estava sentada sozinha, com um ar de ter algo importante para contar-lhe logo que a preparou para ouvir algo maravilhoso, e dando-lhe tempo apenas para criar essa ideia, começou logo a justificá-la, dizendo:

— Meu Senhor! Minha querida Miss Dashwood! Soube da notícia?

— Não, senhora. O que é?

— Uma coisa tão estranha! Mas hei de lhe contar tudo. Quando cheguei à casa de Mr. Palmer, encontrei Charlotte muito agitada por causa da criança. Ela tinha certeza de que a criança estava muito mal, ele chorava, estava inquieto e cheio de bolinhas. Então olhei bem para ele e disse, "Senhor! Querida, não é nada demais, apenas uma alergia", e a enfermeira disse o mesmo. Mas Charlotte, não satisfeita, chamou Mr. Donavan, e felizmente ele tinha acabado de sair da Harley Street, então chegou rápido. Assim que viu a criança disse exatamente o mesmo, que não era nada demais, apenas uma alergia, e Charlotte ficou tranquila. E então, assim que ele estava indo embora, veio à minha cabeça, não sei o porquê pensei nisso, mas veio à minha cabeça perguntar se ele tinha alguma notícia. Com isso, ele sorriu, e deu um sorriso irônico, pareceu sério, parecia saber de algo, e, finalmente, disse em um sussurro: "Por receio de que qualquer relato desagradável chegue às jovens sob seus cuidados quanto à indisposição da cunhada, creio que é aconselhável dizer que acredito que não há grande motivo para alarme, creio que Mrs. Dashwood ficará muito bem."

— O quê? Fanny está doente?

— Foi exatamente o que eu disse, minha querida. "Senhor!", eu disse, "Mrs. Dashwood está doente?" Então tudo veio à tona e, resumindo, pelo que eu soube, parece ser isso. Mr. Edward Ferrars, o jovem com o que eu costumava brincar com você, no entanto, como se vê, estou extremamente feliz de que nunca houve nada entre vocês, ao que parece Mr. Edward Ferrars está noivo da minha prima Lucy há mais de um ano! Veja, minha querida! E ninguém sabia de nada, a não ser Nancy! Acredita numa coisa dessas? Não há nada demais se eles gostam um do outro, mas ficarem noivos em segredo, e ninguém sequer suspeitou! *Isso* é estranho! Nunca os vi juntos, do contrário tenho certeza de que teria descoberto logo. Bem, e então isso foi mantido em grande sigilo por medo de Mrs. Ferrars, e nem ela nem seu irmão ou sua cunhada suspeitaram de nada. Até esta manhã, a pobre Nancy, que, você sabe, é uma criatura bem-intencionada, mas não é nenhuma delatora, deixou escapar tudo. "Senhor!", ela pensou consigo mesma, "todos eles gostam tanto de Lucy, tenho certeza de que não irão criar obstáculos", e assim ela foi até sua cunhada, que estava fazendo um tapete sem desconfiar do que estava por vir, pois tinha acabado de dizer ao seu irmão, apenas cinco minutos antes, que planejava juntar Edward e alguma filha de um Lorde, esqueci-me quem. Então você pode imaginar que golpe isso foi em toda a sua vaidade e seu orgulho. Ela imediatamente ficou histérica, tanto que os gritos chegaram aos ouvidos de seu irmão, que estava sentado em seu gabinete no andar de baixo pensando em escrever uma carta para seu mordomo no interior. Então, ele subiu voando, e uma cena terrível aconteceu, pois Lucy estava chegando naquele momento, nem sonhando com o que estava acontecendo. Coitada! Tenho pena *dela*. E devo dizer, creio que ela foi tratada com muita crueldade, pois sua cunhada a repreendeu com fúria, o que a fez desmaiar. Nancy caiu de joelhos, e soltou um grito desesperado, e seu irmão ficou andando pela sala e disse que não sabia o que fazer. Mrs. Dashwood disse que elas não deveriam ficar nem mais um minuto na casa, e seu irmão foi forçado a se ajoelhar *também* para convencê-la a deixá-las ficar pelo menos até que fizessem as malas. *Então* ela ficou histérica de novo, e ele ficou assustado a ponto de chamar Mr. Donavan, que chegou na casa no meio desse alvoroço todo. A carruagem estava na porta pronta para levar as coitadas das minhas primas embora, e elas tinham acabado de subir quando ele saiu. Pobre Lucy, estava de um jeito, ele diz, mal conseguia andar, e Nancy estava tão mal quanto a irmã. Digo-lhe, não tenho paciência com sua cunhada e espero, de todo o coração, que a união aconteça mesmo que ela não queira. Senhor! Como Mr. Edward vai ficar agoniado quando souber disso! Ter seu amor tratado com tanto desdém! Pois dizem que ele gosta muito dela, o que não é de surpreender-se. Eu não me admiraria se ele estivesse apaixonado! E Mr.

Donavan também acha. Ele e eu conversamos muito sobre o assunto. E o melhor de tudo é que ele voltou para Harley Street, pois é provável que seja chamado quando Mrs. Ferrars for informada, já que a chamaram assim que minhas primas saíram da casa, pois sua cunhada tinha certeza de que *ela* também ficaria histérica e, não que eu me importe, mas suponho que fique de fato. Não tenho pena de nenhuma delas. Não entendo por que as pessoas fazem tanto rebuliço por causa de dinheiro e status. Não há nenhuma razão para que Mr. Edward e Lucy não se casem, pois tenho certeza de que Mrs. Ferrars tem condições de tratar seu filho muito bem, e embora Lucy não tenha quase nada, ela sabe melhor do que qualquer um como aproveitar as coisas ao máximo. Ouso dizer que se Mrs. Ferrars desse a ele apenas quinhentas libras por ano ela faria parecer que eram oitocentas. Senhor! Como eles viveriam de maneira confortável em uma casa como a sua, ou uma um pouco maior, com duas criadas e dois criados. E creio que eu poderia ajudá-los com uma empregada, pois minha Betty tem uma irmã sem lugar para ficar que seria ótima para eles.

Neste ponto Mrs. Jennings parou, e como Elinor teve tempo suficiente para reorganizar os pensamentos, conseguiu responder e fazer as observações que o assunto naturalmente exigia. Feliz ao descobrir que não era suspeita de ter nenhum interesse extraordinário pelo assunto, que Mrs. Jennings, como ela esperava, havia deixado de pensar que ela estava apaixonada por Edward e feliz, acima de tudo, pela ausência de Marianne, sentiu-se capaz de falar sobre o caso sem constrangimento e de julgar, como acreditou, com imparcialidade a conduta de todos os envolvidos.

Não conseguiu determinar qual era a própria expectativa da situação, embora tentasse avidamente afastar a possibilidade de que terminaria com o casamento de Edward e Lucy. O que Mrs. Ferrars diria e faria, embora não pudesse haver dúvida de sua natureza, ela estava ansiosa para ouvir; ainda mais ansiosa para saber como Edward se comportaria. Por *ele*, sentiu muita compaixão; por Lucy, muito pouca — e causou-lhe algum sofrimento conseguir esse pouco —; e pelo restante do grupo, nada.

Como Mrs. Jennings não conseguia falar sobre outro assunto, Elinor logo viu a necessidade de preparar Marianne para essa conversa. Não deveria perder tempo em revelar o fato, em familiarizá-la com a verdade, e em se esforçar para que a irmã ouvisse o assunto sendo falado por outros sem deixar transparecer que se sentia incomodada por Elinor ou se ressentia de Edward.

O trabalho de Elinor foi doloroso. Iria esconder o que realmente acreditava para ser o principal consolo da irmã, para dar detalhes sobre Edward que temia que o destruiria para sempre no conceito da irmã, e fazer com que Marianne, pela semelhança de suas situações, que para a imaginação *dela* seria grande, sentisse toda a própria decepção novamente. Mas por mais indesejável que uma tarefa como essa fosse, também era necessária, e Elinor, portanto, apressou-se para executá-la.

Ela estava longe de querer se debruçar sobre os próprios sentimentos ou de demonstrar que estivesse sofrendo muito, e não queria sugerir que o autocontrole que teve desde que soube do noivado de Edward pela primeira vez pudesse ter sido praticado por Marianne. Deu um relato claro e simples e, embora não pudesse ser dado sem emoção, não foi acompanhado de grande agitação nem lamento impetuoso. *Isso* foi mais demonstrado pela ouvinte, pois Marianne ouviu tudo com horror e chorou copiosamente. Elinor consolaria os demais em suas próprias angústias e, embora seu sofrimento não fosse menor, todo o consolo que poderia dar ao garantir que estava calma, e uma justificativa muito sincera para todas as acusações que Edward recebia, exceto para sua imprudência, era prontamente oferecida.

Mas Marianne, por algum tempo, não aceitou nenhum dos dois. Edward parecia ser um segundo Willoughby e, reconhecendo, como Elinor o fez, que ela o *amava* com toda a sinceridade, não poderia sofrer menos do que a irmã! Quanto a Lucy Steele, ela a considerava tão completamente abominável, tão absolutamente incapaz de atrair um homem sensato que em princípio não podia acreditar, e depois perdoar, nenhuma afeição anterior de Edward por ela. Ela sequer admitiria ser verdadeira, e Elinor deixou-a convencer-se de que assim era, pois somente conhecendo melhor a humanidade poderia ser convencida.

A primeira conversa não foi além de informar o noivado e sua duração. Os sentimentos de Marianne então entraram em cena e puseram fim ao relato dos detalhes e, por algum tempo, tudo o que foi possível fazer foi acalmar sua angústia, diminuir sua agitação e combater seu ressentimento. A primeira pergunta dela, que levou a mais detalhes, foi:

— Há quanto tempo sabe disso, Elinor? Ele escreveu para você?

— Sei há quatro meses. Quando Lucy foi pela primeira vez a Barton Park em novembro passado ela me contou sobre o noivado em segredo.

Com essas palavras, os olhos de Marianne expressaram o espanto que seus lábios não conseguiam pronunciar. Depois de uma pausa de admiração, exclamou:

— Quatro meses! Você já sabe há quatro meses?

Elinor confirmou.

— Como? Isso estava em seu coração enquanto você me assistia em toda a minha tristeza? E eu a repreendi por ser feliz!

— Não era apropriado na época que você soubesse o quanto eu não era!

— Quatro meses! — gritou Marianne novamente. — Tão calma!... Tão alegre!... Como você suportou?

— Sentindo que estava cumprindo meu dever. Minha promessa a Lucy obrigou-me a manter o segredo. Eu devia a ela, portanto, evitar dar qualquer indício da verdade. E eu devia a minha família e meus amigos não os deixar preocupados comigo, porque não estava em meu poder apaziguá-los.

Marianne parecia muito impressionada.

— Muitas vezes desejei revelar a você e minha mãe — acrescentou Elinor. — E uma ou duas vezes até tentei, mas sem trair a confiança que foi depositada em mim, eu nunca poderia ter convencido você.

— Quatro meses! E mesmo assim você o amava!

— Sim. Mas eu não amava apenas a ele... e como a tranquilidade dos outros era cara para mim, fiquei feliz em poupá-los de saber o que eu sentia. Agora, posso pensar e falar sobre isso sem muita comoção. Eu não faria você sofrer por minha causa, pois eu lhe garanto que já não sofro tanto. Tenho muitas coisas em que me apoiar. Estou ciente de que não provoquei essa decepção por nenhuma imprudência minha e aguentei o máximo possível sem espalhá-la ainda mais. Absolvo Edward de má conduta. Desejo que ele seja muito feliz. E tenho tanta certeza de que ele está sempre cumprindo seu dever que, embora agora possa nutrir arrependimento, no final acabará sendo feliz. Não falta bom senso a Lucy, e essa é a base sobre a qual tudo de bom pode ser construído. E afinal, Marianne, apesar de tudo o que é fascinante na ideia de um único e constante relacionamento, e tudo o que pode ser dito sobre a felicidade de alguém depender inteiramente de uma única pessoa, não significa... não é adequado... não é possível que seja assim. Edward há de casar-se com Lucy, se casará com uma mulher superior em termos de personalidade e inteligência se comparada com metade das mulheres, e o tempo e o hábito irão ensiná-lo a esquecer que um dia já pensou em outra superior a *ela*.

— Se essa é a sua maneira de pensar — disse Marianne —, se a perda do que é tão estimado pode ser tão facilmente remediada por outra coisa, sua firmeza, seu autocontrole são, talvez, menos espantosos. Consigo entendê-la um pouco melhor.

— Compreendo você. Acha que não tenho sentimentos. Por quatro meses, Marianne, tive tudo isso pairando em minha mente, sem poder tocar no assunto com nem uma única criatura; sabendo que você e minha mãe ficariam muito tristes quando soubessem, e mesmo assim eu não podia preparà-las para tal. Foi-me dito... foi de uma maneira forçada pela própria pessoa, cujo noivado arruinou todas as minhas perspectivas; e me contou, como eu imaginava, triunfante. Logo, tive de me opor às suspeitas dessa pessoa, esforçando-me para parecer indiferente quando, na verdade, estava muito interessada... e não foi só uma vez... tive que ouvir as esperanças e a exultação dela repetidas vezes.

Tenho consciência de que nunca poderei estar junto de Edward sem que haja ao menos uma circunstância que poderia me fazer desejar menos essa conexão. Nada provou que ele é indigno nem mostrou que seja indiferente a mim. Tenho suportado a falta de gentileza da irmã dele e a insolência da mãe, e sofrido o castigo de um afeto sem desfrutar de suas vantagens. E tudo isso tem acontecido em um momento que, como você sabe muito bem, a minha infelicidade não foi a única. Se você pode me imaginar como uma pessoa que tem sentimentos, certamente pode *agora* supor que sofri. A calma com a qual lidei com o assunto até o momento, o consolo que estou disposta a oferecer, são frutos de esforço constante e doloroso... não brotaram sozinhos... no início não estavam presentes para aliviar meu sofrimento. Não, Marianne. *Então*, se meu silêncio não tivesse sido imposto, talvez nada pudesse ter me impedido de... nem mesmo o que eu devia aos meus amigos mais queridos... de demonstrar abertamente que eu estava *muito* infeliz...

Marianne estava bastante arrasada.

— Ah, Elinor! — ela lamentou. — Você me fez odiar a mim mesma para sempre. Como fui desumana com você! Justo com você! Que foi meu único consolo, que suportou comigo toda a minha infelicidade, que parecia estar sofrendo apenas por mim! É desta maneira que lhe agradeço? É a única coisa que posso lhe oferecer? Porque sua virtude se derrama sobre mim e eu tenho tentado livrar-me dela.

Essa confissão foi seguida dos mais ternos carinhos. No estado de espírito que Marianne se encontrava agora, Elinor não teve dificuldade em fazê-la prometer qualquer coisa que pedisse e, por pedido seu, Marianne se comprometeu a falar do caso sem o menor vestígio de amargura; encontrar Lucy sem revelar o menor aumento de antipatia por ela; e até mesmo encontrar o próprio Edward, se o acaso os aproximasse, com a mesma cordialidade habitual com ele. Essas concessões eram enormes, mas quando Marianne sentia que havia prejudicado alguém, nenhuma reparação era demais para ela.

Ela cumpriu a promessa de ser discreta com louvor. Ouviu a tudo o que Mrs. Jennings tinha a dizer sobre o assunto com semblante impassível, não discordou de nada, e abriu a boca por três vezes para dizer: "Sim, senhora." Ouviu Mrs. Jennings elogiar Lucy e apenas mudou de uma cadeira para outra, e quando Mrs. Jennings falou do afeto de Edward, isso apenas lhe causou um espasmo na garganta. Essas atitudes da irmã que beiravam ao heroísmo fizeram Elinor sentir-se capaz de suportar qualquer coisa.

A manhã seguinte trouxe uma prova mais difícil com a visita do irmão, que chegou com um aspecto muito sério para falar sobre o terrível caso e trazer-lhes notícias da esposa.

— Vocês ficaram sabendo, suponho — disse ele com grande solenidade, assim que se sentou —, da descoberta muito chocante que ocorreu sob nosso teto ontem.

Todas consentiram com um gesto. Parecia um momento terrível demais para palavras.

— Sua cunhada — continuou ele — sofreu terrivelmente. Mrs. Ferrars também. Em resumo, foi uma cena de angústia extrema, mas espero que a tempestade passe sem que sejamos levados por ela. Pobre Fanny! Estava histérica ontem. Mas não quero deixá-las muito alarmadas. Donavan diz que não há nada a temer, ela tem uma boa constituição e não há nada igual à sua firmeza. Ela suportou tudo com a força de um anjo! Diz que nunca mais fará bom juízo de ninguém e não é de espantar-se, depois de ter sido tão enganada! Deparar-se com tanta ingratidão, depois de demonstrar tanta bondade, depositar tanta confiança! Foi pela benevolência de seu coração que convidou essas jovens para se hospedarem em casa, simplesmente porque achava que mereciam atenção, que eram inofensivas, bem-comportadas e que seriam companhias agradáveis; pois, caso contrário, ambos desejávamos muito ter convidado você e Marianne para estarem conosco enquanto sua gentil amiga estava cuidando da filha. E ter sido recompensada dessa maneira! "Quisera do fundo do coração", disse a pobre Fanny com seu jeito carinhoso, "que tivéssemos convidado suas irmãs em vez delas."

Neste momento ele parou para ser agradecido, o que foi feito, e então continuou:

— É impossível descrever como a coitada Mrs. Ferrars sofreu quando Fanny lhe deu a notícia. Enquanto estava planejando com o maior carinho uma conexão mais adequada para ele, como podia supor que ele pudesse estar secretamente noivo de outra pessoa! Essa suspeita nunca teria passado por sua cabeça! Se suspeitasse de *qualquer* coisa, não seria *isso*. "*Disso*, com certeza", disse ela, "achei que não corria o risco." Ela estava bastante agoniada. Porém, juntos conversamos a respeito do que deveria ser feito, e por fim ela determinou que Edward fosse chamado. Ele veio. Mas lamento relatar o que se seguiu. Nada do que Mrs. Ferrars disse para fazê-lo acabar com o noivado, assistida também, como vocês devem muito bem supor, de meus argumentos e das súplicas de Fanny, adiantou. Obrigação, afeto, tudo foi desconsiderado. Nunca pensei que Edward fosse tão teimoso, tão insensível. Sua mãe explicou-lhe os planos generosos caso ele se casasse com Miss Morton. Disse-lhe que a propriedade de Norfolk seria dele, que, livre de impostos fundiários, gera mil libras ao ano; até mesmo ofereceu, quando o desespero aumentou, transformar a renda em mil e duzentas libras por ano e em oposição a isso, se ele ainda insistisse nesse casamento ruim, descreveu para ele a penúria evidente que acompanharia a união. Afirmou que ele teria suas duas mil libras, mas que ela nunca mais o veria, e não lhe ofereceria a menor assistência, e caso ele seguisse qualquer profissão com intuito de obter melhor sustento, ela faria de tudo ao seu alcance para atrapalhar seu êxito nela.

Neste ponto, Marianne, em êxtase de indignação, bateu uma mão na outra e gritou:

— Bom Deus! Como isto pode ser possível?

— Bem, você pode se perguntar, Marianne — respondeu o irmão —, que obstinação poderia resistir a argumentos como estes. Sua exclamação é muito natural.

Marianne ia responder, mas lembrou-se de suas promessas e se controlou.

— Tudo isso, no entanto, foi em vão — continuou ele. — Edward disse muito pouco, mas o que disse, foi de maneira muito determinada. Nada o convenceria a desistir do noivado. Ele se manteria firme em sua decisão, qualquer que fosse o custo.

— Então — gritou Mrs. Jennings com franqueza, sem conseguir mais ficar em silêncio —, ele agiu como um homem honesto! Peço perdão, Mr. Dashwood, mas se ele tivesse feito o contrário, eu o acharia um mau-caráter. Tenho certa preocupação com o assunto, assim como o senhor, pois Lucy Steele é minha prima, e acredito que não há moça melhor no mundo nem alguém que mereça mais um bom marido do que ela.

John Dashwood ficou muito surpreso, mas era de natureza calma, não propenso a provocações, e nunca queria ofender ninguém, especialmente alguém de grande fortuna. Ele, portanto, respondeu sem qualquer ressentimento:

— Eu não falaria desrespeitosamente de nenhum familiar seu, senhora. Miss Lucy Steele é, suponho, uma moça muito merecedora, mas na atual situação, o casamento é impossível. E ter se envolvido em um noivado secreto com um jovem sob os cuidados do tio, o filho de uma mulher de fortuna tão grande como Mrs. Ferrars, talvez seja uma atitude um tanto quanto desmedida. Em resumo, não pretendo refletir sobre o comportamento de nenhuma pessoa pela qual a senhora tenha consideração, Mrs. Jennings. Todos desejamos que ela seja muito feliz, e a conduta de Mrs. Ferrars foi, o tempo todo, a que qualquer mãe consciente e boa adotaria em circunstâncias semelhantes. Tem sido digna e generosa. Edward fez sua escolha, e temo que foi uma escolha ruim.

Marianne suspirou expressando a mesma apreensão, e o coração de Elinor ficou apertado pelo sentimento de Edward por uma mulher que não podia recompensá-lo enquanto enfrentava as ameaças da mãe.

— Bem, senhor — disse Mrs. Jennings —, e como isso acabou?

— Lamento dizer, senhora, acabou com um rompimento muito infeliz. Edward nunca mais terá notícias da mãe. Ele deixou a casa dela ontem, mas para onde foi, ou se ainda está na cidade, não sei, pois é claro que *nós* não temos como averiguar.

— Pobre jovem! E o que será dele?

— O que será dele, de fato, senhora! É uma consideração infeliz. Nascido para a perspectiva de tanta riqueza! Não posso conceber situação mais deplorável. Os juros de duas mil libras, como um homem pode viver com isso? E quando a isso se acrescenta a lembrança de que ele poderia passar a receber, mas não irá por causa da própria estupidez, duas mil e quinhentas libras por ano em três meses, pois Miss Morton tem trinta mil libras, não consigo imaginar condição mais miserável. Devemos lamentar por ele, e ainda mais porque está totalmente fora do nosso poder ajudá-lo.

— Pobre jovem! — gritou Mrs. Jennings. — Ele certamente será muito bem-vindo à minha casa para ter onde dormir e o que comer, e eu lhe diria isso se pudesse vê-lo. Não é apropriado que ele viva por sua própria conta agora, em alojamentos e tabernas.

O coração de Elinor agradeceu a ela por tanta bondade para com Edward, embora não conseguisse deixar de sorrir pela maneira como foi oferecida.

— Se pelo menos ele tivesse feito por si o bem que todos os seus amigos estavam dispostos a fazer por ele, poderia agora estar em uma situação mais adequada, e não lhe faltaria nada. — disse John Dashwood. — Mas, na atual circunstância, está fora do alcance de qualquer um ajudá-lo. E há uma coisa mais se voltando contra ele, que deve ser o pior de tudo. Mrs. Ferrars determinou, naturalmente, conceder a Robert imediatamente *aquela* propriedade que de outra forma poderia ter sido de Edward. Eu a deixei esta manhã com o advogado resolvendo o assunto.

— Bem — disse Mrs. Jennings —, essa é a vingança *dela*. Cada cabeça, sua sentença. Mas não creio que deixaria tudo para um dos meus filhos porque o outro me aborreceu.

Marianne se levantou e andou pela sala.

— Não há nada mais irritante para o espírito de um homem — continuou John — do que ver o irmão mais novo na posse de uma propriedade que poderia ter sido sua. Pobre Edward! Lamento muito por ele, sinceramente.

Mais alguns minutos nesse turbilhão de emoções concluíram a visita dele, e com repetidas garantias às irmãs de que realmente acreditava que não havia perigo substancial na indisposição de Fanny e que elas não precisavam, portanto, ficar inquietas com relação a isso, foi embora, deixando as três senhoras com sentimentos unânimes em relação à presente ocasião, pelo menos no que dizia respeito à conduta de Mrs. Ferrars, dos Dashwoods e de Edward.

A indignação de Marianne estourou assim que ele saiu da sala, e como sua impetuosidade tornou o comedimento impossível para Elinor e desnecessário para Mrs. Jennings, elas se uniram para criticar o grupo de maneira enérgica.

Capítulo 38

Mrs. Jennings foi muito calorosa em seu elogio à conduta de Edward, mas apenas Elinor e Marianne entenderam a verdadeira alegação. Só *elas* sabiam que não fora grande o esforço da desobediência dele, e como o consolo que restaria ao perder amigos e fortuna era pequeno, exceto pela consciência de fazer o que é correto. Elinor exaltou sua integridade, e Marianne perdoou todas as suas ofensas em compaixão por seu castigo. Mas, embora a confidência entre elas tivesse sido restaurada pelo caso ter se tornado público, não era um assunto sobre o qual lhes agradava pensar quando estavam sozinhas. Elinor evitou-o por princípio, pela tendência de fixá-lo ainda mais em seus pensamentos por causa das garantias muito calorosas e positivas de Marianne, aquela crença da afeição constante de Edward por ela que Elinor preferia não ter; logo a coragem de Marianne esmoreceu, ao tentar conversar sobre um tópico que sempre a deixou mais insatisfeita ainda consigo pela comparação que necessariamente fazia entre a sua conduta e a de Elinor.

Ela sentiu toda a força dessa comparação, mas não como a irmã esperava, como algo que a encorajasse a controlar-se mais. Sentiu com toda a dor de um remorso incessante, lamentou amargamente que nunca tivesse tentado comedir-se antes, mas isso apenas trouxe a tortura da penitência, sem a esperança de retificação. Sua mente estava tão enfraquecida que ainda imaginava que era impossível conter-se no momento, e isso só a deixava ainda mais desanimada.

Não souberam de mais nada de Harley Street ou Bartlett's Buildings por mais um ou dois dias. Mas já tinham ficado sabendo de tanta coisa que Mrs. Jennings tinha o suficiente para espalhar a notícia longe sem precisar buscar mais informações, e ela resolveu, desde o primeiro momento, fazer uma visita o mais rápido que pôde para consolar as primas e investigar; nada, além do obstáculo de mais visitantes do que o normal, a impediu de ir até elas nesse período.

O terceiro dia após saberem dos detalhes foi um domingo tão agradável e tão bonito que atraiu muitas pessoas a Kensington Gardens, embora fosse apenas a segunda semana de março. Mrs. Jennings e Elinor estavam entre estas pessoas, mas Marianne, que sabia que os Willoughbys estavam novamente na cidade e tinha um medo constante de encontrá-los, preferiu ficar em casa a se aventurar em um lugar tão público.

Uma conhecida íntima de Mrs. Jennings se juntou a elas logo depois de entrarem nos jardins, e Elinor não lamentou que ela continuasse com elas e dominasse toda a conversa de Mrs. Jennings, sendo assim deixada para refletir em silêncio. Não viu os Willoughbys nem Edward, e por algum tempo não viu ninguém que pudesse, por acaso, despertar nela, fosse essa pessoa séria ou alegre, interesse. Porém, por fim, ela se viu, com alguma surpresa, sendo abordada por Miss Steele, que, embora parecendo bastante tímida, expressou grande satisfação em encontrá-las, e ao ser encorajada pela gentileza de Mrs. Jennings deixou o próprio grupo por um curto período para juntar-se ao grupo delas. Mrs. Jennings imediatamente sussurrou para Elinor:

— Arranque tudo dela, minha querida. Ela lhe dirá qualquer coisa se você perguntar. Como pode ver não posso deixar Mrs. Clarke.

Foi sorte, no entanto, para a curiosidade de Mrs. Jennings e de Elinor também, que ela contasse qualquer coisa *sem* ser perguntada, pois de outra forma não saberiam de nada.

— Estou tão feliz em encontrá-la — disse Miss Steele, pegando-a pelo braço com muita intimidade —, pois o que eu mais queria era vê-la. — E então, baixando a voz, disse: — Suponho que Mrs. Jennings saiba de tudo. Ela está brava?

— Com você nem um pouco, acredito.

— Isso é bom. E Lady Middleton, *ela* está brava?

— Não acredito que esteja.

— Estou extremamente feliz com isso. Bom Deus! Passei por maus bocados! Nunca na minha vida vi Lucy com tanta raiva. No começo ela jurou que nunca mais faria um novo chapéu para mim, que não faria mais nada para mim enquanto vivesse, mas agora ela está mais calma, e somos tão amigas quanto antes. Veja, ela fez este laço para o meu chapéu e colocou a pena ontem à noite. Agora *você* irá rir de mim também. Mas por que não devo usar laços cor-de-rosa? Não me importo se *é* a cor favorita do doutor. Tenho certeza de que, da minha parte, eu nunca iria saber que ele gostava dessa cor mais do que qualquer outra se ele não tivesse dito. Minhas primas estão me atormentando! De fato, às vezes mal sei como esconder meu rubor diante delas.

Ela mudou para um assunto sobre o qual Elinor não tinha nada a dizer e, portanto, logo julgou conveniente retomar o primeiro.

— Bem, mas Miss Dashwood — disse triunfante —, as pessoas podem dizer o que quiserem sobre a declaração de Mr. Ferrars de que ele não se casaria com Lucy, pois não aconteceu nada disso, posso lhe dizer. E é uma pena que boatos tão maldosos sejam espalhados por aí. Sabe, o que quer que Lucy pense a respeito disso, não é da conta de outras pessoas para saírem por aí falando com tanta certeza.

— Nunca ouvi nada do tipo ter sido insinuado, eu lhe asseguro — disse Elinor.

— Ah, não? Mas *foi*, sei muito bem, e por mais de uma pessoa, pois Miss Godby disse a Miss Sparks que ninguém em sã consciência poderia esperar que Mr. Ferrars desistisse de uma mulher como Miss Morton, com uma fortuna de trinta mil libras, por Lucy Steele, que não tem nada. E ouvi isso da própria Miss Sparks. Além disso, meu primo Richard disse que ele mesmo chegou ao ponto de recear que Mr. Ferrars tivesse fugido, e quando Edward não apareceu por três dias, eu não sabia o que pensar; acredito do fundo do coração que Lucy achou que tudo estivesse perdido, pois saímos da casa de seu irmão na quarta-feira e não o vimos nem na quinta-feira, nem sexta-feira, nem sábado, e não sabíamos o que tinha acontecido com ele. Lucy pensou em escrever para ele, mas então seu bom senso se opôs a isso. No entanto, nesta manhã ele nos visitou assim que chegamos em casa da igreja, e então soubemos tudo, que ele havia sido chamado na quarta-feira a Harley Street e que conversou com a mãe e todos eles, que declarou diante deles que não amava ninguém além de Lucy, e que não se casaria com ninguém além dela. E que estava tão preocupado com o que se passara que assim que saiu da casa da mãe, montou em seu cavalo e partiu para o campo, para algum lugar; e ficou em uma pousada durante toda a quinta e a sexta-feira, na esperança de que as coisas melhorassem. E depois de pensar em tudo repetidamente, ele disse, parecia-lhe que agora que não tinha fortuna e nada de nada, seria bastante indelicado mantê-la comprometida, porque seria uma perda para ela, pois ele não tinha nada além de duas mil libras e nenhuma esperança de qualquer outra coisa e ainda que viesse a ordenar-se, algo que pretendia, poderia obter somente um vicariato, e como eles poderiam viver com isso? Ele não podia suportar que ela não conseguisse nada melhor, e então implorou que se ela tivesse a mínima objeção a isso, que colocasse logo um fim ao assunto e deixasse que ele se virasse sozinho. Eu o ouvi dizer tudo com a maior honestidade possível. E foi absolutamente pelo bem *dela* e por causa *dela* que ele mencionou partir, e não por causa de si mesmo. Juro que ele não soltou uma palavra sobre estar cansado dela ou querer casar-se com Miss Morton, ou qualquer coisa parecida. Mas é claro que Lucy não daria ouvidos a esse tipo de conversa. Então, no mesmo instante, ela disse a ele, com muita gentileza e amor, sabe, e tudo o mais... Ah! Não se pode repetir essas coisas, sabe... ela disse a ele que nem passava por sua cabeça deixá-lo, pois ela poderia viver com ele com uma ninharia e com o pouco que ele tivesse, ficaria muito feliz com tudo, sabe, ou algo do tipo. Então ele ficou extremamente feliz e falou por um tempo sobre o que deveriam fazer, e eles concordaram que ele deveria se ordenar imediatamente e que esperariam para se casar até que ele pudesse se sustentar. E então não pude ouvir mais nada, pois minha prima me chamou para me dizer que Mrs. Richardson viria em sua carruagem e levaria uma de nós a Kensington Gardens, então fui obrigada a entrar na sala e interrompê-los para perguntar a Lucy se ela gostaria de ir, mas ela não queria deixar Edward. Então subi correndo e coloquei um par de meias de seda e saí com os Richardsons.

— Não entendi o que você quis dizer com interrompê-los — disse Elinor. — Vocês não estavam todos juntos na mesma sala?

— Não, de jeito nenhum. Não! Miss Dashwood, você acha que as pessoas falam de amor quando outras pessoas estão por perto? Imagina! Você não é tão ingênua assim. — Ela deu uma risada forçada. — Não, não. Eles estavam trancados na sala de visitas juntos, e tudo o que ouvi foi pela porta.

— O quê? — exclamou Elinor. — Está me contando algo que ouviu pela porta? Lamento não saber disso antes, pois certamente não teria permitido que me desse detalhes de uma conversa que não deveria ter ouvido. Como pôde se comportar de modo tão indevido com sua irmã?

— Ah, não! Não há problema *nisso*. Eu só fiquei perto da porta e ouvi o que pude. E tenho certeza de que Lucy teria feito o mesmo comigo, pois um ou dois anos atrás, quando Martha Sharpe e eu tínhamos muitos segredos entre nós, ela nunca disfarçou que se escondia no armário ou atrás da lareira para ouvir o que dizíamos.

Elinor tentou mudar de assunto, mas Miss Steele não podia se afastar nem por alguns minutos do que mais ocupava sua mente.

— Edward fala de ir para Oxford em breve — disse ela —, mas agora está hospedado no... Pall Mall. Que mulher malvada é a mãe dele, não é? E seu irmão e sua cunhada não foram muito gentis! No entanto, não falarei mal deles para *você*. E claro que eles nos enviaram para casa na própria carruagem, o que foi mais do que eu esperava. E da minha parte, eu estava muito preocupada, com medo de que sua cunhada nos pedisse para devolver os porta-agulhas de costura que nos dera um ou dois dias antes, mas, no entanto, nada foi dito a respeito, e tomei o cuidado de manter o meu fora de vista. Edward diz que tem assuntos a tratar em Oxford, então deve ir para lá por um tempo. E depois *disso*, assim que cruzar com um bispo, será ordenado. Eu me pergunto que vicariato ele terá! Bom Deus! — falou, dando risadinhas. — Posso apostar que sei o que minhas primas dirão quando souberem. Dirão que eu deveria escrever ao doutor para dar a Edward o vicariato de sua terra. Sei que dirão isso, mas eu não faria tal coisa, de jeito nenhum. Ah, não! Direi sem rodeios: "Eu me pergunto como vocês podem pensar em tal coisa? Eu escrever para o doutor, imagina!"

— Bem — disse Elinor —, é um consolo estar preparada para o pior. Ao menos tem sua resposta pronta.

Miss Steele ia responder, mas a aproximação de seu grupo tornou outra resposta mais necessária.

— Ah, veja! Aí vêm os Richardsons. Eu tinha muito mais a dizer a você, mas não devo ficar longe deles por mais tempo. São pessoas muito educadas. Ele ganha muito dinheiro e eles têm a própria carruagem. Não tenho tempo para falar com Mrs. Jennings, mas, por favor, diga a ela que estou muito feliz em saber que não está brava conosco, e diga a Lady Middleton também. E se algo acontecer e você e sua irmã tiverem que ir embora deixando a Mrs. Jennings sem companhia, não tenha dúvidas de que ficaremos muito felizes em ficar com ela pelo tempo que ela quiser. Suponho que Lady Middleton não nos convidará mais dessa vez. Adeus! Lamento que Miss Marianne não esteja aqui. Mande meus cumprimentos a ela. Ah! Você está usando seu vestido de musselina de bolinhas! Não sei como não ficou com medo de rasgá-lo.

Ela realmente precisava partir, pois depois disso teve tempo apenas de despedir-se de Mrs. Jennings antes de sua companhia ser reivindicada por Mrs. Richardson, e Elinor foi deixada em posse de informações que provavelmente alimentariam suas reflexões por algum tempo, embora tivesse ouvido muito pouco a mais do que já havia previsto e antecipado em sua mente. O casamento de Edward com Lucy estava firmemente decidido e sua realização ainda permanecia tão absolutamente incerta como ela concluíra que seria. Tudo dependia, exatamente como ela imaginava, de ele obter esse progresso, o que, no momento, parecia não ser possível.

Assim que voltaram para a carruagem, Mrs. Jennings estava ansiosa por informações, mas como Elinor não queria espalhar muita informação sobre o que, em primeiro lugar, fora obtido de forma tão indevida, limitou-se à breve repetição de detalhes muito simples que tinha a certeza de que Lucy, em razão das consequências para si, escolheria contar. A manutenção do noivado e os meios que foram usados para acabar com ele foi tudo o que comunicou, e isso tirou de Mrs. Jennings a seguinte observação espontânea:

— Esperar que ele possa se sustentar! Sim, todos nós sabemos como *isso* acabará: eles esperarão um ano e ao descobrirem que nada se resolverá escolherão um vicariato de cinquenta libras por ano mais os juros das duas mil libras deles e o pouco que Mr. Steele e Mr. Pratt puderem dar a ela. Então eles terão um filho todo ano! E que Deus os ajude! Como serão pobres! Tenho que ver o que posso dar a eles para mobiliarem a casa. Duas criadas e dois criados, com certeza! Como disse outro dia. Não, não, eles devem ter uma moça robusta que dê conta de todas as atividades. A irmã de Betty não serviria para eles *agora*.

Na manhã seguinte, Elinor recebeu uma carta da própria Lucy, enviada pelo correio. Como segue:

Bartlett's Building, março.

Espero que a cara Miss Dashwood perdoe a liberdade que tomo ao escrever-lhe, mas sei que sua amizade por mim a deixará feliz em ouvir um relato tão bom de mim e de meu querido Edward depois de todos os problemas pelos quais passamos ultimamente e, portanto, não pedirei mais desculpas e seguirei dizendo que, graças a Deus, embora tenhamos sofrido terrivelmente, estamos ambos muito bem agora, e tão felizes como devemos estar sempre quando se ama um ao outro. Tivemos grandes provações e grandes perseguições, mas, ao mesmo tempo, reconhecemos com gratidão muitos amigos, você mesma entre eles, cuja grande bondade sempre lembrarei com gratidão, assim como Edward também, a quem contei sobre isso. Tenho certeza de que ficará feliz em ouvir, assim como a querida Mrs. Jennings, que passei duas horas felizes com ele ontem à tarde, ele não queria ouvir falar de nos separarmos, embora eu sinceramente, como pensava que era meu dever, o pressionei dizendo que era o melhor, por prudência, e teria me separado dele para sempre naquele exato momento se ele concordasse com isso, mas ele disse que isso nunca aconteceria, que não acataria a raiva da mãe se pudesse ter meu afeto. Nossas perspectivas não são as melhores, não há dúvida, mas devemos esperar e torcer pelo melhor. Ele será ordenado em breve, e se em algum momento estiver em seu poder recomendá-lo a qualquer paróquia que possa lhe ser concedida tenho certeza de que você não nos esquecerá, e a cara Mrs. Jennings também, confio que falará bem de nós a Sir John, ou a Mr. Palmer, ou qualquer amigo que possa nos ajudar. Pobre Anne, não foi certo o que fez, mas ela tinha boas intenções, então não digo nada. Espero que Mrs. Jennings não ache que é um transtorno nos visitar caso passe por aqui qualquer manhã dessas, seria uma grande gentileza, e meus primos ficariam felizes em conhecê-la. Meu papel está terminando e devo concluir, e imploro para ser respeitosamente lembrada por ela, e por Sir John, e Lady Middleton, e as queridas crianças, quando você tiver a chance de vê-los, e mande lembranças a Miss Marianne,

Sua amiga.

Assim que Elinor terminou, fez o que concluiu que era o verdadeiro intuito de sua escritora e entregou a carta nas mãos de Mrs. Jennings, que a leu em voz alta com muitos comentários de satisfação e elogios.

— Muito bem, muito bem mesmo! Como ela escreve lindamente! Sim, foi muito apropriado deixá-lo ir embora se ele quisesse. Lucy é assim mesmo. Coitadinha! Eu gostaria de *poder* dar a ele um sustento, do fundo do coração. Ela me chama de querida Mrs. Jennings, você viu? Ela é uma moça de bom coração. Veja, é mesmo. Essa frase é muito bonita. Sim, sim, eu irei visitá-la, com certeza. Como ela é atenciosa de pensar em todo mundo! Obrigada por me mostrar a carta, minha querida. É a carta mais bonita que já vi, e faz muito jus à mente e ao coração de Lucy.

Capítulo 39

á fazia dois meses que as Misses Dashwood estavam na cidade, e a impaciência de Marianne para ir embora aumentava a cada dia. Ela suspirava pelo ar, pela liberdade, pelo silêncio do interior, e imaginava que se algum lugar pudesse lhe dar tranquilidade, Barton seria esse lugar. Elinor estava igualmente ansiosa para ir embora, apenas muito menos disposta que partissem logo, pois tinha consciência das dificuldades de uma viagem tão longa, o que Marianne não podia ser convencida a reconhecer. No entanto, os pensamentos de Elinor começaram a se voltar seriamente nessa direção, e já havia mencionado o desejo à sua gentil anfitriã, que o repelia com toda a eloquência de sua boa vontade quando sugeriu uma ideia que, embora as mantivesse longe de casa por mais algumas semanas, parecia mais adequada a Elinor do que qualquer outra. Os Palmers iriam a Cleveland no final de março para o feriado de Páscoa, e Mrs. Jennings e as duas amigas receberam um convite carinhoso de Charlotte para irem com eles. Isso, por si só, não teria sido suficiente para a cordialidade de Miss Dashwood. Mas o convite foi feito com uma polidez tão sincera pelo próprio Mr. Palmer que, junto à grande mudança de seus modos para com elas desde que soube que a cunhada estava infeliz, acabou por aceitá-lo com prazer.

Quando contou a Marianne o que havia feito, porém, sua primeira resposta não foi muito promissora.

— Cleveland! — ela gritou, com grande agitação. — Não, não posso ir para Cleveland.

— Você esquece — disse Elinor gentilmente — que a localização não é... que não é na região de...

— Mas é em Somersetshire. Não posso ir a Somersetshire. Para lá, que era para onde eu queria tanto ir... Não, Elinor, não pode esperar que eu vá.

Elinor não argumentaria sobre a probidade de superar tais sentimentos. Apenas esforçou-se para confrontá-los trabalhando com outros. Descreveu a viagem, portanto, como uma providência que determinaria o tempo de regresso àquela querida mãe, a quem ela tanto desejava ver, de uma maneira mais adequada, mais confortável do que qualquer outra ideia que poderia conceber, e talvez sem maior demora. De Cleveland, que ficava a poucos quilômetros de Bristol, a distância até Barton não era de mais de um dia, embora fosse um longo dia de viagem, e o criado da mãe poderia facilmente ir buscá-las, já que não haveria motivo para ficarem mais de uma semana em Cleveland, e então poderiam estar em casa em pouco mais de três semanas. Como a afeição de Marianne pela mãe era sincera, deveria triunfar com pouca dificuldade sobre os males imaginários que a amedrontaram.

Mrs. Jennings estava longe de estar farta de suas convidadas e insistiu com vigor para que voltassem com ela de Cleveland. Elinor ficou grata pela atenção, mas isso não a faria mudar os planos. A mãe ganhou a disputa prontamente e tudo em relação ao retorno delas foi arranjado da melhor maneira possível, e Marianne encontrou algum alívio ao elaborar um resumo das horas que ainda a separavam de Barton.

— Ah, coronel! Não sei o que poderemos fazer sem as Misses Dashwood — foi como Mrs. Jennings dirigiu-se a Brandon quando ele a visitou pela primeira vez depois que a decisão de partirem fora acertada —, pois elas estão bastante decididas a voltar para casa após a visita aos Palmers. Como ficaremos desamparados quando eu voltar! Senhor! Ficaremos sentados olhando um para o outro feito dois gatos enfadonhos.

Talvez Mrs. Jennings tivesse a esperança, com essa descrição enérgica de seu futuro tédio, de provocá-lo a oferecer o que poderia livrá-lo disso. E, assim, ela teve boas razões para pensar que tinha alcançado seu objetivo, pois logo que Elinor foi para a janela para tirar as medidas de uma gravura da qual iria fazer uma cópia para uma amiga, ele a seguiu com um olhar de intenção, e conversou com ela lá por vários minutos. O efeito do discurso dele sobre a dama também não passou despercebido, pois, embora fosse respeitosa demais para ouvir e tivesse até mudado de lugar para perto do pianoforte em que Marianne estava tocando com o intuito de que *não* pudesse ouvir, não pôde deixar de notar que Elinor enrubesceu, acompanhava-o com agitação e estava muito atenta ao que ele dizia para continuar o que estava fazendo. Para atestar ainda mais suas esperanças, no intervalo em que Marianne mudava de uma partitura para outra, algumas palavras do coronel inevitavelmente chegaram ao seu ouvido, e parecia que ele estava se desculpando pela má conservação de sua casa. Isso não deixou mais dúvidas. Ela se perguntou por que ele pensava que era necessário fazê-lo, mas supôs que fosse o protocolo adequado de etiqueta. Não conseguiu distinguir a resposta de Elinor, mas julgou, pelo movimento de seus lábios, que ela não achava que *isso* era um impedimento significativo, e Mrs. Jennings elogiou-a em seu âmago por ser tão digna. Eles então conversaram por mais alguns minutos sem que ela pegasse uma sílaba, quando teve a sorte de outra parada na apresentação de Marianne que lhe trouxe essas palavras na voz calma do coronel:

— Receio que não possa acontecer logo.

Surpresa e chocada com um discurso tão sem paixão, estava quase gritando: "Senhor! Que dificuldade poderia haver?", mas controlando o desejo, aprisionou essa exclamação silenciosa:

"Isso é muito estranho! Decerto ele não precisa esperar ficar mais velho."

Essa demora por parte do coronel, no entanto, não parecia ofender ou humilhar a bela companheira, pois quando interromperam a conversa logo depois e foram em direções opostas, Mrs. Jennings ouviu com muita clareza Elinor dizer com uma voz que demonstrava sentir o que dizia:

— Sempre serei muito grata ao senhor.

Mrs. Jennings ficou encantada com a gratidão dela, e ficou se perguntando como o coronel foi capaz de se despedir delas depois de ouvir essa frase, o que fez imediatamente com extremo sangue-frio, e foi embora sem dar nenhuma resposta! Ela não imaginava que o velho amigo poderia ser um pretendente tão indiferente.

O que realmente aconteceu entre eles foi o seguinte:

— Fiquei sabendo — disse ele, com grande compaixão — da injustiça que a família de seu amigo Mr. Ferrars cometeu com ele, pois, se entendi direito, ele foi totalmente rejeitado por eles por insistir em manter o noivado com uma jovem muito merecedora. A informação que tenho está correta? Foi isso mesmo?

Elinor disse que sim.

— A crueldade, a crueldade imponderada — respondeu ele, com muita emoção — de separar, ou tentar separar dois jovens há tanto tempo unidos, é terrível. É provável que Mrs. Ferrars não saiba o que está fazendo... o que ela pode levar o filho a fazer. Vi Mr. Ferrars duas ou três vezes na Harley Street, e o creio muito agradável. Não é um jovem de quem se possa ser íntimo em pouco tempo, mas o conheço o suficiente para desejar-lhe bem, e sendo seu amigo, desejo até mais. Soube que ele pretende se ordenar. A senhorita poderia por gentileza dizer-lhe que o vicariato de Delaford, que ficou vago há pouco tempo como fui informado pelo correio de hoje, é dele, se ele acha que vale a pena aceitá-lo... mas pela circunstância infeliz em que ele se encontra agora, talvez seja absurdo duvidar que aceite. Quisera fosse mais rentável. É um presbitério, mas é pequeno. O falecido incumbente, acredito, não tirava mais de duzentas libras por ano, e embora certamente possível que sejam feitas melhorias, temo que ainda assim não renderá uma quantia que lhe proporcione uma renda muito confortável. Mesmo assim será um grande prazer para mim oferecer-lhe. Por favor, faça-o ter certeza disso.

O espanto de Elinor com essa oferta não poderia ter sido maior, se o coronel não estivesse de fato oferecendo pessoalmente. A posição, que apenas dois dias antes ela considerara impossível para Edward, já era oferecida e permitia que ele se casasse. E *ela*, entre todas as pessoas do mundo, tinha a função de oferecê-la para ele! Sua emoção foi tanta que Mrs. Jennings a atribuíra a uma causa muito diferente. Porém, apesar de quaisquer sentimentos menos puros, menos agradáveis que poderiam fazer parte dessa emoção, sua estima pela benevolência, e sua gratidão pela amizade, que juntos levaram o coronel Brandon a esse ato, foram fortemente sentidos e calorosamente expressos. Ela agradeceu-lhe de todo o coração, falou dos princípios e da disposição de Edward com aquela exaltação que sabia que eles mereciam, e prometeu fazer a oferta com prazer, se fosse realmente o desejo dele propor um cargo tão conveniente para o outro. Mas, ao mesmo tempo, ela não podia deixar de pensar que ninguém poderia fazer isso tão bem quanto ele mesmo. Ficaria muito feliz em ser poupada desta tarefa por não estar disposta a fazer Edward sofrer ao receber a notícia *dela*. Mas o coronel Brandon, por motivos de igual delicadeza, recusando-a da mesma forma, ainda parecia desejar que a notícia fosse dada por ela e, portanto, ela não mais se opôs. Edward, achava, ainda estava na cidade, e felizmente ela soubera do endereço dele através de Miss Steele. Poderia, então, encarregar-se de informá-lo no decorrer do dia. Depois que isso foi resolvido, o coronel Brandon começou a falar da própria vantagem de ter um vizinho tão respeitável e agradável, e foi *então* que mencionou com pesar que a casa não era muito grande e deveras modesta, um defeito que Elinor, como Mrs. Jennings supôs, considerou muito pequeno, pelo menos em relação ao tamanho.

— Não imagino que o tamanho da casa seria um inconveniente para eles, pois será proporcional à família e à renda — disse ela.

Este comentário deixou o coronel surpreso ao descobrir que *ela* estava considerando o casamento de Mr. Ferrars como o resultado inquestionável da representação apresentada, pois ele não supôs que fosse possível que o vicariato de Delaford pudesse fornecer a renda que qualquer pessoa do estilo de vida dele se atrevesse a escolher, e foi o que ele disse:

— Este pequeno presbitério *pode* apenas deixar Mr. Ferrars confortável sendo solteiro, não o tornará capaz de se casar. Lamento dizer que meu patrocínio termina aí e não tenho condições de fazer mais. Se, no entanto, por um acaso imprevisto, estiver em meu poder ser de mais serventia, teria uma opinião sobre ele muito diferente da que tenho agora se não estiver pronto para ser útil a ele naquele momento quanto sinceramente gostaria de ser no momento presente. O que estou fazendo agora, de fato, não parece nada, uma vez que pode colocá-lo muito pouco próximo do que deve ser seu principal, seu único objetivo de felicidade. O casamento dele ainda será algo distante, no mínimo receio que não possa acontecer tão cedo.

Essa foi a frase que, quando mal interpretada, ofendeu tão justamente os sentimentos delicados de Mrs. Jennings. Mas depois desse relato do que realmente aconteceu entre o coronel Brandon e Elinor enquanto estavam perto da janela, a gratidão expressa por ela quando se separaram talvez possa parecer tanto animada quanto propriamente formulada se tivesse surgido de uma proposta de casamento.

Capítulo 40

Bem, Miss Dashwood — disse Mrs. Jennings com um sorriso sagaz assim que o cavalheiro retirou-se —, não perguntarei o que o coronel disse a você, pois, embora por respeito *tentei* não ouvir, consegui pegar o suficiente para entender qual era o assunto. Posso assegurar-lhe que nunca estive tão satisfeita em minha vida, e desejo-lhe alegria de todo o meu coração.

— Obrigada, senhora — disse Elinor. — É motivo de grande alegria para mim, e sinto a bondade do coronel Brandon da forma mais sincera. Não há muitos homens que teriam a mesma atitude dele. Poucas pessoas têm tanta compaixão no coração! Fiquei muito impressionada!

— Senhor! Minha querida, você é muito modesta. Não fiquei nem um pouco surpresa, pois recentemente pensei nisso muitas vezes, nada era mais provável de acontecer.

— Você assim julgou por conhecer a benevolência que o coronel demonstra a todos, mas pelo menos não poderia prever que a oportunidade apareceria tão cedo.

— Oportunidade? — repetiu Mrs. Jennings. — Ah! Quanto a isso, quando um homem já está decidido neste quesito, de um jeito ou de outro ele logo encontrará uma oportunidade. Bem, minha querida, desejo-lhe mais uma vez felicidades, e se alguma vez houve casal feliz no mundo, creio que logo saberei onde encontrá-los.

— Pretende ir a Delaford visitá-los, suponho — disse Elinor, com um sorriso desanimado.

— Sim, querida, de fato pretendo. E quanto à casa ser ruim, não sei o que o coronel quis dizer, pois é a melhor casa que já vi.

— Ele referia-se à falta de manutenção.

— Bem, e de quem é a culpa? Por que ele não a arruma? Quem deveria fazê-lo senão ele mesmo?

Elas foram interrompidas pela entrada do criado para anunciar que a carruagem estava na porta, e Mrs. Jennings logo preparou-se para sair e disse:

— Bem, minha querida, devo ir antes de falar mais do que devo. Porém, teremos tempo de terminar a conversa à noite, visto que estaremos sozinhas. Não pedirei que venha comigo, pois suponho que está com a cabeça cheia demais para interessar-se em ter companhia. Além disso, deve estar ansiosa para contar tudo à sua irmã.

Marianne saíra da sala antes do início da conversa.

— Certamente, senhora, contarei à Marianne, mas não devo mencionar isso a mais ninguém no momento.

— Ah! Muito bem — disse Mrs. Jennings bastante decepcionada. — Então você não me deixaria contar para Lucy, pois creio que vou até Holborn hoje.

— Não, senhora, nem mesmo Lucy, por favor. Um dia a mais não terá importância, e até que eu escreva a Mr. Ferrars creio que não deve ser contado a ninguém. Farei *isso* imediatamente. É importante que não se perca tempo, pois ele, é claro, terá muito a fazer em relação à ordenação.

Essa fala, a princípio, intrigou muito Mrs. Jennings. O porquê de Elinor ter que escrever para Mr. Ferrars com tanta pressa, ela não conseguia compreender. Alguns momentos de reflexão, no entanto, fizeram surgir uma ideia muito feliz, e ela exclamou:

— Ah! Entendi! Mr. Ferrars será o homem. Bem, bom para ele. Sim, com certeza, ele deve ser ordenado o mais rápido possível, e estou muito feliz em descobrir que as coisas estão tão bem entre vocês. Mas, querida, isso não é um tanto estranho? Não seria o coronel que deveria escrever para ele? Claro, ele é a pessoa certa.

Elinor não entendeu muito bem o início da fala de Mrs. Jennings, mas achou que não valia a pena investigar e, portanto, apenas respondeu para concluir o assunto.

— O coronel Brandon é um homem tão delicado que prefere que outra pessoa que não ele anuncie suas intenções a Mr. Ferrars.

— E então *você* é obrigada a fazê-lo. Bem, *essa* é uma delicadeza estranha! No entanto, não vou incomodá-la — disse ao vê-la se preparando para escrever. — Você sabe o que é melhor a ser feito. Então, adeus, minha querida. Nada me agradou tanto desde a gravidez de Charlotte.

E ela se foi, mas voltando logo depois...

— Tenho pensado na irmã de Betty, querida. Eu ficaria muito feliz de conseguir para ela uma patroa gentil. Mas não sei dizer se ela serviria para ser criada pessoal de uma dama. Ela é uma excelente empregada doméstica e costura muito bem. No entanto, você há de pensar em tudo em seu tempo livre.

— Certamente, senhora — respondeu Elinor, sem ouvir muito bem o que ela disse e mais ansiosa para ficar sozinha do que prosseguir com o assunto.

Como deveria começar... como deveria se expressar em seu bilhete para Edward era agora toda a sua preocupação. As circunstâncias específicas entre eles tornaram difícil aquilo que para qualquer outra pessoa teria sido a coisa mais fácil do mundo, mas ela temia do mesmo modo dizer muito ou pouco, e sentou-se em frente ao papel deliberando, com a pena na mão, até ser interrompida pela entrada do próprio Edward.

Ele encontrou Mrs. Jennings na porta a caminho da carruagem ao chegar para deixar seu bilhete de despedida e ela, depois de se desculpar por não entregar o bilhete ela mesma, o obrigou a entrar, dizendo que Miss Dashwood estava lá em cima e queria falar com ele sobre assuntos muito específicos.

Elinor deu-se conta, em meio a sua perplexidade, que, por mais difícil que fosse se expressar adequadamente por carta, era melhor do que dar a informação pessoalmente, quando o visitante entrou obrigando-a a ter de lidar com sua maior provação até então. Seu espanto e confusão foram extremos com sua chegada tão repentina. Ela não o tinha visto desde que o noivado se tornou público e, portanto, não desde que ele soubera de que ela já ouvira falar disso; o que, ciente do que estivera pensando e do que tinha para dizer a ele, a fez sentir-se especialmente desconfortável por alguns minutos. Edward também estava muito angustiado, e eles se sentaram juntos em um estado de extremo constrangimento. Ele não se lembrava se havia se desculpado por sua intrusão ao entrar na sala, mas decidido a se garantir, pediu desculpas assim que conseguiu dizer algo depois de sentar-se em uma cadeira.

— Mrs. Jennings me disse — começou ele — que você queria falar comigo, pelo menos foi o que entendi... ou certamente não teria importunado você de tal maneira; embora ao mesmo tempo teria lamentado muito deixar Londres sem ver você e sua irmã, especialmente porque é provável que levará algum tempo... é improvável que eu tenha o prazer de encontrá-las novamente em breve. Irei para Oxford amanhã.

— Você não teria ido, no entanto — disse Elinor, recuperando-se e determinada a acabar com o que tanto temia o mais rápido possível —, sem receber nossos bons votos, mesmo que não pudéssemos desejá-los pessoalmente. Mrs. Jennings estava certa. Tenho algo importante para lhe informar, o que eu estava prestes a comunicar por carta. Fui encarregada de uma função muito agradável. — Ela respirava um pouco mais rápido do que o normal enquanto falava. — O coronel Brandon, que estava aqui há apenas dez minutos, pediu-me para dizer que, sabendo que você pretende ser ordenado, ele tem grande prazer em oferecer-lhe o vicariato de Delaford que acabou de vagar, e apenas gostaria que fosse mais rentável. Permita-me parabenizá-lo por ter um amigo tão respeitável e de tanto discernimento, e me juntar a ele em seu desejo de que o vicariato, que rende cerca de duzentas libras por ano, fosse uma soma mais considerável e que permitisse melhor... que pudesse ser mais do que uma acomodação temporária para você... que, em resumo, pudesse ser tudo o que o faria feliz.

O que Edward sentiu, como ele mesmo não conseguiu dizer, não é de se esperar que qualquer outra pessoa diga por ele. Ele *aparentava* todo o espanto que informações tão inesperadas, tão impensadas, poderiam provocar, mas disse apenas estas duas palavras:

— Coronel Brandon!

— Sim — continuou Elinor, reunindo mais forças, já que a pior parte havia terminado. — O coronel Brandon tem a intenção de que isso seja um testemunho de sua preocupação com o que ocorreu recentemente... pela situação cruel que a conduta injustificável de sua família o colocou... uma preocupação que tenho certeza de que Marianne, eu e todos os seus amigos compartilhamos. E, da mesma forma, como prova da alta estima por seu caráter e sua aprovação pessoal por seu comportamento em tal ocasião.

— Coronel Brandon *ofereceu-me* um vicariato! Como é possível?

— A indelicadeza de seus próprios familiares o deixa surpreso ao encontrar amizade em qualquer lugar.

— Não — respondeu, recobrando a consciência de repente —, não ao encontrá-la em *você*, pois não posso ignorar que devo tudo a você, à sua bondade. Sinto... eu diria, se conseguisse... mas, como bem sabe, não sou um grande orador.

— Você está muito enganado. Garanto que deve tudo, pelo menos quase tudo ao seu próprio mérito e ao discernimento de coronel Brandon. Não tive nada a ver com isso. Eu nem sabia, até que soube pelos planos dele, que o vicariato estava vago, nem nunca me ocorreu que ele tivesse um vicariato para conceder. Como meu amigo e da minha família, ele pode, talvez... na verdade sei que ele *tem* ainda maior prazer em concedê-lo, mas, dou minha palavra, você não deve nada a mim.

A verdade obrigou-a a reconhecer uma pequena parte na ação, mas estava ao mesmo tempo tão relutante em aparecer como benfeitora de Edward que hesitou ao reconhecer o que provavelmente contribuiu para confirmar a suspeita que recentemente surgira em seus pensamentos. Por um curto período, ele ficou sentado em reflexão profunda depois que Elinor parou de falar. Por fim, e como se fosse um esforço, ele disse:

— O coronel Brandon parece um homem de grande valor e muito respeitável. Sempre ouvi falar dele como tal, e sei que seu irmão o estima muito. Ele é, sem dúvida, um homem sensato, e seus modos são de um perfeito cavalheiro.

— É verdade — respondeu Elinor. — Creio que há de descobrir, ao conhecê-lo melhor, que ele é tudo o que você ouviu falar dele, e como vocês serão vizinhos tão próximos, pois soube que o presbitério é muito perto da mansão, é de especial importância que ele *seja* tudo isso.

Edward não respondeu, mas quando ela virou a cabeça, lançou-lhe um olhar tão sério, tão intenso, tão melancólico que parecia dizer que desejava que a distância entre o presbitério e a mansão fosse muito maior.

— O coronel Brandon, creio, se hospeda na St. James Street — disse ele, logo depois, levantando-se.

Elinor disse o número da casa.

— Devo me apressar, então, para agradecer o que você não me permite agradecer a *você*, para assegurar-lhe de que ele me fez um homem muito, extremamente feliz.

Elinor não fez menção de detê-lo e eles se separaram com uma garantia muito sincera da parte *dela* de seu contínuo desejo da felicidade dele em cada mudança de situação que pudesse lhe ocorrer; da parte *dele*, houve mais uma tentativa de retribuir a mesma boa vontade do que a capacidade de expressá-la.

— Quando eu o vir novamente — disse Elinor para si mesma ao ouvir a porta se fechar —, eu o verei como marido de Lucy.

E com essa expectativa desagradável, sentou-se para reconsiderar o passado, lembrar o que tinha de dizer e se esforçar para compreender todos os sentimentos de Edward, e, é claro, para refletir sobre os próprios sentimentos com desgosto.

Quando Mrs. Jennings voltou para casa, embora tivesse encontrado com pessoas que nunca tinha visto antes e das quais, portanto, teria muito a dizer, sua cabeça estava muito mais ocupada com o segredo importante em sua posse do que com qualquer outra coisa, e retomou o assunto assim que Elinor apareceu.

— Bem, minha querida — ela gritou —, eu mandei o jovem até você. Fiz certo? E suponho que você não teve grandes dificuldades... Você não o achou muito relutante em aceitar sua proposta?

— Não, senhora, *isso* não era muito provável.

— Bem, e quando ele estará pronto? Porque parece que tudo depende disso.

— Realmente — disse Elinor —, conheço tão pouco desse tipo de formalidades que não consigo prever o tempo ou a preparação necessária, mas suponho que em dois ou três meses ele completará sua ordenação.

— Dois ou três meses! — exclamou Mrs. Jennings. — Senhor! Querida, com que calma você fala nisso. E o coronel pode esperar dois ou três meses? Deus me livre! Tenho certeza de que *eu* ficaria impaciente! E embora fazer uma gentileza pelo pobre Mr. Ferrars seria uma atitude feliz, creio que não vale a pena esperar dois ou três meses por ele. Claro que pode se encontrar outra pessoa que faria o mesmo, alguém que já foi ordenado.

— Cara senhora — disse Elinor —, no que pode estar pensando? Ora, o único objetivo do coronel Brandon é ajudar Mr. Ferrars.

— Deus a abençoe, minha querida! Você não quer me convencer de que o coronel só se casaria com você para dar dez guinéus a Mr. Ferrars!

O engano foi desfeito depois disso, e uma explicação imediatamente se seguiu, com a qual ambas se divertiram consideravelmente, por enquanto, sem nenhuma perda significativa de alegria para qualquer uma, pois Mrs. Jennings apenas trocou uma forma de prazer por outra, e ainda sem perder a esperança da primeira.

— Sim, sim, o presbitério é mesmo pequeno — disse ela, depois que a primeira ebulição de surpresa e satisfação teve fim —, e muito provavelmente *deve* estar em más condições, mas ouvir um homem se desculpando, como achei, por uma casa que, pelo que sei, tem cinco salas de estar no piso térreo, e creio que a governanta me disse que tinha quinze camas! E para você também, que está acostumada a viver em Barton Cottage! Parece bastante ridículo. Mas, querida, precisamos que o coronel faça os reparos no presbitério e o torne confortável para eles antes que Lucy vá para lá.

— Mas o coronel Brandon não parece pensar que o vicariato seja suficiente para permitir que se casem.

— O coronel é um tolo, minha querida. Porque tem duas mil libras por ano ele acha que ninguém mais pode se casar com menos. Você tem minha palavra que se eu estiver viva, farei uma visita ao presbitério de Delaford antes da Festa de São Miguel, e tenho certeza de que não irei se Lucy não estiver lá.

Elinor tinha a mesma opinião quanto à probabilidade de eles não esperarem por mais nada.

Capítulo 41

Depois de agradecer ao coronel Brandon, Edward foi feliz até Lucy, e estava tão excessivamente feliz quando chegou a Bartlett's Buildings que ela pôde garantir a Mrs. Jennings, que a visitou de novo no dia seguinte para dar os parabéns, que nunca o tinha visto com tamanho bom humor antes em sua vida.

A própria felicidade e o próprio ânimo eram no mínimo muito evidentes, e ela se juntou a Mrs. Jennings com entusiasmo na expectativa de que estivessem confortavelmente juntos no presbitério de Delaford antes da Festa de São Miguel. Ao mesmo tempo, não tardou em dar a Elinor o crédito que Edward lhe *daria*, e falou da amizade dela por ambos com gratidão calorosa; estava preparada para retribuir o favor e declarou abertamente que nenhum esforço da parte deles para o bem de Miss Dashwood, presente ou futuro, seria surpresa, pois acreditava que ela era capaz de fazer qualquer coisa no mundo por aqueles que realmente valorizava. Quanto ao coronel Brandon, não apenas estava propensa a adorá-lo como um santo, mas também estava realmente ansiosa para que todas as preocupações mundanas dele também fossem dela; ansiosa para que o dízimo tivesse seu valor aumentado ao máximo e, decidiu secretamente, em Delaford, tanto quanto pudesse, ser útil para os criados, carruagem, vacas e aves.

Já fazia mais de uma semana desde que John Dashwood visitara Berkeley Street e, desde então, não receberam notícias da indisposição de sua esposa, além do que haviam perguntado, e Elinor começou a sentir que havia a necessidade de a visitarem. Esta era uma obrigação, no entanto, que não só ia contra a própria propensão, mas que não tinha nenhum incentivo de suas companheiras. Marianne, não satisfeita em recusar categoricamente a ir, insistiu que a irmã não fosse e Mrs. Jennings, embora sua carruagem estivesse sempre disponível para Elinor, detestava Mrs. John Dashwood, que nem mesmo a curiosidade em ver como ela estava após a recente descoberta, nem o forte desejo de afrontá-la tomando o lado de Edward, venceria a falta de vontade de fazer companhia a ela novamente. O resultado foi que Elinor partiu sozinha para fazer uma visita que ninguém estava disposto a fazer, e correr o risco de ter uma conversa cara a cara com uma mulher a quem nenhuma das outras tinha tanta razão para gostar.

Mrs. Dashwood mandou o criado dizer que não estava, mas, antes que a carruagem pudesse partir, seu marido por acaso saiu. Ele expressou grande prazer em encontrar Elinor, disse a ela que ele tinha acabado de visitar Berkeley Street e, garantindo que Fanny ficaria muito feliz em vê-la, convidou-a para entrar.

Subiram as escadas para a sala de visitas. Não havia ninguém lá.

— Fanny está em sua sala privada, suponho — disse ele. — Irei até ela agora mesmo, pois tenho certeza de que não terá a menor objeção em ver *você*. Muito longe disso, na verdade. *Agora*, especialmente, não pode haver... no entanto, você e Marianne sempre foram grandes favoritas. Por que Marianne não veio?

Elinor deu a desculpa que conseguiu.

— Não lamento vê-la sozinha — respondeu ele —, pois tenho muito a lhe dizer. Esse vicariato do coronel Brandon... É verdade? Ele realmente o concedeu a Edward? Ouvi ontem por acaso, e estava indo encontrá-la com a intenção de saber mais a respeito.

— É a mais pura verdade. O coronel Brandon concedeu o vicariato de Delaford a Edward.

— É mesmo? Bem, isso é uma surpresa! Não são parentes! Não têm nenhuma relação! E esses vicariatos geram um valor! Qual é o valor desse?

— Cerca de duzentas libras por ano.

— Certo... e para a próxima concessão desse vicariato nesse valor... supondo que o antigo incumbente estivesse velho e doente, e provavelmente o desocuparia em breve... ele poderia ter conseguido, suponho, mil e quatrocentas libras. E como ele não resolveu esse assunto antes da morte dessa pessoa? *Agora*, de fato, seria tarde demais para vendê-lo, mas um homem com o bom senso do coronel Brandon! Eu me pergunto como ele pode ser tão negligente com uma questão de preocupação tão comum, tão natural! Bem, estou convencido de que há uma grande inconsistência de caráter em quase todas as pessoas. Suponho, no entanto... relembrando... que o caso pode ser *este*. Edward ficará lá apenas até que a pessoa a quem o coronel realmente vendeu a concessão tenha idade suficiente para tomá-la. Sim, sim, é isso, pode acreditar.

Elinor o contradisse, no entanto, com veemência. E ao relatar que ela mesma havia sido designada a comunicar a oferta do coronel Brandon a Edward e, portanto, sabia os termos em que foi oferecida, obrigou-o a aceitar seu testemunho.

— É realmente surpreendente! — ele exclamou depois de ouvir o que ela disse. — Qual poderia ser o motivo do coronel?

— Um motivo muito simples: ajudar Mr. Ferrars.

— Ora, ora; seja lá qual for o motivo do coronel Brandon, Edward é um homem de muita sorte. Porém, não mencione o assunto para Fanny, pois embora eu tenha dado a notícia a ela, e ela a recebeu muito bem, não vai querer conversar muito sobre isso.

Elinor não conseguiu abster-se da observação de que achava que Fanny talvez tivesse aguentado com compostura a notícia da aquisição de riqueza do irmão que não deixaria nem ela nem o filho mais pobres.

— Mrs. Ferrars — acrescentou ele, baixando a voz para um tom de quando um assunto é muito importante — não sabe de nada sobre isso até o momento, e acredito que será melhor esconder completamente dela o quanto for possível. Quando o casamento acontecer, aí então temo que terá que saber de tudo.

— Mas por que ter tal precaução? Embora não se deva supor que Mrs. Ferrars ficará feliz em saber que o filho tem dinheiro suficiente para viver... pois *isso* deve estar totalmente fora de questão, no entanto, por que, considerando o recente comportamento que teve, ela deveria sentir qualquer coisa? Ela não se preocupa mais com o filho, rejeitou-o para sempre, e fez com que todos aqueles sobre quem tinha qualquer influência o rejeitassem da mesma forma. Certamente, depois disso, não se pode imaginar que esteja propensa a nenhum sentimento de tristeza ou alegria por causa dele... não deve se interessar coisa alguma que lhe aconteça. Não seria tão fraca a ponto de renunciar ao conforto do filho e ainda sentir a ansiedade de uma mãe!

— Ah, Elinor! — disse John. — Seu raciocínio é muito bom, mas é baseado na ignorância da natureza humana. Quando a união infeliz de Edward acontecer, pode ter certeza de que a mãe dele sentirá tanto quanto se nunca o tivesse rejeitado, e, portanto, todas as circunstâncias que possam acelerar esse terrível evento devem ser escondidas dela tanto quanto possível. Mrs. Ferrars nunca poderá esquecer-se de que Edward é seu filho.

— Estou surpresa com você. Creio que até lá ela já não terá a menor lembrança disso.

— Você está muito enganada sobre ela. Mrs. Ferrars é uma das mães mais afetuosas do mundo.

Elinor ficou em silêncio.

— Achamos que *agora* — disse Mr. Dashwood, depois de uma breve pausa — *Robert* deveria casar-se com Miss Morton.

Elinor, sorrindo para o tom sério e decisivo do irmão, respondeu calmamente:

— A senhorita, suponho, não tem poder de escolha.

— Escolha? O que você quer dizer?

— Só quero dizer que suponho, pelo seu jeito de falar, que para Miss Morton tanto faz se ela se casar com Edward ou Robert.

— Certamente, não há diferença, pois Robert agora, para todos os efeitos, será considerado o filho mais velho, e em relação a qualquer coisa, ambos são jovens muito agradáveis. Não tenho conhecimento de um ser superior ao outro.

Elinor não disse mais nada, e John também ficou em silêncio por um tempo. As reflexões dele terminaram assim:

— De *uma* coisa, minha querida irmã — disse pegando gentilmente a mão dela e falando em um sussurro terrível —, posso lhe assegurar... e *vou* fazê-lo, porque sei que vai lhe agradar. Tenho boas razões para pensar... de fato, obtive de testemunha confiável ou não repetiria, pois de outra forma seria muito errado dizer qualquer coisa sobre isso... mas obtive de testemunha confiável... não que eu tenha ouvido da boca da própria Mrs. Ferrars... mas a filha dela *sim*, e ela me contou que... em resumo, quaisquer objeções que pudessem haver contra um certo casamento... você me entende... seria preferível a ela, não lhe teria dado metade da humilhação que *essa* ligação causa. Fiquei extremamente satisfeito ao ouvir que Mrs. Ferrars via dessa maneira... uma circunstância muito gratificante para todos nós. "Não teria nem comparação", disse ela, "o menor dos males", e ela ficaria feliz *agora* em ceder à menos ruim das situações. No entanto, tudo isso está completamente fora de questão... não deve ser considerado ou mencionado... qualquer união, sabe... nunca poderia... com tudo o que aconteceu. Mas achei que deveria lhe contar, porque sabia o quanto lhe agradaria. Não que tenha motivos para arrepender-se, minha querida Elinor. Não há dúvida de que você está extremamente bem... muito bem, ou melhor, talvez, considerando o todo. O coronel Brandon tem estado com você ultimamente?

Elinor tinha ouvido o suficiente, se não para satisfazer sua vaidade e alimentar seu ego, tinha alvoroçado seus nervos e enchido sua cabeça, e estava, portanto, feliz por ser poupada da necessidade de responder e do risco de ouvir qualquer outra coisa do irmão com a entrada de Mr. Robert Ferrars. Depois de alguns momentos de conversa, John Dashwood, lembrando-se de que Fanny ainda não fora informada da presença da cunhada, saiu da sala para procurá-la; e Elinor foi deixada para se familiarizar com Robert, que — pela alegre despreocupação, a feliz autocomplacência de seus modos enquanto desfrutava da divisão tão injusta do amor e da generosidade da mãe em detrimento do irmão banido, que ganhou somente por seu próprio curso de vida disperso e por causa da integridade do irmão — confirmava a opinião desfavorável dela sobre sua mente e seu coração.

Eles mal tinham ficado dois minutos sozinhos e ele começou a falar de Edward, pois ele também tinha ouvido falar do vicariato e estava muito curioso sobre o assunto. Elinor repetiu os detalhes como fizera com John, e o efeito sobre Robert, embora muito diferente, não foi menos impressionante do que no irmão. Ele riu descontroladamente. A ideia de Edward ser um clérigo e viver em uma pequena casa paroquial divertiu-o muito, e quando a isso acrescentou-se a ele imaginar Edward lendo orações vestindo uma sobrepeliz e publicando os proclamas do casamento entre John Smith e Mary Brown, ele não conseguiu pensar em nada mais ridículo.

Elinor, enquanto esperava em silêncio, séria e imóvel, a conclusão de tal disparate, não conseguiu fixar os olhos nele sem demonstrar todo o desprezo que ele provocava nela. Foi um olhar, no entanto, muito bem dado, pois aliviou seus sentimentos e não a delatou. Ele foi levado da zombaria à sensatez não por alguma reprovação dela, mas por sua própria sensibilidade.

— Podemos considerar isso uma chacota — disse ele, enfim recuperando-se da risada forçada que se prolongou consideravelmente muito além da alegria genuína do momento. — Mas, veja, é um assunto muito sério. Pobre Edward! Está arruinado para sempre. Lamento muitíssimo, pois sei que ele é uma criatura de bom coração, um sujeito bem-intencionado, talvez, como qualquer outro no mundo. Você não deve julgá-lo, Miss Dashwood, pelo pouco tempo que se conhecem… Pobre Edward! Seus modos certamente não são os melhores. Mas nem todos nascemos com as mesmas habilidades, as mesmas aptidões… Pobre rapaz! Vê-lo rodeado por estranhos! Com certeza é muito lamentável! Mas, juro-lhe, creio que ele tem um coração tão bom quanto qualquer outro no mundo e afirmo que nunca fiquei tão chocado em minha vida como quando tudo estourou. Eu não conseguia acreditar… Minha mãe foi a primeira pessoa que me contou, e eu, sentindo que estava sendo chamado a agir com firmeza, disse imediatamente a ela: "Minha querida senhora, não sei o que pode pretender fazer, mas, quanto a mim, devo dizer que se Edward se casar com essa jovem, eu nunca mais o verei." Foi o que eu logo disse. Fiquei, de fato, muito chocado! Pobre Edward! Ele está completamente acabado… banido para sempre de toda a sociedade digna! Mas, como eu disse à minha mãe, não estou nem um pouco surpreso, pelo tipo de educação dele, era de se esperar. Minha pobre mãe estava muito abalada.

— Acaso já viu a dama?

— Sim, uma vez, enquanto estava hospedada nesta casa eu passei por aqui por uns dez minutos e vi mais do que o suficiente. A mais desajeitada moça do interior, sem estilo ou elegância, e não muito bonita. Lembro-me perfeitamente dela. Exatamente o tipo de moça que imaginava que provavelmente cativaria o pobre Edward. Ofereci-me de imediato, assim que minha mãe relatou o caso para mim, para falar com ele e dissuadi-lo da união, mas descobri que era tarde demais para fazer qualquer coisa. Por azar, eu não estava ciente desde o início e não soube de nada até depois que o rompimento ocorreu, quando já não podia mais, você sabe, interferir. Mas se eu tivesse sido informado algumas horas antes... creio ser muito provável que tivesse conseguido pensar em algo. Eu certamente teria retratado a situação para Edward com mais clareza. "Meu caro amigo", eu teria dito, "considere o que está fazendo. Está prestes a fazer um casamento muito vergonhoso, e uma união que sua família é unânime em desaprovar." Não posso deixar de pensar, em suma, que teríamos encontrado meios. Mas agora é tarde demais. Ele deve estar miserável, sabe... isso é certo, absolutamente miserável.

Ele acabara de resolver esse ponto com grande compostura, quando a chegada de Mrs. John Dashwood encerrou o assunto. Mas, embora *ela* nunca falasse sobre isso fora da própria família, Elinor podia ver a influência que o assunto tinha em sua mente, algo como uma confusão em seu semblante quando ela entrou, e uma tentativa de cordialidade com ela. Chegou ao ponto de ficar preocupada quando descobriu que Elinor e a irmã logo deixariam a cidade, pois esperava encontrá-las mais vezes — um esforço que para o marido, que a acompanhou até a sala e ficara encantado com seu modo de falar, parecia repleto de tudo o que era mais afetuoso e gracioso.

Capítulo 42

Outra breve visita a Harley Street — na qual Elinor recebeu os parabéns do irmão por viajarem tão longe de Barton sem ter nenhuma despesa, e pelo fato de o coronel Brandon acompanhá-las até Cleveland em um ou dois dias — encerrou as conversas entre o irmão e as irmãs na cidade. E um vago convite de Fanny para visitá-los quando Norland estivesse no caminho delas, o que era muito improvável, e a garantia mais calorosa, embora menos pública, de John a Elinor, da prontidão com que ele a visitaria em Delaford, era tudo o que profetizava um encontro entre eles no interior.

Ela se divertia ao observar que todos os seus amigos pareciam determinados a enviá-la para Delaford, um lugar, mais do que todos os outros, que não seria sua primeira escolha para visitar ou morar; pois não apenas era considerada sua futura casa por seu irmão e Mrs. Jennings, mas até Lucy, quando partiu, fez um convite insistente para que fosse visitá-la lá.

Muito no início de abril, e muito cedo pela manhã, os dois grupos de Hanover Square e Berkeley Street partiram de suas respectivas casas para encontrarem-se na estrada como combinado. Para a comodidade de Charlotte e do filho levariam dois dias de viagem, e Mr. Palmer, que faria uma viagem mais rápida com o coronel Brandon, se juntaria a eles em Cleveland logo depois.

Marianne, com tão poucos momentos de consolo em Londres, e ansiosa fazia muito tempo para partir, quando chegou o momento, não conseguiu dar adeus à casa em que havia nutrido aquelas esperanças — e aquela confiança em Willoughby, e que agora estavam extintas para sempre — sem grande sofrimento. Nem conseguiu deixar o lugar em que Willoughby permanecia, ocupado com novos compromissos e novos planos, dos quais *ela* não fazia parte, sem derramar muitas lágrimas.

A satisfação de Elinor, no momento da partida, foi mais otimista. Ela não tinha motivo que ocupasse seus pensamentos, não deixava para trás ninguém que lhe causaria um momento de arrependimento por separar-se para sempre. Estava satisfeita por se libertar da perseguição da amizade de Lucy, estava grata por levar a irmã embora, sem ter visto por Willoughby desde seu casamento, e tinha a expectativa da esperança do que alguns meses de tranquilidade em Barton poderiam fazer para restaurar a paz de espírito de Marianne e comprovar a sua própria.

A viagem foi realizada com segurança. O segundo dia as levou para o estimado, ou proibido, condado de Somerset — era assim que o lugar se alternava na imaginação de Marianne. E na manhã do terceiro se dirigiram a Cleveland.

Cleveland era uma casa espaçosa e moderna em um gramado íngreme. Não tinha um bosque, mas os espaços de lazer eram vastos. E como todos os outros lugares do mesmo grau de importância, tinha um jardim de arbustos com um caminho de árvores próximo; uma estrada de cascalho liso contornando uma plantação levava até a entrada da casa; o gramado estava salpicado de madeira; a casa ficava protegida sob o abeto; a tramazeira e a acácia formavam um espesso abrigo que se intercalava com álamos e cobria a área de serviço.

Marianne entrou na casa com o coração transbordando de emoção por saber que estava a apenas cento e trinta quilômetros de Barton, e não a cinquenta quilômetros de Combe Magna, e depois de apenas cinco minutos entre suas paredes, enquanto os outros estavam ocupados ajudando Charlotte a mostrar o filho para a governanta, ela saiu novamente, sumindo por entre o caminho sinuoso de arbustos, que agora começava a ficar belo, subindo a uma certa distância; de onde, a partir do templo de estilo grego, seu olhar percorreu uma ampla área na direção sudeste e pousou carinhosamente no cume mais distante das colinas no horizonte, e imaginou que do topo Combe Magna poderia ser avistada.

Em tais momentos de preciosa e inestimável infelicidade, ela se alegrou em lágrimas de agonia por estar em Cleveland; e ao retornar à casa por um caminho diferente, sentindo todo o feliz privilégio da liberdade do campo, de vagar de um lugar para outro em solidão livre e abundante, decidiu passar quase todas as horas de todos os dias enquanto estivesse com os Palmers no prazer desses passeios solitários.

Voltou a tempo de se juntar aos outros enquanto saíam da casa para uma volta pelas instalações mais próximas. E o resto da manhã foi passado ao ar livre, descansando ao redor da horta da cozinha, examinando as flores nas paredes e ouvindo os lamentos do jardineiro sobre as pragas, perambulando pela estufa — onde a perda de suas plantas favoritas, negligentemente expostas e congeladas pela geada persistente, fez Charlotte rir —, e ao visitar a granja, na esperança frustrada da encarregada em razão das galinhas abandonarem os ninhos ou serem roubadas por uma raposa, ou na rápida diminuição de uma nova ninhada promissora, ela encontrou novas fontes de alegria.

O clima da manhã estava bom e seco, e Marianne, com seu plano de atividades ao ar livre, calculava que nenhuma mudança no tempo ocorreria durante a estadia em Cleveland. Com grande surpresa, portanto, ela se viu impedida de sair novamente após o jantar por uma chuva que não parou. Acreditou que poderia fazer uma caminhada ao crepúsculo até o templo grego, e talvez por todo o terreno, e uma noite fria ou úmida não a teria feito mudar de ideia, mas com chuva pesada e constante nem mesmo *ela* poderia dizer que o clima estava agradável para caminhar.

O grupo era pequeno e as horas passavam em silêncio. Mrs. Palmer ocupava-se com o filho e Mrs. Jennings com a tapeçaria. Elas falaram dos amigos que tinham ficado para trás, organizavam os compromissos de Lady Middleton e se perguntavam se Mr. Palmer e o coronel Brandon chegariam até Reading naquela noite. Elinor, embora pouco preocupada com isso, juntou-se à conversa, e Marianne, que tinha o dom de encontrar a biblioteca em todas as casas, lugar que é normalmente evitado pela família, logo pegou um livro para si.

Mrs. Palmer não poupava esforços para que seu bom humor constante e amigável ajudasse com que se sentissem bem-vindas. A abertura e o vigor de seus modos mais do que corrigia aquela falta de memória e elegância que muitas vezes resultavam em falhas nos protocolos de etiqueta; sua bondade, assistida por um rosto tão bonito, era envolvente; sua ignorância, embora evidente, não era repugnante porque não era vaidosa; e Elinor poderia perdoá-la por tudo, exceto por sua risada.

Os dois cavalheiros chegaram no dia seguinte para um jantar muito tardio, proporcionando um agradável aumento do grupo e uma variedade muito bem-vinda às conversas, o que uma longa manhã da mesma chuva persistente havia reduzido muito.

Elinor tinha visto tão pouco Mr. Palmer, e naquele pouco ele tinha variado tanto a maneira de tratar a irmã e ela, que não sabia o que esperar ao encontrá-lo em meio a sua família. Porém, descobriu que ele se comportava como um perfeito cavalheiro com todos os seus visitantes, e apenas ocasionalmente era rude com a esposa e a mãe dela. Ela o achou muito capaz de ser um companheiro agradável, mas não sempre, em razão da aptidão muito grande de se imaginar superior às pessoas em geral, como pensava ser em relação a Mrs. Jennings e Charlotte. De resto, seu caráter e seus hábitos eram marcados, tanto quanto Elinor podia notar, por traços comuns a seu gênero e idade. Era refinado ao comer, seus horários eram irregulares, gostava do filho, embora fosse propenso a negligenciá-lo, e passava as manhãs jogando bilhar em vez de se dedicar aos negócios. No entanto, ela gostava dele, de modo geral, mais do que esperava, e no fundo não lamentava que não pudesse gostar mais dele; não lamentava que a observação de seu epicurismo, seu egoísmo e sua arrogância a levassem a satisfazer-se com complacência com a lembrança do temperamento generoso, do gosto simples e da timidez de Edward.

De Edward, ou pelo menos de algumas de suas preocupações, ela agora recebia informações do coronel Brandon, que estivera em Dorsetshire recentemente; e que, tratando-a como a amiga desinteressada de Mr. Ferrars e a gentil confidente dele, contou muito para ela sobre o presbitério em Delaford, descreveu suas deficiências e disse a ela o que pretendia fazer para resolvê-las. O comportamento dele para com ela com relação a esse assunto, bem como em todos os outros, o prazer visível em encontrá-la após uma ausência de apenas dez dias, a disposição para conversar com ela e a deferência por sua opinião poderiam muito bem justificar a certeza de Mrs. Jennings de seu afeto e teria sido suficiente, talvez, para fazer com que ela mesma suspeitasse disso, caso, desde o início, Elinor não acreditasse que Marianne ainda era a preferência verdadeira dele. Mas tal ideia dificilmente teria entrado em sua cabeça não fosse pela insinuação de Mrs. Jennings. E ela acreditava que era a observadora mais detalhista dos dois: observava os olhos dele enquanto Mrs. Jennings pensava apenas em seu comportamento, e quando o olhar de ansiosa preocupação com o que Marianne sentia em sua cabeça e garganta no início de um resfriado forte, porque não fora expresso em palavras, escapou completamente da observação da senhora, *ela* podia descobrir nesse olhar os sentimentos momentâneos e o alarme desnecessário de um apaixonado.

Duas deliciosas caminhadas ao crepúsculo nas terceira e quarta noites em que estava lá — não apenas no cascalho seco do jardim de arbustos, mas em todo o terreno, e especialmente nas partes mais distantes, onde havia algo de mais selvagem do que no resto, onde as árvores eram as mais antigas, e a grama era mais alta e úmida —, somadas à imprudência ainda maior de ficar com os sapatos e meias molhados deram a Marianne um resfriado tão forte que, embora por um ou dois dias tenha sido menosprezado ou negado, aumentou a preocupação de todos com a progressão de sintomas e a percepção dela. Receitas médicas brotaram de todos os lados e, como de costume, foram recusadas. Embora fraca, febril, com o corpo dolorido, tosse e dor de garganta, achava que uma boa-noite de sono a curaria completamente; e foi com dificuldade que Elinor a convenceu, quando ela foi para a cama, a tentar um ou dois dos remédios mais simples.

Capítulo 43

Marianne levantou-se na manhã seguinte na hora de sempre e respondeu a todas as perguntas dizendo que estava melhor, e tentou provar isso a si mesma ocupando-se com suas atividades habituais. Mas um dia passado sentada tremendo perto da lareira com um livro na mão, que não conseguia ler, ou deitada no sofá, cansada e lânguida, não comprovava sua recuperação e quando, por fim, foi cedo para a cama, ainda mais indisposta, o coronel Brandon ficou surpreso com a compostura da irmã, que, embora sempre atenta e cuidando dela o dia inteiro, contra a vontade de Marianne, e forçando-a a tomar remédios adequados à noite, confiava, assim como Marianne, na certeza e eficácia do sono, e não sentia nenhuma preocupação real.

Porém, uma noite muito agitada e febril contrariou a expectativa de ambas, e quando Marianne, depois de insistir em levantar-se, confessou-se incapaz de se sentar e voltou voluntariamente para a cama, Elinor estava decidida a aceitar o conselho de Mrs. Jennings de chamar o boticário dos Palmers.

Ele veio, examinou a paciente e, embora encorajando Miss Dashwood de que alguns dias restaurariam a saúde da irmã, mesmo declarando que a enfermidade dela tinha uma tendência pútrida e permitindo que a palavra "infecção" saísse de seus lábios, alarmou instantaneamente Mrs. Palmer por conta do bebê. Mrs. Jennings, que desde o primeiro momento estava inclinada a pensar que a queixa de Marianne era mais séria do que Elinor achava, agora olhava muito séria para o relatório de Mr. Harris. E confirmando o medo e a prudência de Charlotte, insistiu na necessidade de sua remoção imediata com o bebê; Mr. Palmer, embora tratasse as apreensões delas como inúteis, achou a ansiedade e o incômodo da esposa muito grandes para que ela os suportasse. A partida, portanto, foi arranjada, e uma hora depois da chegada de Mr. Harris ela foi com o filho e a babá para a casa de um parente próximo de Mr. Palmer que morava a poucos quilômetros do outro lado de Bath; onde o marido prometeu, diante das súplicas aflitas da esposa, juntar-se a ela em um ou dois dias e ela foi quase igualmente insistente para que a mãe a acompanhasse. Mrs. Jennings, no entanto, com uma bondade de coração que fez Elinor realmente amá-la, declarou a decisão de não deixar Cleveland enquanto Marianne permanecesse doente, e de se esforçar, com cuidado atencioso, para ser para ela a mãe que ela havia deixado; Elinor deparou-se com uma ajudante disposta e ativa em todas as ocasiões, desejosa de compartilhar todo o seu cansaço e, muitas vezes, por ter mais experiência em cuidar de enfermidades, de grande auxílio.

Pobre Marianne, lânguida e lenta pela natureza da doença, e sentindo-se péssima, não tinha mais expectativa de encontrar-se recuperada no dia seguinte. E a ideia do que o amanhã poderia oferecer, a não ser por essa doença infeliz, tornava toda enfermidade grave, pois naquele dia deveriam iniciar a jornada para casa, e acompanhadas de um criado de Mrs. Jennings fariam uma surpresa para a mãe na manhã seguinte. O pouco que ela disse foi para lamentar esse atraso inevitável, embora Elinor tentasse melhorar seu ânimo e fazê-la acreditar, como ela mesma realmente acreditava, que seria um atraso muito pequeno.

No dia seguinte o estado da paciente teve pouca ou nenhuma mudança. Ela certamente não estava melhor e, embora não estivesse recuperada, não parecia estar pior. O grupo agora estava mais reduzido, pois Mr. Palmer, embora muito pouco disposto a partir tanto por humanidade real e boa índole, quanto por aversão de parecer assustado por sua esposa, foi finalmente convencido pelo coronel Brandon a cumprir a promessa de juntar-se a ela; e enquanto se preparava para partir, o próprio coronel Brandon, com um esforço muito maior, começou a também falar em partir. Neste momento, porém, a bondade de Mrs. Jennings interveio de forma muito satisfatória, pois mandar o coronel embora enquanto seu amor estava tão inquieta por causa da irmã seria privar os dois, ela pensou, de consolo; e disse-lhe que sua estadia em Cleveland era necessária para si, que gostaria que ele jogasse *piquet* à noite enquanto Miss Dashwood ficasse lá em cima com a irmã etc. Insistiu tanto para que ficasse que ele, que satisfazia o desejo inicial de seu coração ao ceder a este pedido, não conseguiu nem mesmo fingir objeção, especialmente porque a súplica de Mrs. Jennings foi calorosamente apoiada por Mr. Palmer, que parecia aliviado por deixar uma pessoa tão capaz de ajudar ou aconselhar Miss Dashwood em qualquer emergência.

Marianne, é claro, não ficou sabendo desses arranjos. Não sabia que tinha sido o motivo de mandar os proprietários de Cleveland embora depois de cerca de sete dias de sua chegada. Não lhe surpreendeu não ver Mrs. Palmer, e como isso também não lhe preocupava, nem mencionou seu nome.

Dois dias se passaram desde a partida de Mr. Palmer e a situação continuou a mesma, houve pouca mudança. Mr. Harris, que a visitava todos os dias, ainda falava com ousadia sobre uma rápida recuperação, e Miss Dashwood era igualmente otimista. Mas a expectativa dos outros não era de forma alguma tão positiva. Mrs. Jennings desde o início estava apreensiva de que Marianne nunca se recuperaria, e o coronel Brandon, que era principalmente útil para ouvir os pressentimentos de Mrs. Jennings, não estava em um bom estado de espírito para resistir à influência deles. Ele tentava combater seus medos com a razão, o que a opinião contrária do boticário parecia tornar absurdo, mas as muitas horas do dia em que ficava completamente sozinho eram muito favoráveis ao surgimento de pensamentos melancólicos, e ele não conseguia tirar da cabeça a convicção de que nunca mais veria Marianne.

Na manhã do terceiro dia, no entanto, as previsões sombrias de ambos foram contrariadas, pois quando Mr. Harris chegou, afirmou que a paciente estava muito melhor. O pulso estava mais forte e todos os sintomas tinham melhorado desde a visita anterior. Elinor, com as esperanças mais agradáveis renovadas, estava muito alegre, regozijando-se com o fato de que nas cartas à mãe ela havia seguido o próprio julgamento em vez do de seus amigos ao descrever a indisposição que as mantinha em Cleveland como muito leve, e chegou quase a determinar quando Marianne seria capaz de viajar.

Mas o dia não terminou tão auspicioso como começou. Foi anoitecendo e Marianne piorou, ficando mais fraca, mais agitada e se sentindo mais desconfortável do que antes. A irmã, no entanto, ainda otimista, estava propensa a atribuir a mudança à simples fadiga de ter se sentado para que arrumassem sua cama; administrando cuidadosamente os remédios prescritos, viu com satisfação Marianne finalmente cair no sono, que esperava que produzisse efeitos benéficos. Seu sono, embora não fosse tão tranquilo quanto Elinor desejava, teve duração considerável, e ansiosa para observar o resultado, resolveu sentar-se com ela durante todo esse tempo. Mrs. Jennings, sem saber nada sobre qualquer alteração no estado da paciente, foi para a cama cedo. Sua criada, que era uma das principais enfermeiras, estava se distraindo no quarto da governanta, e Elinor ficou sozinha com a irmã.

O sono de Marianne ficou cada vez mais agitado e a irmã, que observava com atenção incansável a contínua mudança de posição e ouvia os sons frequentes, mas inarticulados, de queixa que saíam de seus lábios, estava prestes a despertá-la de um estado tão sofrido quando Marianne de repente acordou com algum barulho acidental na casa, e depressa e com uma selvageria febril começou a gritar:

— A mamãe está vindo?

— Ainda não — respondeu Elinor, escondendo seu espanto e ajudando Marianne a se deitar novamente —, mas ela logo estará aqui, espero. É uma viagem longa, sabe, daqui até Barton.

— Mas ela não deve passar por Londres — gritou Marianne, da mesma maneira apressada. — Eu nunca a verei se ela passar por Londres.

Elinor percebeu assustada que ela não estava bem, e enquanto tentava acalmá-la sentiu seu pulso com certa ansiedade. Estava mais baixo e mais rápido do que nunca! E Marianne, que ainda falava desenfreadamente da mãe, fez sua preocupação crescer tanto que decidiu chamar Mr. Harris imediatamente e despachar um mensageiro a Barton para a mãe. Consultar o coronel Brandon sobre a melhor maneira de enviar a mensagem foi um pensamento que se seguiu à decisão de fazê-lo, e assim que tocou a sineta para chamar a criada para tomar seu lugar junto da irmã, correu para a sala de visitas, onde sabia que geralmente poderia encontrá-lo até mesmo em um horário muito mais tardio.

Não era hora de hesitar. Seus medos e suas dificuldades foram colocados diante dele. Os medos ele não tinha coragem, não tinha segurança para tentar eliminá-los, e os ouviu em um abatimento silencioso, mas as dificuldades foram imediatamente removidas, pois com a prontidão que a ocasião demandava, e o serviço pré-elaborado em sua cabeça, ele se ofereceu para ser o mensageiro que deveria buscar Mrs. Dashwood. Todas as objeções de Elinor foram facilmente superadas. Ela agradeceu-lhe de maneira breve, embora fervorosa, e enquanto ele apressou-se para buscar seu criado para enviar uma mensagem a Mr. Harris, e para requisitar os cavalos da carruagem de imediato, ela escreveu algumas linhas para a mãe.

O consolo de um amigo como o coronel Brandon naquele momento — ou de uma companhia como a dele para a mãe —, como era grata por isso! Companhia cujo julgamento guiaria, cuja presença deveria aliviá-la e cuja amizade poderia acalmá-la! O que *pudesse* ser feito para diminuir o choque dela com tal convocação, sua presença, seus modos, sua assistência, diminuiriam.

Ele, entretanto, o que quer que sentisse, agiu com toda a firmeza de quem tinha a cabeça no lugar, fez todos os arranjos necessários com a máxima rapidez e calculou com exatidão o tempo em que ela poderia esperar por seu retorno. Nem um segundo foi perdido com nenhum tipo de atraso. Os cavalos chegaram, até antes do que esperavam, e o coronel Brandon apenas pressionando sua mão com um olhar de solenidade e falando algumas palavras tão baixo que não alcançaram seu ouvido, correu para a carruagem. Era então meia-noite, e ela voltou para o quarto da irmã para esperar a chegada do boticário e para cuidar dela pelo resto da noite. Foi uma noite de quase igual sofrimento para ambas. Hora após hora se passava em uma sofrida insônia e delírio de Marianne, e Elinor na ansiedade mais cruel, até Mr. Harris aparecer. As apreensões de Elinor cresceram, amplificadas pelo excesso de segurança anterior, e a criada que se sentou com ela, pois não permitiria que Mrs. Jennings fosse chamada, apenas a torturou mais com insinuações do que a senhora sempre pensara.

As ideias de Marianne ainda estavam, de tempos em tempos, fixadas incoerentemente na mãe, e sempre que mencionava seu nome, a pobre Elinor sentia uma pontada no coração. Elinor, repreendendo-se por ter menosprezado a doença por tantos dias, e ávida por algum alívio imediato, imaginava que todo alívio poderia em breve ser em vão, que tudo havia sido retardado por muito tempo, e imaginava o sofrimento da mãe, chegando tarde demais para ver a filha querida ou para vê-la lúcida.

Estava a ponto de chamar Mr. Harris mais uma vez, ou se *ele* não pudesse vir, chamar alguma outra pessoa, quando ele chegou — mas apenas depois das cinco. Seu parecer, no entanto, não compensou muito seu atraso, pois, embora identificando a alteração muito inesperada e desagradável da paciente, não admitia que o perigo fosse grande, e falou que um novo tratamento deveria trazer alívio, o que foi comunicado a Elinor com pouca confiança. Ele prometeu fazer outra visita em três ou quatro horas, e deixou a paciente e sua cuidadora ansiosa mais tranquilas do que quando as encontrou.

Com grande preocupação e muitas repreensões por não ter sido chamada para ajudá-las, Mrs. Jennings ouviu de manhã o que havia ocorrido. Suas apreensões anteriores, agora restauradas com muito mais motivo, não deixavam dúvidas sobre o ocorrido e embora tentasse consolar Elinor, a convicção do perigo que sua irmã corria não permitia que oferecesse o consolo da esperança. Estava com o coração realmente apertado. O rápido declínio, a morte precoce de uma moça tão jovem, tão adorável como Marianne, preocuparia até mesmo quem mal a conhecesse. Mas, para Mrs. Jennings, Marianne tinha todo o direito à sua mais fervorosa compaixão. Tinha sido sua companheira por três meses, ainda estava sob seus cuidados, e sabia que ela fora muito magoada e ficara muito infeliz. A angústia da irmã também, particularmente a preferida, estava diante dela. E quanto à mãe delas, quando Mrs. Jennings considerou que Marianne provavelmente seria para *ela* o que Charlotte era para si, simpatizou com *seu* sofrimento com muita sinceridade.

Mr. Harris foi pontual em sua segunda visita, mas a esperança do que a última visita resultaria foi frustrada. Os remédios falharam. A febre não diminuiu, e Marianne estava apenas mais quieta, mas não melhorara, e permanecia em um intenso estupor. Elinor, compreendendo todos, e mais do que todos, os medos dele, propôs ir atrás de mais aconselhamento. Mas ele julgou desnecessário, ainda tinha mais uma coisa para tentar, alguma aplicação mais recente, de cujo sucesso estava tão confiante quanto em relação ao último tratamento, e encerrou a visita com garantias encorajadoras que chegaram ao ouvido, mas não conseguiram convencer o coração de Miss Dashwood. Ela estava calma, exceto quando pensava na mãe, mas estava quase sem esperança. E continuou nesse estado até o meio-dia, quase sem sair da cama da irmã, com os pensamentos vagando de uma imagem de tristeza, de uma amiga que sofria para outra, e com o ânimo oprimido ao máximo pela conversa de Mrs. Jennings, que não hesitou em atribuir a gravidade e o perigo desse ataque às muitas semanas de indisposição que a decepção de Marianne havia causado. Elinor achou que esta possibilidade fazia todo o sentido, e isso forneceu um novo tom de tristeza às suas reflexões.

Por volta do meio-dia, no entanto, ela começou, porém com cautela — uma pavorosa decepção que a manteve em silêncio por algum tempo, mesmo com a amiga —, a imaginar, a ter esperança de que pudesse perceber uma ligeira melhora no pulso da irmã. Esperou, observou e examinou várias vezes e, finalmente, com uma agitação mais difícil de esconder sob a calma exterior do que toda a angústia prévia, se aventurou a comunicar suas esperanças. Mrs. Jennings, embora forçada a reconhecer uma recuperação temporária ao examinar a paciente, tentou impedir a jovem amiga de ceder à ideia de que seria duradoura. Elinor tentou aceitar todos os pareceres de descrença e dizer a si mesma para também não ter esperanças. Porém, já era tarde demais. A esperança já havia se instalado, e sentindo toda a agitação ansiosa causada por ela, inclinou-se sobre a irmã para observar mal sabia direito o quê. Meia hora se passou e o sintoma favorável ainda a abençoava. E até outros surgiram para confirmá-lo. A respiração, a pele, os lábios, todos agradavam Elinor com sinais de melhoria, e Marianne fixou os olhos nela com um olhar lúcido, embora lânguido. Ansiedade e esperança agora a oprimiam da mesma forma e não a deixaram ter nenhum momento de tranquilidade até a chegada de Mr. Harris às quatro horas, quando as garantias e felicitações pela recuperação da irmã, mesmo superando suas expectativas, lhe deram confiança, consolo e lágrimas de alegria.

Marianne estava em todos os aspectos substancialmente melhor, e ele a declarou totalmente fora de perigo. Mrs. Jennings, talvez satisfeita com a confirmação parcial de seus pressentimentos mesmo que com retardo, permitiu-se confiar no julgamento dele e admitiu, com alegria genuína e logo com uma animação explícita, a probabilidade de uma recuperação total.

Elinor não poderia estar mais animada, mas sua felicidade era de um tipo diferente e causava tudo, menos alegria. Ver Marianne bem, com saúde, rodeada por amigos e pela mãe amorosa era uma ideia que enchia seu coração de sentimentos de consolo supremo e os expandiam em fervorosa gratidão. Mas isso não a levou a demonstrar essa alegria, nem com palavras nem sorrisos. Tudo dentro do peito de Elinor era satisfação, silêncio e força.

Continuou ao lado da irmã, com poucos intervalos durante toda a tarde, acalmando todos os medos, satisfazendo todas as perguntas de sua alma enfraquecida, fornecendo todo o auxílio e observando quase cada olhar e cada respiração. A possibilidade de uma recaída, é claro, passava por sua cabeça em alguns momentos para lembrá-la o que era ansiedade, mas quando viu, com seu exame frequente e minucioso, que todos os sinais de recuperação continuavam, e viu Marianne às seis horas cair em um sono tranquilo, estável e aparentemente confortável, todas as suas dúvidas foram dissipadas.

O momento de retorno do coronel Brandon estava agora se aproximando. Às dez horas, ela confiava, ou pelo menos não muito depois, sua mãe teria alívio da terrível incerteza em que agora deveria estar viajando em direção a elas. O coronel também! Talvez também ele fosse digno de piedade! Ah, como o tempo que ainda os mantinha na ignorância passava devagar!

Às sete horas, deixando Marianne ainda dormindo tranquila, juntou-se a Mrs. Jennings na sala de visitas para o chá. No café da manhã tinha sido impedida de comer muito por seus medos e no jantar, pelo súbito revés; a presente refeição, portanto, com o sentimento de contentamento que a acompanhava, foi particularmente bem-vinda. Mrs. Jennings a teria convencido, ao final da refeição, a descansar um pouco antes da chegada da mãe e permitir que *ela* tomasse seu lugar ao lado de Marianne, mas Elinor não sentia fadiga, nem seria capaz de dormir naquele momento, e não deveria ser mantida longe da irmã nem por um minuto. Mrs. Jennings então a acompanhou até o quarto da doente no andar superior para se certificar de que tudo continuava bem e deixou-a lá novamente com sua responsabilidade e seus pensamentos, e retirou-se para o quarto para escrever cartas e dormir.

A noite estava fria e tempestuosa. O vento rugia ao redor da casa e a chuva batia contra as janelas, mas Elinor, com toda a felicidade que sentia por dentro, não se importou. Marianne dormia durante cada rajada, e os viajantes tinham uma rica recompensa guardada para cada inconveniente presente.

O relógio marcou oito. Se fossem dez, Elinor teria ficado convencida de que naquele momento ouviu uma carruagem chegando e tão forte foi essa convicção de que ouviu *mesmo*, apesar de ser *quase* impossível que já tivessem chegado, que foi até o closet no cômodo ao lado e abriu uma janela para verificar. Logo viu que seus ouvidos não a haviam enganado. As luzes flamejantes de uma carruagem podiam ser imediatamente avistadas. Como não pôde ver com muita clareza, achou que podia discernir quatro cavalos e isso, ao

239

mesmo tempo que demonstrava o excesso de preocupação da pobre mãe, explicava a rapidez inesperada.

Nunca na vida Elinor achou tão difícil ficar calma como naquele momento. A consciência do que a mãe deveria estar sentindo quando a carruagem parou na porta... sua incerteza... seu pavor... talvez seu desespero! E o que *ela* tinha para contar-lhe! Com tal consciência era impossível ficar calma. Tudo o que restava a ser feito deveria ser feito rápido e, portanto, ficou no quarto apenas até conseguir deixar a criada de Mrs. Jennings com a irmã e desceu as escadas correndo.

A agitação no vestíbulo, enquanto ela passava por um saguão interno, assegurou-lhe que eles já estavam na casa. Ela correu para a sala de visitas... entrou... e viu apenas Willoughby.

Capítulo 44

linor, assustando-se ao vê-lo, cedeu ao primeiro impulso de seu coração e sem hesitar virou-se para sair do cômodo, e sua mão já estava na fechadura quando foi impedida pelo avanço apressado dele, que disse com a voz em tom de comando em vez de súplica:

— Miss Dashwood, por meia hora, por dez minutos, imploro que fique.

— Não, senhor — ela respondeu com firmeza. — *Não* ficarei. Seus assuntos não devem ser *comigo*. Os criados, suponho, esqueceram de lhe dizer que Mr. Palmer não se encontra.

— Se eles tivessem me dito — ele clamou com veemência — que Mr. Palmer e todos os seus familiares estavam no inferno isso não teria me impedido de ficar. O assunto é com a senhorita, e só com a senhorita.

— Comigo? — Elinor disse com o maior espanto. — Bem, senhor... seja rápido... e se puder, menos agressivo.

— Sente-se e serei ambos.

Ela hesitou, não sabia o que fazer. A possibilidade de o coronel Brandon chegar e encontrá-la lá passou por sua cabeça. Mas prometera ouvi-lo, e sua curiosidade, tanto quanto sua honradez, estavam comprometidas. Após um momento para recompor-se, portanto, concluindo que a prudência exigia rapidez e que sua aquiescência seria a melhor forma de promovê-la, caminhou em silêncio em direção à mesa e sentou-se. Ele sentou-se na cadeira oposta e, por meio minuto, nem uma palavra foi dita.

— Por favor, seja rápido, senhor — disse Elinor, impaciente. — Não tenho tempo a perder.

Ele estava sentado com uma postura de reflexão profunda e pareceu não a ouvir.

— Sua irmã — disse ele, abruptamente, um momento depois — está fora de perigo. Ouvi do criado. Deus seja louvado! Mas é verdade? É verdade mesmo?

Elinor não respondeu. Ele repetiu a pergunta com maior ansiedade ainda.

— Pelo amor de Deus, diga-me, ela está fora de perigo ou não?

— Esperamos que sim.

Ele se levantou e atravessou a sala.

— Se eu soubesse disso há meia hora... mas já que *estou* aqui — falou com uma vitalidade forçada quando voltou para seu assento. — O que isso importa? Por pelo menos uma vez, Miss Dashwood... será a última vez, talvez... permita que fiquemos felizes juntos. Estou com boa disposição para a alegria. Diga-me com sinceridade — disse com um brilho mais profundo espalhando-se por suas bochechas —, a senhorita me acha mais um patife ou um tolo?

Elinor olhou para ele muito espantada. Ela começou a achar que ele deveria estar bêbado... a estranheza da visita, e dos modos, não pareciam poder ser explicados de outra forma. E com essa impressão ela imediatamente se levantou e disse:

— Mr. Willoughby, aconselho-o a voltar para Combe. Não tenho tempo disponível para ficar mais com o senhor. Seja qual for o seu assunto comigo, o senhor o lembrará e explicará melhor amanhã.

— Compreendo — respondeu ele, com um sorriso expressivo e uma voz perfeitamente calma. — Sim, estou muito bêbado. Um litro de cerveja com rosbife em Marlborough foi um exagero.

— Em Marlborough! — exclamou Elinor, cada vez mais sem entender o que tinha acontecido.

— Isso... deixei Londres nesta manhã às oito horas, e os únicos dez minutos que passei fora da minha carruagem desde então foram para uma refeição em Marlborough.

A firmeza de seus modos e seu olhar significativo enquanto falava convenceram Elinor de que qualquer outra estupidez imperdoável que pudesse tê-lo trazido a Cleveland não teria sido a bebedeira. Após um momento para recompor-se, disse:

— Mr. Willoughby, o senhor *deve* saber, e *eu* certamente sei, que depois do que aconteceu, o senhor vir aqui desse jeito e exigir minha atenção requer uma desculpa muito excepcional. O que quer?

— Quero... — disse ele, com energia — ...se eu puder fazê-la me odiar um pouco menos do que *agora*. Pretendo oferecer algum tipo de explicação, algum tipo de desculpa pelo passado, abrir meu coração para a senhorita e convencê--la de que, embora eu sempre tenha sido um estúpido, nem sempre fui um patife, para ter algo como o perdão de Ma... de sua irmã.

— Esta é a verdadeira razão da sua vinda?

— Juro que é — foi a resposta dele, com um ardor que trouxe o velho Willoughby à sua lembrança e, apesar de tudo, a fez achar que ele estava sendo sincero.

— Se isso é tudo, pode se dar por satisfeito, pois Marianne *já* o perdoou há *muito tempo*.

— É mesmo? — ele gritou, com o mesmo tom ansioso. — Então ela me perdoou antes do que deveria. Mas ela deve me perdoar de novo, e por motivos mais razoáveis. Irá me ouvir *agora*?

Elinor assentiu.

— Eu não sei — disse ele, depois de uma pausa de expectativa dela e ponderação dele — como *a senhorita* justificou meu comportamento em relação à sua irmã, ou que motivo diabólico pode ter atribuído a mim. Talvez dificilmente vá fazer bom juízo de mim... mas vale a pena a tentativa, e saberá de tudo. Quando eu me tornei íntimo de sua família, não tinha outra intenção, nenhum outro plano para essa intimidade além de passar meu tempo de maneira agradável enquanto era obrigado a permanecer em Devonshire, mais agradável do que jamais tinha sido antes. Sua adorável irmã e seus modos cativantes me agradaram, e o comportamento dela comigo, quase desde o início, foi de um tipo... É surpreendente, quando reflito sobre como era e o que *ela* era, que eu tivesse sido tão insensível! Mas primeiro devo confessar que minha vaidade foi alimentada por conta disso. Não me importei com a felicidade dela, pensando apenas em meu próprio entretenimento, dei espaço para sentimentos aos quais sempre tivera o hábito de ceder, eu me esforcei, com todos os meios ao meu alcance, para me tornar agradável a ela sem nenhuma intenção de retribuir seu afeto.

Neste momento, Miss Dashwood, virando os olhos para ele com desprezo e irritação, fez com que ele parasse dizendo:

— Não vale a pena, Mr. Willoughby, que o senhor continue seu relato por mais tempo. Nada de bom pode seguir um começo como este. Não me faça sofrer ouvindo mais sobre o assunto.

— Insisto que a senhorita ouça tudo — ele respondeu. — Minha fortuna nunca foi grande e eu sempre fui esbanjador, sempre me associando a pessoas de melhor renda do que a minha. Em todos os anos desde a minha maioridade, ou mesmo antes, acredito, acumulei dívidas. E embora a morte de minha velha prima Mrs. Smith devesse me libertar, ainda assim esse evento era incerto e, possivelmente, remoto, por algum tempo minha intenção era restaurar minha condição casando-me com uma mulher de fortuna. Apaixonar-me por sua irmã, portanto, não era algo a ser considerado... e com maldade, egoísmo, crueldade... que nenhum olhar indignado, desdenhoso, nem mesmo o seu, Miss Dashwood, pode reprovar o bastante... estava agindo dessa maneira tentando ter o afeto dela sem pensar em retribuí-lo. Mas uma coisa posso dizer: mesmo naquele estado horrível de vaidade egoísta eu não sabia a extensão do sofrimento que causava, porque até *então* eu não sabia o que era amar. Mas alguma vez já soube o que era? Bem, pode se duvidar, pois, se realmente tivesse amado, poderia ter sacrificado meus sentimentos pela vaidade, pela avareza? Ou, mais ainda, poderia ter sacrificado os sentimentos dela? Mas foi isso o que fiz. Para evitar uma pobreza relativa, da qual o afeto e a companhia dela teriam afastado todos os horrores decorrentes de tal condição, ao enaltecer a riqueza, perdi tudo o que poderia torná-la uma bênção.

— Então acreditou em algum momento estar apaixonado por ela? — perguntou Elinor um pouco comovida.

— Resistir a tais charmes, rejeitar tal ternura! Existe algum homem no mundo que poderia ter feito isso? Sim, encontrei-me, aos poucos, sinceramente afeiçoado a ela. E as horas mais felizes da minha vida foram as que passei com ela quando senti que minhas intenções eram totalmente honrosas e meus sentimentos irrepreensíveis. Mesmo *assim*, no entanto, quando totalmente decidido a cortejá-la, eu me permiti indevidamente adiar, dia após dia, o momento de fazê-lo, por uma falta de vontade de assumir um compromisso enquanto minha condição fosse tão embaraçosa. Não vou filosofar... nem vou parar para que *a senhorita* discorra sobre o absurdo, pior ainda que absurdo, de hesitar em declarar minha lealdade quando minha honra já estava comprometida. A ocasião provou que fui um tolo astuto, preparando com enorme prudência uma possível oportunidade de tornar-me desprezível e miserável para sempre. Porém, por fim, minha decisão foi tomada, e resolvi que assim que pudesse conversar com ela em particular justificaria a atenção que invariavelmente lhe dei e a faria ter certeza da afeição que eu já tinha lhe demonstrado. Mas nesse ínterim... no ínterim das poucas horas que se passariam antes que eu pudesse ter a oportunidade de falar com ela em particular... um evento ocorreu... um evento infeliz que acabou com toda a minha certeza e, com ela, todo o meu consolo. Uma descoberta ocorreu... — neste momento ele hesitou e olhou para baixo. — Mrs. Smith de alguma forma foi informada de um caso, uma relação, imagino que por algum familiar distante cujo interesse era me privar de sua ajuda... mas não preciso me explicar mais... — acrescentou ele, olhando para ela muito enrubescido e com um olhar inquisitivo. — ... dados seus conhecidos... provavelmente já sabe de toda a história há muito tempo.

— Sei — retorquiu Elinor, enrubescendo também, e endurecendo o coração novamente contra qualquer compaixão por ele. — Sei de tudo. E como explicará seu papel nessa história terrível, confesso que está além da minha compreensão.

— Lembre-se — clamou Willoughby — através de quem a senhorita soube. Era uma pessoa imparcial? Reconheço que devo respeito à situação e ao caráter dela. Não tenho a intenção de justificar-me, mas, ao mesmo tempo, não posso deixá-la supor que não tenho nada a insistir... que porque ela foi magoada era irrepreensível, e por eu ser um libertino, *ela* deve ser uma santa. Se a impetuosidade de suas paixões, a fraqueza de sua compreensão... não quero, no entanto, me defender. O afeto dela por mim merecia tratamento melhor e, muitas vezes, com grande repreensão a mim mesmo, eu me lembro da ternura que, por um tempo muito curto, tive o poder de retribuir de algum modo. Desejo... desejo sinceramente que não tivesse sido assim. Mas não magoei apenas a ela, magoei alguém cujo afeto por mim... será que posso dizer isso?... era muito menor do que o dela, e cuja mente... Ah! Como era infinitamente superior!

— Sua indiferença, no entanto, por aquela moça infeliz... devo dizer, por mais desagradável para mim que a discussão de tal assunto pode ser... sua indiferença não é desculpa para a negligência cruel em relação a ela. Não pense que será perdoado por alegar qualquer fraqueza, qualquer defeito natural de compreensão da parte dela considerando a crueldade tão imoral e evidente da sua parte. O senhor deve ter tido conhecimento que, enquanto estava divertindo-se em Devonshire atrás de novos planos, sempre alegre, sempre feliz, ela foi deixada em extrema penúria.

— Juro que *não* sabia disso — ele respondeu com ardor. — Eu não me lembrei que havia esquecido de dar-lhe meu endereço, e o bom senso deveria ter lhe ajudado a descobri-lo.

— Bem, senhor, e o que Mrs. Smith disse?

— Ela logo me acusou do desrespeito e a senhorita pode imaginar minha confusão. A pureza dela, a formalidade de suas opiniões, sua ignorância do mundo, tudo estava contra mim. O assunto em si eu não podia negar, e todo esforço para atenuá-lo foi em vão. Ela estava previamente disposta, acredito, a duvidar da moralidade da minha conduta em geral, e estava ainda mais descontente com a pouca atenção, o pouquíssimo tempo que eu havia concedido a ela na presente visita. Resumindo, acabou em briga. Uma providência poderia me salvar. No auge de sua moralidade, que mulher bondosa, ofereceu-se para perdoar o passado caso eu me casasse com Eliza. Eu me neguei a fazê-lo, perdi formalmente o favor dela e fui dispensado de sua casa. Passei a noite seguinte... foi combinado que eu iria embora pela manhã..., deliberando sobre qual deveria ser a minha conduta futura. A dificuldade foi grande, mas não durou muito. Minha afeição por Marianne, minha profunda convicção de seu afeto por mim... nada era suficiente para superar esse medo da pobreza, ou para combater essas falsas ideias de necessidade de riqueza que eu era naturalmente propenso a sentir, e que as companhias esbanjadoras que tinha haviam alimentado em mim. Eu tinha razões para acreditar que minha atual esposa, caso eu a pedisse em casamento, aceitaria o pedido, e me convenci a pensar que não me restava mais nada a fazer em nome da prudência. Uma cena penosa, no entanto, me aguardava, antes de eu deixar Devonshire. Eu iria jantar com vocês naquele mesmo dia e uma desculpa era, portanto, necessária para que eu não honrasse esse compromisso. Mas se eu deveria escrever este pedido de desculpas ou entregá-lo pessoalmente foi um ponto de longo debate. Ver Marianne, eu sentia que seria terrível, e até duvidava se poderia vê-la novamente e manter minha decisão. Nesse ponto, no entanto, subestimei minha própria magnanimidade, como o evento pôde afirmar, pois fui, eu a vi, e eu a vi infeliz e a deixei infeliz... e a deixei na esperança de nunca mais vê-la.

— Por que o senhor veio, Mr. Willoughby? — disse Elinor em tom de reprovação. — Um bilhete teria cumprido o objetivo. Por que foi necessário vir?

— Foi necessário para o meu próprio orgulho. Eu não podia suportar a ideia de deixar a região de um jeito que pudesse levar a senhorita ou o resto da vizinhança suspeitando de qualquer coisa do que realmente havia acontecido entre mim e Mrs. Smith, e resolvi visitá-las a caminho de Honiton. Ver sua querida irmã, no entanto, foi realmente terrível, e para piorar, encontrei-a sozinha. Vocês não estavam em casa, não sei onde estavam. Eu a deixara na noite anterior tão completamente, tão firmemente certa de que eu faria o que era correto! Algumas horas nos separavam de estarmos comprometidos para sempre e lembro-me de quão feliz, quão alegre eu estava enquanto caminhava da sua casa para Allenham, satisfeito comigo mesmo, encantado com todos! Mas com isso, no nosso último encontro como amigos, eu me aproximei dela com um sentimento de culpa que quase tirou meu poder de dissimulação. A tristeza dela, a decepção, o profundo arrependimento quando lhe disse que era obrigado a deixar Devonshire imediatamente... nunca vou esquecer... combinados também com tanta confiança, tanta fé em mim! Meu Deus! Que canalha insensível eu fui!

Ambos ficaram em silêncio por alguns momentos. Elinor falou primeiro.

— O senhor disse a ela que voltaria logo?

— Não sei o que eu disse a ela — ele respondeu, impaciente. — Sem dúvida, disse menos do que era devido ao passado e muito provavelmente mais do que o futuro provou ser correto. Não consigo pensar nisso. De nada adiantaria. Então veio sua querida mãe para me torturar ainda mais, com toda a sua bondade e confiança. Senhor! *Foi mesmo* uma tortura. Eu estava muito infeliz. Miss Dashwood, a senhorita não tem ideia do consolo que é olhar para trás para minha própria infelicidade. Tenho tanto remorso pela estupidez e idiotice do meu coração que todo o meu sofrimento passado parece apenas triunfo e exultação para mim agora. Bem, eu fui, abandonei tudo o que amava e fui para aqueles a quem, na melhor das hipóteses, eu era apenas indiferente. Minha jornada para a cidade... viajando com meus cavalos e, portanto, muito tediosa... sem ninguém com quem conversar... minhas reflexões tão alegres... quando olhava para a frente, tudo era tão convidativo! Quando olhei para Barton, a imagem era tão tranquilizante! Ah, foi uma jornada abençoada!

Ele parou.

— Bem, senhor — disse Elinor, que, embora com pena dele, começava a ficar impaciente para que ele partisse —, e isso é tudo?

— Ah, não! A senhorita se esqueceu do que aconteceu comigo na cidade? Aquela carta infame? Ela lhe mostrou?

— Sim, vi todos os bilhetes.

— Quando o primeiro bilhete dela chegou para mim, o que aconteceu logo, pois eu estava na cidade o tempo todo, o que senti... não consigo expressar em palavras de maneira simples... talvez muito simples para causar qualquer emoção, meus sentimentos foram muito, muito dolorosos. Cada linha, cada palavra era... usando um chavão que sua querida escritora, se estivesse aqui, proibiria... uma punhalada no meu coração. Saber que Marianne estava na cidade era, usando a mesma linguagem, como um raio. Raios e punhais! Como ela teria me repreendido! Seu gosto, suas opiniões... acredito que os conheço melhor do que os meus próprios, e tenho certeza de que são mais caros a mim.

Elinor, cujas emoções haviam sofrido muitas mudanças no decorrer dessa conversa extraordinária, agora estava comovida outra vez. No entanto, sentia que tinha o dever de criticar tais ideias em seu companheiro, assim como fez com a anterior.

— Isso não está certo, Mr. Willoughby. Lembre-se de que o senhor é casado. Relate apenas o que em sua consciência acha necessário que eu ouça.

— O bilhete de Marianne, garantindo que eu ainda era tão querido por ela como antes, que apesar das muitas e muitas semanas em que estivemos separados ela ainda tinha os mesmos sentimentos, e tinha muita confiança de que eu também os tinha, despertou todo o meu remorso. Digo despertou, porque o tempo e Londres, os negócios e a desatenção, de alguma forma fizeram com que o remorso adormecesse, e eu estava virando um belo de um vilão frio, me imaginando indiferente a ela e escolhendo imaginar que ela também teria se tornado indiferente a mim; falando comigo mesmo de nosso afeto passado como mera distração, insignificante, dando de ombros para provar que assim era e silenciando cada reprovação, superando cada hesitação dizendo secretamente de vez em quando: "Ficarei muito feliz em ouvir que ela está bem casada." Mas esse bilhete fez com que eu me conhecesse melhor. Senti que ela era infinitamente mais querida para mim do que qualquer outra mulher no mundo, e que eu a estava tratando de maneira infame. Mas tudo estava acertado entre mim e Miss Grey. Não era possível recuar. Tudo o que eu tinha a fazer era evitar vocês duas. Não respondi Marianne com a intenção de me preservar de ter mais notícias dela, e por algum tempo, estava até determinado a não visitar Berkeley Street... mas, finalmente, julgando ser mais sábio agir como um conhecido desinteressado e comum, observei vocês fora de casa uma manhã e deixei meu cartão.

— Nos observou!

— Mais do que isso até. A senhorita ficaria surpresa ao ouvir quantas vezes observei vocês, quantas vezes quase cruzamos nossos caminhos. Entrei em muitas lojas para evitar que vocês me vissem quando a carruagem passava. Como estava hospedado na Bond Street, não teve quase nem um dia em que eu não avistasse alguma de vocês, e somente porque fui constantemente vigilante, desejava de qualquer maneira ficar fora de vista, que não nos encontramos por tanto tempo. Evitei os Middletons o máximo possível, assim como todos os outros que poderiam ser conhecidos em comum. Sem saber que estavam na cidade, no entanto, acabei cruzando com Sir John, creio que no dia em que chegou, e no dia seguinte visitei Mrs. Jennings. Ele me convidou para uma festa, um baile na casa dele à noite. Mesmo que ele *não* tivesse me dito, como um incentivo, que a senhorita e sua irmã estariam lá, eu tinha quase certeza de que vocês iriam, e não conseguiria manter-me impassível perto dele. Na manhã seguinte, recebi outro bilhete de Marianne, ainda carinhosa, aberta, sincera, confidente, tudo o que tornava *minha* conduta mais odiosa. Não consegui responder. Tentei... mas não consegui formar nem uma frase. Mas pensei nela, acredito, em todos os momentos do dia. Se a senhorita é *capaz* de ter pena de mim, Miss Dashwood, tenha pena da minha situação *naquele* momento. Com a cabeça e o coração voltados à sua irmã, fui forçado a bancar o amante feliz para outra mulher! Aquelas três ou quatro semanas foram as piores. Bem, finalmente, não preciso lhe dizer, nosso encontro foi forçado. E que figura doce vislumbrei! Que noite agoniante foi aquela! De um lado Marianne, linda como um anjo me chamando de Willoughby com um tom de voz... Meu Deus! Estendendo a mão para mim, pedindo uma explicação com aqueles olhos cativantes fixos em mim com tamanha atenção! E do outro lado Sophia, ciumenta como o diabo, olhando tudo o que estava... Bem, isso não importa, agora já foi. Que noite! Fugi de todas vocês assim que pude, mas não sem antes ver o rosto doce de Marianne tão pálido quanto a morte. *Esse* foi o último, o último olhar que ela me deu, o último vislumbre que tive dela. Foi uma visão horrível! No entanto, quando hoje achei que ela estivesse realmente morrendo, foi uma espécie de consolo para mim imaginar que eu sabia exatamente qual seria sua aparência para aqueles que a viriam pela última vez neste mundo. Ela estava diante de mim, constantemente diante de mim, enquanto eu viajava, com o mesmo olhar e tom de pele.

Seguiu-se uma breve pausa de reflexão mútua. Willoughby foi o primeiro a romper o silêncio e falou:

— Bem, hei de apressar-me e ir embora. Sua irmã está realmente melhor, realmente fora de perigo?

— Estamos certos disso.

— Sua pobre mãe! Tão afetuosa com Marianne.

— Mas a carta, Mr. Willoughby, a sua carta. O senhor tem algo a dizer em relação a isso?

— Sim, sim, *isso*. Sua irmã me escreveu de novo, sabe, na manhã seguinte. A senhorita viu o que ela disse. Eu estava tomando café da manhã nos Ellisons e... a carta dela, com outras, foi trazida para mim da minha hospedagem. Aconteceu de chamar a atenção de Sophia antes da minha, e o tamanho, a elegância do papel, a letra, tudo imediatamente lhe gerou suspeita. Ela havia ficado sabendo do meu apego a uma jovem em Devonshire, e o que ela pôde observar na noite anterior indicara quem era a jovem e a deixara com mais ciúmes do que nunca. Agindo com um ar de brincadeira, portanto, que é encantador em uma mulher que se ama, ela logo abriu a carta e leu o conteúdo. Foi recompensada por seu atrevimento. Leu o que a deixou infeliz. Sua infelicidade eu poderia ter suportado, mas a raiva... a malícia... deveria ser apaziguada. E, em resumo, o que a senhorita acha do estilo de escrita da minha esposa? Delicado, terno, verdadeiramente feminino, não era?

— Sua esposa? A carta tinha a sua letra!

— Sim, mas mereço o crédito apenas por copiar obedientemente as frases que tive vergonha de assinar com meu nome. O original era dela, seus próprios pensamentos felizes e dicção gentil. O que mais eu poderia fazer? Estávamos noivos, tudo estava sendo preparado, o dia já quase definido... Mas estou falando como um tolo. Preparação! Dia! Para falar a verdade, eu precisava do dinheiro dela, e em uma situação como a minha, deveria fazer qualquer coisa para evitar um rompimento. E afinal, importava para a opinião de Marianne e seus amigos sobre meu caráter a linguagem com a qual minha resposta foi dada? Só servia para uma coisa. Minha função era me assumir um canalha, e se eu fizesse isso com reverência ou alvoroço não faria diferença. "O juízo deles a meu respeito estará arruinado para sempre", disse a mim mesmo, "nunca mais terei a companhia deles, já me acham um sujeito sem princípios, esta carta só vai fazê-los pensar que sou um canalha." Foi o que pensei enquanto copiava as palavras da minha esposa com um descuido desesperado e me separava das últimas relíquias de Marianne. Seus três bilhetes infelizmente estavam todos em minha carteira, se não, teria negado sua existência e os guardado para sempre... fui forçado a colocá-los junto e não pude nem mesmo beijá-los. E a mecha de cabelo... também sempre carreguei comigo na carteira, que tinha sido revistada por ela com a mais afável virulência... a querida mecha... toda e qualquer recordação foi arrancada de mim.

— O senhor está muito errado, Mr. Willoughby, e é muito culpado — disse Elinor, enquanto sua voz, fugindo do seu controle, deixava transparecer sua emoção compassiva. — O senhor não deve falar dessa maneira nem de Mrs. Willoughby nem de minha irmã. O senhor fez sua escolha. Não foi forçado a fazê-la. Sua esposa tem direito à sua educação, ao seu respeito, no mínimo. Ela há de amar o senhor, do contrário não teria se casado. Tratá-la com indelicadeza, falar dela com desprezo não é reparação para Marianne... nem posso supor que seja um alívio para sua própria consciência.

— Não fale comigo sobre minha esposa — disse ele com um suspiro pesado. — Ela não merece sua compaixão. Ela sabia que eu não tinha afeto por ela quando nos casamos. Bem, nos casamos e viemos para Combe Magna para sermos felizes e depois voltamos para a cidade para sermos alegres. E agora, a senhorita tem pena de mim, Miss Dashwood? Ou eu disse tudo isso em vão? Sou... nem que seja um pouco... menos culpado do que antes em sua opinião? Minhas intenções nem sempre foram equivocadas. Pude explicar alguma parte da minha culpa?

— Sim, certamente removeu algo... um pouco. Provou ser, no geral, menos culpado do que eu acreditava. Provou que seu coração é menos perverso, muito menos perverso. Mas não consigo expressar... a infelicidade que causou... não sei o que poderia ter piorado as coisas.

— Contará para sua irmã, quando ela estiver recuperada, o que eu lhe disse? Permita que o juízo dela sobre mim melhore um pouco, assim como o seu. A senhorita me diz que ela já me perdoou. Permita-me imaginar que conhecer melhor meu coração e meus sentimentos presentes fará com que o perdão dela seja mais espontâneo, mais natural, mais gentil, menos digno. Conte a ela minha infelicidade e minha penitência... conte que meu coração nunca deixou de gostar dela e, se a senhorita quiser, que neste momento ela é mais querida para mim do que nunca.

— Direi a ela tudo o que é necessário para o que pode ser chamado comparativamente de uma justificativa sua. Mas o senhor não me explicou a razão específica que o trouxe aqui agora nem como soube da doença dela.

— Ontem à noite, no lobby de Drury Lane, cruzei com Sir John Middleton e quando ele viu quem eu era... pela primeira vez nesses dois meses ele falou comigo. Não foi surpresa que ele cortasse relações comigo desde o casamento e isso não causou ressentimento. Porém, sua boa-índole, sinceridade e seu jeito brincalhão, muito indignado comigo e preocupado com sua irmã, não conseguiu resistir à tentação de me dizer o que sabia que deveria, embora provavelmente não achasse que *iria* me atormentar terrivelmente. Ele foi o mais direto que pôde, portanto, e me disse que Marianne Dashwood estava morrendo de febre pútrida em Cleveland... uma carta recebida de Mrs. Jennings naquela manhã declarou o perigo iminente... os Palmers tinham deixado a casa todos assustados etc. Fiquei muito chocado e não fui capaz de fingir indiferença nem mesmo para a falta de bom senso de Sir John. Seu coração amoleceu ao ver meu sofrimento, e sua animosidade foi quase eliminada, tanto que quando nos separamos quase apertamos as mãos enquanto ele me lembrava de uma velha promessa sobre um cachorro de caça. O que senti quando ouvi que sua irmã estava morrendo... e morrendo acreditando que eu era o maior vilão da face da terra, me desprezando, me odiando em seus últimos momentos... como eu poderia saber quais planos horríveis poderiam ter sido atribuídos a mim? *Uma* pessoa eu tinha certeza de que me representaria como capaz de qualquer coisa... O que senti foi terrível! Minha decisão foi rapidamente tomada e às oito horas desta manhã eu estava na minha carruagem. Agora a senhorita sabe de tudo.

Elinor não respondeu. Seus pensamentos estavam silenciosamente fixados no prejuízo irreparável que uma independência financeira muito precoce e seus consequentes hábitos de ociosidade, distração e luxo tinham causado na mente, no caráter, na felicidade de um homem que, apesar de ter a vantagem de ter uma personalidade agradável e talentos, unia uma disposição naturalmente aberta e honesta a um temperamento afetuoso e sensível. O mundo o tornara extravagante e vaidoso... A extravagância e a vaidade tornaram seu coração frio e egoísta. A vaidade, enquanto buscava seu próprio triunfo criminoso à custa de outro, o envolveu em um afeto verdadeiro, cuja extravagância, ou pelo menos sua propagação e necessidade, exigia ser sacrificada. Cada propensão defeituosa que o levava em direção ao mal também o levava ao castigo. O apego, do qual contra a honra, contra o sentimento, contra qualquer interesse melhor ele havia aparentemente se desprendido, agora, quando proibido, governava todos os pensamentos; e a relação, por causa da qual ele havia deixado, sem a menor hesitação, sua irmã infeliz, era propensa a ser uma fonte de infelicidade para si de uma natureza muito mais irremediável. Foi despertada desse devaneio depois de alguns minutos por Willoughby, que, despertando de um devaneio no mínimo igualmente doloroso, começou a preparar-se para partir e disse:

— De nada adianta ficar aqui, preciso ir.

— O senhor pretende voltar para a cidade?

— Não... para Combe Magna. Tenho negócios lá. De lá vou para a cidade em um ou dois dias. Adeus.

Ele estendeu a mão. Ela não podia se recusar a oferecer-lhe a dela. Ele a pressionou com carinho.

— E a senhorita *acha* que sou melhor do que achava? — perguntou ele, abaixando as mãos e encostando-se na lareira como se tivesse esquecido de que estava indo embora.

Elinor assegurou-lhe que sim, que perdoava, tinha pena, desejava-lhe tudo de bom... até se preocupava com sua felicidade... e acrescentou alguns conselhos gentis sobre o comportamento mais propenso a promovê-la. A resposta dele não foi muito encorajadora.

— Quanto a isso — disse ele — devo superar as dificuldades o melhor que puder. A felicidade doméstica está fora de questão. Se, no entanto, puder pensar que a senhorita e os seus preocupam-se com meu destino e ações, isso pode ser uma maneira... pode fazer com que eu evite o pior... pelo menos, pode ser um motivo pelo qual viver. É certo que perdi Marianne para sempre. Se eu tivesse alguma chance de ser abençoado com a liberdade de novo...

Elinor o deteve com uma repreensão.

— Bem — respondeu ele — mais uma vez, adeus. Devo ir embora e viver com o medo de um acontecimento.

— O que quer dizer?

— O casamento da sua irmã.

— O senhor está muito enganado. Não pode perdê-la mais do que já perdeu.

— Mas ela será conquistada por outra pessoa. E se esse alguém for a pessoa que, de todos os outros, eu menos poderia suportar... mas não ficarei para me privar de toda a sua boa vontade compassiva ao mostrar que quem eu mais machuquei, menos poderia perdoar. Adeus. Deus a abençoe!

E com essas palavras, ele saiu quase correndo da sala.

Capítulo 45

Por algum tempo depois que ele foi embora, por algum tempo, mesmo depois que o som da carruagem se esvaíra, Elinor continuou se sentindo dominada por milhares de pensamentos, altamente conflitantes entre si, mas dos quais o resultado geral era a tristeza, até mesmo para pensar na irmã.

Willoughby, aquele a quem apenas meia hora atrás ela abominava como o mais inútil dos homens; Willoughby, apesar de todos os defeitos, gerou tal comiseração pelos sofrimentos produzidos por esses defeitos que a fez pensar nele, agora separado para sempre de sua família, com ternura e lamentação, e teve os mesmos sentimentos, como logo reconheceu, pelos desejos dele mais do que ele merecia. Sentiu que a influência dele sobre sua mente era amplificada por circunstâncias que não deveriam ter peso; por aquela pessoa de atração incomum, aquele jeito aberto, afetuoso e vivaz que não eram mérito nenhum; e por esse amor ainda ardente por Marianne, que nem sequer era inocente. E só depois de muito, muito tempo essa influência dele sobre si foi atenuada.

Quando finalmente voltou para a irmã inconsciente, ela a encontrou acabando de acordar, revigorada por um sono longo e prazeroso na mesma medida de suas esperanças. O coração de Elinor estava cheio. O passado, o presente, o futuro, a visita de Willoughby, Marianne fora de perigo e a expectativa da chegada da mãe a deixavam tão inquieta que não sentia nenhum indício de fadiga, só causavam medo de deixar transparecer algo à irmã. Porém, esse medo durou pouco, pois depois de meia hora após a partida de Willoughby, ela foi novamente atraída ao andar inferior pelo som de outra carruagem. Ansiosa para que a mãe não passasse por nenhum momento de suspense cruel e desnecessário, correu imediatamente para a entrada e chegou à porta externa bem a tempo de recebê-la e apoiá-la quando ela chegou.

Mrs. Dashwood, cujo terror ao se aproximarem da casa fez com que quase tivesse a convicção de que Marianne não estava mais lá, não tinha voz para perguntar por ela, nem mesmo para falar com Elinor, mas *ela*, sem esperar por saudação nem questionamentos, instantaneamente deu o alívio alegre e a mãe, pegando sua mão com todo o seu afeto habitual, estava tomada por tanta felicidade naquele momento assim como havia sido tomada por seus medos. A filha e o amigo a levaram para a sala de visitas e lá, derramando lágrimas de alegria, embora ainda incapaz de falar, abraçou Elinor inúmeras vezes, virando-se de vez em quando para apertar a mão do coronel Brandon com um olhar que indicava sua gratidão e sua convicção de que ele compartilhava do mesmo êxtase naquele momento. Ele compartilhou do êxtase, no entanto, em um silêncio ainda maior do que o dela.

Assim que Mrs. Dashwood recuperou-se, seu primeiro desejo foi ver Marianne, e em um minuto estava com a filha amada, ainda mais querida do que nunca pela ausência, infelicidade e perigo. O júbilo de Elinor ao ver o que elas sentiam no reencontro só foi contido pela apreensão de que Marianne estivesse se privando de um sono mais profundo, mas Mrs. Dashwood era calma, até mesmo prudente, quando a vida de uma filha estava em jogo, e Marianne, satisfeita em saber que a mãe estava perto dela, e consciente de estar fraca demais para conversar, submeteu-se prontamente ao silêncio e à tranquilidade prescritos por todas as cuidadoras ao seu redor. Mrs. Dashwood ficaria com ela a noite toda, e Elinor, aceitando a súplica da mãe, foi para a cama. Mas o descanso, que uma noite inteira sem dormir e as muitas horas da ansiedade mais desgastante tornavam necessário, foi afugentado pelos pensamentos conturbados. Willoughby, "pobre Willoughby", como ela agora se permitia chamá-lo, estava constantemente em seus pensamentos. Não teria de jeito nenhum ouvido sua justificativa e agora se culpava, agora se condenava por tê-lo julgado tão duramente antes. Mas a promessa de relatar a justificativa à irmã era sem dúvida penosa. Temia sua execução, temia o possível efeito sobre Marianne, duvidava, se após tal explicação, ela poderia ser feliz com outro e por um momento desejou que Willoughby ficasse viúvo. Então, lembrando-se do coronel Brandon, recriminou-se, sentiu que o sofrimento *dele* e seu afeto por ela eram muito maiores do que os do seu rival, ter sua irmã como recompensa era merecido, e desejou qualquer outra coisa menos a morte de Mrs. Willoughby.

O choque que poderia ter tido com a ida do coronel Brandon a Barton fora suavizado para Mrs. Dashwood por sua própria inquietação anterior, pois a preocupação com Marianne era tão grande que ela já havia decidido ir a Cleveland naquele mesmo dia, sem esperar por mais informações, e já havia arranjado a viagem antes da chegada dele, e os Careys deveriam chegar a qualquer momento para buscar Margaret, já que a mãe não queria levá-la para onde poderia haver uma infecção.

Marianne foi melhorando a cada dia, e a alegria brilhante dos olhares e do ânimo de Mrs. Dashwood provou que ela era, como repetidamente declarava, uma das mulheres mais felizes do mundo. Elinor não conseguia deixar de ouvir a declaração, nem testemunhar suas evidências, sem às vezes se perguntar se a mãe se lembrava de Edward. Mas Mrs. Dashwood, confiando no relato moderado que Elinor lhe enviara sobre sua decepção, foi levada pela exuberância de sua alegria a pensar apenas no que a aumentaria. Agora começava a sentir que, com o julgamento equivocado ao encorajar o afeto infeliz por Willoughby, colaborou com a ameaça da qual Marianne se curava... e tinha ainda outra fonte de alegria na recuperação dela, que Elinor não imaginara. Assim que tiveram uma oportunidade de terem uma conversa particular, ela comunicou à filha:

— Finalmente estamos sozinhas. Minha Elinor, você não pode imaginar minha felicidade. Coronel Brandon ama Marianne. Ele mesmo me disse.

A filha, sentindo-se ora satisfeita ora aflita, surpresa e não surpresa, ouviu com atenção e em silêncio.

— Você é muito diferente de mim, querida Elinor, ou devo questionar sua compostura agora. Se eu tivesse me sentado para desejar qualquer bonança possível à minha família, deveria ter estabelecido como o objetivo mais desejável que o coronel Brandon se casasse com uma de vocês. E creio que Marianne será a mais feliz dentre as duas ao casar-se com ele.

Elinor estava perto de perguntar sua razão de pensar assim, porque certa de que nenhum motivo baseado em uma consideração imparcial da idade deles, personalidades ou sentimentos pudesse ser dado... mas a mãe sempre podia ser levada por sua imaginação em qualquer assunto interessante e, portanto, em vez de perguntar, ignorou o comentário com um sorriso.

— Ele abriu seu coração para mim ontem enquanto viajávamos. Foi inesperado, sem planejamento. Eu, você pode muito bem acreditar, não podia falar de nada além da minha filha... ele não conseguia esconder sua angústia, vi que era tal qual a minha. E ele, talvez pensando que a mera amizade, como as coisas agora no mundo estão, não justificaria um cuidado tão caloroso... ou melhor, talvez sem pensar em nada, suponho... cedendo a sentimentos irresistíveis, me contou sobre seu afeto sincero, terno e constante por Marianne. Ele a ama, minha Elinor, desde o primeiro momento em que a viu.

Neste momento, no entanto, Elinor percebeu... não a linguagem, não as declarações do coronel Brandon, mas o embelezamento natural da imaginação ativa da mãe, que adaptava do jeito que queria tudo que lhe encantava.

— O afeto dele por ela, infinitamente maior do que qualquer coisa que Willoughby já sentiu ou fingiu, tão mais caloroso, mais sincero ou constante... como sempre devemos nomeá-lo... perdurou mesmo com o conhecimento da preocupação infeliz da querida Marianne com aquele jovem inútil! E sem egoísmo! Sem alimentar suas esperanças! Ele seria capaz de vê-la feliz com outro. Que mente nobre! Tanta abertura, tanta sinceridade! Ninguém pode ser enganado por *ele*.

— É de conhecimento de todos que o coronel Brandon além de ter muito caráter é um excelente homem — disse Elinor.

— Eu sei que é — respondeu a mãe com seriedade. — Depois de tal alerta eu deveria ser a última a encorajar esse afeto ou mesmo ficar satisfeita com isso. Mas fazer essa declaração para mim como ele fez, com uma amizade tão atuante, tão desenvolta, é suficiente para provar que ele é um dos homens mais dignos.

— Seu caráter, no entanto — respondeu Elinor —, não repousa em *um* ato de bondade que instigou sua afeição por Marianne, caso benevolência estivesse fora de questão. Mrs. Jennings, os Middletons, o têm como amigo íntimo há muito tempo, eles o amam e respeitam. E até mesmo o que sei dele, embora o conheça há pouco tempo, é muito considerável, e o valorizo e estimo tanto que se Marianne puder ser feliz com ele, estarei tão pronta quanto você para pensar que essa união seria a maior bênção do mundo para nós. Que resposta você deu a ele? Você permitiu que ele tivesse esperança?

— Ah, meu amor! Naquele momento eu não conseguia falar de esperança nem para ele nem para mim. Marianne poderia estar morrendo naquela hora. Mas ele não pediu esperança ou encorajamento. Foi uma confidência involuntária, um desabafo incontrolável para uma amiga consoladora... não um pedido a uma mãe. No entanto, depois de um tempo eu *disse*, pois de início estava bastante desorientada, que se ela sobrevivesse, como eu confiava que poderia acontecer, minha maior felicidade estaria em promover o casamento deles e desde a nossa chegada, desde a nossa certeza radiante, repeti isso para ele mais claramente, e tenho lhe dado todo o encorajamento em meu poder. Tempo, um pouco de tempo, eu disse a ele, resolverá tudo. O coração de Marianne não deve ser desperdiçado para sempre com um homem como Willoughby. Os próprios méritos dele devem em breve assegurar que assim seja.

— A julgar pelo ânimo do coronel, no entanto, você ainda não o deixou igualmente animado.

— Não. Ele acha que o afeto de Marianne está muito enraizado para que haja qualquer mudança por muito tempo, e mesmo supondo que o coração dela fique livre de novo, ele não tem muita confiança de acreditar que, com a diferença de idade e disposição, poderia ter o afeto dela. Nisso, no entanto, ele está bastante enganado. Ele é mais velho que ela e isso pode ser uma vantagem a ponto de tornar seu caráter e seus princípios estabelecidos... e sua disposição, estou bem convencida, é exatamente a única que pode fazer sua irmã feliz. E sua pessoa, seus modos também, estão todos a seu favor. Minha parcialidade não me cega, ele certamente não é tão bonito quanto Willoughby... mas, ao mesmo tempo, há algo muito mais agradável em seu semblante. Sempre havia algo... se você se lembra... nos olhos de Willoughby, às vezes, que eu não gostava.

Elinor *não* conseguia se lembrar disso, mas a mãe, sem esperar sua anuência, continuou:

— E seus modos, os modos do coronel não são apenas mais agradáveis do que os de Willoughby, mas também sei que são muito mais atraentes a Marianne. A gentileza, a atenção genuína às outras pessoas e a simplicidade masculina espontânea estão muito mais de acordo com a disposição verdadeira dela do que a vivacidade... muitas vezes artificial e muitas vezes inoportuna do outro. Tenho certeza de que mesmo se Willoughby fosse realmente amigável, como provou-se o contrário, Marianne nunca teria sido tão feliz com *ele* quanto será com o coronel Brandon.

Ela fez uma pausa. A filha não conseguia concordar muito com ela, mas a discordância não foi ouvida e, portanto, não ofendeu.

— Em Delaford, ela estará mais perto de mim se eu permanecer em Barton — acrescentou Mrs. Dashwood. — O que é muito provável... pois ouvi dizer que é uma vila grande... certamente *deve* haver alguma pequena casa ou casa de campo por perto que nos serviria tão bem quanto nossa casa hoje.

Pobre Elinor! Aqui estava um novo plano para levá-la a Delaford! Mas ela tinha um gênio teimoso.

— A fortuna dele também! Pois na minha idade, sabe, todo mundo se importa com *isso*, e embora eu não saiba nem deseje saber de quanto realmente é, tenho certeza de que deve ser boa.

Neste momento, foram interrompidas pela entrada de uma terceira pessoa, e Elinor retirou-se para pensar em tudo sozinha, para desejar sucesso ao amigo e, mesmo desejando isso, sentia uma pontada de dor por Willoughby.

Capítulo 46

A doença de Marianne, embora a tivesse enfraquecido, não fora longa o suficiente para que a recuperação fosse lenta e com a juventude, a força inata e a presença da mãe para ajudá-la, sua melhora continuou sem dificuldades e permitiu que fosse removida, após quatro dias da chegada da mãe, para o quarto de vestir de Mrs. Palmer. E foi lá, a pedido seu, pois estava impaciente para agradecê-lo por ter buscado a mãe, que recebeu a visita do coronel Brandon.

A emoção dele ao entrar no cômodo, ao ver a mudança da aparência dela e ao receber a mão pálida que ela imediatamente estendeu para ele foi tal que Elinor supôs que era causada por algo além da afeição por Marianne, ou do fato de saber que as pessoas sabiam disso. E ela logo descobriu, através do seu olhar melancólico e da expressão oscilante enquanto olhava para sua irmã, a provável repetição de muitas cenas infelizes repassadas em sua mente, trazidas pela semelhança já admitida entre Marianne e Eliza, e agora fortalecida pelas olheiras profundas, pela pele doente, pela postura debilitada de fraqueza e o caloroso reconhecimento pela tarefa singular.

Mrs. Dashwood, tão atenta ao que passou quanto a filha, mas com o pensamento influenciado de modo muito diferente e, portanto, observando um efeito também muito diferente, só viu no comportamento do coronel o que se manifestou das sensações mais simples e evidentes, enquanto pelas ações e palavras de Marianne, ela convenceu-se de que algo mais do que gratidão já nascia.

Em um ou dois dias, Marianne ficando visivelmente cada vez mais forte, Mrs. Dashwood insistiu, tanto por seu próprio desejo bem como pelo da filha, em voltar para Barton. *Seus* arranjos dependiam dos arranjos dos dois amigos: Mrs. Jennings não podia deixar Cleveland durante a estadia das Dashwoods e o coronel Brandon logo foi levado a considerar, a pedido das duas, sua estadia lá como da mesma forma determinada, se não da mesma forma indispensável.

Em troca, a pedido dele e de Mrs. Jennings, Mrs. Dashwood foi convencida a aceitar a carruagem dele para a viagem de volta para melhor acomodar a filha doente, e o coronel, a convite de Mrs. Dashwood e Mrs. Jennings, cuja personalidade generosa a tornava amigável e hospitaleira para outras pessoas bem como para si, comprometeu-se com prazer em se redimir com uma visita à casa delas em algumas semanas.

O dia da separação e da partida chegou, e Marianne, após ter o cuidado em demorar para despedir-se de Mrs. Jennings, foi sinceramente grata, muito respeitosa e cheia de bons desejos — seu coração sentia que assim devia, graças ao reconhecimento secreto de que não tinha lhe dado a atenção merecida no passado —, e despedindo-se do coronel Brandon com a cordialidade de uma amiga, foi cuidadosamente assistida por ele para subir na carruagem, na qual ele parecia ansioso para que ela ocupasse pelo menos metade do espaço. Mrs. Dashwood e Elinor então subiram, e os outros foram deixados sozinhos para falar das viajantes e sentir o próprio tédio, até que Mrs. Jennings foi convocada para sua carruagem para consolar-se na conversa com a criada sobre a perda das duas jovens companheiras e o coronel Brandon imediatamente depois seguiu o caminho solitário para Delaford.

As Dashwoods estavam havia dois dias na estrada e Marianne suportava a jornada sem grande fadiga. Tudo o que o afeto mais zeloso, o cuidado mais solícito poderia proporcionar para deixá-la confortável foi a tarefa de suas vigilantes companhias, e cada uma delas foi recompensada por seu corpo indolor e ânimo tranquilo. A Elinor, a observação deste último era particularmente gratificante. Ela, que a vira semana após semana constantemente sofrendo, oprimida por um coração angustiado que não tinha coragem de expressar nem força para esconder, agora via com a alegria, que ninguém poderia compartilhar com ela da mesma forma, uma aparente compostura de temperamento, que confiava, era o resultado de reflexão profunda, e deveria, finalmente, trazer-lhe contentamento e alegria.

Quando se aproximaram de Barton e vislumbraram paisagens em que cada campo e cada árvore traziam lembranças específicas e dolorosas, ela ficou pensativa e em silêncio e, desviando o rosto, sentou-se olhando fixamente pela janela. Mas Elinor não se surpreendeu com isso e nem a culpou, e quando viu, enquanto ajudava Marianne a sair da carruagem, que ela estivera chorando, viu apenas uma emoção muito natural que causava pena, e que por sua discrição merecia elogios. Seu comportamento geral subsequente demonstrou que sua mente estava determinada a um esforço sensato, pois assim que entraram na sala de estar, Marianne olhou ao redor com firmeza resoluta, como se estivesse determinada a acostumar-se imediatamente à visão de todos os objetos que pudessem estar ligados à lembrança de Willoughby. Falou pouco, mas cada frase visava a alegria, e embora um suspiro às vezes escapasse, nunca passava sem a retratação de um sorriso. Depois do jantar ela tentou tocar o pianoforte. Foi até ele, mas a primeira música em que pousou os olhos foi uma ópera que Willoughby comprou para ela contendo alguns de seus duetos favoritos e seu nome na letra dele na folha externa. Não era possível. Balançou a cabeça, colocou a música de lado e depois de passar os dedos pelas teclas reclamou de fraqueza neles, e fechou o instrumento declarando, no entanto, com firmeza enquanto o fazia, que teria que praticar muito no futuro.

Na manhã seguinte o sentimento de felicidade não teve abatimento. Pelo contrário, com a mente e o corpo fortalecidos pelo descanso, falava e aparentava uma animação mais genuína, esperando com ansiedade o prazer do retorno de Margaret e falando do querido grupo familiar que seria então restituído, e de suas buscas mútuas e companhia alegre como a única felicidade que era importante desejar.

— Quando o tempo estiver bom e eu tiver recuperado minha força, faremos longas caminhadas juntas todos os dias — disse ela. — Caminharemos até a fazenda na beirada da colina e veremos como as crianças estão; caminharemos até as novas plantações de Sir John em Barton Cross e em Abbeyland; e iremos várias vezes às velhas ruínas da igreja, e tentaremos traçar suas fundações até onde pudermos imaginar que eram. Sei que seremos felizes. Sei que o verão será feliz. Pretendo acordar sempre antes das seis, e desse momento até o jantar dividirei meu tempo entre a música e a leitura. Elaborei um plano e estou decidida a seguir os estudos com seriedade. Conheço muito bem nossa biblioteca e somente posso utilizar-me dela para mera diversão. Mas há muitas obras que valem a pena serem lidas em Barton Park, e há outras mais modernas que sei que posso pedir emprestadas ao coronel Brandon. Lendo apenas seis horas por dia, no decorrer de um ano irei adquirir muito conhecimento, que agora sinto que me faz falta.

Elinor a reverenciou por um plano tão nobre, embora sorrindo ao ver a mesma imaginação ávida que a levara ao extremo da indolência lânguida e da aflição egoísta agora na função de introduzir o excesso em um esquema de atividade racional e autocontrole virtuoso. Porém, seu sorriso se transformou em um suspiro quando lembrou-se de que ainda não cumprira a promessa feita a Willoughby, e temia que o que tinha para comunicar poderia novamente abalar a mente de Marianne e arruinar, pelo menos por um tempo, essa perspectiva justa de ocupação tranquila. Disposta, portanto, a adiar esse momento ruim, resolveu esperar até que a saúde da irmã estivesse mais restabelecida. Mas essa decisão foi tomada apenas para não ser cumprida.

Marianne estava havia dois ou três dias em casa até o tempo ficar bom o suficiente para que uma doente como ela pudesse se aventurar fora de casa.

Mas, finalmente, uma manhã amena e agradável rompeu — uma que poderia seduzir os desejos da filha e a confiança da mãe —, e Marianne, apoiada no braço de Elinor, foi autorizada a caminhar o máximo que pudesse sem se cansar na estrada em frente à casa.

As irmãs partiram em um ritmo lento, conforme a debilidade de Marianne, para um exercício que até então não tinha tentado desde que ficou doente, e avançaram apenas até atrás da casa, onde puderam ter uma visão completa da colina, a importante colina. E ao pousar os olhos nela, Marianne disse calmamente:

— Lá, exatamente lá — apontando com a mão —, naquele monte saliente... lá eu caí, e lá pela primeira vez vi Willoughby.

Sua voz baixou com a menção, mas logo reavivando, acrescentou:

— Agradeço por descobrir que posso olhar para lá sem sofrer muito! Podemos falar sobre esse assunto, Elinor? — perguntou hesitante. — Ou é errado? Consigo falar sobre isso agora, espero, como deveria fazer.

Elinor a convidou com ternura a se abrir.

— Quanto ao arrependimento — disse Marianne —, já superei, no que diz respeito a *ele*. Não pretendo falar sobre o que senti por ele, mas sobre o que sinto *agora*. No momento, se pudesse me alegrar com uma coisa, se pudesse me permitir pensar que ele nem *sempre* estava fingindo, nem *sempre* me enganando... mas, acima de tudo, se pudesse ter certeza de que ele nunca foi *tão* perverso quanto às vezes temi imaginá-lo, desde a história daquela moça infeliz...

Ela parou. Elinor guardou suas palavras com alegria enquanto respondia:

— Se pudesse ter certeza disso, acha que seria mais fácil?

— Sim. Minha paz de espírito depende disso... porque além de ser horrível suspeitar de uma pessoa que foi o que *ele* foi para *mim*, de tais planos, como eu me apresento diante de mim mesma? O que, em uma situação como a minha, poderia me expor senão uma afeição vergonhosamente imprudente...

— Como então você explicaria o comportamento dele? — perguntou a irmã.

— Iria supor que ele... Ah, com que alegria iria supor que ele era apenas volúvel, muito, muito volúvel.

Elinor não disse mais nada. Estava debatendo dentro de si sobre a adequação de começar a história logo ou adiá-la até que Marianne estivesse com a saúde mais forte... e ficaram em silêncio por alguns minutos.

— Eu não estou desejando muito bem a ele — disse Marianne finalmente com um suspiro — quando desejo que suas reflexões secretas sejam tão desagradáveis quanto as minhas. Ele sofrerá o suficiente com elas.

— Você compara sua conduta com a dele?

— Não. Eu a comparo com o que deveria ter sido. Eu a comparo com a sua.

— Nossas situações não são muito parecidas.

— Elas carregam mais do que a nossa conduta. Não deixe, minha querida Elinor, que sua bondade defenda o que sei que seu julgamento censura. Minha doença me fez pensar... me deu tempo e calma para lembrar. Muito antes de me recuperar o suficiente para falar, era perfeitamente capaz de refletir. Considerei o passado: vi em meu próprio comportamento, desde o início quando o conhecemos no outono passado, uma série de atitudes imprudentes para comigo mesma e falta de bondade para com os outros. Vi que meus próprios sentimentos causaram meu sofrimento, e que minha falta de coragem quase me levou ao túmulo. Minha doença, eu bem sabia, fora inteiramente provocada por mim mesma pela negligência de minha saúde, como até mesmo na época senti que estava errada. Se eu tivesse morrido... teria sido autodestruição. Não soube do perigo até ele não existir mais, mas com esses sentimentos gerados por essas reflexões... fico maravilhada com minha recuperação... maravilhada com a avidez do meu desejo de viver para ter tempo de me reparar com meu Deus, com vocês. Se eu tivesse morrido... como teria deixado você infeliz, minha cuidadora, minha amiga, minha irmã! Você, que viu todo o egoísmo rabugento dos meus últimos dias, e soube de todos os murmúrios do meu coração! Como eu teria vivido em *sua* lembrança? Minha mãe também! Como você poderia consolá-la? Não consigo expressar a repulsa que sinto de mim mesma. Sempre que olhava para o passado, via algum dever negligenciado ou a entrega a algum fracasso. Todos pareciam ter sido ofendidos por mim. A bondade, a bondade incessante de Mrs. Jennings eu retribuí com desprezo ingrato. Com os Middletons, os Palmers, as Steeles, com todos os conhecidos em comum, fui insolente e injusta, dura com seus méritos e irritada com sua atenção. Com John, com Fanny... sim, mesmo com eles, por menos que merecessem, ofereci menos do que devia. Mas você... você acima de tudo, mais que minha mãe, eu magoei você. Eu, e somente eu, sabia de seus sentimentos e suas tristezas, e como isso me influenciou? Não trouxe compaixão alguma que pudesse beneficiar a você ou a mim mesma. Seu exemplo estava diante de mim, mas serviu para quê? Fui mais atenciosa com você e com seu conforto? Fui do mesmo modo tolerante ou aliviei suas obrigações me dispondo a fazer parte dos exercícios de cordialidade com todos ou de gratidão particular que até então você fora deixada para cumprir sozinha? Não... nem quando soube que você estava infeliz nem quando acreditava que você estava bem. Eu me afastei de todo esforço de dever ou amizade, dificultando permitir que a tristeza existisse para os outros além de mim, lamentando apenas *aquele* coração que havia me abandonado e magoado, e deixando você, por quem eu professava um afeto ilimitado, infeliz por minha causa.

Neste momento sua profusão de autorreprovação cessou, e Elinor, impaciente para acalmá-la, embora fosse muito sincera para lisonjear, deu-lhe instantaneamente aquele elogio e apoio que sua franqueza e contrição tanto mereciam. Marianne apertou a mão dela e respondeu:

— Você é muito bondosa. O futuro será a minha prova. Elaborei um plano, e se for capaz de segui-lo... irei controlar meus sentimentos e melhorar meu temperamento. Eles não devem mais preocupar os outros, nem me torturar. Viverei agora apenas para a minha família. Você, minha mãe e Margaret serão daqui em diante meu mundo, compartilharão do meu afeto inteiramente entre vocês. De vocês, de minha casa, nunca mais terei o menor incentivo para deixá-las. E se eu estiver em outras companhias será apenas para mostrar que sou humilde, que meu coração se aperfeiçoou e que posso praticar as cordialidades, os deveres inferiores da vida, com gentileza e tolerância. Quanto a Willoughby... dizer que em pouco tempo ou que algum dia o esquecerei seria mentira. A lembrança dele não pode ser apagada com a mudança das circunstâncias ou opiniões. Mas deve ser controlada, reprimida pela religião, pela razão, pela atividade constante.

Ela fez uma pausa, e acrescentou em voz baixa:

— Se eu pudesse ao menos saber o que havia no coração *dele,* tudo seria mais fácil.

Elinor, que já estava refletindo havia algum tempo sobre as vantagens e desvantagens de arriscar-se a fazer seu relato logo, ainda sem ter-se decidido, ouviu isso e, vendo que a reflexão não resolvera nada, a decisão deveria fazê-lo, e logo viu-se prestes a contar tudo.

Conseguiu repetir o relato, esperava, com destreza; preparou a ouvinte ansiosa com cautela; relatou de forma simples e honesta os principais pontos em que Willoughby fundamentou seu pedido de desculpas; fez jus ao seu arrependimento e suavizou apenas a declaração de que ainda sentia afeto por ela. Marianne não disse uma palavra. Ficou trêmula, fixou os olhos no chão e os lábios ficaram mais pálidos até do que quando ficou doente. Mil perguntas brotaram em seu coração, mas ela não ousou mencionar nenhuma. Recebeu cada sílaba com uma ânsia ofegante; sua mão, sem perceber, apertou a da irmã, e lágrimas cobriram suas bochechas.

Elinor, temendo que ela estivesse cansada, levou-a para casa, e até chegarem à porta, especulando que ela deveria estar muito curiosa, embora não tenha feito nenhuma pergunta, só falou de Willoughby e da conversa com ele, e foi cuidadosamente minuciosa sobre cada detalhe de fala e olhar, onde a minúcia poderia ser concedida com segurança. Assim que entraram na casa, Marianne, com um beijo de gratidão e estas três únicas palavras que se articularam através das lágrimas: "Conte à mamãe", afastou-se da irmã e subiu lentamente as escadas. Elinor não perturbaria uma solidão tão sensata quanto a que ela agora procurava, e já antecipando o resultado, e decidida a tocar no assunto caso Marianne falhasse, ela foi para a sala para cumprir o desejo da irmã.

263

Capítulo 47

Mrs. Dashwood não ouviu a justificativa de seu então favorito com indiferença. Alegrou-se por ele ter sido inocentado de alguma parte de sua culpa... sentia pena dele... desejava que ele fosse feliz. Mas os sentimentos do passado não podiam ser recuperados. Ele não poderia voltar com fé inabalada, caráter imaculado, para Marianne. Nada poderia fazer com que esquecessem o que ela sofrera por causa dele, nem poderiam absolvê-lo da conduta com Eliza. Nada faria, portanto, com que voltasse a estimá-lo, e nada prejudicaria os interesses do coronel Brandon.

Se Mrs. Dashwood, como a filha, tivesse ouvido a história do próprio Willoughby... se tivesse testemunhado a angústia dele, se tivesse ficado sob a influência de seu semblante e modos, é provável que tivesse mais compaixão. Mas não estava no poder de Elinor, nem era seu desejo, despertar tais sentimentos em outra pessoa ao recontar o que ouvira minuciosamente. A reflexão acalmou seu julgamento e atenuou a própria opinião das virtudes de Willoughby. Assim sendo, desejava declarar apenas a simples verdade e expor os fatos que eram realmente do seu caráter, sem nenhum embelezamento de ternura que desse margem à imaginação.

À noite, quando estavam as três juntas, Marianne começou por vontade própria a falar dele novamente, mas com algum esforço, claramente demonstrado pela preocupação nervosa e inquieta em que se encontrava fazia algum tempo, pelo enrubescimento enquanto falava, e pela voz entrecortada:

— Quero garantir a vocês duas que vejo tudo... o que vocês desejam que eu faça — disse ela.

Mrs. Dashwood a teria interrompido de imediato com delicadeza caso Elinor, que desejava de fato ouvir a opinião imparcial da irmã, não tivesse, com um sinal ansioso, pedido seu silêncio. Marianne continuou devagar:

— É um grande alívio para mim... o que Elinor me contou hoje de manhã... agora ouvi exatamente o que queria ouvir... — Sua voz sumia em alguns momentos, mas se recuperando, acrescentou, e mais calma do que antes: — Agora estou completamente satisfeita, não desejo que nada mude. Eu nunca poderia ter sido feliz com ele depois de saber tudo isso, e mais cedo ou mais tarde eu saberia. Eu não poderia confiar nele nem o estimar. Nada poderia resgatar meus sentimentos.

— Eu sei, eu sei — gritou a mãe. — Feliz com um homem libertino? Com alguém que tirou a paz do nosso amigo mais querido e o melhor dos homens? Não, o coração da minha Marianne não pode ser feliz com um homem desse! Sua consciência, sua consciência vulnerável teria sentido tudo o que a consciência de seu marido sentisse.

Marianne suspirou e repetiu:

— Eu não quero que nada mude.

— Você julga o assunto — disse Elinor — exatamente como uma mente forte e um entendimento claro devem considerá-lo. E suponho que você enxerga, assim como eu, não apenas nesse caso, mas em muitas outras situações, razão suficiente para estar convencida de que seu casamento teria lhe causado muitos problemas e decepções, e que você não teria apoio, pois o afeto dele era incerto. Se você tivesse casado, seria sempre pobre. A extravagância dele é reconhecida até por ele mesmo, e o comportamento dele revela que abnegação é uma palavra que ele dificilmente compreende. As exigências dele e a sua inexperiência juntas, com uma renda pequena, muito pequena, teriam causado uma angústia que não seria *menos* penosa para você, por ter sido totalmente desconhecida e impensada antes. *Seu* senso de honra e honestidade a levaria, eu sei, quando ciente da situação, a tentar fazer toda a economia que lhe parecesse possível e, talvez, apenas quando sua frugalidade limitasse seu próprio conforto você teria sofrido para praticá-la, mas além disso... e sua administração poderia contribuir pouco para impedir a ruína que começara antes de seu casamento. Além *disso*, se tivesse se esforçado, mesmo que com razão, para que *ele* sacrificasse seus prazeres, não é difícil imaginar que em vez de convencer sentimentos tão egoístas diminuiria a influência sobre ele e o faria se arrepender da ligação que o levou a tais dificuldades!

Os lábios de Marianne estremeceram e ela repetiu a palavra "egoísta?" em um tom que implicava: "Você realmente acha que ele é egoísta?"

— O comportamento geral dele — respondeu Elinor —, desde o começo até o fim, foi baseado no egoísmo. Foi o egoísmo que primeiro o fez brincar com o seu afeto, que depois, quando ele se afeiçoou a você, fez com que ele demorasse a revelá-lo e que finalmente o fez deixar Barton. Seu próprio prazer, ou sua própria tranquilidade, era, em cada detalhe, aquilo que o guiava.

— É bem verdade. *Minha* felicidade nunca foi o objetivo dele.

— Agora ele lamenta o que fez — continuou Elinor. — E por que ele se arrepende? Porque acha que não trouxe nenhum benefício a si mesmo. Não ficou feliz. A condição dele agora não lhe causa angústia... ele não sofre de nenhum mal desse tipo, e apenas acha que se casou com uma mulher menos amável do que você. Mas se tivesse se casado com você, isso o teria feito feliz? Os inconvenientes teriam sido diferentes. Ele teria então sofrido com as angústias financeiras que, porque agora não as tem, não as considera importantes. Teria tido uma esposa de cujo temperamento não poderia reclamar, mas sempre passaria necessidade... seria sempre pobre, e provavelmente logo teria considerado os inúmeros confortos de uma propriedade e uma renda boa como muito mais importantes, mesmo para a felicidade doméstica, do que o mero temperamento de uma esposa.

— Não tenho dúvida disso — disse Marianne. — E não me arrependo de nada... nada além da minha própria estupidez.

— Melhor dizer da imprudência de sua mãe, minha filha — disse Mrs. Dashwood. — *Ela* deve ser responsabilizada.

Marianne não a deixou prosseguir. E Elinor, satisfeita que cada uma reconhecia o próprio erro, desejava evitar uma análise do passado que pudesse deixar a irmã desanimada e, portanto, seguindo com o primeiro assunto, continuou imediatamente:

— Uma observação pode, creio, ser obtida de toda essa história... que todas as dificuldades de Willoughby surgiram da primeira ofensa contra a virtude, do seu comportamento para com Eliza Williams. Esse crime foi a causa de todos os outros crimes menores e de toda a sua infelicidade agora.

Marianne concordou com a observação, e a mãe foi conduzida a partir dela a uma enumeração dos defeitos e das qualidades do coronel Brandon, tão calorosos quanto a amizade e seu plano unidos poderiam proferir. Não parecia, no entanto, que a filha tivesse ouvido alguma coisa.

Elinor, conforme sua expectativa, viu nos dois ou três dias seguintes que Marianne não se fortalecia como antes, mas enquanto continuasse determinada e ainda tentasse parecer alegre e tranquila, podia confiar com segurança no efeito do tempo em sua saúde.

Margaret voltou, e a família estava novamente completa, mais uma vez instalada com tranquilidade na casa. E se não seguiam com os estudos habituais com o mesmo vigor de quando chegaram a Barton, pelo menos planejavam uma execução vigorosa deles no futuro.

Elinor ficou impaciente para ter notícias de Edward. Não tinha ouvido falar dele desde que deixou Londres, nada sobre seus planos, nenhuma certeza nem mesmo sobre sua residência atual. Trocou algumas cartas com o irmão por causa da doença de Marianne, e na primeira carta de John havia esta frase: "Não sabemos nada de nosso infeliz Edward, e não podemos fazer perguntas sobre um assunto tão proibido, mas concluímos que ele ainda está em Oxford", o que foi a única informação de Edward que teve através da correspondência, pois seu nome não foi sequer mencionado em nenhuma das cartas seguintes. Ela não estava fadada, no entanto, a ficar muito mais tempo sem saber nada.

O criado delas havia sido enviado numa manhã a Exeter a negócios e, enquanto ele servia à mesa, satisfez as perguntas de Sua Senhoria quanto às suas tarefas, esta foi a informação dada por ele:

— Suponho que saiba, senhora, que Mr. Ferrars casou-se.

Marianne levou um susto, fixou os olhos em Elinor, viu a irmã ficar pálida e desabou na cadeira, perturbada. Mrs. Dashwood, cujos olhos, ao responder à pergunta do criado, tomaram intuitivamente a mesma direção, ficou chocada ao perceber no semblante de Elinor, o quanto ela realmente estava sofrendo e, um momento depois, também angustiada com a situação de Marianne, não sabia para qual filha dar atenção.

O criado, que apenas viu que Miss Marianne não estava bem, teve o bom senso de chamar uma das criadas, que, com a ajuda de Mrs. Dashwood, levou-a para a outra sala. A esta altura, Marianne já estava melhor e a mãe a deixou aos cuidados de Margaret e da criada, e voltou para Elinor, que, embora ainda muito desorientada, havia recuperado a razão e a voz e começava a perguntar a Thomas sobre a fonte da informação. Mrs. Dashwood imediatamente se ocupou disso e Elinor soube da informação sem o esforço de ter que fazer mais perguntas.

— Quem lhe disse que Mr. Ferrars tinha se casado, Thomas?

— Eu mesmo vi Mr. Ferrars nesta manhã em Exeter, senhora, e sua esposa também, Miss Steele. Eles pararam numa carruagem na porta do New London Inn enquanto eu ia para lá com uma mensagem de Sally de Barton Park para o irmão dela, que é um dos funcionários do correio. Quando passava pela carruagem olhei para cima e então vi que era a Miss Steele mais nova, assim que tirei meu chapéu ela me reconheceu, me chamou, e perguntou por você, senhora, e pelas damas, especialmente por Miss Marianne, e me pediu que eu lhe enviasse os cumprimentos dela e de Mr. Ferrars, seus cumprimentos respeitosos, e como lamentavam não terem tido tempo de vir vê-las, mas estavam com muita pressa para seguir viagem, pois ainda tinham um longo caminho a percorrer, mas, quando voltassem, eles se certificariam de vir vê-las.

— Mas ela lhe disse que tinha casado, Thomas?

— Sim, madame. Ela sorriu e disse que havia mudado de nome já que estava por lá. Ela sempre foi uma jovem muito afável e franca, e muito educada. Então, tomei a liberdade para desejar-lhe felicidades.

— Mr. Ferrars estava na carruagem com ela?

— Sim, senhora, eu o vi se recostar, mas ele não olhou para mim... ele nunca foi um cavalheiro muito falante.

O coração de Elinor poderia facilmente explicar por que ele não disse nada, e Mrs. Dashwood provavelmente encontrou a mesma explicação.

— Havia mais alguém na carruagem?

— Não, senhora, só os dois.

— Você sabe de onde eles vieram?

— Vieram direto da cidade, como Miss Lucy... Mrs. Ferrars me disse.

— E eles estão indo mais para o oeste?

— Sim, senhora... mas não ficarão lá por muito tempo. Voltarão logo, e então eles com certeza virão fazer uma visita.

Mrs. Dashwood agora olhava para a filha, mas Elinor bem sabia que não deveria esperar por uma visita deles. Reconheceu Lucy na mensagem, e estava muito confiante de que Edward nunca se aproximaria delas. Comentou com a mãe em voz baixa que eles provavelmente estavam indo para a casa de Mr. Pratt, perto de Plymouth.

Thomas parecia ter terminado seu relato. O semblante de Elinor demonstrava que ela queria ouvir mais.

— Você os viu partir antes de ir embora?

— Não, senhora... os cavalos estavam saindo, mas eu não podia ficar mais, estava com medo de me atrasar.

— Mrs. Ferrars parecia bem?

— Sim, senhora, disse que estava muito bem. E para mim ela sempre foi uma jovem muito bonita... e parecia muito contente.

Mrs. Dashwood não conseguia pensar em outra pergunta, e Thomas e a toalha de mesa, agora desnecessários, foram logo dispensados. Marianne já havia mandado dizer que não iria comer mais nada. Mrs. Dashwood e Elinor perderam o apetite. E Margaret achava que se encontrava em uma situação muito favorável, pois com a inquietação que ambas as irmãs experimentaram ultimamente, tantas razões que muitas vezes tiveram para negligenciarem suas refeições, ela nunca tinha sido obrigada a ficar sem seu jantar.

Quando a sobremesa e o vinho foram trazidos e Mrs. Dashwood e Elinor foram deixadas a sós, permaneceram muito tempo juntas, ambas pensativas e em silêncio. Mrs. Dashwood temia arriscar qualquer comentário e não se aventurou a oferecer consolo. Ela agora descobriu que havia falhado ao confiar na representação de Elinor, e justamente concluiu que tudo havia sido suavizado de propósito na época, para poupá-la de infelicidade maior, já que havia sofrido tanto por Marianne. Descobriu que havia sido enganada pelo cuidado, pela atenção zelosa da filha, a pensar que a união que antes havia entendido tão bem, era, na realidade, muito mais frágil do que acreditava, ou do que agora provava ser. Temia que, sob essa convicção, tivesse sido injusta, desatenta, não, quase indelicada, com sua Elinor... que para aflição de Marianne, porque ela a demonstrava mais, mais manifesta diante de si, tivesse dirigido toda a sua ternura e a levado a esquecer que poderia ter outra filha sofrendo quase da mesma maneira, certamente com menos incitamento próprio e mais bravura.

Capítulo 48

Elinor agora descobria a diferença entre a expectativa de um acontecimento desagradável, por mais que se forçasse a considerá-lo como certo, e a certeza do fato. Descobria agora que, apesar de tudo, sempre teve esperança, enquanto Edward ainda era solteiro, de que algo aconteceria para impedi-lo de casar-se com Lucy; de que alguma decisão sua, alguma intervenção de amigos ou alguma oportunidade mais adequada surgisse para a dama para promover a felicidade de todos. Mas agora ele estava casado, e ela condenou seu coração pelo engodo que fazia o sofrimento da informação ser muito maior.

Que ele se casasse tão depressa, antes, como ela imaginava, de ter sido ordenado e, consequentemente, antes que pudesse ter posse do presbitério, a surpreendeu um pouco no início. Mas logo percebeu que era muito provável que Lucy, com prudência, com a pressa em garantir a união, pudesse ignorar tudo, exceto o risco de tardar ainda mais. Eles estavam casados, casados na cidade, e agora apressando-se para chegarem à casa do tio dela. O que Edward teria sentido ao estar a menos de seis quilômetros de Barton, ao ver o criado de sua mãe, ao ouvir a mensagem de Lucy!

Supôs que eles logo estariam instalados em Delaford... Delaford... aquele lugar que tanto conspirou para ser de seu interesse, que desejava conhecer, e ainda assim desejava evitar. Em um instante ela os viu na casa paroquial; viu Lucy como a responsável ativa e criadora, unindo ao mesmo tempo um desejo de aparência bonita com extrema frugalidade, e envergonhada de suspeitarem de metade de seus atos de economia... pensando sempre só em si mesma, bajulando coronel Brandon, Mrs. Jennings e todos os amigos ricos. E Edward... não sabia o que imaginar, nem o que desejava ver... feliz ou infeliz... nenhuma coisa a agradou; desviou o pensamento de todas as imagens dele.

Elinor acalmou-se ao pensar que alguma de suas conexões em Londres escreveria para elas para relatar o acontecimento e dar mais detalhes... mas dia após dia se passava e nenhuma carta chegava, nenhuma notícia. Embora incerta de que alguém era culpado, culpou cada amigo omisso. Eram todos descuidados ou desatentos.

— Quando você vai escrever para o coronel Brandon, senhora? — foi a pergunta que surgiu da impaciência de sua mente para que algo acontecesse.

— Escrevi para ele, meu amor, semana passada, e creio mais provável vê-lo do que receber uma carta dele. Insisti que nos visitasse e não ficaria surpresa se o visse entrar por esta porta hoje ou amanhã, ou qualquer dia desses.

Isso era algo, algo para se esperar. O coronel Brandon deveria ter alguma informação para dar.

Ela mal havia determinado isso quando a figura de um homem a cavalo atraiu seus olhos para a janela. Ele parou no portão delas. Era um cavalheiro, era o próprio coronel Brandon. Agora ela conseguia ouvir melhor, e tremia de expectativa. Mas... *não* era o coronel Brandon... não tinha seu jeito... nem sua altura. Se fosse possível diria que era Edward. Olhou de novo. Ele tinha acabado de descer do cavalo... ela não podia estar enganada... *era* Edward. Ela afastou-se e sentou-se.

— Ele veio de Mr. Pratt só para nos ver. *Ficarei* calma, *irei* me controlar.

Ela logo percebeu que as outras também estavam cientes do engano. Viu a mãe e Marianne mudarem de cor, observou-as olharem para ela e sussurrar algumas frases uma para a outra. Ela teria dado qualquer coisa para poder falar... e fazê-las entender que não esperava que nenhuma frieza, nenhum desprezo transparecesse no comportamento delas para com ele... mas perdeu a fala, e foi obrigada a deixá-las serem guiadas por seus próprios julgamentos.

Nenhuma sílaba foi pronunciada. Todas esperaram em silêncio o visitante aparecer. Os passos dele foram ouvidos pelo caminho de cascalho, e ele logo estava na passagem, e então estava diante delas.

Seu semblante, ao entrar na sala, não era feliz, nem mesmo para Elinor. Sua pele estava pálida de agitação, e ele parecia temer sua recepção, e tinha consciência de que não merecia uma recepção gentil. Mrs. Dashwood, no entanto, adequando-se, como acreditava, aos desejos daquela filha, por quem então queria, do fundo do coração, ser guiada em todas as coisas, encontrou-o com um olhar de complacência forçada, deu-lhe a mão e desejou-lhe felicidades.

Ele enrubesceu e balbuciou uma resposta ininteligível. Os lábios de Elinor se moveram com os da mãe e, quando o momento de ação acabou, ela desejou ter apertado a mão dele também. Mas era tarde demais e com um semblante demonstrando que estava receptiva sentou-se novamente e falou sobre o clima.

Marianne se afastou o máximo possível para esconder a angústia; e Margaret, entendendo alguma coisa, mas não tudo, achou que sua incumbência era ser digna e, portanto, sentou-se o mais longe dele que pôde e ficou em silêncio absoluto.

Quando Elinor terminou de enaltecer o clima seco da época, fez-se uma pausa muito constrangedora, encerrada por Mrs. Dashwood, que se sentiu obrigada a dizer que esperava que ele tivesse deixado Mrs. Ferrars muito bem. De maneira apressada, ele respondeu que sim.

Outra pausa.

Elinor, resolvendo se esforçar, embora temendo o som da própria voz, disse:

— Mrs. Ferrars está em Longstaple?

— Em Longstaple? — ele respondeu, com um ar de surpresa. — Não, minha mãe está na cidade.

— Refiro-me — disse Elinor, pegando algum bordado da mesa — à Mrs. *Edward* Ferrars.

Ela não ousou olhar para cima, mas a mãe e Marianne olharam para ele. Ele enrubesceu, pareceu perplexo, confuso, e depois de alguma hesitação disse:

— Talvez você queira dizer… meu irmão… você quer dizer Mrs., Mrs. *Robert* Ferrars.

— Mrs. Robert Ferrars? — Marianne e Mrs. Dashwood repetiram com um tom de grande espanto. E embora Elinor não conseguisse falar, até mesmo *seu* olhar estava fixo nele com a mesma indagação impaciente. Ele levantou-se e caminhou até a janela, aparentemente por não saber o que fazer; pegou uma tesoura que estava ali e, enquanto estragava a tesoura e a bainha cortando-a em pedaços enquanto falava, disse com uma voz apressada:

— Talvez você não saiba… você pode não ter ouvido falar que meu irmão se casou recentemente… com a mais nova… com Miss Lucy Steele.

Suas palavras foram ecoadas com indescritível espanto por todas, exceto Elinor, que estava sentada com a cabeça abaixada sobre seu trabalho, em um estado de tanta inquietação que mal sabia onde estava.

— Sim — disse ele. — Eles se casaram na semana passada e agora estão em Dawlish.

Elinor não conseguia mais ficar sentada. Saiu quase correndo da sala e assim que a porta fechou, explodiu em lágrimas de alegria, que a princípio pensou que nunca parariam. Edward, que até então olhava para qualquer lugar em vez de olhar para ela, observou-a saindo com essa pressa e talvez viu… ou mesmo ouviu, sua emoção, pois imediatamente depois ele pareceu absorto em pensamentos, e nenhum comentário, nenhuma pergunta, nenhuma aproximação afetuosa de Mrs. Dashwood conseguiu chamar a atenção dele e, por fim, sem dizer uma palavra, ele saiu da sala e foi em direção à vila, deixando todas espantadas e perplexas com a mudança tão maravilhosa e tão repentina na situação dele. Perplexidade que não tinham como eliminar, a não ser com as próprias especulações.

Capítulo 49

Por mais inexplicáveis que as circunstâncias da libertação de Edward parecessem para toda a família, era certo que estava livre e todas podiam facilmente antecipar como essa liberdade seria empregada, pois depois de experimentar as bênçãos de *um* noivado imprudente, assumido sem o consentimento da mãe como aconteceu por mais de quatro anos, não se poderia esperar que ele, em decorrência do fracasso *deste*, imediatamente assumisse outro.

Sua missão em Barton, na verdade, era simples. Era apenas para pedir Elinor em casamento. E considerando que ele não era totalmente inexperiente em relação a tal pergunta, pode ser estranho o fato de ter se sentido tão desconfortável no presente caso como de fato sentiu-se, precisando tanto de encorajamento e ar fresco.

Porém, logo que tomou a decisão, logo que teve uma oportunidade de colocá-la em prática, a maneira como se expressou e como foi recebido não precisam ser ditos. A única coisa que precisa ser mencionada é que quando todos se sentaram à mesa às quatro horas, cerca de três horas após sua chegada, ele havia conseguido sua dama, obtido o consentimento da mãe dela, e não somente professava seu amor por sua amada com entusiasmo, como também se sentia, tanto em termos de razão e da verdade, um dos homens mais felizes do mundo. Sua situação era de fato mais do que simplesmente alegre. Ele tinha mais do que o triunfo comum do amor aceito para encher o coração e levantar o ânimo. Foi libertado sem repreensão alguma de um envolvimento que havia muito tempo o deixava infeliz, de uma mulher a quem havia muito tempo já não amava mais. E fora enaltecido pela segurança do amor por outra, em quem pensava quase com desespero, assim que passou a considerá-la com desejo. Ele foi trazido, não da dúvida ou do suspense, mas da tristeza para a felicidade, e a mudança foi abertamente falada com uma alegria tão genuína, fluida e grata, como nunca antes seus amigos haviam testemunhado.

Seu coração estava agora aberto para Elinor, todas as fraquezas, todos os erros confessados, e a primeira paixão juvenil por Lucy foi tratada com toda a dignidade filosófica de quem tem vinte e quatro anos.

— Foi uma propensão tola e fútil da minha parte — disse ele. — Consequência da ignorância do mundo... e da falta de atividades. Se meu irmão tivesse me dado alguma profissão quando deixei os cuidados de Mr. Pratt aos dezoito anos, creio... não, tenho certeza, isso nunca teria acontecido. Pois embora eu tenha deixado Longstaple com o que pensava, na época, que era uma preferência por sua sobrinha impossível de ser superada, se eu tivesse qualquer objetivo, qualquer atividade para me envolver e me manter distante dela por alguns meses, logo teria superado o afeto imaginado, especialmente tendo mais contato com o mundo, como nesse caso eu deveria ter feito. Mas em vez de ter algo para fazer, em vez de alguém ter escolhido alguma profissão para mim, ou ser autorizado a escolher uma eu mesmo, voltei para casa para ficar completamente ocioso. Depois do primeiro ano eu não tinha nem mesmo uma posição titular que teriam me dado caso estivesse em uma universidade, pois só entrei em Oxford aos dezenove anos. Portanto, eu não tinha nada para fazer, a não ser me imaginar apaixonado. E como minha mãe não tornava minha casa confortável sob nenhum aspecto, como não tinha nenhum amigo, não tinha a companhia do meu irmão, e não gostava de conhecer pessoas novas, era natural para mim ficar em Longstaple com frequência, onde sempre me senti em casa e sempre tive certeza de que seria bem-recebido. Por consequência, passei a maior parte do meu tempo lá entre os dezoito e dezenove anos. Lucy parecia ser muito amável e gentil. Ela também era bonita... pelo menos era o que eu pensava *na época*, e conhecia tão poucas outras mulheres que não podia fazer comparações e não enxergava defeitos. Considerando tudo, portanto, tolo como nosso noivado foi, tolo como provou ser em todos os sentidos desde então, suponho que na época foi uma tolice natural e passível de perdão.

A mudança que algumas horas haviam provocado na mente e na felicidade das Dashwoods era tão grande... tão extrema... que era a promessa de que teriam o prazer de uma noite sem dormir. Mrs. Dashwood, feliz demais para ficar tranquila, não sabia como gostar de Edward nem elogiar Elinor o suficiente, como ser grata o suficiente pela libertação dele sem ferir sua delicadeza, nem como logo dar-lhes tempo para uma longa conversa juntos, e ainda desfrutar, como desejava, da visão e da companhia de ambos.

Marianne só conseguia demonstrar *sua* felicidade com lágrimas. As comparações ocorreriam... as lamentações surgiriam... e sua alegria, embora sincera como o amor pela irmã, era do tipo que não lhe dava nem ânimo nem palavras.

274

Mas Elinor... como pode-se descrever *seus* sentimentos? Desde o momento em que soube que Lucy estava casada com outro, que Edward estava livre, até o momento em que ele justificou as esperanças que se seguiram tão instantaneamente, ela estava tudo, menos tranquila. Mas em um segundo momento, quando ficou livre de cada dúvida, cada preocupação, comparou sua situação com o que havia passado tão recentemente... viu-o honrosamente liberado de seu antigo noivado... viu-o instantaneamente se beneficiando da liberação para abordá-la e declarar uma afeição tão terna, tão constante quanto ela jamais imaginou... ela foi oprimida, foi superada pela própria felicidade... e com alegria disposta, como é a mente humana, a se familiarizar com facilidade com qualquer mudança para melhor, várias horas foram necessárias para lhe dar serenidade ou qualquer grau de tranquilidade a seu coração.

Edward agora ficaria na casa por pelo menos uma semana, pois quaisquer que fossem as outras demandas que exigissem sua atenção, era impossível que menos de uma semana fosse suficiente para gozar da companhia de Elinor ou para dizer metade do que deveria ser dito sobre o passado, o presente e o futuro, pois embora algumas poucas horas passadas na atividade árdua de conversas incessantes gerarem mais assuntos do que realmente podem haver em comum entre quaisquer duas criaturas racionais, com os amantes é diferente. Entre *eles* nenhum assunto está terminado, aliás, nenhuma comunicação é feita até que tenha sido dita pelo menos vinte vezes.

O casamento de Lucy, a surpresa permanente e considerável entre todos, fez parte, é claro, de uma das primeiras discussões entre os amantes e o conhecimento particular de Elinor de cada um fez o casamento parecer-lhe, sob todos os pontos de vista, uma das circunstâncias mais extraordinárias e inexplicáveis que já ouvira. Como poderiam ter ficado juntos, e como Robert poderia acabar casando-se com uma moça cuja beleza ela mesma o ouvira falar sem nenhuma admiração... uma moça já noiva do irmão, e motivo pelo qual a família havia cortado relações com aquele irmão, estava além de sua compreensão. Para seu coração era uma união encantadora, para sua imaginação era até ridícula, mas para sua razão, seu juízo, era um enigma.

Edward só foi capaz de tentar uma explicação supondo que, talvez no primeiro encontro acidental, a vaidade de um fora tão influenciada pela bajulação do outro que, aos poucos, levou a todo o resto. Elinor lembrou-se do que Robert lhe dissera em Harley Street, de sua opinião sobre o que a interferência nos assuntos do irmão poderia ter feito se tivesse sido realizada a tempo. Ela repetiu para Edward.

— *Isso* é exatamente como Robert é — foi sua observação imediata. — E *isso* — acrescentou ele — talvez estivesse na cabeça *dele* quando a conheceu. E

Lucy talvez, a princípio, pensou somente em conseguir a ajuda dele em meu benefício. Outros planos podem ter surgido depois.

Há quanto tempo isso estava acontecendo entre eles, no entanto, ele, assim como ela, não sabia, pois em Oxford, onde escolheu ficar desde que deixou Londres, ele não tinha como ter notícias dela por outros meios que não fossem suas cartas, e essas, até o último momento, continuavam frequentes e afetuosas como sempre. Ele, portanto, nunca teve a menor suspeita para prepará-lo para o que se seguiu e, quando finalmente ficou sabendo em uma carta da própria Lucy, ficou por algum tempo um tanto estupefato, entre a surpresa, o horror e a alegria com tal libertação. Ele colocou a carta nas mãos de Elinor.

Prezado senhor,

Tendo muita certeza de que há muito tempo não tenho seu afeto, considerei-me livre para conceder o meu a outra pessoa, e não tenho dúvidas de que estou tão feliz com ele como costumava pensar que poderia ser com você, mas desprezo quem aceita outra mão enquanto o coração está com outro. Desejo-lhe sinceramente que seja feliz com sua escolha, e não será culpa minha se nem sempre formos bons amigos, como o nosso relacionamento próximo agora torna adequado. Posso dizer com segurança que não lhe desejo nada de mal, e tenho certeza de que será generoso para não ser indelicado conosco. Seu irmão ganhou todo meu afeto, e como não poderíamos viver um sem o outro, acabamos de voltar do altar e agora estamos a caminho de Dawlish por algumas semanas, lugar que seu querido irmão tem grande curiosidade de conhecer, mas pensei que primeiro deveria enviar essas poucas linhas para o senhor, e sempre serei

Sua sincera benquerente, amiga e cunhada,

Lucy Ferrars.

P.S.: Queimei todas as suas cartas e devolverei seu retrato na primeira oportunidade que tiver. Por favor, destrua meus esboços, mas pode ficar com o anel com meu cabelo.

Elinor leu e devolveu sem fazer nenhum comentário.

— Não vou pedir sua opinião sobre o texto — disse Edward. — Em outros tempos, por nada nesse mundo eu gostaria que *você* tivesse lido uma carta dela. Uma irmã já é ruim, mas uma esposa! Como fiquei com vergonha das páginas que ela escreveu! E creio que posso dizer que desde o primeiro semestre dessa nossa tolice esta é a única carta que recebi dela cujo conteúdo consertou qualquer defeito de estilo.

— No entanto, pode ter acontecido — disse Elinor, depois de uma pausa — depois de eles estarem casados. E sua mãe causou para si mesma uma punição muito apropriada. A independência que proporcionou a Robert, por causa do ressentimento por você, o colocou em posição de poder fazer a própria escolha; e ela, na verdade, subornou um filho com mil libras por ano para que ele fizesse a mesma coisa que deserdou o outro. Ela não ficará menos magoada, suponho, por Robert casar-se com Lucy do que ficaria se você se casasse com ela.

— Ela ficará mais magoada, pois Robert sempre foi o favorito. Ficará mais magoada e pelo mesmo motivo o perdoará muito antes.

Edward não sabia como estava o caso atualmente entre eles, pois não tinha tentado comunicar-se com ninguém de sua família. Saíra de Oxford vinte e quatro horas depois de receber a carta de Lucy e com apenas um objetivo diante dele, pegar a estrada mais próxima até Barton; não tivera tempo para elaborar nenhuma conduta que não tivesse a conexão mais íntima com aquela estrada. Ele não podia fazer nada até que tivesse certeza de seu destino com Miss Dashwood, e na pressa em busca *desse* destino, supõe-se que, apesar do ciúme que uma vez tivera do coronel Brandon, apesar da modéstia com que classificou suas próprias qualidades e da educação com que falou de suas dúvidas, não esperava, em geral, uma recepção muito cruel. Era esperado, no entanto, que ele dissesse que esperava *sim* ser recebido com frieza, e ele disse isso muito bem. O que poderia dizer sobre o assunto um ano depois só diz respeito à imaginação de maridos e esposas.

Era evidente para Elinor que Lucy com certeza pretendia enganar, causar discórdia com uma malícia teatral em sua mensagem entregue por Thomas e o próprio Edward, agora completamente a par do caráter dela, não duvidou de que ela era capaz dessa extrema maldade injustificada. Mesmo antes de conhecer Elinor, embora ele já tivesse os olhos bem abertos havia muito tempo para a ignorância dela e falta de generosidade em algumas de suas opiniões, atribuiu isso à sua falta de educação e até que a última carta dela chegasse a ele, sempre acreditou que era uma moça bem-disposta, de bom coração e completamente apaixonada por ele. Somente essa convicção poderia ter impedido que ele pusesse fim a um noivado que, muito antes de descobrir isso, o deixava exposto à raiva da mãe e tinha sido fonte contínua de inquietação e arrependimento para ele.

— Achei que era meu dever — disse ele —, independentemente dos meus sentimentos, dar a ela a opção de manter o noivado ou não quando fui rejeitado por minha mãe, e permaneci sem um amigo no mundo para me ajudar. Em uma situação como essa, onde não parecia haver nada que tentasse a cobiça ou a vaidade de qualquer criatura viva, como eu poderia supor, quando ela tão avidamente, tão calorosamente insistiu em compartilhar meu destino, qualquer que fosse, que a motivação dela não fosse somente o afeto mais desinteressado? E mesmo agora, não consigo entender qual foi a motivação dela, ou que vantagem imaginava que poderia ter ao ficar presa a um homem por quem não tinha o menor afeto, e que tinha apenas duas mil libras. Ela não podia prever que o coronel Brandon me concederia o presbitério.

— Não, mas poderia supor que algo a seu favor aconteceria, que sua família poderia, com o tempo, ceder. E, de qualquer forma, ela não perdeu nada ao manter o noivado, pois provou que isso não atrapalhava sua propensão nem suas ações. A ligação era certamente respeitável e provavelmente ela ganhou consideração entre os amigos, e, se nada mais vantajoso acontecesse, seria melhor para ela casar-se com *você* do que ficar solteira.

Edward foi, é claro, imediatamente convencido de que nada poderia ter sido mais natural do que a conduta de Lucy, nem mais evidente do que o motivo para tal.

Elinor o repreendeu duramente, como as damas sempre repreendem a imprudência que é um elogio para elas mesmas, por ter passado tanto tempo com elas em Norland quando deve ter sentido a própria inconstância.

— Você se comportou de modo muito errado porque... — disse ela — para não dizer nada de minha própria convicção, nossos familiares foram todos levados por essa convicção a imaginar e esperar o *que*, de acordo com a sua *então* situação, nunca poderia acontecer.

Ele só pôde alegar a ignorância do próprio coração e a confiança equivocada na força de seu noivado.

— Eu era ingênuo o suficiente para pensar que, porque minha *fé* estava depositada em outra, não haveria perigo em estar com você e que a consciência de meu noivado manteria meu coração tão seguro e sagrado quanto minha honra. Senti que admirava você, mas disse a mim mesmo que era apenas amizade, e até que comecei a comparar você com Lucy, não sabia o quanto estava envolvido. Depois disso, suponho, eu *estava* errado em permanecer tanto em Sussex, e os argumentos que aceitei para a conveniência disso não eram melhores do que estes: o risco é meu, não estou machucando ninguém além de mim mesmo.

Elinor sorriu e balançou a cabeça.

Edward ficou feliz em saber que esperavam a visita do coronel, pois realmente desejava não apenas conhecê-lo melhor, mas ter a oportunidade de convencê-lo de que não se ressentia mais por ele ter-lhe concedido o presbitério de Delaford.

— O que, no momento — disse ele —, depois de eu ser tão mal-agradecido na ocasião, ele deve pensar que eu nunca o perdoei por ter me oferecido a oportunidade.

Agora ele se sentia surpreso por nunca ter ido lá. Mas tivera tão pouco interesse sobre o assunto, que tudo o que sabia da casa, do jardim e da gleba, do tamanho da paróquia, da condição da terra, e a taxa dos dízimos, devia a Elinor, que tinha ouvido tanto sobre o assunto do coronel Brandon, e ouvira com tanta atenção, que dominava o tema.

Somente uma questão permanecia pendente entre eles, havia apenas uma dificuldade a ser superada. Eles se aproximaram por afeição mútua, com a aprovação sincera de seus verdadeiros amigos; por se conhecerem intimamente parecia que a felicidade era certa... e lhes faltava apenas uma renda para viver. Edward tinha duas mil libras e Elinor mil, o que, com o presbitério de Delaford, era tudo o que tinham, pois era impossível que Mrs. Dashwood lhes desse qualquer coisa e não estavam suficientemente apaixonados para pensar que trezentas e cinquenta libras por ano lhes ofereceria uma vida confortável.

Edward tinha uma vaga esperança de que a mãe pudesse mudar de ideia em relação a ele, e *nisso* ele confiou o resto de sua renda. Mas Elinor não tinha tal opção, pois como Edward não se casaria com Miss Morton e a escolha de Elinor fora mencionada na linguagem lisonjeira de Mrs. Ferrars apenas como um mal menor do que Lucy Steele, temia que a ofensa de Robert serviria apenas para enriquecer Fanny.

Depois de quatro dias após a chegada de Edward, o coronel Brandon apareceu para completar a satisfação de Mrs. Dashwood e dar-lhe a dignidade de ter, pela primeira vez desde que se mudou para Barton, mais companhia do que cabia em sua casa. Edward foi autorizado a manter o privilégio de primeiro visitante e, portanto, o coronel Brandon caminhava todas as noites para seus aposentos antigos em Barton Park, de onde geralmente voltava pela manhã, cedo o bastante para interromper o primeiro *tête-à-tête* dos amantes antes do café da manhã.

A estadia de três semanas em Delaford, onde durante a noite, pelo menos, tinha pouco a fazer, exceto calcular a diferença entre trinta e seis e dezessete anos, trouxe-o para Barton em um estado de espírito que precisava de todo o estímulo da aparência de Marianne, da gentileza de seu acolhimento, e do encorajamento da fala de sua mãe para deixá-lo alegre. Entre esses amigos, no entanto, e com tal bajulação, ele se revigorou. Nenhum boato do casamento de Lucy havia chegado a ele... não sabia nada do que tinha acontecido, e as primeiras horas de sua visita foram, por consequência, passadas ouvindo os relatos e se surpreendendo com o caso. Mrs. Dashwood explicou-lhe tudo, e ele encontrou uma nova razão para se alegrar pelo que fizera por Mr. Ferrars, uma vez que acabara beneficiando Elinor.

Nem é preciso dizer que os cavalheiros puderam ter uma opinião mais favorável um do outro à medida que se conheciam melhor, pois não poderia ser de outra forma. A semelhança de bons princípios e bom senso, de propensão e maneira de pensar, provavelmente teria sido suficiente para que fossem amigos, sem necessidade de outra razão, mas o fato de estarem apaixonados por duas irmãs, e duas irmãs que se gostavam, tornava essa afeição mútua inevitável e imediata, o que, em outro caso, poderia ter que contar com o efeito do tempo e do julgamento.

As cartas que chegavam da cidade, que alguns dias antes teriam deixado os nervos de Elinor à flor da pele, agora eram lidas com emoção serena. Mrs. Jennings escreveu para contar a história surpreendente, para desabafar a indignação sincera contra a moça que rejeitou Mr. Edward, e expressar compaixão por ele, que, ela tinha certeza, amava a moça sem coração e agora estava, pelo que lhe contavam, quase de coração partido em Oxford. "Creio", continuou ela, "que nada mais dissimulado havia acontecido antes, pois apenas dois dias depois Lucy me visitou e sentou-se por algumas horas comigo. Nenhuma alma suspeitava do assunto, nem mesmo Nancy, que, pobrezinha, veio chorando para mim no dia seguinte muito assustada com medo de Mrs. Ferrars, e sem saber como chegar a Plymouth, pois parece que Lucy pediu emprestado todo o seu dinheiro antes de casar-se, com o propósito, nós supomos, de disfarçar as aparências, e a coitada da Nancy não ficou nem com sete xelins... então fiquei muito feliz em dar-lhe cinco guinéus para levá-la a Exeter, onde ela planeja ficar três ou quatro semanas com Mrs. Burgess na esperança, como eu lhe disse, de cair nas graças do doutor novamente. E devo dizer que a perversidade de Lucy de não os levar com eles na carruagem foi a pior coisa. Pobre Mr. Edward! Não consigo tirá-lo da minha cabeça, mas você deve chamá-lo a Barton e Miss Marianne deve tentar consolá-lo."

O estilo de Mr. Dashwood foi mais solene. Mrs. Ferrars era a mais infeliz das mulheres; a pobre Fanny estava agoniada em virtude de sua sensibilidade, e ele considerava que a sobrevivência de cada uma, sob tal golpe, era digna de admiração. A ofensa de Robert era imperdoável, mas a de Lucy era infinitamente pior. Eles nunca mais poderiam ser mencionados a Mrs. Ferrars, e mesmo que ela pudesse ser convencida a perdoar o filho, a esposa nunca seria reconhecida como filha, nem seria autorizada a aparecer em sua presença. O sigilo com que tudo foi conduzido adiante entre eles foi racionalmente tratado como um agravante para o crime porque, se alguém tivesse suspeitado de algo, medidas adequadas teriam sido tomadas para evitar o casamento e ele pediu a Elinor que se juntasse a ele no lamento de que o noivado de Lucy e Edward não tivesse sido cumprido, que ela teria sido o meio de espalhar ainda mais infelicidade na família. Ele prosseguiu assim:

"Mrs. Ferrars ainda não mencionou o nome de Edward, o que não nos surpreende, mas, para nossa grande surpresa, não recebemos nem uma linha dele na ocasião. Talvez, no entanto, ele esteja em silêncio com medo de ofender, e eu, portanto, darei a ele uma sugestão. Enviarei uma carta para ele em Oxford, para dizer que sua irmã e eu achamos que uma carta de resignação dele, endereçada talvez a Fanny, e ela poderia mostrar à sua mãe, não seria considerada imprópria; pois todos sabemos do coração amoroso de Mrs. Ferrars e que tudo o que ela deseja é ficar em bons termos com os filhos."

Este parágrafo foi importante para as perspectivas e a conduta de Edward. Ele decidiu tentar uma reconciliação, embora não exatamente da maneira sugerida pelo cunhado e pela irmã.

— Uma carta de resignação! — repetiu ele. — Será que eles querem que eu implore o perdão de minha mãe pela ingratidão de Robert com *ela* e pela falta de honradez *comigo*? Não posso me submeter a isso. Não fiquei mais humilde nem mais arrependido com o que aconteceu. Fiquei muito feliz, mas isso não interessa. Não creio que seja necessária nenhuma resignação de minha parte.

— Você certamente pode pedir para ser perdoado — disse Elinor — porque você ofendeu... e creio que *agora* você pode se arriscar a ponto de professar alguma preocupação por ter realizado o noivado que gerou a raiva que sua mãe direcionou a você.

Ele concordou que poderia.

— E quando ela perdoar você, talvez um pouco de humildade seja conveniente ao reconhecer um segundo noivado, quase tão imprudente aos olhos *dela* quanto o primeiro.

Ele não tinha nada a discordar com relação a isso, mas ainda resistia à ideia de uma carta de resignação e, portanto, para tornar mais fácil para ele, pois declarava ter disposição muito maior para fazer concessões moderadas pessoalmente do que por carta, resolveu que, em vez de escrever para Fanny, iria para Londres implorar para que ela interviesse a seu favor.

— E se eles *realmente* se interessam — disse Marianne com sua mudança de temperamento, agora moderado — em reconciliarem-se, acharei que até mesmo John e Fanny podem ter alguma virtude.

Depois de uma visita de apenas três ou quatro dias do coronel Brandon, os dois cavalheiros deixaram Barton juntos. Iriam direto a Delaford para que Edward conhecesse um pouco a futura casa e para ajudar o patrono e amigo a decidir quais melhorias eram necessárias e então, depois de ficar lá algumas noites, ele seguiria viagem para a cidade.

Capítulo 50

Depois de uma resistência conveniente por parte de Mrs. Ferrars, tão forte e resoluta a ponto de preservá-la daquela repreensão que sempre parecia temer incorrer — a repreensão de ser amável demais —, aceitou encontrar-se com Edward e declarou que ele era novamente seu filho.

Sua família estivera deveras instável ultimamente. Por muitos anos de sua vida ela teve dois filhos, mas o crime e a aniquilação de Edward algumas semanas atrás tiraram-lhe um; a aniquilação semelhante de Robert a deixou por duas semanas sem nenhum; e agora, com a ressuscitação de Edward, tinha um de novo.

No entanto, apesar de ter sido permitido viver mais uma vez, ele não se sentia seguro da continuidade de sua existência até que revelasse o noivado atual, pois temia que a proclamação dessa circunstância poderia resultar em uma reviravolta repentina em sua situação e afastá-lo com tanta rapidez quanto antes. Com cautela e receio, portanto, fez a revelação, e foi ouvido com uma calma inesperada. Mrs. Ferrars, a princípio, tentou com moderação dissuadi-lo de casar-se com Miss Dashwood com todos os argumentos em seu poder: disse-lhe que Miss Morton era uma mulher de nível mais alto e maior fortuna, e reforçou a afirmação observando que Miss Morton era filha de um nobre com trinta mil libras, enquanto Miss Dashwood era apenas filha de um cavalheiro herdeiro e ela não tinha mais de *três* mil libras. Mas quando descobriu que, embora admitindo que tudo isso era verdade ele não estava de forma alguma propenso a seguir suas orientações, julgou mais sábio, pela experiência passada, render-se e, portanto, depois de uma demora desagradável, porém devida à própria dignidade e adequada para evitar qualquer suspeita de boa vontade, emitiu o decreto de consentimento para o casamento de Edward e Elinor.

O que ela faria para aumentar a renda deles ainda deveria ser ponderado. E aqui era evidente que, embora Edward fosse agora seu único filho, ele não era de forma alguma o mais velho, pois embora Robert tivesse direito a mil libras por ano, nenhuma objeção foi feita contra Edward ser ordenado para receber no máximo duzentas e cinquenta libras, e nada foi prometido para o presente ou para o futuro além das dez mil libras que já haviam sido dadas a Fanny.

Entretanto, isso era igualmente desejado quanto era mais do que o esperado por Edward e Elinor, e a própria Mrs. Ferrars, com suas desculpas evasivas, parecia a única pessoa surpresa por não oferecer mais.

Com essa renda garantida sendo o suficiente para suas necessidades, a única coisa que precisavam esperar depois que Edward tivesse a posse do presbitério, era a casa ficar pronta, na qual o coronel Brandon, que desejava ansiosamente acomodar Elinor, estava fazendo melhorias consideráveis. E depois de esperar algum tempo pela conclusão, depois de passar, como de costume, por mil decepções e atrasos decorrentes da demora inexplicável dos trabalhadores, Elinor, como de costume, deixou de lado a decisão anterior de não se casar até que tudo estivesse pronto, e a cerimônia ocorreu na igreja de Barton no início do outono.

O primeiro mês após o casamento foi passado com o amigo na mansão, de onde poderiam supervisionar o progresso do presbitério e conduzir tudo como quisessem: poderiam escolher os papéis de parede, projetar o jardim de arbustos e criar um caminho sinuoso. As profecias de Mrs. Jennings, embora bastante confusas, foram todas cumpridas, pois ela pôde visitar Edward e a esposa no presbitério antes da Festa de São Miguel e constatou que Elinor e o marido, como realmente acreditava, eram um dos casais mais felizes do mundo. Na verdade, a única coisa que eles podiam desejar era o casamento do coronel Brandon com Marianne e um pasto melhor para suas vacas.

Eles receberam as visitas, em seu primeiro lar, de quase todos os familiares e amigos. Mrs. Ferrars veio inspecionar a felicidade da qual estava quase envergonhada de ter autorizado, e até mesmo os Dashwoods se submeteram a uma viagem de Sussex até lá para honrá-los.

— Não direi que estou decepcionado, minha querida irmã — disse John, enquanto caminhavam juntos em frente aos portões da Casa Delaford —, *isso* seria um exagero, pois você com certeza é uma das jovens mais afortunadas do mundo, como se pode ver. Mas confesso que seria um imenso prazer chamar o coronel Brandon de cunhado. A propriedade dele, esse lugar, a casa, tudo está em um estado tão respeitável e excelente! E o bosque? Nunca vi madeira igual em outro lugar em Dorsetshire como há aqui em Delaford Hanger! E embora Marianne não pareça ser exatamente uma pessoa que o atrairia... ainda assim creio que seria aconselhável que você os hospedasse com frequência, pois como parece que o coronel Brandon tem ficado muito em casa, ninguém pode dizer o que pode acontecer... quando as pessoas ficam muito tempo juntas e veem pouco outras pessoas... e sempre estará em seu poder colocá-la em vantagem, e assim por diante... em suma, você pode muito bem dar a ela uma chance... você me entende.

Mas embora Mrs. Ferrars *de fato* os visitasse e sempre os tratasse com um afeto fingido adequado, eles nunca foram insultados por sua verdadeira bondade e preferência. *Essas* eram destinadas à estupidez de Robert e à astúcia da esposa, e eles as tiveram em poucos meses. A sagacidade egoísta de Lucy, que a princípio atraíra Robert para uma enrascada, foi o principal instrumento que o libertou desta, pois a humildade respeitosa dela, a atenção contínua e a bajulação interminável, assim que a menor abertura foi concedida para que as executasse, reconciliou Mrs. Ferrars com sua escolha e restabeleceu completamente o zelo que dedicava a ele.

O comportamento de Lucy em relação a esse assunto e a prosperidade com que foi recompensado, portanto, pode ser considerado um exemplo encorajador do que uma atenção insistente e incessante ao interesse próprio, por mais que seu progresso possa ser aparentemente obstruído, faz para garantir todas as vantagens da fortuna sem outro sacrifício além do tempo e da consciência. Quando Robert de início procurou conhecê-la e fez uma visita particular em Bartlett's Buildings, foi apenas com a visão que tinha dela através do irmão. Apenas pretendia convencê-la a desistir do noivado e, como a única coisa que havia a ser superada era o afeto de ambos, ele naturalmente esperava que uma ou duas conversas resolvessem o assunto. Nesse ponto, no entanto, e nisso apenas, ele enganou-se, pois embora Lucy logo lhe tenha dado esperanças de que a eloquência dele a convenceria a *tempo*, outra visita, outra conversa, era sempre necessária para obter essa convicção. Algumas dúvidas sempre permaneciam na mente dela quando eles se separavam, e só poderiam ser eliminadas com mais meia hora de conversa com ele. A presença dele foi deste modo garantida, e o resto seguiu seu caminho. Em vez de falar de Edward, eles aos poucos passaram a falar apenas de Robert... um assunto sobre o qual ele sempre tinha mais a dizer do que sobre qualquer outro, e sobre o qual ela logo descobriu um interesse até mesmo igual ao dele. E, em resumo, logo se tornou evidente para ambos que ele havia tomado completamente o lugar do irmão. Ele estava orgulhoso de sua conquista, orgulhoso por enganar Edward, e muito orgulhoso de casar-se em segredo sem o consentimento da mãe. O que se seguiu todos sabem. Eles passaram alguns meses muito felizes em Dawlish, pois ela tinha muitos familiares e velhos conhecidos... e ele desenhou vários planos para casas magníficas... e ao retornar à cidade, obteve o perdão de Mrs. Ferrars simplesmente ao pedi-lo, o que foi praticado por instigação de Lucy. O perdão, a princípio, na verdade, como era razoável, foi concedido apenas a Robert, e Lucy, que não tinha obrigação nenhuma com a mãe dele e, portanto, não poderia violar nenhuma obrigação, ainda permaneceu algumas semanas sem o perdão. Mas ao perseverar na conduta e comunicação humildes, ao se condenar pela ofensa de Robert, e grata pela crueldade com que foi tratada, conseguiu obter a tempo a observação digna que foi conquistada com sua graciosidade e levou logo depois, com rapidez, ao mais alto estado de afeição e influência. Lucy tornou-se tão necessária para Mrs. Ferrars como Robert ou Fanny, enquanto Edward nunca foi cordialmente perdoado por ter tido a intenção de casar-se com ela e Elinor, embora superior a ela em fortuna e nascimento, era considerada uma intrusa, *ela* era considerada para todas as coisas e sempre abertamente reconhecida como a filha favorita. Eles se estabeleceram na cidade, receberam ajuda generosa de Mrs. Ferrars, tinham excelente relacionamento com os Dashwoods e, deixando de lado os ciúmes e a má vontade que ainda existiam entre Fanny e Lucy, em que seus maridos, é claro, estavam envolvidos, bem como os frequentes desentendimentos domésticos entre Robert e Lucy, nada poderia superar a harmonia com que todos eles viviam juntos.

O que Edward tinha feito para perder o direito de filho mais velho pode ter deixado muitos intrigados, e o que Robert tinha feito para conquistá-lo, poderia intrigá-los ainda mais. Era um arranjo, no entanto, justificado por seus efeitos, se não por seu motivo, pois nada jamais transpareceu no estilo de vida ou na maneira de falar de Robert que sugerisse arrependimento pelo tamanho de sua renda, ou por deixar o irmão com muito pouco, ou por ele ter demais... e se Edward pudesse ser julgado pela disposição no cumprimento de seus deveres em cada detalhe, pelo crescente afeto à esposa e à casa, por sua alegria habitual, poderia se supor que estivesse muito satisfeito com sua parte, e não desejasse nenhuma troca.

O casamento de Elinor não a afastou muito de sua família quanto se poderia imaginar, sem tornar a casa em Barton totalmente inútil, pois a mãe e as irmãs passavam muito mais da metade do tempo com ela. A frequência das visitas de Mrs. Dashwood a Delaford eram tanto por motivos de diplomacia como por prazer, pois o desejo de unir Marianne e o coronel Brandon era ávido, embora bem mais digno do que o que John expressara. Agora era o objetivo predileto. Apesar da companhia da filha ser preciosa para ela, desejava acima de tudo abdicar desse prazer constante em favor do valioso amigo, e ver Marianne estabelecida na mansão também era o desejo de Edward e Elinor. Cada um sentia suas tristezas e suas próprias obrigações, e Marianne, por consentimento geral, seria a recompensa de tudo.

Com tal aliança contra ela, com um conhecimento tão íntimo da bondade dele, com a convicção de seu afeto por ela, que, por fim, embora muito tempo depois de ser observado por todos, irrompeu nela, o que mais ela poderia fazer?

Marianne Dashwood nasceu para um destino extraordinário. Nasceu para descobrir a falsidade das próprias opiniões e para contrapor-se, por sua conduta, a suas máximas favoritas. Nasceu para superar um afeto descoberto tão tarde na vida, aos dezessete anos, e com um sentimento de forte estima e amizade vivaz, para voluntariamente dar a mão a outro! E *esse* outro, um homem que sofreu tanto quanto ela por um antigo afeto; quem, dois anos antes, ela considerara velho demais para casar-secom ela, e que ainda buscava a proteção de um colete de flanela!

E assim foi. Em vez de sucumbir ao sacrifício de uma paixão irresistível, como antes tinha carinhosamente se lisonjeado com a expectativa; em vez de permanecer para sempre com a mãe e ter como únicos prazeres a reclusão e os estudos, como depois em seu juízo mais calmo e sóbrio ela determinara; viu-se, aos dezenove anos, submetendo-se a novos afetos, desempenhando novos deveres, instalando-se em uma nova casa, uma esposa, a senhora de uma família e a patrona de uma vila.

O coronel Brandon agora estava tão feliz quanto todos aqueles que o amavam acreditavam que ele merecia ser. Com Marianne ele consolou-se de todas as aflições passadas. O afeto e a companhia dela restauraram sua animação e sua propensão à alegria e Marianne ter encontrado a própria felicidade na felicidade dele era também a convicção e o prazer de cada amigo observador. Marianne nunca poderia amar pela metade, e todo o seu coração se tornou, com o tempo, tão dedicado ao marido quanto já fora a Willoughby.

Willoughby não pôde saber do casamento dela sem uma pontada de dor, e sua punição foi logo depois completa no perdão voluntário de Mrs. Smith, que, ao declarar que o casamento dele com uma mulher de caráter seria a fonte de sua clemência, deu-lhe razão para acreditar que se ele tivesse se comportado com honra em relação a Marianne, poderia ter sido feliz e rico. Que seu arrependimento pela má conduta, que trouxe sua própria punição, foi sincero, não se podia duvidar — nem que ele havia muito tempo tinha inveja do coronel Brandon e pensava em Marianne com remorso. Mas que ele ficaria para sempre inconsolável, que fugiu da sociedade, ou assumiu um temperamento habitual triste, ou morreu de coração partido, não se deve acreditar; pois nada disso aconteceu. Ele viveu para se esforçar e frequentemente para se divertir. Sua esposa nem sempre era mal-humorada, nem sua casa era sempre desconfortável e na criação de cavalos e cães, e nos esportes de todos os tipos, ele encontrou um estado significativo de felicidade doméstica.

Por Marianne, no entanto, apesar de sua indelicadeza em sobreviver à perda dela, ele sempre manteve aquele afeto decidido que o interessava em todas as coisas que lhe aconteciam e a tornava seu padrão secreto de mulher perfeita;

muitas belezas em ascensão seriam desprezadas por ele depois por não se compararem com Mrs. Brandon.

Mrs. Dashwood foi prudente o bastante para permanecer na casa de Barton e não se mudou para Delaford e felizmente para Sir John e Mrs. Jennings, quando Marianne foi tirada deles, Margaret havia atingido uma idade adequada para dançar e não era muito inelegível para ter um pretendente.

Entre Barton e Delaford, havia aquela comunicação constante que o forte afeto familiar naturalmente estabeleceria, e entre as qualidades e a felicidade de Elinor e Marianne, não se classifique como a menos considerável, que, embora irmãs, e vivendo quase ao lado uma da outra, pudessem viver sem discordância entre si, ou acarretando frieza entre seus maridos.

FIM

TAMBÉM DE JANE AUSTEN:

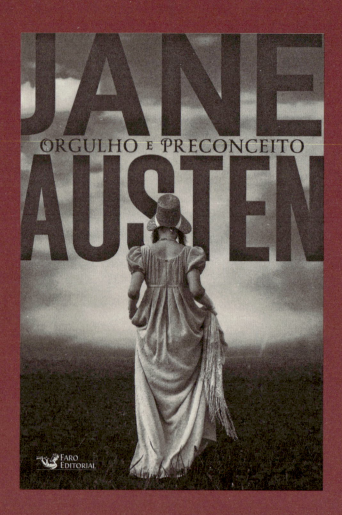

ESTA OBRA FOI IMPRESSA EM
JANEIRO DE 2024